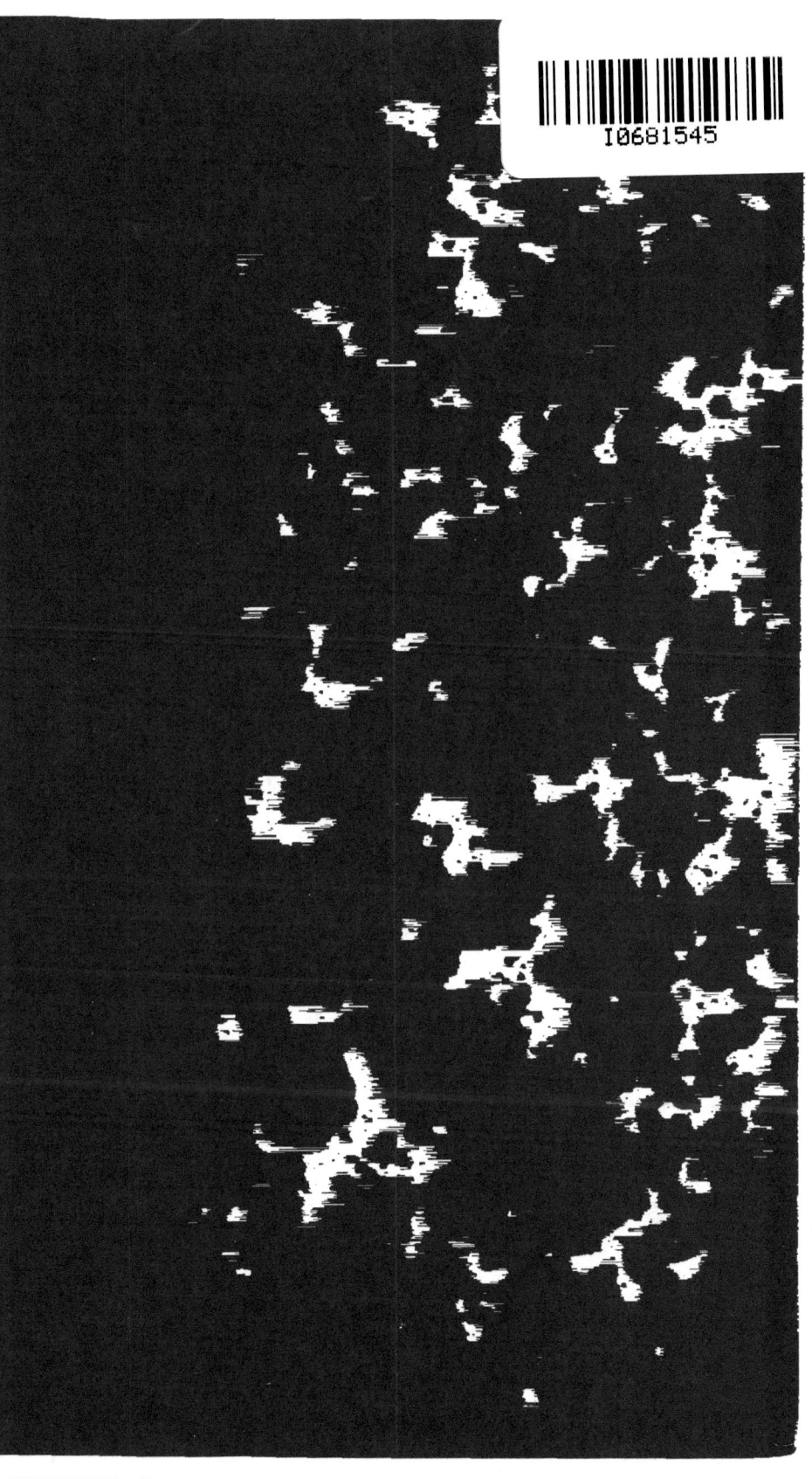

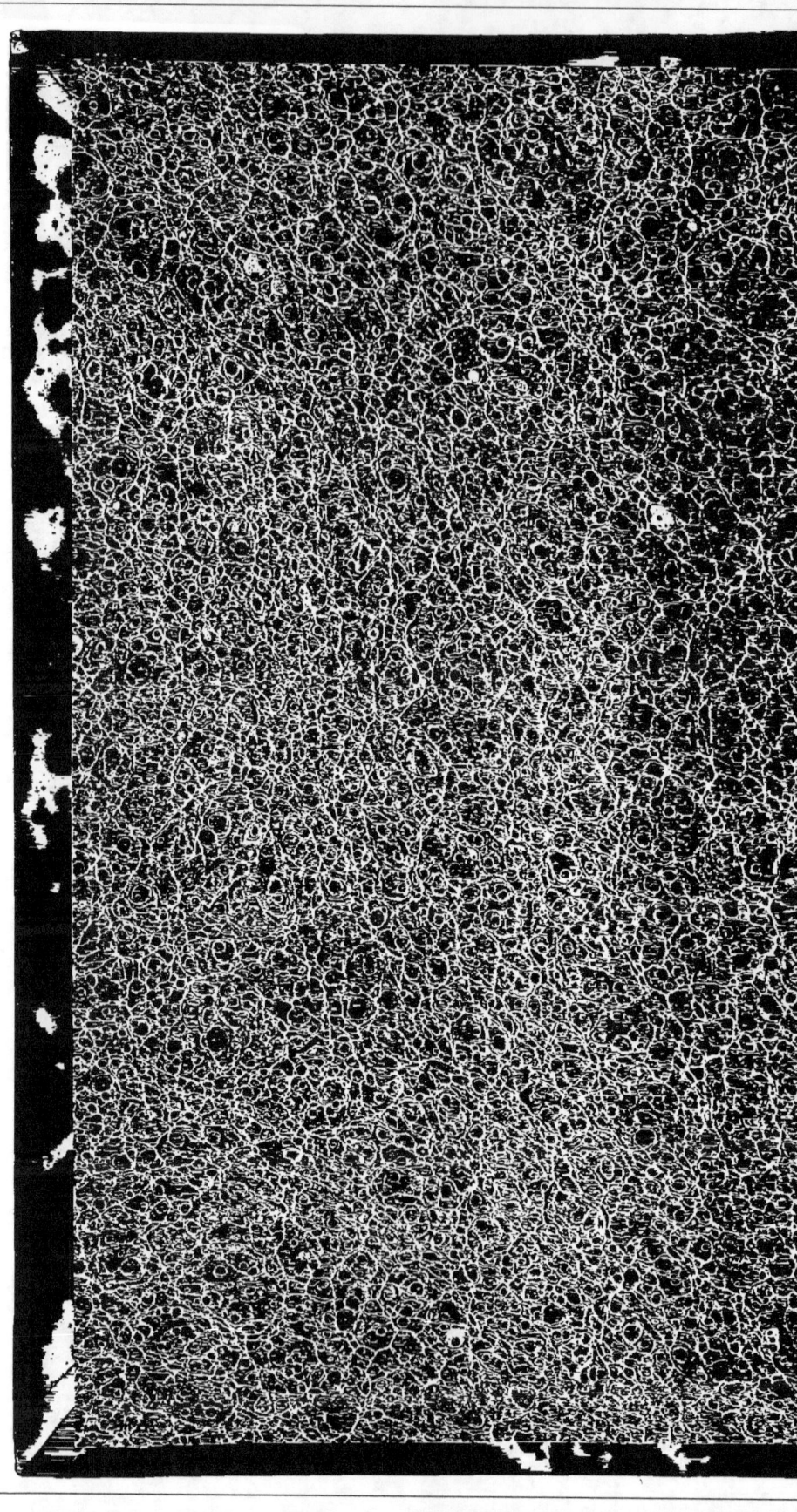

ŒUVRES

POSTHUMES

D'ATHANASE AUGER.

X. 1906.
B + a - 4.

17634

DE LA
CONSTITUTION
DES ROMAINS,
SOUS LES ROIS
ET AUX TEMS
DE LA RÉPUBLIQUE;
PAR ATHANASE AUGER.

TOME QUATRIÈME.

A PARIS,

Chez les Directeurs de l'Imprimerie du CERCLE
SOCIAL, rue du Théatre François, n°. 4.

(1793.)

L'AN II DE LA RÉPUBLIQUE.

DE LA CONSTITUTION

DES ROMAINS,

SOUS LES ROIS

Et aux tems de la république.

TROISIÈME LIVRE

OU DISCOURS

CONTRE VERRÈS

Sur les blés.

Sommaire.

*A*PRÈS *un long et magnifique préambule où il montre quel fardeau il s'est imposé en accusant un Verrès coupable de toutes les sortes de crimes, et combien il doit être ennemi d'un pareil homme, d'un homme qui, malgré ses vices et ses forfaits, est protégé et chéri par beaucoup de nobles,*

Tome IV.   A

l'orateur divise son discours en trois parties ; il annonce qu'il parlera dans la première du blé dîmé, dans la seconde du blé acheté, dans la troisième du blé estimé.

La première partie où il est question du blé dîmé ou de dîmes, occupe seule près des deux tiers de tout le discours. Cicéron détaille dans des narrations aussi variées et aussi intéressantes que le sujet peut le permettre, tous les vols que Verrès a faits aux particuliers et aux villes à l'occasion des dîmes. Il faut savoir que les villes de Sicile, excepté celles qui étoient libres et franches, étoient tenues de payer au peuple romain la dîme de leurs blés. On recueilloit cette dîme en nature et on l'envoyoit à Rome.

Je vais donner mes conjectures sur la manière dont elle se recueilloit ; Cicéron ne s'explique pas très-clairement sur cet article, parce qu'il parloit de choses connues de ceux qui l'écoutoient. Lorsque les blés commençoient à croître, des fermiers publics, appelés en latin décumani, et que j'appelle en françois décimeurs, prenoient la dîme à l'enchère (emebant) pour tant de boisseaux de blé, c'est-à-dire, ils se chargeoient de fournir au peuple romain tant de boisseaux de blé pour la dîme qui devoit lui revenir de tel champ. Les particuliers ou les villes pouvoient mettre l'enchère sur les décimeurs. Si la récolte étoit abondante, et si la dîme passoit le nombre de boisseaux de blé pour lequel ils avoient pris la dîme, c'étoit autant de gagné pour eux : ils pouvoient perdre aussi à proportion de ce qu'elle étoit inférieure à ce nombre. Le préteur, ou quelqu'un pour lui, adjugeoit les dîmes à celui ou ceux dont l'enchère étoit portée le plus haut : cela s'appeloit vendere decumas.

Cicéron prétend que Verrès s'étoit associé aux décimeurs dont le chef étoit un Apronius qui est peint dans le discours des traits les plus forts et les plus odieux. Il explique très-bien par quelles injustices criantes les malheureux agriculteurs se trouvoient obligés de donner aux décimeurs plusieurs dîmes au lieu d'une, comment quelquefois il leur restoit à peine la dîme de leur récolte. La première partie est terminée par la lecture d'une lettre de Timarchide accompagnée de réflexions.

La seconde partie traite du blé acheté. Il y avoit deux sortes de blés achetés ; une seconde dîme que les peuples de la Sicile étoient obligés

de vendre dans les besoins de la république ; et
huit cents mille boisseaux de blé répartis sur
toutes les villes de la même province, qu'on les
obligeoit de vendre tous les ans. Cicéron montre
les vols et les rapines de Verrès au sujet de ces
deux sortes de blé.

Le blé estimé, dont il est question dans la troisième partie, étoit le blé que la province devoit
fournir pour la provision de la maison du préteur, et que celui-ci pouvoit prendre en argent
au lieu de le prendre en nature. On reproche à
Verrès d'en avoir exigé plus qu'il ne lui étoit
dû et de l'avoir estimé bien au-delà du prix. Un
moyen de défense qu'il alléguoit, que d'autres
avant lui avoient fait de même, est réfuté d'une
manière étendue et éloquente.

Un exposé pathétique de la triste situation des
agriculteurs siciliens termine le discours.

Il est beaucoup parlé, dans ce discours, de
médimnes et de boisseaux. Le médimne, selon le
père Montfaucon, étoit une mesure de six setiers : il falloit six boisseaux pour faire une
médimne.

Troisieme livre contre Verrès,

Ou discours sur les Blés.

Tout homme qui , sans aucune vue d'inimitié particulière ou de vengeance personnelle , sans l'espoir d'aucune récompense , uniquement pour l'intérêt de la république , appelle un coupable devant les tribunaux , ne doit pas seulement examiner le fardeau qu'il s'impose pour le moment , mais encore les obligations qu'il contracte pour toute la suite de sa vie. Demander compte à un autre de sa conduite, c'est se prescrire à soi-même l'intégrité, la modération , toutes les vertus ; surtout , je le répète , si on n'est point animé par d'autre motif que par celui de l'utilité commune. Quiconque se charge de réformer les mœurs et de reprendre les fautes d'autrui , lui pardonnera-t-on de s'écarter en rien de l'exactitude des règles ? C'est ce qui doit nous faire estimer et chérir d'autant plus un citoyen qui non-seulement travaille à retrancher du corps politique un membre pervers , mais qui , par une certaine pente naturelle à observer la règle

et à pratiquer la vertu , et plus (1) encore,
par une sorte d'engagement particulier et irrévocable , s'annonce et se donne lui - même
comme obligé de vivre avec honneur et avec
sagesse ; aussi a-t-on souvent entendu dire à
l'illustre et éloquent Crassus (2), qu'il ne se
rappeloit point sans quelque regret d'avoir
denoncé Carbon à la justice. Par-là , disoit-il,
ses volóntés en tout étoient moins libres , et
sa vie plus observée qu'il n'auroit voulu. Ce
grand homme, quoique doué de tous les avantages du génie et de la fortune , se sentoit
comme gêné par le frein qu'il s'étoit donné
dans sa jeunesse, lorsque son jugement n'étoit
pas encore formé. Toutefois (3) on n'exige

(1) Je voudrois lire avec un savant , *sed etiam
vi quâdam magis necessariâ rectè sit* . . . . . J'explique *magis necessariâ , magis sibi quàm aliis
necessariâ.*

(2) Lucius Crassus , orateur célèbre , accusa à
l'àge de 19 ans , Caïus Carbo , personnage consulaire , qui avoit lui-même beaucoup d'éloquence ,
mais qui craignant d'être condamné par les juges, se
donna volontairement la mort.

(3) Mot à mot ; en sous-entendant ce qu'il faut

pas de ceux qui entreprennent une accusation lorsqu'ils sont jeunes , la même vertu et la même intégrité que de ceux qui s'y portent dans un âge mûr. Les premiers sont entraînés par l'amour de la gloire , par une sorte d'ostentation , avant que d'avoir pu connoître qu'on vit bien plus librement quand on n'a accusé personne : pour nous qui avons déja donné quelques preuves de force et d'intelligence, si nous n'avions pris de l'empire sur nos passions , nous ne nous ferions jamais la règle de nous interdire toute licence et la liberté de vivre selon tous nos penchans.

Au reste , je m'impose un plus grand fardeau que les autres accusateurs (si on doit appeler fardeau ce qu'on porte avec plaisir et avec joie) ; mais enfin ma charge est bien plus pesante que celle d'aucun d'entr'eux. On leur demande à tous qu'ils s'abstiennent principalement des vices qu'ils ont repris dans celui qu'ils accusent. Par exemple , vous avez accusé un déprédateur , un concussionnaire ? Il vous faudra par

sous-entendre ; Crassus avoit d'autant plus de mérite, qu'on n'exige pas la même vertu.... Je lis *præcipitur*, que je préfère à *perspicitur*.

A 4

la suite éviter tout soupçon de cupidité. Vous
avez amené aux piés de la justice un homme
méchant ou cruel ? Il vous faudra toujours être
sur vos gardes pour ne montrer en vous aucune méchanceté , ni même la moindre aspé-
rité de mœurs. Vous avez traduit devant les
juges un corrupteur , un adultère ? Vous ne
pouvez être désormais trop attentif pour que
votre vie n'offre aucune foiblesse. En un mot,
il faudra fuir avec un soin extrême les vices
que vous aurez poursuivis dans un autre : car
on ne sauroit souffrir un accusateur, ni même
un censeur, qui se laisse surprendre dans la
faute qu'il a reprise en autrui. Pour moi, Romains , j'attaque devant vous dans un seul
homme tous les vices qui peuvent se rencontrer dans un homme pervers. Oui , je le prétends, il n'est aucun trait d'impudicité , de perversité , d'audace , qu'on ne puisse remarquer
dans la vie du seul Verrès. Ce seul accusé
m'impose l'obligation d'annoncer par ma conduite que je fus toujours et suis encore absolument éloigné de montrer en moi , je ne dis
pas seulement les mêmes actions , les mêmes
propos , je dis encore la même morgue , la
même fierté, qui se manifestent dans ses yeux,

dans tous les traits de son visage. Je vois sans peine, Romains, qu'une vie que j'aimois déja par goût et pour elle-même, me sera désormais indispensable par la loi que je m'en fais en ce jour.

Et vous me demandez souvent, Hortensius, quelle inimitié avec Verrès ou quelle injure de sa part m'ont engagé à l'accuser. Je ne parle pas du devoir que m'imposent mes liaisons intimes avec les Siciliens ; je ne réponds qu'à la question de l'inimitié. Croyez-vous donc qu'il y ait une inimitié plus vive que celle qui naît de l'opposition des sentimens, de la différence des goûts et des inclinations ? Peut-on regarder la bonne-foi comme ce qu'il y a de plus sacré au monde, et n'être pas ennemi d'un homme qui nommé questeur, a osé dépouiller, abandonner, trahir, attaquer son consul, un consul qui lui avoit confié son se-cret, livré sa caisse, livré tous ses intérêts ? Peut-on chérir la pudeur et la chasteté, et voir d'un œil tranquille les continuels adul-tères de Verrès, ses mœurs de prostituée, ses infamies domestiques ? Peut-on être attaché au culte des dieux immortels, et ne pas dé-tester un brigand sacrilége, qui a dépouillé tous les temples , qui a eu le front de voler jusque sur les roues des chars (1) sacrés ? Celui qui croit que tous les hommes sont égaux , qu'on doit leur rendre à tous également la justice, peut-il, Verrès, n'être pas déchaîné contre vous , lorsqu'il songe aux odieuses variations de vos ordonnances arbitraires ? Celui qu'affligent les injures faites aux alliés , les dommages causés aux provinces, peut-il voir sans indignation contre votre personne, le pillage de l'Asie, les vexations exercées dans la Pamphilie , la désolation et les larmes de la Sicile ? Celui qui veut que les droits et la liberté des citoyens romains soient regardés par-tout comme inviolables, ne doit-il pas être plus que votre ennemi lorsqu'il se rappelle les fouets , les haches, les croix dressées pour le supplice des citoyens romains. Quoi ? si , dans quelque occasion , Verrès avoit prononcé

(2) *Tensae* étoient des espèces de brancarts ou de chars, sur lesquels on portoit les statues des dieux dans les processions. On ignore comment Verrès avoit volé sur les roues de ces chars. Tout ce qu'on sait , c'est qu'il avoit commis ces vols , ou plutôt ces sacriléges , lorsqu'il étoit préteur de Rome.

injustement contre mes intérêts, je me croirois fondé à être son ennemi : et lorsqu'il s'est déclaré contre les intérêts et la fortune, contre le désir et le vœu de tous les citoyens honnêtes, vous me demandez, Hortensius, pourquoi je suis l'ennemi d'un homme qu'abhorre le peuple romain, moi sur-tout qui, pour complaire au peuple romain, dois me charger d'un fardeau qui surpasse mes forces ?

Et ces autres considérations peu importantes, à ce qu'elles paroissent, ne sont-elles pas propres à faire impression sur notre esprit ? Peut-on, Hortensius, ne pas s'indigner en voyant que les vices et l'audace de Verrès obtiennent plus facilement votre amitié et celle des autres nobles, que la vertu et l'intégrité de chacun de nous ? Vous ne pouvez souffrir le mérite des hommes nouveaux, vous dédaignez leur régularité, vous méprisez leur sagesse ; vous voudriez éteindre leurs talens, étouffer leurs vertus. Vous aimez Verrès, oui, je le crois ; au défaut de sa vertu, de son activité, de son innocence, de sa pudeur et de sa chasteté, vous trouvez des charmes dans son entretien, dans sa politesse, dans ses connoissances. Non, il n'en est pas ainsi. Au contraire, tout n'offre dans Verrès que le comble de la honte et de l'infamie joint à la stupidité et à l'ignorance la plus grossière. Si une maison s'ouvre pour recevoir un tel homme, ne vous paroît-elle pas s'ouvrir pour demander elle-même et recevoir quelque présent ? Vos portiers et vos valets chérissent Verrès : il est aimé de vos affranchis, adoré de vos esclaves. Arrive-t-il, on l'annonce aussitôt, il est seul introduit, les hommes les plus honnêtes sont exclus. D'où l'on voit sans peine que vous chérissez principalement ceux qui se sont livrés à de tels excès, qu'ils ne peuvent trouver leur sûreté que dans votre protection.

Enfin, lorsque satisfaits d'une fortune médiocre, nous ne cherchons pas à l'augmenter, nous soutenons notre rang et les bienfaits du peuple romain par la vertu et non par l'opulence ; je vous le demande, Hortensius, souffrirons-nous que Verrès brave impunément les loix ; que fier des immenses richesses enlevées de toutes parts, ce déprédateur insulte à notre médiocrité ; que vos palais soient décorés de ses vases d'argent, le forum et le comi-

tium (1) de ses statues et de ses tableaux, sur-
tout lorsque votre propre industrie vous a
fournis si abondamment de tous ces effets précieux ; souffrirons-nous que ce soit Verrès,
un Verrès ! qui orne vos maisons de campagne
des dépouilles de la Sicile ; qu'un Verrès le
dispute à Mummius, qu'il s'applaudisse d'avoir
dépouillé plus de villes alliées que ce général
n'a dépouillé de villes ennemies , d'avoir seul
orné plus de maisons de campagne de la décoration des temples que l'autre n'a décoré de
temples de la dépouille des vaincus ? Et Verrès
vous sera plus cher à vous nobles, afin que
les autres soient plus portés à servir vos passions à leurs propres risques !

Mais nous reviendrons ailleurs (2) sur ces
réflexions ; nous allons suivre le cours de notre
plaidoierie , après vous avoir fait, Romains,

---

(1) *Comitium ,* partie de la place publique où se
tenoient les assemblées nommées *comitia curiata.*

(2) *Ailleurs ,* dans les discours suivans , où Cicéron
s'élève quelquefois contre la fierté et la tyrannie des
nobles. Je crois avec Paul Manuce que *et dicta sunt*
a été ajouté par une main étrangère : je l'ai omis
dans ma traduction.

une prière. Dans tout ce qui précède vous nous avez écoutés attentivement. Nous vous en témoignons notre reconnoissance ; mais nous serons bien plus reconnoissans encore, si vous écoutez ce qui reste avec la même attention. Jusqu'ici la diversité même et la nouveauté des objets et des griefs pouvoit attacher les juges : je vais maintenant discuter les malversations de Verrès au sujet des blés, malversations qui l'emportent en effet sur toutes les autres par leur nature et par leur excès, mais qui offriront moins d'agrément et de variété. Or il est bien digne, Romains, de votre gravité et de votre sagesse d'être ici également attentifs, et en nous écoutant de donner plus à votre religion qu'au plaisir de nous entendre.

Dans cette partie de la cause qui concerne les blés, persuadez-vous que vous avez à prononcer sur les intérêts et sur le sort de tous les Siciliens, sur la fortune de ceux d'entre nous qui cultivent des terres dans la Sicile, sur les revenus que nous ont laissés nos ancêtres, sur la vie et sur la subsistance du peuple romain. Si ces objets vous paroissent importans, et même des plus importans, n'exigez pas de l'orateur qu'il varie son ton et qu'il déploie de l'éloquence. Nul de vous, Romains, n'ignore que ce sont sur-tout les blés qui nous font de la Sicile une province d'une si grande ressource. Dans les autres avantages qu'elle nous procure, nous trouvons des secours; dans celui dont je parle, nous trouvons notre subsistance.

Ce chef d'accusation sera divisé en trois parties : nous parlerons d'abord du blé (1) *dîmé*, ensuite du blé *acheté*, enfin du blé *estimé*.

Entre la Sicile et les autres provinces, voici, Romains, la différence par rapport aux impositions : nous avons imposé sur les autres peuples, par exemple, sur les Espagnols et la plupart des Carthaginois, un tribut fixe (2)

(1) *Blé dîmé*, *blé acheté*, *blé estimé* : voyez dans le sommaire de ce discours, l'explication de ces diverses sortes de blés.

(2) *Un tribut fixe*, une somme d'argent pour payer les troupes ou pour d'autres objets, qu'on est tenu de donner tous les ans, et qui est toujours la même. Ce tribut est appelé *fixe* par rapport à la dîme dont il sera parlé tout-à-l'heure, laquelle varie selon la récolte. J'ai cru inutile de rendre dans la phrase *quod stipendiarium dicitur*.

qui est comme le prix de nos victoires et la
punition de la guerre qu'ils nous ont faite ; ou
bien, ce qui se voit en Asie, on a établi que les
censeurs affermeroient les terres d'après la loi
Sempronia. En recevant les villes de la Sicile
dans notre amitié et sous notre protection,
nous avons stipulé qu'elles seroient gouvernées par les mêmes loix qu'elles l'avoient été
jusqu'alors, qu'elles obéiroient au peuple romain sous les mêmes conditions qu'elles avoient
obéi à leurs princes. Très-peu (1) de ces villes
ont été conquises par nos ancêtres. Leur territoire étoit devenu la propriété du peuple
romain, qui cependant le leur a rendu. Ces
sortes de territoires sont affermés par les censeurs. Il est deux villes qui sont *fœderates*,
dont les dîmes ne s'afferment pas, Messine et

---

(1) L'orateur dit *très-peu*, parce qu'il veut ménager les Siciliens dont il étoit ami : on sait d'ailleurs par lui-même qu'elles étoient au nombre de
dix-sept. Les territoires de ces villes étoient devenus
la propriété du peuple romain par droit de conquête ;
il auroit pu en chasser les anciens habitans et y
en établir d'autres. Il les y a conservés, mais à condition que les territoires seroient affermés par les
censeurs.

Taurominium

Taurominium (1). Il en est cinq outre cela qui, sans être *fœdérates*, sont franches et libres, Centorbe, Halèse, Ségeste, Halicie, Palerme. Tous les autres territoires des villes de Sicile sont sujets aux dîmes, comme ils l'étoient par les ordonnances et les réglemens des Siciliens eux-mêmes avant que les villes fussent sous la domination romaine.

Voyez maintenant la sagesse de nos ancêtres : après avoir réuni à la république la Sicile, comme une province qui pouvoit leur être de la plus grande ressource dans la guerre et dans la paix, jaloux de ménager et de se conserver les Siciliens, ils ont eu l'attention, non-seulement de ne mettre sur les terres au-

---

(1) Dans le discours sur les supplices, Cicéron joint à ces deux villes celle de Nétine. —— *Qui sont foedérates.* Les villes libres alliées doivent être distinguées des villes libres *foedérates.* Les premières étoient celles qui se gouvernoient par leurs propres loix sans être assujetties à aucun tribut ; les secondes se gouvernoient aussi par leurs propres loix, mais étoient soumises à un tribut quelconque en vertu d'un traité, *ex foedere* ; delà on les appeloit *foederatae* : j'ai francisé le mot, et je les ai appelées *foedérates.*

cune imposition nouvelle , mais même de ne
donner aucune atteinte à la loi de l'adjudication des dîmes , de ne changer ni le tems ,
ni le lieu ; ils ont voulu qu'on les affermât
dans un certain tems de l'année , sur les lieux
mêmes , dans la Sicile , enfin d'après la loi
d'Hiéron (1) ; que les Siciliens pussent présider
eux-mêmes à leurs affaires , qu'ils ne fussent
pas effarouchés par une loi nouvelle , ni même
par une loi qui portât un nom nouveau. Ainsi
ils ont ordonné que les dîmes seroient toujours affermées d'après la loi d'Hiéron , afin
que les Siciliens s'acquittassent plus volontiers
de leur taxe , si en changeant d'empire , ils
voyoient subsister encore les établissemens et
même le nom d'un roi qui leur fut cher. Les
Siciliens avoient toujours joui de ce privilége
avant la préture de Verrès. C'est lui qui le premier , sans respect pour les réglemens observés
par tous les autres , pour les coutumes trans-
mises par nos ancêtres , pour les conditions

_____

(1) Hiéron , second du nom , ancien roi de Syracuse et maître de toute la Sicile. Il la gouverna ,
pendant un long règne , avec beaucoup d'équité
et de douceur , et fut constamment l'ami des Romains.

de notre amitié avec les Siciliens et les clauses de leur alliance avec nous, a osé tout changer et tout bouleverser.

Ici, Verrès, je vous blâme d'abord et je vous accuse d'avoir donné atteinte à des pratiques aussi anciennes. Avez-vous fait quelque découverte par l'effort de votre génie? Surpassez-vous en lumières et en intelligence tous ces hommes illustres et sages, qui avant vous ont gouverné la province ? Je vous reconnois là, je reconnois votre pénétration et toute votre exactitude. Je vous l'accorde, je vous le passe. A Rome, je le sais, lorsque vous étiez préteur (1), vos ordonnances ont transporté les successions des enfans aux étrangers, des héritiers directs aux collatéraux, des loix à votre caprice ; vous avez, je le sais, réformé les ordonnances de vos prédécesseurs, adjugé les successions, non à ceux qui produisoient des testamens, mais à ceux qui en supposoient ; ces nouvelles règles de votre invention, intro-

(1) Cicéron va tracer un tableau rapide de tous les excès d'injustice que s'étoit permis Verrès dans sa préture de Rome. Voyez le discours où il est question de cette préture.

duites par vous, vous ont procuré des profits immenses. Je me le rappelle encore, vous changiez et abolissiez les loix des censeurs sur l'entretien des édifices publics ; sous votre préture, un particulier, quoique son bien y fût intéressé, ne pouvoit se faire donner une entreprise ; les tuteurs et les proches ne pouvoient veiller aux intérêts d'un pupille, ni empêcher qu'il ne fût entièrement ruiné : vous aviez soin de prescrire un terme fort court pour un ouvrage, afin d'empêcher les autres de l'entreprendre, tandis que vous ne marquiez aucun terme à vos entrepreneurs. Ainsi je ne suis pas étonné qu'un homme aussi éclairé et aussi habile que vous dans les ordonnances des préteurs, dans les loix des censeurs, ait établi une loi nouvelle pour les dîmes ; non, je ne suis pas étonné que vous ayez inventé quelque chose de nouveau : mais que, de votre propre mouvement, sans l'ordre du peuple, sans l'autorité du sénat, vous ayez changé les loix de la Sicile, c'est en quoi je vous blâme, c'est de quoi je vous accuse.

Autorisés par le sénat, les consuls (1) Cotta

_____

(1) Il y a des critiques qui, au lieu de *consuls*,

et Octavius avoient affermé à Rome les dîmes
de vin , d'huile et de menues récoltes, que
les questeurs avant vous affermoient en Sicile ,
ils avoient porté à ce sujet la loi qu'ils jugeoient convenable. Lorsqu'on renouveloit le
bail , les fermiers publics demandèrent qu'on
ajoutât quelque chose à la loi , et que cependant on ne s'écartât point des autres loix des
censeurs. Cette demande fut contredite par
quelqu'un qui se trouvoit pour lors à Rome ,
par votre hôte, Verrès , oui par votre hôte et
votre ami intime , Sthénius de Thermes ici présent. Les consuls examinèrent la chose. Ayant
appelé pour la délibération plusieurs citoyens
distingués et illustres , ils prononcèrent , de
l'avis du conseil , qu'on affermeroit d'après la
loi d'Hiéron. Comment ? des hommes qui
avoient de grandes lumières et une autorité
imposante , à qui le sénat avoit accordé tout
pouvoir de porter des loix pour affermer les

veulent qu'on lise *censeurs* , parce que c'étoient les
censeurs qui affermoient à Rome les revenus de la
république. Mais , au défaut des censeurs , c'étoient
souvent les consuls, et même les préteurs , qui étoient
chargés de cette fonction.

impôts, à qui le peuple romain avoit confirmé
ce pouvoir, de tels hommes ont déféré à la
réclamation d'un seul Sicilien, ils n'ont pas
voulu, même pour augmenter les impôts,
changer le nom de la loi d'Hiéron : et vous,
homme sans intelligence, sans autorité, vous
vous êtes permis, malgré les réclamations de
toute la Sicile, au grand détriment et même
à la ruine des impôts publics, vous vous êtes
permis, sans être autorisé du sénat et du peuple, d'anéantir la loi d'Hiéron.

Mais quelle loi, Romains, a-t-il réformée,
ou plutôt anéantie ? Une loi la plus subtile-
ment et la plus sagement conçue, qui, par
toutes les précautions imaginables, livre et
soumet au décimeur (1), l'agriculteur veillé
de si près qu'il ne peut, sans s'exposer à la
plus rigoureuse peine, frustrer d'un seul grain
le décimeur, ni lorsque les blés sont sur pié,
ni lorsqu'ils sont dans le grenier ou dans l'aire,
ni lorsqu'on les transporte près ou loin. La
loi est faite avec une attention qui annonce
que son auteur n'avoit pas d'autre revenu.

(1) Pour ce nom de *décimeur*, voyez le sommaire
du discours.

On y remarque toute la subtilité naturelle à un Sicilien , toute la sévérité convenable à un maître absolu. D'après cette loi cependant il est avantageux en Sicile de s'occuper d'agriculture , parce que les droits du décimeur sont si bien réglés qu'il ne peut jamais prendre au cultivateur malgré lui au-dessus de la dîme. Une loi si sagement établie , il s'est trouvé un homme qui , après tant d'années , ou plutôt après tant de siécles , a entrepris de la changer, ou même de la détruire : oui, Verrès est le seul qui ait converti en un profit criminel des réglemens sages disposés depuis long-tems pour le salut des alliés et pour l'utilité de la république ; qui ait commencé par établir des hommes décimeurs de nom, mais en effet les ministres et les satellites de son odieuse cupidité. Je vous les montrerai , Romains , pendant trois ans , vexant tellement et ravageant la province , que nos gouverneurs les plus intègres et les plus habiles pourront à peine , après un long intervalle, la remettre dans son ancien état.

Le chef de tous ces hommes qu'on appeloit décimeurs, étoit cet Apronius que vous voyez,

dont la perversité sans exemple vous est cer-
tifiée par le témoignage des députés les plus
dignes de foi. Remarquez, je vous prie, l'air
du personnage et sa figure ; et par la fierté
qu'il garde encore dans la décadence de ses
affaires, tâchez de vous imaginer et de vous
rappeler quelle a pu être son arrogance lorsqu'il régnoit en Sicile. C'est cet Apronius que
Verrès, qui, dans toute la province, avoit
ramassé de toutes parts avec tant de soin les
hommes les plus vicieux, qui avoit emmené
avec lui une si grande foule de ses pareils,
a regardé comme un autre lui-même, comme
une parfaite image de ses vices, de sa débauche, de son audace. Aussi en fort peu de
tems furent-ils étroitement unis ; et ce ne fut
ni l'intérêt, ni la raison, ni quelque recommandation particulière, mais la dépravation
des mêmes goûts, qui fut le principe de cette
union étroite. Vous connoissez les mœurs perverses et déréglées de Verrès. Représentez-vous,
si vous le pouvez, un homme qui puisse aller
de pair avec lui pour tous les désordres, pour
les plus affreuses dissolutions : c'étoit cet Apronius qui, comme l'annoncent, non-seulement

sa conduite, mais sa taille (1) et tout son extérieur, est un gouffre immense, un vaste égoût, où viennent se rendre tous les vices et toutes les infamies. Verrès l'employoit en chef dans tous ses adultères, dans les pillages des temples, dans ses festins dissolus. La ressemblance des mœurs les avoit rapprochés, les avoit liés, au point que cet Apronius qu'on trouvoit généralement grossier et rustique, Verrès seul le trouvoit agréable et beau parleur; que celui-là même que tout le monde abhorroit, qu'on ne vouloit pas voir, Verrès ne pouvoit s'en passer; qu'un homme avec lequel on évitoit de se rencontrer à la même table, buvoit dans la même coupe que Verrès; qu'enfin l'odeur infecte qu'exhaloient sa bouche et son corps, et que les bêtes même, à ce qu'on dit, ne pouvoient souffrir, paroissoit à Verrès le parfum le plus doux et le plus suave. Apronius se trouvoit à ses côtés au tribunal; Apronius seul étoit admis dans sa chambre; il faisoit les honneurs de ses repas, même de ceux où le préteur ne rougissoit point de

(1) Il paroît qu'Apronius étoit fort grand, fort large et fort épais.

danser nu sous les yeux de son jeune (1) fils.

C'est là l'homme que Verrès, comme je le disois, a nommé en chef pour tourmenter et dépouiller les malheureux agriculteurs. Oui, Romains, sachez que, sous sa préture, de fidèles alliés et d'excellens citoyens ont été livrés et abandonnés à la perversité, à l'audace, à la cruauté d'un Apronius, par des établissemens nouveaux et de nouvelles ordonnances, au mépris de la loi d'Hiéron, de cette loi que Verrès, comme j'ai dit déja, a rejetée et réprouvée toute entière.

Ecoutez d'abord, Romains, l'admirable ordonnance qui obligeoit le cultivateur de donner au décimeur tout ce que celui-ci auroit déclaré lui être dû. Comment ? il faut donner tout ce que demandera Apronius ! Quoi donc ? est-ce là le réglement d'un préteur pour des alliés, ou l'édit despotisque d'un tyran insensé pour des ennemis vaincus ? Je donnerai tout ce que demandera Apronius ! Mais il deman-

_____

(1) Mot à mot, de son fils en robe prétexte. On sait que chez les Romains les enfans portoient la robe prétexte ou robe bordée de pourpre jusqu'à l'âge de 16 ans.

dera tout ce que j'aurai cultivé. Que dis-je ?
il demandera même plus s'il le veut. Eh bien !
qu'en pensez-vous ? ou vous donnerez , ou vous
serez condamné comme ayant enfreint l'ordonnance. Dieux immortels ! quelle tyrannie !
la chose n'est pas vraisemblable. Tout persuadés que vous êtes , Romains , qu'il n'est
rien dont Verrès ne soit capable, je m'imagine
que ce fait vous paroît faux. Quand toute la
Sicile en déposeroit , je n'oserois moi-même
l'affirmer , si je n'en trouvois la preuve dans
les ordonnances même tirées de ses registres :
on va vous les lire. Remettez (1) , je vous
prie, la pièce au greffier : qu'il lise sur le re-
gistre même. Lisez , greffier , l'ordonnance
pour la déclaration des terres mises en labour.

On lit l'ordonnance.

Verrès se plaint qu'on ne lit pas l'ordonnance en entier ; il paroît me le faire entendre
par son air. Qu'est-ce qu'on passe, Verrès ?
Est-ce l'article où vous paroissez songer aux
Siciliens , où vous jetez un regard sur les infortunés agriculteurs ? Car vous déclarez que,

---

(1) *Remettez...* c'est à son secrétaire que Cicéron
adresse la parole.

si le décimeur prend au-delà de ce qui lui
est dû, vous permettrez de le poursuivre pour
lui faire payer huit fois la somme pérçue au-
delà de ses droits. Je ne veux rien passer.
Greffier, lisez l'article que demande Verrès,
l'article qui permet de poursuivre le décimeur
pour lui faire payer huit fois la somme perçue
au-delà de ses droits : lisez l'ordonnance en
entier.

Le greffier lit.

Comment ? un cultivateur poursuivre en
justice le décimeur ! Il est triste, il est injuste
que des laboureurs soient transportés de leurs
campagnes au barreau, de la charrue au tribunal, de leurs travaux rustiques et ordinaires
dans les plaidoieries et les procès absolument
nouveaux pour eux. Quoi ? dans toutes les
autres impositions de l'Asie, de la Macédoine,
de l'Espagne, de la Gaule, de l'Afrique, de
la Sardaigne, de la partie de l'Italie qui y
est sujette (1), dans toutes ces impositions,
dis-je, le fermier public n'a droit que de faire

---

(1) J'ai lu, d'après la conjecture d'un savant,
quae vectigalis sit, au lieu de *quae vectigalia
sunt*.

des demandes et de prendre des gages, non
d'enlever ni de saisir les récoltes ; et vous,
Verrès, vous établissiez pour la classe d'hommes
la plus utile, la plus vertueuse, la plus honnête, je veux dire pour les agriculteurs, une
jurisprudence contraire à toute jurisprudence !
Eh ! lequel est plus juste que le décimeur demande ou que le cultivateur redemande ? Que
le cultivateur soit jugé quand il possède encore
son bien ou quand il l'a perdu ? Que celui
qui a amassé par ses travaux soit en possession
ou celui qui a acquis par la simple (1) enchère ?
Et ceux qui ne labourent qu'un arpent, qui
ne s'éloignent point de leur travail (il y en
avoit un grand nombre avant votre préture ;
une infinité de Siciliens étoient dans ce cas),
que feront-ils ? Quand ils auront donné à Apronius ce qu'il aura demandé, quitteront-ils
leur labour ? Abandonneront-ils leurs pénates ?
Se transporteront - ils à Syracuse ? Y vien-
dront-ils poursuivre, dans un jugement par

(1) Latin *digito*. Dans les ventes, ceux qui vouloient mettre l'enchère levoient le doigt. Le rapport
de *digito* et de *manu* est très - agréable dans
l'orateur.

commissaires, devant vous préteur, sans doute
à partie égale, viendront - ils poursuivre
Apronius, vos délices, l'objet de vos ten-
dresses ?

Mais soit, il se trouvera un agriculteur,
homme de tête et instruit des affaires, qui,
après avoir donné au décimeur tout ce qu'il
aura demandé, le poursuivra en justice, et lui
intentera procès aux termes de l'ordonnance.
J'attends l'effet de l'ordonnance, la sévérité
du préteur ; je m'intéresse pour l'agriculteur,
je souhaite qu'Apronius soit condamné. Que
demande l'agriculteur ? Rien que de pouvoir
poursuivre aux termes de l'ordonnance. Et
Apronius ? il ne refuse pas d'être jugé. Et le
préteur ? il ordonne de choisir des commissaires (1). Écrivons les classes dans lesquelles

_____

(1) Mot à mot, *il ordonne de récuser des commis-*
saires. Il y avoit différentes classes ou décuries de
juges. Le préteur donnoit des juges, parmi lesquels
chacune des deux parties pouvoit en récuser un certain nombre. On disoit récuser des juges, parce
qu'en récuser quelques-uns c'étoit en quelque sorte
choisir les autres. Quant au mot de *recuperatores*
que j'ai rendu par celui de *commissaires*, je renvoie,
pour l'explication de ce mot, à mon traité de la

on choisira. -- Qu'appelez-vous classes ? Vous
prendrez , dit-il , des hommes de ma suite. ——
Et de quels hommes est composée votre suite ?
—— De l'aruspice Volusius , du médecin Cornélius , et de toute cette meute avide qui en-
toure mon tribunal, Car Verrès ne tira jamais
un seul juge du nombre des citoyens romains
établis à Syracuse. Quiconque , disoit-il , possède un seul pouce de terre n'est pas favorable aux décimeurs. Il falloit donc se présenter
contre Apronius devant des hommes tout
échauffés encore du vin de la table d'Apronius.
Quel admirable tribunal ! quelle ordonnance
sévère ! quel excellent réfuge pour les cultivateurs.

Et afin que vous compreniez quelles étoient
ces poursuites autorisées par l'ordonnance ,
quelle idée on avoit de ces juges tirés de la
suite de Verrès , écoutez ce que je vais dire.
Ne s'est-il pas trouvé , croyez-vous , quelque
décimeur qui , avec la liberté de faire donner
à l'agriculteur tout ce qu'il lui demandoit, ait

constitution de la république romaine. Au reste,
Cicéron établit ici un dialogue entre Verrès et un
particulier.

demandé au-delà de ce qui lui étoit dû ? Voyez,
examinez; ne s'en est-il pas rencontré quelqu'un,
sur-tout lorsqu'il auroit pu outre-passer sés
droits par cupidité ou par (1) mégarde ? Il s'en
est trouvé nécessairement un grand nombre.
Je dis moi que tous ont pris au-delà et bien
au-delà des dîmes. Or, Verrès, dans les trois
années de votre préture, montrez-m'en un
seul qui ait été condamné suivant la rigueur
de l'ordonnance, que dis-je ? qui ait été poursuivi en vertu de votre ordonnance. Il n'y
avoit, apparemment, aucun agriculteur qui
pût se plaindre qu'on lui eût fait une injustice;
il n'y avoit aucun décimeur qui eût demandé
un grain au-delà de ce qui lui étoit dû. Au
contraire, Apronius prenoit et enlevoit à chacun tout ce qu'il vouloit; tout retentissoit des
plaintes des cultivateurs vexés et dépouillés :
et cependant on ne trouvera pas qu'il y ait eu
aucune poursuite. Quoi donc ? tant d'hommes
qui avoient de la fermeté, du crédit et de la
considération, tant de Siciliens, tant de chevaliers romains, lésés par un seul homme aussi

(1) J'ai suivi la leçon, *non solùm avaritiâ, sed
etiam imprudentiâ accidere potuerit.*

vij,

vil , aussi déshonoré qu'Apronius, ne le pour-
suivoient pas sans balancer pour lui faire subir
la peine portée par l'ordonnance ? Quelle en
pouvoit être la raison ? la seule que tout le
monde apperçoit. Se présenter au tribunal ,
c'étoit, ils n'en doutoient pas , s'exposer de
gaieté de cœur à ne remporter que du mépris
et des insultes.

Quel tribunal , en effet, que celui où auroient siégé, avec le titre de juges-commissaires,
trois hommes tirés de l'infame et impure cohorte de Verrès, ses compagnons odieux, qui
ne lui avoient pas été donnés par son père,
mais commandés par une vile courtisane. Un
cultivateur plaideroit, sans doute , sa cause ;
il diroit qu'Apronius ne lui a point laissé de
blé, que ses biens même ont été pillés, qu'il
a été frappé et battu. Nos honnêtes juges
s'approcheroient comme pour conférer ensemble , comme pour délibérer sur ses plaintes ;
mais ils ne parleroient entr'eux que d'une
partie de débauche, que des femmes sortant
des bras de Verrès dont ils pourroient s'empa-
rer. Fier de sa dignité nouvelle de fermier
public , Apronius se seroit levé , non comme
un décimeur , mal-propre et tout couvert de

poussière , mais parfumé d'essences , avec cet air de langueur que donnent la débauche et les veilles. A son premier mouvement et de son premier souffle , il eût tout rempli d'exhalaisons vineuses, de l'odeur de ses parfums et de l'infection de sa personne. Il auroit répété ce qu'il dit ordinairement , qu'il n'avoit pas (1) prétendu se faire adjuger les dîmes , mais les biens et les fortunes des cultivateurs, qu'il n'étoit pas le décimeur Apronius , mais un second Verrès , le maître des agriculteurs et leur souverain arbitre. Séduits par ce beau discours, les excellens juges de la troupe de Verrès , n'auroient pas délibéré pour absoudre Apronius , mais cherché les moyens de livrer à Apronius le demandeur lui-même (2).

Après avoir accordé toute licence de piller les agriculteurs, aux décimeurs , c'est-à-dire à Apronius ; après lui avoir permis de demander tout ce qu'il vouloit, de prendre tout ce qu'il auroit demandé; vous vous ménagiez , Verrès , en cas d'accusation , cette défense : je me suis

(1) On voit bien que l'orateur exagère ici l'impudence du discours d'Apronius.

(2) J'ai lu *condonare* au lieu de *condemnare*.

engagé, diriez-vous , par une ordonnance , à
donner des juges devant lesquels on pouvoit
obtenir huit fois la somme perçue au-delà des
droits ! Quand vous auriez permis au cultivateur (1) de choisir pour juges parmi tous les
citoyens romains établis à Syracuse, les hommes
les plus recommandables à tous égards , cependant on se plaindroit encore de ce nouveau
genre de vexation , d'être obligé , après avoir
abandonné toutes ses récoltes au décimeur ,
après s'être dessaisi de ses biens , de les redemander en justice , d'intenter un procès pour
les recouvrer. Mais lorsque, dans l'ordonnance,
il n'est parlé, que pour la forme , de poursuite
accordée au cultivateur ; lorsque le jugement
en effet n'eût été qu'une collusion de vos infames satellites avec les décimeurs vos associés ,
ou plutôt vos intendans , vous osez encore
parler de cette poursuite prétendue ; vous
osez employer une défense qui se trouve détruite moins par mes paroles que par l'événement même , puisque jamais on n'a poursuivi ,

(1) Mot à mot , *non-seulement de récuser , mais
encore de prendre* ; c'est-à-dire , de choisir parmi tous
les juges , sans récusation.

et que même on n'a jamais demandé à poursuivre, d'après votre admirable ordonnance.

Cependant. Verrès sera plus favorable (1) aux cultivateurs qu'il ne le paroît, puisque, dans la même ordonnance où il annonce qu'il permettra de poursuivre les décimeurs pour leur faire payer huit fois la somme perçue au-delà des droits, il déclare que les cultivateurs ne pourront être condamnés qu'à payer une somme quadruple. Osera-t-on dire qu'il ait été déchaîné contre les agriculteurs, qu'il ait été leur ennemi ? Ne leur a-t-il pas été bien plus favorable qu'aux fermiers publics ? L'ordonnance (2) porte que le magistrat sicilien

(1) Tout cet endroit jusqu'à *l'ordonnance porte...* est ironique : l'orateur reprend ensuite le ton sérieux.

(2) Après avoir parlé ironiquement, Cicéron reprend le ton sérieux. *N'est-ce pas là...* c'est-à-dire, vous ajoutez à la crainte d'un jugement l'intervention du magistrat sicilien : si vous faites intervenir ce magistrat, il n'est pas besoin d'un jugement. Verrès ensuite objecte, et Cicéron réfute. Examinons tout ce que renfermoit l'ordonnance de Verrès. 1°. Le décimeur pourra faire payer à l'agriculteur tout ce qu'il lui demandera. 2°. L'agriculteur pourra

fera payer au cultivateur ce que le décimeur aura déclaré lui être dû. N'est-ce pas là avoir épuisé toutes les rigueurs judiciaires qu'on peut employer contre l'agriculteur ? Il n'est pas mal, dit-il, de le contenir par la crainte d'un jugement, de l'empêcher de remuer après qu'on l'aura fait payer. — Si vous voulez me faire payer en vertu d'un jugement, ne faites pas intervenir le magistrat sicilien ; si vous employez cette voie de rigueur, qu'est-il besoin d'un jugement ? Qui n'aimera pas mieux donner à vos décimeurs ce qu'ils auront demandé, que d'être condamné par vos odieux compagnons à payer le quadruple ? Mais voyons la conclusion admirable qui termine son ordonnance : il annonce que, pour les démêlés qui surviendront entre le cultivateur et le

attaquer le décimeur et lui faire payer huit fois la somme perçue au-delà des droits. 3º. Le décimeur pourra faire intervenir le magistrat sicilien pour se faire payer. 4º. Il pourra en outre poursuivre l'agriculteur et lui faire payer une somme quadruple. 5º. Le préteur donnera des commissaires, si l'un des deux le désire. Cicéron démontre l'iniquité de plusieurs de ces articles, l'inutilité ou l'absurdité des autres.

C 3

décimeur, il donnera des commissaires si l'un des deux (1) le désire. D'abord quel démêlé peut-il y avoir lorsque celui qui doit demander enlève, qu'il enlève non ce qui lui est dû, mais ce qu'il veut, et que celui à qui on a enlevé ne peut en aucune manière recouvrer par un jugement ce qui lui appartient? D'ailleurs cet homme stupide veut même ici faire le fin et le rusé. Je donnerai, dit-il, des commissaires si l'un des deux le désire. Comme il s'imagine voler adroitement ! Il permet à tous les deux de réclamer des commissaires. Mais quelle différence, Verrès, y a-t-il entre annoncer, si l'un des deux le désire, ou, si le décimeur le désire? Eh ! l'agriculteur demandera-t-il jamais vos commissaires ?

Que dirons-nous de l'ordonnance qu'il a rendue sur-le-champ et par occasion d'après l'avis d'Apronius? Septilius, chevalier romain des plus distingués, résistoit à Apronius, et protestoit qu'il ne donneroit que la dîme ; on voit paroître tout-à-coup une ordonnance spéciale, qu'on ne pourroit enlever son blé de l'aire avant qu'on se fût arrangé avec le déci-

(1) *Uter* dans le latin est ici pour *alteruter*.

meur. Septilius supportoit encore cette injustice,
et il laissoit son blé dans l'aire se gâter par
la pluie, lorsque soudain on voit éclore cette
ordonnance si féconde en profits pour son
auteur, qu'avant les calendes de juillet toutes
les dîmes seroient portées au détroit de Sicile (1). Par cette ordonnance, il a livré piés
et mains liés à Apronius, non les Siciliens
(ses précédentes ordonnances les avoient déja
assez épuisés, assez ruinés), mais les chevaliers romains eux-mêmes, qui avoient cru
pouvoir conserver leurs droits contre Apronius, parce qu'ils jouissoient de quelque considération, et qu'ils avoient eu du crédit auprès des autres préteurs. Remarquez en effet
de quelle nature est l'ordonnance. On n'en-
levera point, y est-il dit, le blé de l'aire, à
moins qu'on ne se soit arrangé. C'est une assez
grande violence pour contraindre à un arrangement peu favorable : car j'aime mieux donner davantage que de ne pas enlever à tems
mon blé de l'aire. Mais cette violence n'ébranle
pas encore Septilius et d'autres aussi fermes,
qui disent : plutôt que d'entrer en arrange-

(1) D'où elles devoient être transportées à Rome.

C 4

ment, je n'enleverai point mon blé. C'est
pour eux qu'on ajoute cette clause : portez
votre blé avant les calendes de juillet. Je le
porterai donc. Mais vous le laisserez en place
jusqu'à ce que vous vous soyez arrangé. Ainsi
le jour fixé pour porter le blé obligeoit de
l'enlever de l'aire ; la défense de l'enlever de
l'aire avant qu'on se fût arrangé contraignoit
malgré soi à un arrangement.

Ce que je vais dire n'est pas seulement contraire à la loi d'Hiéron et à l'usage des prédécesseurs , mais encore à toutes les loix que
les Siciliens tiennent du sénat et du peuple
romain , d'après lesquelles ils ne sont forcés
de plaider que devant leurs propres juges.
Verrès ordonna que le décimeur pourroit
ajourner le cultivateur devant tel juge qu'il
voudroit ; afin, sans doute, qu'Apronius pût
ajourner qui il voudroit depuis Léontini (1)
jusqu'à Lilybée , et qu'il eût ce nouveau
moyen d'inquiéter et de rançonner les infortunés laboureurs.

(2) *Ex Leontino* , sous-entendez *agro. Leontini* ,
norum , étoit le nom de la ville. *Leontinus ager* , le
territoire de Léontini.

Mais voici ce qu'il avoit imaginé de plus étrange et de plus propre à tourmenter ces malheureux : il leur étoit enjoint de déclarer les arpens qu'ils auroient ensemencés. Cette ordonnance, comme nous le montrerons, avoit une grande vertu pour faire conclure des arrangemens sans que la république 'en tirât aucun avantage. Elle servoit principalement à Apronius pour faire de mauvaises difficultés à tous ceux qu'il vouloit. Quelqu'un avoit-il parlé contre son gré, il étoit cité en justice pour déclaration d'arpens ensemencés. Nombre de cultivateurs se sont vu enlever par cette crainte une grande quantité de blés et de fortes sommes d'argent. Ce n'est pas qu'il fût difficile de déclarer avec vérité tous les arpens ensemencés, et même d'en déclarer davantage : quel danger pouvoit-il y avoir ? Ce qui faisoit craindre d'être cité en justice (1), c'étoit l'appréhension d'être condamné comme n'ayant pas déclaré suivant l'ordonnance. Or vous devez savoir comment on étoit jugé sous la préture de Verrès, si vous vous rappelez quels

_____

(1) J'ai traduit comme si on lisoit *judicii pertimescendi* au lieu de *judicii postulandi.*

odieux satellites composoient son tribunal.

Qu'est-ce donc, Romains, que je veux vous faire conclure de l'iniquité de ces nouvelles ordonnancés ? Qu'on a vexé les alliés ? Mais la chose est claire. Qu'on a méprisé l'autorité des prédécesseurs ? Verrès n'osera le nier. Qu'Apronius a eu sous sa préture un pouvoir sans bornes ? Il est obligé d'en convenir.

Mais peut-être ici, comme la loi vous en donne l'idée, vous me demanderez si Verrès a tiré de l'argent de toute cette manœuvre. Je vous ferai voir qu'il en a tiré des sommes immenses, et que toutes les iniquités dont nous parlons, il les a exercées pour son profit : c'est ce que je me propose d'établir, après que je l'aurai chassé du fort d'où il croit pouvoir repousser toutes mes attaques.

J'ai fait hausser, dira-t-il, l'adjudication des dîmes. Que dites-vous, ô le plus audacieux et le plus insensé des hommes ? Sont-ce les dîmes que vous avez adjugées ? Avez-vous adjugé la partie que le sénat et le peuple romain vouloient, ou les récoltes entières, et même les biens et les fortunes des agriculteurs ? Si le crieur eût publié par votre ordre qu'on affermoit, non les dîmes du blé, mais les moitiés, et que les enchérisseurs se fussent présentés pour se faire adjuger les moitiés, trouveroit-on étonnant que vous eussiez porté l'adjudication des moitiés plus haut que les autres n'ont fait celle des dîmes? Mais si le crieur a publié les dîmes, et qu'en effet, c'est-à-dire en vertu de votre loi, de votre ordonnance, de vos dispositions particulières, on ait adjugé même plus que les moitiés, vous ferez-vous cependant un mérite d'avoir porté l'adjudication de ce que vous ne deviez pas adjuger, plus haut que les autres n'ont porté celle de ce qu'ils pouvoient adjuger légitimement?

J'ai fait hausser plus que les autres l'adjudication des dîmes. Qui vous a obtenu cet avantage? Votre intégrité? Regardez le temple (1) de Castor; et ensuite, si vous osez, venez parler d'intégrité. Votre exactitude? Considérez les ratures de vos registres à l'article de Sthénius; et osez ensuite vous dire un homme

_____

(1) Nous avons vu dans un des discours qui précèdent, que Verrès avoit fait d'immenses profits sur les réparations de ce temple. — *De Sthénius,* dont il est beaucoup parlé dans le discours qui précède.

exact. La subtilité de votre esprit ? Après vous
être refusé, dans la première audience, à ce
qu'on interrogeât pour vous les témoins, après
avoir mieux aimé vous présenter muet devant
eux, dites encore, tant que vous voudrez, que
vous avez un esprit subtil vous et vos défenseurs. Qu'est-ce donc qui vous a obtenu cet
avantage ? C'est une grande gloire d'avoir sur-
passé vos prédécesseurs en intelligence, de
laisser à vos successeurs un exemple et une
autorité. Peut-être n'avez-vous trouvé personne
propre à vous servir de modéle : tous les autres
vous imiteront, sans doute, comme le premier
inventeur des plus sages établissemens. Qui des
cultivateurs, sous votre préture, a donné une
simple dîme ? Qui n'en a donné que deux ?
Qui ne s'est pas cru traité favorablement quand
pour une dîme il s'est acquitté avec trois,
excepté quelques-uns qui n'ont rien donné du
tout, parce qu'ils étoient associés à vos rapines ?
Voyez quelle différence entre vos duretés
odieuses et l'indulgente bonté du sénat. Lorsque certaines conjonctures forcent le sénat de
statuer qu'on exigera une seconde dîme, il
statue aussi qu'on paiera cette dîme aux cultivateurs : de sorte que, quand il prend au-

delà de ce qui lui est dû, il est censé acheter
ce qu'il prend et non l'enlever. Et vous, lorsque vous avez exigé et arraché tant de dîmes,
non d'après un sénatus-consulte, mais d'après
vos réglemens iniques, et les ordonnances
inouies de votre invention, vous vous glori-
fierez d'avoir porté l'adjudication des dîmes
plus haut que Lucius Hortensius, père de votre
défenseur, plus haut que (1) Pompée, plus haut
que Marcellus, qui ne se sont écartés en rien,
ni de l'équité, ni de la loi, ni des réglemens.

Deviez-vous ne songer qu'à une ou deux
années, et négliger pour les tems à venir le
salut de la province, les intérêts des approvisionnemens, les avantages de la république,
lorsque vous aviez trouvé les choses dans une
assez heureuse disposition pour que la Sicile
fournît au peuple romain une quantité suffisante
de blés, et que cependant les agriculteurs trou-
vassent leur profit à cultiver les terres. Qu'avez-

(1) On ignore s'il s'agit ici du grand Pompée ou de
Cnæus Pompéius Strabo son père : je croirois que
c'est plutôt de ce dernier qu'il est ici question. On
ne sait pas à quelles circonstances l'orateur rapporte
ce qu'il dit des trois hommes dont il parle.

vous fait? qu'avez-vous gagné ? Pour procurer
au peuple romain , sous votre préture , je ne
sais quel surcroît de dîmes , vous avez fait abandonner et déserter les campagnes. Métellus
vous a succédé. Etes-vous plus intègre que Métellus ? Etes-vous plus sensible à la gloire et
à l'honneur ? En effet , vous ambitionnez le
consulat ; Métellus étoit peu jaloux de cette
dignité qu'avoient obtenue son père et son
aïeul (1). Il a porté l'adjudication des dîmes
beaucoup moins haut, non-seulement que vous,
mais que les préteurs qui les avoient adjugées
avant vous. Mais , je vous le demande , s'il ne
pouvoit imaginer lui-même un moyen d'en faire
hausser l'adjudication, ne pouvoit-il pas suivre
les traces toutes récentes de son prédécesseur
immédiat ? Ne pouvoit - il pas faire usage des
belles ordonnances , des beaux réglemens dont
vous aviez trouvé et donné le premier l'idée ?
Certes , il ne se seroit guère reconnu pour un
Métellus , s'il vous eût imité en la moindre
chose. Il étoit encore à Rome, il se disposoit
à partir pour sa province , lorsqu'il écrivit aux

(1) *Son père* , Lucius-Métellus Dalmaticus ; *son
aïeul* , Quintus Métellus Macédonicus.

villes de Sicile, ce qui ne s'étoit jamais fait avant lui, pour les exhorter et les prier de labourer les terres et de les ensemencer au profit du peuple romain. Il leur fait cette prière un peu avant son arrivée, et en même tems il annonce qu'il affermera les dîmes d'après la loi d'Hiéron, c'est-à-dire que, dans toutes les adjudications de dîmes, il n'imitera en rien Verrès. Et ce n'est point par passion qu'il écrit avant le tems dans une province que gouverne encore un autre, mais par prudence : peut-être, s'il eût laissé passer le tems des semailles, n'eussions-nous pas eu un grain de blé dans la province de Sicile. Ecoutez la lettre même de Métellus.

On lit la lettre de Métellus.

C'est, Romains, en vertu de cette lettre de Métellus, dont vous venez d'entendre la lecture, que toutes les terres dont on a recueilli du blé cette année dans la Sicile, se sont trouvées ensemencées. On n'auroit point tracé un sillon dans les campagnes de cette province sujettes aux dîmes, si Métellus n'eût écrit cette lettre. Sont-ce les dieux qui lui ont inspiré cette pensée ? ou bien a-t-il été porté à cette démarche par toute cette multitude de Siciliens qui s'é-

toient rendus à Rome , et par les commerçans
de la Sicile ? Qui ne sait en quel nombre ils
s'assembloient chez les Marcellus , ces anciens
protecteurs de la Sicile , chez Pompée consul
désigné , et chez les autres amis de cette province ? Quel préjugé contre un homme d'avoir
été , même avant de quitter sa province , accusé
publiquement par ceux sur les biens et les
enfans desquels il avoit un pouvoir absolu, une
autorité souveraine ? Les injustices de Verrès
étoient si criantes, qu'on aimoit mieux s'exposer à tout souffrir que de ne pas exhaler sa
douleur et ses plaintes contre la perversité et les
vexations du préteur. Métellus avoit envoyé
cette lettre à toutes les villes , il y prenoit
presque un ton de suppliant; il ne put néanmoins , en aucun endroit, faire ensemencer les
terres comme elles l'avoient été avant Verrès.
Une foule d'agriculteurs, ainsi que je le montrerai , avoient pris la fuite ; et non-seulement ils
avoient renoncé à la culture , mais contraints
par les vexations de Verrès , ils avoient même
abandonné leurs foyers paternels.

Non , Romains , ce n'est point une exagération de ma part , je ne fais que vous exposer
simplement et avec vérité le sentiment que j'ai

éprouvé

éprouvé en revoyant la Sicile. Il y avoit quatre ans (1) que je ne m'étois transporté dans cette province ; elle me parut comme ces pays qu'ont désolés les ravages d'une guerre longue et cruelle. Ces campagnes et ces collines que j'avois vues auparavant si belles et si florissantes, je les voyois alors dans un état d'abandon et de dévastation : le sol même paroissoit redemander son cultivateur et pleurer son maître. Les territoires d'Herbite, d'Enna, de Morcone, d'Assore, de Machare, d'Agyrone, étoient désertés en grande partie, au point que je n'y retrouvois plus cette multitude de terres labourées et même de propriétaires. Le territoire d'Etna, ordinairement si bien cultivé, la principale source des approvisionnemens ; celui de Léontini qui donnoit auparavant de si belles espérances que, lorsqu'il étoit ensemencé, on ne craignoit plus la disette ; ces deux territoires étoient alors si hérissés de ronces et si défigurés, que, dans la partie la plus riche de la Sicile, nous cherchions la

____

(1) Il y avoit quatre ans que Cicéron avoit été questeur en Sicile.

Tome IV. **D**

Sicile même. L'avant-dernière (1) année avoit déja extrêmement fatigué les laboureurs ; la dernière les avoit ruinés sans ressource.

Et vous osez encore nous parler de dîmes ? Quoi donc ? la Sicile ne subsiste que par la culture , et par les loix qui règlent la culture ; vous y avez , par toutes vos cruautés , toutes vos injustices , toutes vos vexations , entièrement ruiné les agriculteurs ; vous les avez contraints d'abandonner les campagnes ; dans une province si riche et si fertile , vous n'avez rien laissé à personne , pas même l'espérance ; et après cela , ce sera , selon vous , une chose agréable au peuple de dire que vous avez porté plus haut que les autres l'adjudication des dîmes ? Comme si le peuple vous eût ordonné ou que le sénat vous eût chargé de ravir toutes les fortunes des cultivateurs sous prétexte de dîmes , de priver à l'avenir le peuple romain du fruit et de l'avantage des approvisionnemens, et de faire croire ensuite que vous avez servi la république , parce que vous aurez ajouté une portion de votre butin à la somme des

____

(1) *L'avant-dernière année ,* la seconde année de la préture de Verrès : *la dernière ,* la troisième.

dîmes. Je parle comme si tout le crime de Verrès étoit d'avoir, par vanité, par ambition de faire monter les dîmes plus haut que d'autres, établi une loi plus dure, des ordonnances plus rigoureuses, méprisé l'autorité de tous ses prédécesseurs. Vous avez fait hausser, dites-vous, l'adjudication des dîmes. Et si je montre que, sous prétexte de dîmes, vous n'avez pas moins emporté de blé dans votre maison que vous en avez envoyé à Rome ; qu'est-ce que votre conduite a d'agréable au peuple, lorsque, dans une province romaine, vous avez pris autant pour vous que vous avez envoyé au peuple romain ? Et si je montre que vous avez enlevé deux tiers plus de blé que vous n'en avez envoyé à Rome; croyons-nous qu'ici. secouant la tête avec affectation (1), votre défenseur se tournera d'un air de triomphe vers la foule des citoyens qui environnent cette enceinte ?

Nos juges ont déja appris ces faits ; mais peut-être ne les connoissent-ils que sur des discours et des bruits publics : qu'ils sachent

—————

(1) Hortensius avoit quelquefois en parlant un mouvement de tête affecté qu'on lui reprochoit.

maintenant que, sous prétexte de blés, Verrès a enlevé des sommes immenses ; ils verront en même tems quelle est l'effronterie du personnage d'oser se vanter que la seule augmentation des dîmes pourroit le faire triompher de toutes mes attaques.

Il y a long-tems, Romains, que nous avons entendu dire, et je soutiens qu'il n'est aucun de vous à qui on n'ait dit souvent, que les décimeurs étoient les associés du préteur. C'est, selon moi, la seule chose qu'il y ait de faux dans les rapports faits contre Verrès par ceux qui ne jugeoient pas de lui avantageusement. On doit regarder comme associés ceux entre qui les profits se partagent : or, je le soutiens, toutes les récoltes, toutes les fortunes des agriculteurs, n'étoient que pour Verrès ; Apronius, les esclaves de Vénus, dont sa préture a fait une nouvelle espèce de fermiers publics, et les autres décimeurs, n'étoient que les agens de son trafic et les ministres de ses rapines. Comment le prouvez - vous, me dira-t-on ? Comme j'ai prouvé qu'il avoit volé dans la réparation des colonnes. Sans doute, par cela sur-tout qu'il avoit porté une loi injuste et nouvelle. Car qui jamais entreprit de changer

toutes les loix et toutes les coutumes pour n'en
tirer que du blâme sans profit ? Je vais pousser
plus loin mon raisonnement. Vous adjugiez
les dîmes par une loi injuste, afin d'en hausser
l'adjudication. Mais pourquoi, lorsque les
dîmes étoient déja adjugées, lorsqu'on ne pouvoit plus augmenter la somme des dîmes,
mais bien votre profit, pourquoi voyoit-on
éclore tout-à-coup et par occasion de nouvelles
ordonnances ? Oui, ces ordonnances qui permettoient au décimeur d'ajourner le cultivateur où il vouloit, qui défendoient au cultivateur de transporter son blé de l'aire avant qu'il
se fût arrangé, qui enjoignoient de porter les
dîmes avant les calendes de juillet, je dis que
vous les avez faites la troisième année de votre
préture, lorsque les dîmes étoient déja adjugées.
Si vous aviez eu en vue l'avantage de la république, vous les auriez publiées en adjugeant
les dîmes : mais vous ne songiez qu'à votre
avantage personnel ; et alors ce que vous aviez
omis par mégarde, vous l'avez réformé averti
par votre intérêt et par la circonstance. Mais
à qui peut-on persuader que, sans un gain pour
vous, et un gain considérable, vous vous
soyez exposé légèrement à subir une telle in-

D 3

famie , à courir de tels risques pour votre honneur et pour votre existence civile ? Chaque
jour vous entendiez les gémissemens et les
plaintes de toute la Sicile : vous vous attendiez ,
comme vous l'avez dit , à être accusé ; vous
n'étiez pas sans inquiétude sur le péril où vous
jeteroit l'accusation ; et vous auriez souffert
que les laboureurs fussent vexés et pillés d'une
manière si injuste et si odieuse ! Assurément ,
quoique vous soyez d'une audace et d'une
dureté sans exemple, vous n'auriez pas néanmoins voulu soulever contre vous toute
la Sicile , vous faire des ennemis de tant
d'hommes si riches et si recommandables , si
l'amour de l'argent et l'appât d'un gain actuel
n'eussent étouffé en vous toute autre réflexion,
ne l'eussent emporté dans votre esprit sur la
considération même de votre sûreté.

Il seroit trop long , Romains , de détailler
les dommages qu'a essuyés chaque particulier
de la province ; je ne pourrois faire une énumé-
ration exacte de toutes les vexations de Verrès ;
je me borne donc à quelques traits que voici.

Nymphon , de Centorbe , est un homme
actif et industrieux , cultivateur très-vigilant et
fort entendu. Il avoit pris à ferme une quantité

considérable de terres, suivant l'usage pratiqué
en Sicile même par les hommes qui , comme
lui , ont de la fortune : il n'épargnoit , pour
les faire valoir , ni dépenses ni instrumens de
labourage : les énormes vexations de Verrès
le contraignirent d'abandonner toute culture ;
il s'enfuit même de Sicile , et vint à Rome avec
beaucoup d'autres qu'avoit chassés le préteur.
D'après l'instigation de Verrès , d'après cette
belle ordonnance qui n'étoit faite que pour ces
sortes de rapines , Apronius prétendit que
Nymphon n'avoit pas déclaré le nombre de ses
arpens. Nymphon vouloit se défendre en justice
réglée ; le préteur donne pour commissaires
de parfaits honnêtes gens , son médecin (1)
Cornélius (c'est le même qui , sous le nom d'Artémidore , dans Perga sa patrie , avoit aidé si
puissamment Verrès à piller le temple de
Diane) , Volusius l'aruspice , et Valérius le
crieur public. Avant que le délit pût être bien
établi , Nymphon est condamné. Vous deman-

_____

(1) Ce Cornélius avoit pris ce nom en devenant
citoyen romain ; il s'appeloit auparavant Artémidore ;
il étoit de Perga , dans la Pamphilie , où Verrès avoit
été lieutenant.

D 4

dez peut-être à combien? Il n'y avoit pas de
peine fixée par l'ordonnance. Il est condamné
à donner tout le blé qu'il avoit récolté. Ainsi
le décimeur Apronius, en vertu de l'ordonnance et non par aucun droit de son bail, enlève non la dîme qui étoit due, non le blé
qui avoit été détourné et caché, mais toute la
récolte de Nymphon, sept mille médimnes (1)
de blé.

Xénon Ménenus étoit un personnage des
plus qualifiés : un champ appartenant à sa
femme avoit été affermé à un homme, qui,
ne pouvant tenir contre les vexations des décimeurs, avoit pris la fuite. Verrès donnoit
action contre Xénon, et vouloit le faire condamner pour déclaration fausse : Xénon oppo-
soit une fin de non - recevoir ; le champ est
affermé, disoit-il. Verrès persistoit à donner
action aux fins que, s'il étoit prouvé qu'il y
avoit plus d'arpens que le fermier n'en avoit
déclaré, Xénon fût condamné. Ce n'est point
moi, disoit celui-ci, qui ai cultivé la moisson

(1) Le médimne, selon le père Montfaucon, est
une mesure de six setiers.

laissée sur (1) pié; d'ailleurs le champ ne m'appartient pas ; je n'ai point passé le bail ; c'est la propriété de ma femme , qui, veillant elle - même à ses intérêts , l'a seule donné à ferme. Xénon avoit un défenseur dans une personne de la plus haute considération et du plus grand poids, dans Cossétius : le préteur néanmoins donnoit contre lui une action de quatre-vingt mille sesterces (2). Le Sicilien voyoit qu'on lui préparoit des commissaires tirés d'une troupe de brigands; il consentoit pourtant à être jugé. Alors Verrès ordonne aux esclaves de Vénus, assez haut pour que Xénon pût l'entendre , de le garder à vue pendant qu'on le jugeroit, de le lui amener lorsqu'on auroit prononcé la sentence; et en même tems il ajoute : si ses richesses ne lui font tenir aucun compte d'une amende pécuniaire , je ne crois pas qu'il s'embarrasse aussi peu du supplice des verges. Forcé par cette crainte et cette violence , Xénon paya aux décimeurs tout ce que Verrès ordonna de payer.

Polémarque , de Marcone , est un homme

(1) J'ai suivi la leçon *id quod in satis erat.*

(2) 10,000 livres.

honnête et distingué. On lui demandoit sept
cents médimnes de blé pour la dîme de cinquante
arpens. Sur son refus, on le traîne au palais
du préteur. Celui-ci étoit encore couché ; on
le fait entrer dans la chambre qui n'étoit ouverte qu'aux femmes et aux décimeurs. Là
meurtri de coups, il promet de payer mille
médimnes après en avoir refusé sept cents.

Eubulidès Grosphus, de Centorbe, est le
premier de sa ville par son mérite, par sa naissance, et même par ses richesses. Sachez,
Romains, que ce citoyen distingué d'une ville
très-connue, a abandonné de son blé, je dis
même de son sang et de sa vie, autant qu'il
a plu au tyran Apronius. Car la violence, les
coups et les mauvais traitemens, l'ont contraint
à donner de blé, non ce qu'il devoit (1), mais
ce qu'il étoit forcé de donner.

Sostrate, Numénius et Nymphodore, trois
frères de la même ville, possédant le même
héritage, s'étoient enfuis de leurs campagnes,
parce qu'on leur demandoit plus de blé qu'ils
n'en avoient recueilli ; Apronius, avec quel-

_____

(1) Au lieu de *haberet*, j'ai lu avec Lambin
deberet.

ques hommes qu'il avoit ramassés, se jeta sur leurs terres, enleva tous les instrumens du labourage, emmena les esclaves et les troupeaux. Depuis, Nymphodore étant venu le trouver à Etna et le priant de lui rendre ses effets, il le fit saisir et suspendre à un olivier sauvage, dans la place publique d'Etna. Ainsi, Romains, au milieu d'une ville et d'une place publique de nos alliés, un ami et un allié de Rome, son fermier et son laboureur, resta suspendu à un arbre tout le tems qu'Apronius le trouva bon.

Je viens de vous citer plusieurs traits particuliers de vexations innombrables dans un seul genre; je ne détaillerai pas la multitude infinie de ces vexations. Mettez-vous sous les yeux et dans l'esprit les violences des décimeurs par toute la Sicile, le pillage de tous les biens des cultivateurs, l'arrogance de Verrès, la tyrannie d'Apronius. Verrès a méprisé les Siciliens, il ne les a pas regardés comme des hommes, il a cru qu'ils n'auroient pas la force de le poursuivre en justice, et que vous verriez leurs infortunes d'un œil indifférent.

Soit : il a eu des Siciliens une idée fausse, il a eu de vous une opinion peu convenable.

Mais s'il a maltraité les Siciliens, il a traité
avec égard les citoyens romains, il les a mé-
nagés, il s'est prêté à leurs désirs, il a tout
fait pour leur plaire. Lui, ménager des citoyens
romains ! Mais il n'est pas d'hommes (1) dont
il ait été l'ennemi plus déclaré. Je ne parle
point des prisons, des chaînes, des verges,
des haches, enfin de cette croix, qu'il a placée
comme un témoignage sensible de sa douceur
et de sa bienveillance pour les citoyens romains : je supprime tous ces détails, je les
réserve pour un autre tems. Je parle ici des
dîmes, de la condition des citoyens romains
agriculteurs. Eux - mêmes nous ont appris,
dans leurs dépositions, comment ils avoient
été traités, ils ont dit qu'on les avoit dépouillés
de leur fortune. Mais puisque le sort l'a voulu(2),
il faut souffrir ces abus d'autorité, le mépris
de toute justice, de tous les usages ; enfin, il
n'est point de pertes si considérables que des
hommes courageux, avec une ame grande et
libre, ne croient devoir supporter. Mais si,

(1) Je préfère la leçon *nullis* à celle de *nullus.*

(2) Je préfère la leçon *quoniam hujusmodi casus
adfuit.*

sous la préture de Verrès, Apronius, sans aucun égard, frappoit et outrageoit indignement
des chevaliers romains, et non des hommes
obscurs et inconnus, mais d'illustres et importans personnages ; qu'attendent nos juges ?
Que demandent-ils encore de moi ? Faut - il
trancher court sur les délits de Verrès pour
en venir plus promptement à ceux d'Apronius, comme je le lui ai promis (1) dès le tems
où j'étois en Sicile ?

Apronius a retenu deux jours dans la place
publique de Léontini, Matrinius, dont le
crédit égale le mérite et la vertu. Oui, Romains, un Apronius, né dans l'opprobre, voué
à l'infamie, ministre des débauches et des
dissolutions de Verrès, a tenu deux jours un
chevalier romain, sans abri et sans nourriture ;
il l'a fait garder à vue par ses gens, et ne l'a
laissé partir qu'après l'avoir cuntraint de s'arranger suivant les conditions qu'il lui proposoit.

Que dirai-je de Lollius, aussi chevalier ro-

_____

(1) Cicéron avoit menacé Apronius de l'accuser,
après la condamnation de Verrès, comme ayant partagé ses vols et ses rapines.

main , non moins recommandable par sa vertu
que par son rang ? Le fait dont je vais parler
est incontestable , répandu et connu dans toute
la Sicile. Lollius faisoit valoir dans le territoire d'Etna , qui avoit été livré avec d'autres à Apronius. Plein de confiance dans le
crédit et l'autorité dont jouissoit jadis l'ordre
équestre, il protesta qu'il ne donneroit aux
décimeurs que ce qu'il leur devoit. On rapporte son discours à Apronius ; il se met à
rire , étonné que Lollius ne fût pas instruit
de ce qui étoit arrivé à Matrinius et à d'autres encore. Il lui envoie des esclaves de
Vénus (1) : remarquez , Romains , que les
huissiers du décimeur lui étoient assignés par
le préteur ; et voyez si c'est une foible preuve
que Verrès se servoit du nom des décimeurs
pour son profit personnel. Lollius est mené ,
ou plutôt traîné , par les esclaves de Vénus
devant Apronius , fort à propos , dans le moment même où celui-ci , de retour du Gymnase , étoit couché sur un lit , dans une salle
à manger qu'il avoit fait construire au milieu

(1) C'étoient des esclaves publics dont les préteurs
se servoient pour différens ministères.

de la place publique d'Etna. Lollius est laissé
debout dans un festin dissolu (1) d'infames
gladiateurs. J'en ai entendu parler de toutes
parts ; je ne le croirois cependant pas , Romains, si le vieillard, me remerciant les larmes
aux yeux d'avoir bien voulu me charger de
l'accusation , ne m'en eût parlé lui-même avec
la plus grande force. Un chevalier romain ,
âgé de près de quatre-vingt-dix ans , est donc
laissé debout au milieu des convives d'Apronius , tandis que celui-ci se frottoit la tête et
le visage avec des parfums. Eh bien ! Lollius ,
lui dit-il, vous ne pouvez donc vous ranger à
votre devoir , à moins que vous n'y soyez forcé
par de mauvais traitemens ! Lollius , que sa
vertu et ses années rendoient si respectable ,
hésitoit sur ce qu'il devoit taire ou répondre ,
ne savoit quel parti prendre. Cependant Apronius demande le dîner et des coupes. Ses esclaves , du même caractère , de la même extraction que leur maître (2) , passent devant

(1) *Tempestivum convivium* se prenoit toujours en
mauvaise part ; c'étoit un repas de débauche , fait
de jour , *de die,* avant l'heure prescrite par l'usage.

(2) Apronius probablament , ainsi que Timarchide ,

Lollius en faisant le service de la table. Les convives s'en divertissoient ; Apronius rioit par éclats. A moins peut-être que vous ne pensiez qu'il n'ait pas ri dans le vin et dans la débauche, lui qui ne peut s'empêcher de rire dans l'extrême péril où il se voit maintenant. En un mot, il est bon de vous l'apprendre ; Lollius, à force d'outrages, fut contraint d'en passer par tout ce que voulut Apronius.

Lollius, retenu par l'âge et les infirmités, n'a pu venir déposer lui-même. Mais qu'est-il besoin de Lollius ? Le fait n'est ignoré de personne. Aucun de vos amis, Verrès, aucun des témoins que vous avez présentés, aucun de ceux que vous avez interrogés, ne dira qu'on lui en parle aujourd'hui pour la première fois. Le fils de Lollius, jeune homme d'un mérite rare, est ici présent : il fera sa déposition. Un autre de ses fils, l'accusateur de Calidius, jeune homme honnête, ame ferme et bon orateur, étant parti pour la Sicile, irrité de ces

---

étoit affranchi, c'est-à-dire, peu éloigné de la condition d'esclave. *Dans le péril extrême...* Nous avons vu plus haut que Cicéron avoit menacé Apronius de l'accuser après la condamnation de Verrès.

vexations

vexations et de ces outrages, a été tué avant
son arrivée. On impute sa mort aux esclaves
fugitifs ; mais, en effet, personne ne doute
qu'il n'ait été tué, parce qu'il n'a pu cacher
ses desseins contre Verrès. Celui-ci ne doutoit
pas que le fils de Lollius, après avoir accusé
un citoyen uniquement par amour de la justice, ne dût être prêt à l'attaquer au retour
de sa province, lorsqu'il y seroit excité par un
ressentiment personnel, par les injures faites
à un père.

Voyez-vous à présent, Romains, quel fléau,
quel monstre affreux, a exercé ses fureurs dans
une de vos provinces la plus ancienne, la plus
fidelle, la plus voisine de Rome ? Voyez-vous
à présent pourquoi la Sicile, qui auparavant
avoit supporté les vols, les rapines, les injustices, les outrages de tant de nos magistrats,
n'a pu soutenir ce nouveau genre d'affronts
et de vexations extraordinaires et incroyables ?
Tout le monde conçoit maintenant pourquoi
toute la province en corps a choisi pour défendre ses plus grands intérêts, un homme à
la fidélité, à l'exactitude, à la constance duquel Verrès ne sauroit en aucune sorte échapper. Vous avez assisté, Romains, à une infinité

Tome IV.   E

de jugemens, vous savez qu'une infinité d'hommes coupables et pervers ont été accusés de votre tems et dans les tems qui précèdent : avez-vous connu quelqu'un ou par vous-mêmes ou par oui-dire, qui ait commis des vols si énormes et si manifestes, qui ait signalé tant d'audace et d'impudence ? Apronius se faisoit escorter par des esclaves de Vénus, il les menoit avec lui de ville en ville ; chaque ville fournissoit aux frais de ses repas et des salles de festin qu'il se faisoit dresser dans les places publiques. Là étoient cités (1) les personnages les plus recommandables, Siciliens et même chevaliers romains. Oui, les personnages les plus distingués et les plus honnêtes se voyoient forcés d'assister au repas d'un Apronius, que personne, excepté des impudiques et des infames, ne voulut jamais avoir pour convive. O le plus scélérat et le plus effronté des hommes! vous saviez, vous appreniez tous les jours ces horribles abus, vous en étiez témoin ; je vous le demande, s'ils ne vous eussent pas procuré des profits immenses, les eussiez-vous soufferts, les eussiez-vous au-

_____

(2) J'ai suivi la leçon *eù evocari*.

torisés, malgré le péril où ils vous exposoient ?
Etiez-vous sensible aux gains d'Apronius, à
ses basses flatteries, à ses entretiens obscènes,
jusqu'à négliger, jusqu'à oublier vos plus chers
intérêts ?

Vous voyez, Romains, quel funeste incendie, allumé par la violence des décimeurs,
s'est répandu, pendant la préture de Verrès,
sur les campagnes et sur les autres fortunes des
agriculteurs ; les droits de cité et de liberté,
n'ont pas même été à l'abri de ses ravages ; vous
le voyez, les uns sont suspendus à des arbres,
les autres sont battus et frappés indignement,
d'autres sont gardés à vue dans une place
publique, d'autres laissés debout dans un repas,
d'autres condamnés par le médecin et l'huissier
du préteur ; les biens de tous sont pillés et
enlevés des campagnes. Quoi donc ? est-ce là
l'empire du peuple romain ? sont-ce là nos
loix et nos jugemens ? est-ce là ce que devoient attendre des alliés fidèles et une province
à nos portes ? Athénion (1) même, s'il eût été
vainqueur, se fût-il jamais permis dans la Si-

_____

(1) Nous avons déja parlé de cet Athénion, chef
d'alliés révoltés et d'esclaves fugitifs.

E 2

cile de semblables excès ? Non , Romains,
l'insolence des esclaves fugitifs n'eût jamais
pu atteindre à une partie des brigandages de
Verrès.

Voilà comme on traitoit les particuliers ; et
les villes comment les a-t-on traitées ? Vous
avez entendu les dénonciations et les dépositions du plus grand nombre d'entr'elles ; vous
entendrez les autres s'expliquer de même. Et
d'abord écoutez en peu de mots ce qui regarde
le peuple d'Agyrone aussi illustre que fidèle.
La ville d'Agyrone est une des plus distinguées
de la Sicile. Avant la préture de Verrès , elle
étoit remplie de citoyens riches et d'excellens
agriculteurs. Le même Apronius s'étant fait
adjuger les dîmes du territoire , se rendit à
Agyrone. Il y vint avec ses satellites , c'est-
à-dire avec des menaces et la violence. Il demandoit pour addition à son marché , disons
le mot , pour pot-de-vin (1) , une somme considérable. Il ne vouloit entrer , disoit-il , dans

(1) Je craignois d'employer ce mot de *pot-de-vin* ;
mais il m'a semblé que c'étoit le seul qui pût bien
rendre le mot *lucrum* latin , et en donner une juste
idée.

aucune discussion , mais passer aussitôt dans
une autre ville après avoir reçu ce qu'il demandoit. Les Siciliens ne sont pas des hommes méprisables quand ils ne sont pas opprimés par
nos magistrats. Ils sont assez fermes , fort
sages , très-sobres , et sur-tout, Romains , les
habitans de la ville dont je parle. Les Agyriens
donc répondent à cet homme pervers : Nous
vous donnerons les dîmes qui vous sont dues ,
mais nous n'ajouterons pas la somme que vous
demandez , d'autant plus que votre bail des
dîmes est porté fort haut. Apronius informe de
la chose Verrès , comme y étant le plus intéressé. Aussitôt on eût dit qu'on avoit conspiré
à Agyrone contre la république , ou qu'on
avoit frappé un lieutenant du préteur ; aussitôt
les magistrats et les cinq premiers citoyens sont
mandés d'Agyrone par ordre de Verrès. Ils
viennent à Syracuse. Apronius se présente :
c'étoient , disoit-il , les députés eux-mêmes qui
avoient enfreint l'ordonnance du préteur. Les
députés demandoient en quoi. Je le dirai ,
répondoit Apronius, devant les commissaires.
Verrès , préteur équitable , montroit aux malheureux Agyriens son épouvantail ordinaire ,
il menaçoit de leur donner des commissaires

E 3

parmi ses satellites. Les Agyriens, toujours fermes, consentoient à subir un jugement. Le préteur leur annonçoit pour juges, Artémidore, c'est-à-dire, Cornélius le médecin (1), l'huissier Valérius, le peintre Tlépolème, et d'autres gens pareils, pas un citoyen romain, tous Grecs sacriléges, pervers d'ancienne date, et devenus tout-à-coup des Cornélius. Les Agyriens voyoient qu'Apronius feroit recevoir sans peine toutes les raisons qu'il apporteroit devant de tels commissaires : mais ils aimèrent mieux que le préteur se rendît odieux et se déshonorât en les faisant condamner, que de se soumettre aux loix et aux conditions du décimeur. Ils demandoient à Verrès à quelles fins il donneroit des commissaires. Aux fins,

(1) Voyez plus haut ce que nous avons dit de cet Artémidore, ou médecin Cornélius. —— *Tous Grecs sacriléges.* L'orateur, sans doute, fait allusion ici à Tlépolème et à Hiéron, ces deux frères de Cybire, qu'il dira, dans le discours suivant, avoir été soupçonnés par leurs concitoyens d'avoir pillé un temple d'Apollon. —— *Devenus tout-à-coup des Cornélius,* c'est-à-dire, qui étoient devenus citoyens romains grace à Verrès, et qui avoient pris son prénom : car Verrès se nommoit *Caïus Cornélius Verrès.*

répondit-il , de faire prouver que vous avez enfreint l'ordonnance ; et c'est là-dessus que je rendrai mon jugement (1). Ils aimoient mieux avoir à lutter contre des formes iniques devant d'injustes commissaires , que de s'arranger au gré d'Apronius. Verrès les faisoit avertir secrettement par Timarchide de s'accommoder s'ils étoient sages. Ils persistoient dans leur refus. Quoi donc ? aimez-vous mieux être condamnés chacun à cinquante (2) mille sesterces? Oui , disoient-ils , nous l'aimons mieux. Eh bien ! dit alors Verrès , assez hautement pour être entendu de tout le monde , celui qui sera condamné sera batiu de verges jusqu'à expirer sous les coups. Les Agyriens se mettent alors à le prier et à le conjurer les larmes aux yeux de leur permettre de livrer à Apronius leurs blés, toutes leurs récoltes , toutes les terres qu'ils labouroient, afin de se retirer du moins sans subir une peine corporelle et diffamante.

Voilà , Romains , voilà la loi qu'imposoit

(1) Je voudrois qu'on lût , en partie , d'après un manuscrit , *quâ de re se in judicio dicturum aiebat.*

(2) 3750 livres.

Verrès pour affermer les dîmes. Hortensius peut dire, s'il le veut et s'il l'ose (1), que Verrès en a haussé l'adjudication. Telle a été, sous sà préture, la condition des agriculteurs, qu'ils se croyoient heureux qu'on leur permît de livrer les fonds même à Apronius, par le désir d'échapper à tous les infamans supplices dont on les menaçoit. Il falloit donner, en vertu de l'ordonnance, tout ce que demandoit Apronius ? — Même s'il demandoit plus qu'on avoit recueilli ? — Oui. — Comment cela ? Les magistrats, en vertu de la même ordonnance, devoient les forcer de payer. — Mais le culti- vateur pouvoit répéter ce qu'on lui auroit pris de trop ? — Oui, mais devant le commissaire Artémidore. — Et si le cultivateur avoit donné moins que ne lui demandoit Apronius ? — On pouvoit le poursuivre, le faire condamner à une somme quadruple. — Et où prenoit-on les juges ? — Parmi les hommes de la suite du préteur, qui avoit avec lui des personnages si honnêtes. — Quoi encore ? — Je dis que vous n'avez pas déclaré tous vos arpens. Consentez

(1) Il y a des livres qui portent *volet*, d'autres *audet* ; j'ai réuni les deux mots dans ma traduction.

à être jugé par des commissaires (1) comme ayant enfreint l'ordonnance. — D'où seront tirés les commissaires ? — Des mêmes hommes de la suite du préteur. — Qu'arrivera-t-il enfin ? — Si vous êtes condamné (et pouvoit - on douter qu'on ne le fût avec de tels commissaires ?) , il faudra que vous soyez battu de verges jusqu'à expirer sous les coups. D'après ces loix, d'après ces conditions , y aura-t-il quelqu'un assez insensé, pour croire que ce ne soient que les dîmes qui aient été adjugées ; pour s'imaginer qu'on ait laissé au laboureur les neuf dixièmes ; pour ne pas comprendre que Verrès a fait son profit et sa proie, des biens, des possessions, de toutes les fortunes des agriculteurs ? Effrayés par la crainte d'un supplice ignominieux . les Agyriens consentirent à faire ce qui leur seroit ordonné.

Ecoutez maintenant ce que Verrès leur a

(1) *Recuperatores rejice*, c'est-à-dire *recuperatores recipe , elige*. J'ai observé déja que les parties ayant droit de récuser un certain nombre de juges , on disoit *récuser des juges* pour *choisir des juges ,* parce qu'en récusant on choisit en quelque sorte ceux que l'on garde.

ordonné, et feignez, si vous pouvez, de ne
pas voir ce qu'a vu toute la Sicile, que le
préteur lui-même a été le fermier des dîmes,
ou plutôt le propriétaire unique et le maître
absolu des terres (1). Il ordonne aux Agyriens
de prendre eux-mêmes les dîmes au nom de
la ville, de donner un pot-de-vin à Apronius.
Si celui-ci avoit un bail de dîmes porté fort
haut, vous, Verrès, qui étiez si exact sur
l'adjudication des dîmes, qui, comme vous
dites, l'avez haussée, pourquoi pensiez-vous
qu'on devoit donner un pot-de-vin à l'adjudicataire? Soit; vous le pensiez. Pourquoi
exigiez-vous qu'on le lui donnât? N'est-ce pas
prendre et se faire donner de l'argent, ce qui
est défendu par la loi, que de contraindre
des peuples, par force et par autorité, de se
charger de l'acquisition d'un autre et de lui
donner un pot-de-vin, c'est-à-dire, de lui donner de (2) l'argent? Mais enfin si les Agyriens

(1) J'ai suivi la leçon *arationum* que je préfère à
cetle d'*aratorum*.

(2) *De l'argent;* six cents mille sesterces, prix
à-peu-près de 33,000 médimnes de blé. Ce qui fait
néanmoins une difficulté dans cet endroit, c'est que

ont reçu ordre de donner un modique pot-
de-vin à Apronius, les délices du préteur,
croyez, Romains, que c'est à Apronius qu'il
a été donné, si vous trouvez que c'étoit vraiment un modique pot-de-vin pour le décimeur,
et non un immense butin pour le préteur,
Vous ordonnez, Verrès, aux Agyriens de
prendre les dîmes et de donner à Apronius
trente-trois mille médimnes de blé. Comment ?
une seule ville, un seul territoire, est obligé,
par ordre du préteur, de donner à Apronius
ce qui suffiroit presque pour la provision du
peuple de Rome pendant un mois. Et vous
dites avoir haussé l'adjudication des dîmes,
lorsque vous avez fait donner un pareil surcroît à un décimeur ! Assurément, si vous
eussiez été si exact pour l'adjudication des
dîmes, les Agyriens, lorsque vous affermiez les
dîmes, auroient plutôt enchéri de dix mille
médimnes (1) que de donner ensuite six cents
mille sesterces.

tantôt l'orateur parle comme si les 33,000 médimnes
avoient été payés en blé, tantôt comme s'ils avoient
été payés en argent.

(1) D'après l'autorité de plusieurs savans, au lieu

Voilà un butin assez considérable : écoutez
le reste avec attention ; et vous serez moins
surpris que les Siciliens , forcés par la nécessité , aient imploré le secours de leurs protecteurs , des consuls, du sénat , des loix et des
tribunaux. Pour l'examen du blé (1) qui seroit
donné à Apronius , Verrès commande aux
Agyriens de lui compter trois sesterces par

de *medimna* j'ai lu *medimnûm* en sous - entendant
millia. -- Six cents mille sesterces (75,000 liv) étoient
à-peu-près le produit en argent de trente-trois mille
médimnes de blé. Il falloit six boisseaux pour un
médimne. Trente-trois mille médimnes se résolvent
en cent quatre-vingt-dix-huit mille boisseaux. En
mettant le prix du boisseau à trois sesterces , on a
cinq cents quatre - vingt - quatorze mille sesterces ,
c'est-à-dire six cents mille sesterces moins six mille :
le boisseau étoit donc compté à un peu plus de trois
sesterces.

(1) Verrès faisoit examiner le blé , et quand il
n'étoit pas assez bon à sa fantaisie ou à celle d'Apronius , il faisoit donner tant de sesterces par médimnes.
Nous voyons ici qu'il fait donner aux Agyriens trois
sesterces, et non trois mille, comme le voudroit Paul
Manuce. Ainsi , ou il faut lire *sestertii tres,* ce que
je voudrois ; ou H - S 111 doit s'entendre de cette
manière.

médimne. Comment? après les avoir forcés de
donner une si grande quantité de blé à titre
de pot-de-vin , on exigera encore de l'argent
pour l'examen du, blé ? Quand il auroit fallu
en mesurer pour l'armée , Apronius , ou tout
autre , pouvoit-il refuser le blé de Sicile , puisqu'il pouvoit le mesurer dans l'aire même ,
s'il le vouloit ? Une si grande quantité de blé
est exigée et donnée par votre ordre. Ce n'est
point assez. On exige en outre de l'argent ; il
est donné. C'est peu de chose. On force de
donner d'autre argent pour les dîmes de l'orge.
Vous faites donner, Verrès , trente mille sesterces (1) à titre de pot-de-vin. Ainsi la violence , les menaces , l'autorité , l'injustice du
préteur , enlèvent à une seule ville trente-trois
mille médimnes de blé et en outre soixante
mille sesterces (2). Ces faits sont-ils obscurs ,

(1) 3750 livres.

(2) 7500 livres. Mais la somme est beaucoup moins
forte qu'elle ne devroit l'être. Nous avons 30,000 sesterces pour pot-de-vin des dîmes de l'orge , et 99,000
pour les trois sesterces par médimne , ce qui en fait
en tout 129,000 sesterces , 16,125 livres. Ainsi au
lieu de H-SLX il faudroit écrire H-SCXXIX.

ou peuvent-ils l'être quand tout le monde le voudroit? N'avez-vous pas traité la chose publiquement? N'avez-vous pas donné vos ordres en pleine assemblée? N'avez-vous pas exigé le blé et l'argent en présence de tout le monde? Les magistrats d'Agyrone et les cinq premiers citoyens que vous aviez mandés pour votre intérêt, ont fait chez eux à leur sénat le rapport de tous vos actes tyranniques. Le rapport, conformément à leurs loix, a été porté sur les registres de la ville. Les deputés, personnages des plus qualifiés, sont à Rome, ils ont confirmé ce que je dis par leur déposition. Ecoutez, Romains, les registres d'Agyrone, et ensuite la déposition de ses députés. Greffier, lisez les registres.

On lit les registres.

Lisez la déposition des députés.

On lit la déposition des députés.

On a pu le remarquer dans cette dépostion; Apollodore, surnommé Pyragre, le premier de sa ville, disoit et protestoit, les larmes aux yeux, que, depuis que les Siciliens avoient entendu parler de Rome, depuis qu'ils l'avoient connue, les habitans d'Agyrone n'avoient rien

dit ou fait contre les derniers de nos concitoyens, eux qui aujourd'hui étoient forcés, par
les plus criantes vexations et le plus vif ressentiment, de deposer au nom de leur ville
contre un préteur du peuple romain. Aucune
défense, Verrès, non . aucune défense ne sauroit détruire le témoignage de cette seule ville ;
tant les hommes qui le rendent sont dignes
de foi par leur dévouement à notre empire !
tant ils sont pénétrés des injures qu'ils ont
reçues ! tant ils déposent avec un scrupule
religieux !

Mais ce n'est point une seule ville dont les
députations et les dépositions publiques vous
poursuivent ; toutes les autres ensemble, qui
ont essuyé les mêmes désastres, vous poursui-
vront de même. Voyons, en effet, comment
Herbite, ville distinguée et auparavant opulente, a été pillée et désolée par Verrès. Mais
quels sont ses habitans ? De parfaits cultivateurs, qui détestent le barreau, les plaidoieries,
les contestations judiciaires : vous deviez,
lâche tyran, épargner cette classe d'hommes,
les ménager, les conserver avec le plus grand
soin. La première année, les dîmes de leur
territoire furent affermées dix-huit mille mé-

dimnes de blé. Un huissier du préteur (1), et
son ministre dans les dîmes, avoit pris le bail ;
il s'étoit rendu à Herbite au nom du préfet
de Verrès avec des esclaves de Vénus; la ville
lui avoit assigné un logement ; les citoyens
d'Herbite sont forcés de lui donner pour pot-
de-vin trente - sept mille médimnes de blé,
quoique les dîmes n'eussent été affermées que
dix-huit mille. Et ils sont forcés de lui donner ce surcroît au nom de la ville, lorsque les
cultivateurs en particulier dépouillés déja et
tourmentés par les vexations des décimeurs,
s'étoient enfuis des campagnes.

La seconde année, Apronius ayant pris les
dîmes pour vingt-cinq mille médimnes de blé,
et étant venu lui - même à Herbite avec sa
troupe de brigands , le peuple, au nom de la
ville, fut obligé de contribuer pour lui fournir

---

(1) J'ai suivi la leçon *accensus istius , item mi-
nister.* —— *Au nom du préfet de Verrès.* On sait que
le *préfet* étoit un des principaux officiers du préteur.
Apparemment que l'huissier de Verrès n'avoit pas
affermé les dîmes en son propre nom , mais au nom
du préfet de ce préteur.

vingt-six mille boisseaux (1) de pot-de-vin , et
en outre deux mille sesterces. Pour ce qui est
de l'argent , je doute s'il n'a pas été donné à
Apronius lui-même comme salaire de sa peine
et prix de son impudence. Mais peut-on douter que d'une telle quantité de blé , comme
de celui d'Agyrone , il ne soit venu la plus
grande partie à Verrès , à ce dévastateur des
campagnes ?

La troisième année , le préteur a suivi pour
ce territoire l'usage de certains monarques. Les
rois de Perse et de Syrie sont , dit-on , dans
l'usage d'avoir plusieurs femmes , et d'assigner

(1) J'ai mis 26,000 boisseaux au lieu de 26,000
médimnes , parce que , si le pot-de-vin eût monté plus
haut que les dîmes mêmes , Cicéron en eût averti ,
comme il a déja fait et fera dans la suite , et parce
que souvent dans ce discours boisseau a été mis pour
médimne et médimne pour boisseau. Les deux mille
sesterces (250 livres) en sus étoient , sans doute ,
pour l'examen du blé. Mais la somme est bien forte ,
même en lisant boisseaux au lieu de médimnes. Dans
36,000 boisseaux il y a environ 4333 médimnes. Or
en exigeant trois sesterces par médimne , comme on a
vu plus haut , ou auroit 21,999 sesterces.

Tome IV. F

pour leur parure des villes en cette manière :
telle ville fournira pour (1) les rubans, telle
pour les colliers, telle pour les coiffures. Ainsi
ils ont dans tous les peuples, non-seulement
des témoins, mais encore des ministres de
leurs dissolutions. Verrès, qui se regardoit dans
la Sicile comme un maître absolu, s'est permis
le même abus de pouvoir et la même licence.
Eschrion de Syracuse a pour femme une nommée Pippa, nom célèbre dans toute la Sicile
par les déréglemens de Verrès, et par les cou-
plets sans nombre qu'on affichoit sur le tribunal et jusqu'au-dessus de la tête du préteur.
Eschrion, époux honoraire de Pippa, est installé
nouveau fermier public pour les dîmes d'Herbite.
Les habitans, qui voyoient que, si les enchères
d'Eschrion prévaloient, ils seroient dépouillés
au gré d'une femme dissolue, enchérirent tant
qu'ils crurent pouvoir le faire. Eschrion mettoit toujours au-dessus d'eux ; il ne craignoit
pas que, sous la préture de Verrès, aucune
adjudication pût tourner au désavantage d'une
fermière publique. Les dîmes sont affermées

(1) Je crois avec d'habiles critiques qu'il faut lire
in redimiculum.

trente-cinq mille (1) médimnes ; c'étoit près de
la moitié plus que l'année précédente. Les
agriculteurs se voyoient ruinés totalement,
d'autant plus que les années précédentes ils
s'étoient vus presque entièrement épuisés. Verrès ayant remarqué que les dîmes avoient été
portées trop haut pour qu'on pût rien tirer
de plus des Herbitains , retranche de l'impôt
public six cents médimnes (2), et au lieu
de trente-cinq mille fait porter sur les registres
trente-quatre mille quatre cents.

Docimus avoit pris à ferme les dîmes de
l'orge du même territoire. C'est ce Docimus
qui avoit amené à Verrès la Tertia , fille du
comédien Isidore , enlevée par lui de force à un

(1) Il y a certainement faute dans le texte pour les
nombres : les dîmes, l'année précédente , avoient été
affermées 25,000 médimnes. Or c'est bien plus que la
moitié de 35,000.

(2) J'ai suivi la leçon *medimna* D C. J'ai chargé
les nombres dans ce qui suit, afin que tout s'accorde.
Verrès avoit retranché du capital , de *capite* , de ce
que devoient payer les Herbitains , de ce qui devoit
revenir au peuple romain, de l'impôt public , pour
procurer un bénéfice à une femme dissolue , à une
Pippa.

F 2

musicien de Rhodes. Cette Tertia avoit plus
d'empire sur l'esprit de Verrès que Pippa et les
autres ; je dirai presque qu'elle étoit aussi puissante dans la préture de Sicile que l'avoit été
la Chélidon dans la préture de Rome. Les deux
rivaux du préteur , qui ne lui étoient pas in-
commodes , se rendent à Herbite : ces agens
criminels de femmes dissolues demandent ,
exigent, menacent. Ils ne pouvoient toutefois,
malgré leur désir, imiter Apronius : les Siciliens
ne redoutoient pas autant leurs compatriotes.
Nos nouveaux décimeurs faisoient mille mauvaises difficultés ; les Herbitains s'engagent à
plaider contr'eux à Syracuse. Quand ils furent
venus , on les oblige de donner à Eschrion,
c'est-à-dire à Pippa , ce qu'on avoit retranché
de l'impôt public, trois mille six cents boisseaux (1). Verrès ne voulut pas donner sur les
dîmes à une fermière prostituée un trop fort
bénéfice ; elle auroit pu renoncer à son trafic

_____

(1) J'ai suivi la leçon *tritici modios* MMMDC.
Nous avons dit qu'il falloit six boisseaux pour faire
un médimne. Or trois mille six cents boisseaux font
les six cents médimnes que nous avons vu plus haut
avoir été retranchés de l'impôt public.

nocturne pour prendre nos impôts à ferme.
Les Herbitains croyoient tout fini, lorsque
Verrès prenant la parole, et l'orge, dit-il, et
Docimus, mon tendre ami, qu'en pensez-vous?
Observons que Verrès traitoit cette affaire dans
sa chambre, de son lit. Nous n'avons reçu
aucun ordre, disent les députés d'Herbite. Je
n'entends pas, dit-il; comptez quinze mille sesterces (1). Que pouvoient faire ces malheureux? Pouvoient-ils refuser? sur-tout lorsqu'ils
voyoient dans le lit de Verrès les traces encore
récentes d'une fermière publique, dont la passion l'enflammoit, l'excitoit à ne faire aucune
remise. Ainsi, sous la préture de Verrès, toute
une ville de nos alliés et de nos amis s'est vue
tributaire de deux infames courtisanes. Je vais
plus loin : je dis que, par tout ce blé, par tout
cet argent donné aux décimeurs, la ville
d'Herbite n'a pu encore racheter ses citoyens
de leurs vexations. Après avoir enlevé et pillé
les biens des cultivateurs, on les obligeoit de
donner aux décimeurs les additions de marché,
qui les ont réduits enfin à déserter les villes et
les campagnes. Aussi, lorsque Philinus d'Her-

_____

(1) 1875 livres.

F 3

bite, distingué par sa sagesse, par son éloquence, et par la noblesse de son extraction,
parloit, au nom de toute sa ville, de l'infortune
des cultivateurs, de leur fuite, du petit nombre
de ceux qui restoient, on a vu éclater les gémissemens du peuple romain, qui s'est toujours trouvé eu foule à cette cause.

Je dirai dans un autre endroit combien la
Sicile a perdu de laboureurs ; il est une réflexion que j'avois presque oubliée, et que je ne
crois pas maintenant devoir tout-à-fait omettre.
Je vous le demande, Romains, comment devez
vous souffrir, comment pouvez-vous entendre,
que Verrès ait retranché de l'impôt public ? Il
ne s'est rencontré encore qu'un homme depuis
que Rome existe (fassent les dieux qu'il ne
s'en rencontre pas un second !) à qui la république se soit livrée toute entière, forcée par
les circonstances et par les discordes intestines ;
c'est Sylla. Il étoit si puissant que personne,
malgré lui, ne pouvoit conserver, ni ses biens,
ni sa patrie, ni ses jours. Telle étoit sa confiance audacieuse : quand il vendoit les biens
des citoyens romains, il ne craignoit pas de dire
en pleine assemblée qu'il vendoit son butin. Loin
de changer rien à ses actes, dans la crainte

de plus grands désordres et de plus grands malheurs, nous les autorisons, nous les maintenons.
Il en est un seul qu'on ait réformé par un sénatus-consulte : il a été décidé que ceux pour lesquels il auroit retranché de l'impôt public ,
rapporteroient les deniers au trésor. Ainsi l'a
statué le sénat ; celui même auquel on avoit
donné toute puissance , il ne lui étoit pas permis de diminuer les fonds dont le recouvre-
ment étoit dû à ses armes (1) et à son courage.
Les pères conscrits ont jugé que Sylla n'avoit
pu prendre sur les fonds publics pour donner
à de braves guerriers ; et les sénateurs jugeront
que vous, Verrès, vous étiez autorisé à grati-
fier de nos fonds une infame courtisane ! Celui
pour qui le peuple avoit ordonné par une loi
que sa volonté feroit loi dans la république , a
cependant été réformé dans ce seul point par
respect pour les loix anciennes ; vous, Verrès,
enchaîné par toutes les loix , vous avez voulu
que votre caprice fît loi ! On blâme dans le dictateur d'avoir pris sur les fonds qu'il avoit re-
couvrés lui-même ; et on vous passera d'avoir
pris sur le fonds même des revenus du peuple
romain !

(1) J'ai admis la restitution *ab ipso factarum*.

F 4

Dans ce genre d'audace , il s'est conduit beaucoup plus impudemment encore pour les dîmes de Ségeste (1). Il les avoit adjugées au même Docimus , c'est-à-dire à Tertia , pour cinq mille boisseaux de blé , et quinze mille sesterces en sus ; il força la ville de Ségeste de les prendre de Docimus aux mêmes conditions, ce que vous allez voir par la déposition des députés ségestains. Greffier , lisez la déposition des députés.

On lit la déposition.

Vous venez d'entendre à quelles conditions la ville de Ségeste a pris de Docimus les dîmes, c'est-à-dire pour cinq mille boisseaux de blé, et quinze mille sesterces en sus. Apprenez maintenant , d'après sa propre loi , combien Verrès a déclaré les avoir affermées.

(1) Ségeste étoit une ville franche , *immunis* ; comment donc Verrès a-t-il exigé des dîmes de cette ville ? ou comment, s'il l'a fait, Cicéron ne le lui reproche-t-il pas ? Cette ville apparemment cultivoit des fonds hors de son territoire ; et c'étoit pour ces fonds qu'elle devoit des dîmes ; ou bien des étrangers , faisant valoir sur son fonds , devoient des dîmes au peuple romain. — *Quinze mille sesterces ,* 1875 liures.

On lit la loi pour l'adjudication des dîmes sous la préture de Caïus Verrès.

Vous voyez que, pour cet article, il a retranché trois mille boisseaux (1) de la somme de blé qui doit revenir au peuple romain. C'est notre propre subsistance, c'est la substance de nos revenus, c'est le sang même du trésor qu'il a abandonné à la comédienne Tertia. Enlever cette quantité de grains à des alliés, quelle effronterie ! La donner à une prostituée, quelle infamie ! L'ôter au peuple romain, quel attentat ! Falsifier des registres publics, quelle audace ! Aucune puissance, aucune largesse, pourront-elles, Verrès, vous dérober à la sévérité des juges ? Mais si elles vous y déroboient, ne voyez-vous pas que tous ces délits sont du ressort d'un autre tribunal (2), appartiennent au jugement de péculat ? Je me réserverai donc ce chef tout entier ; je reviens à l'article des blés et des dîmes qui est mon objet.

(1) Verrès avoit donc déclaré n'avoir affermé les dîmes de Ségeste que 2000 boisseaux de blé.

(2) Cicéron menace ici Verrès de le citer devant le tribunal qui connoissoit des crimes de péculat.

Les territoires les plus étendus, les plus fertiles, le préteur les pilloit lui - même , c'est-
à-dire par le ministère d'Apronius , de ce second Verrès. Pour les villes de moindre importance , il avoit de légères meutes, des vo-
leurs subalternes qu'il lâchoit , forçant les villes
même de leur donner du blé ou de l'argent.
Valentius en Sicile est interprète. Il servoit
moins à Verrès d'interprète pour la langue
grecque , que de ministre pour ses vols et ses
infamies. Ce vil et indigent personnage devient
tout-à-coup décimeur. Il prend les dîmes du
territoire de Lipare, territoire sec et aride, pour
six cents médimnes de blé. On mande les Lipariens , on les force de prendre eux-mêmes
les dîmes , et de compter à Valentius trente
mille sesterces (1) de pot-de-vin. Au nom des
dieux , Verrès , que direz-vous pour votre défense ? Direz-vous que vous aviez adjugé les
dîmes pour si peu , que la ville d'elle-même
ajoutoit aux six cents médimnes , un bénéfice
de trente mille sesterces, c'est-à-dire deux mille
médimnes (2) de blé ? Ou bien direz-vous que

(1) 3750 livres.
(2) 2000 médimnes font 12,000 boisseaux ; il falloit

vous aviez porté fort haut l'adjudication des dîmes, et que vous avez forcé les Lipariens de donner cette somme malgré eux ? Mais pourquoi vous demander ce que vous alléguerez pour votre défense, plutôt que d'apprendre de la ville même la vérité du fait ? Greffier, lisez la déposition des députés de Lipare, et ensuite comment on a remis la somme à Valentius.

On lit la déposition des députés, et un extrait des registres publics où est portée la somme remise.

Quoi donc, Verrès, une ville si pauvre, si éloignée de votre vue et si peu sous votre main, séparée de la Sicile (1) et placée dans une petite île inculte, déja accablée par vous des plus horribles vexations, a-t-elle encore été pour vous dans l'article des blés une proie et un butin ? Vous avez donc abandonné toute

donc que le boisseau ne fût compté que deux sesterces et demi, pour que 12,000 boisseaux pussent équivaloir à 30,000 sesterces.

(1) Ainsi l'île de Lipare et la ville du même nom, quoique non comprises dans la Sicile, étoient renfermées dans le ressort du préteur de Sicile. Au lieu d'*insulâ*, des éditions portent *insululâ*.

cette île à un de vos compagnons de plaisir, en lui faisant des excuses sur la modicité du présent ? On exigeoit donc aussi d'elle des additions au marché dans les baux des dîmes, comme des villes de l'intérieur de la province ? Aussi les habitans malheureux qui, avant votre préture, rachetoient leurs petits champs des pirates, se sont-ils rachetés eux-mêmes de vous à prix d'argent.

Et la ville de Tissa, qui est si petite et si pauvre, mais dont les habitans sont des laboureurs si actifs et si économes, ne leur a-t-on pas enlevé, à titre de pot-de-vin, plus de blé qu'ils n'en avoient cultivé ? Vous leur avez envoyé pour décimeur Diognote, esclave de Vénus, nouvelle espèce de fermiers de nos domaines. Pourquoi à Rome, d'après l'exemple de Verrès, ne faisons-nous pas aussi entrer les esclaves publics dans l'administration des impôts ? La seconde année, les habitans de Tissa sont obligés de donner malgré eux un pot-de-vin de vingt-et-un mille sesterces (1). La troisième année, ils ont été forcés d'en donner un de trente mille boisseaux de blé à Diognote,

(1) 2625 livres.

esclave de Vénus. Et ce Diognote qui tire de
si grands bénéfices dans les baux de nos dîmes,
n'a point d'esclaves à lui, n'a absolument aucun pécule (1). Doutez encore, Romains, si
vous pouvez, doutez si un esclave de Vénus,
appariteur de Verrès, a reçu pour lui-même
une si grande quantité de blé, ou l'a fait
donner pour son maître. La déposition des
députés de Tissa va vous convaincre de ces
faits.

On lit la déposition des députés de Tissa.

Est-il douteux, Romains, que le préteur
lui-même ne soit décimeur, puisque ses appariteurs font donner du blé aux villes, puisqu'ils exigent des sommes d'argent, puisqu'ils
emportent, à titre de pot-de-vin, plus qu'ils
ne doivent donner au peuple romain à titre
de dîmes ? Telle a été, Verrès, l'équité de
votre gouvernement, telle a été la dignité de
votre préture, que vous avez rendu des esclaves

_____

(1) On appeloit *pécule* l'argent qu'amassoit un esclave dans les momens où on lui permettoit de travailler pour lui. Avec cet argent il achetoit quelquefois un esclave qui étoit à lui et qui travailloit sous
lui.

de Vénus maîtres des Siciliens. Telle a été sous vous la distinction des états et des conditions, que les agriculteurs étoient rangés au nombre des esclaves et les esclaves mis au rang des fermiers de nos domaines.

Et les malheureux habitans d'Amestra, quoiqu'on leur eût imposé des dîmes si fortes qu'il ne leur restoit rien, n'ont-ils pas toutefois été forcés de compter de l'argent ? Les dîmes sont adjugées à Césius en présence des députés de la ville. On force sur-le-champ Héraclius, un des députés, de compter à l'adjudicataire vingt-deux mille sesterces (1). Quelle conduite ! quelle violence ! quelle rapine ! quel indigne pillage des alliés ! Si Héraclius avoit reçu ordre de son sénat de prendre le bail des dîmes, il l'auroit pris : sinon, comment pouvoit-il de son chef compter une somme d'argent ? Il déclare à son retour qu'il l'a donnée à Césius. Vous allez en être instruits par les registres publics. Greffier, lisez l'extrait des registres.

On lit l'extrait des registres.

Quel décret de son sénat autorisoit Héraclius

(1) 4000 livres.

à compter de l'argent ? aucun. Pourquoi en
a-t-il compté ? il y a été contraint. Qui le dit ?
toute la ville. Lisez la déposition des députés
d'Amestra.

On lit la déposition des députés d'Amestra.

Vous voyez par la même déposition que la
seconde année, pour une raison pareille, on
a extorqué à la même ville et donné à Venno-
nius une somme d'argent. Mais après avoir
adjugé à Banobale, esclave de Vénus, (apprenez, Romains, les noms des fermiers de
vos domaines) après lui avoir adjugé pour huit
cents médimnes de blé les dîmes des habitans
d'Amestra, hommes fort peu riches, Verrès
les force d'ajouter pour pot-de-vin plus que les
dîmes n'avoient été affermées, encore que l'adjudication en eût été portée fort haut. Ils donnent à Banobale (1) pour huit cents médimnes
de blé quinze mille sesterces. Et assurément il
n'eût point été assez insensé pour souffrir que,

_____

(1) J'ai lu *dant Banobali pro medimnis D C C C
H-S MD.* 800 médimnes font 4800 boisseaux, et
mettant même le boisseau à trois sesterces, on n'a
que 14,400 sesterces. — *Quinze mille sesterces,*
1875 livres.

sur un domaine du peuple romain, on donnât
à un esclave de Vénus plus qu'au peuple romain, si tout ce butin, sous le nom d'un esclave, n'eût pas été pour lui-même.

Les habitans de Pétra, quoique l'adjudication de leurs dîmes eût été portée fort haut,
ont été néanmoins réduits à donner malgré
eux quarante mille sesterces (1) à Névius Turpio,
homme pervers, qui a été condamné pour des
violences sous la préture de Sacerdos. Aviez-
vous donc, Verrès, affermé si peu les dîmes,
que quarante-cinq mille sesterces de pot-de-
vin fussent données au décimeur, lorsque les
dîmes n'avoient été affermées que dix - huit
mille boisseaux ou trois mille médimnes?
Direz-vous que vous avez porté fort haut l'adjudication des dîmes de ce territoire? C'est là
se vanter, sinon d'avoir fait donner un surcroît de marché à Turpion, du moins d'avoir
arraché une somme aux habitans de Pétra.

Et la ville d'Halicie, où les étrangers rési-

_____

(1) 5625 livres. Le texte est entièrement altéré
dans tout cet article : je n'ai pu traduire qu'en le
restituant d'après les conjectures d'habiles critiques,
et changeant les sommes.

dans

dans paient des dîmes, et où les terres des citoyens sont exemptes, n'a-t-elle pas été forcée
de donner quinze mille sesterces (1) au même
Turpion, lorsque les dîmes n'avoient été affermées que cent médimnes? Quand vous pourriez faire croire, ce que vous voudriez sur-tout,
que toutes ces sommes sont entrées dans les
coffres des décimeurs et non dans les vôtres;
cependant des exactions aussi odieuses, autorisées par vous, ne devroient-elles pas vous
porter préjudice et opérer votre condamnation?
Mais ne pouvant jamais persuader à personne
que vous ayez été assez insensé pour vouloir
qu'un Apronius et un Turpion, ces vils esclaves,
s'enrichissent à vos périls, aux périls de vos
enfans; doutera-t-on, je vous le demande, que
ce ne soit pour vous que ces émissaires ont recueilli tout cet argent?

Ségeste est une ville franche; on dépêche
aussi contre elle le décimeur Symmaque, esclave de Vénus. Il présente une lettre de Verrès
qui, au mépris de tous les sénatus-consultes,
de tous les droits, de la loi Rupilia, porte que
les cultivateurs s'engageront à plaider devant

_____
(1) 1875 livres.

Tome IV   G

d'autres juges que leurs juges naturels. Ecoutez la lettre envoyée aux Ségestains.

On lit la lettre de Verrès.

Vous allez voir comment l'esclave de Vénus a insulté tous les cultivateurs ; je vous en convaincrai par le seul arrangement fait avec un personnage qualifié et accrédité. Le reste est dans le même genre.

Dioclès de Palerme, surnommé Phimès, distingué par son rang et par sa naissance, avoit pris à ferme pour six mille sesterces (1) une terre dans les campagnes de Ségeste : car les citoyens de Palerme font valoir dans ces campagnes. Dioclès ayant été frappé au sujet de la dîme par l'esclave de Vénus, s'arrangea pour lui donner seize mille six cents cinquante-quatre sesterces (2). Vous en serez convaincus par la lecture de ses registres.

On lit les registres de Dioclès de Palerme.

Annéius Brocchus, ce vertueux sénateur, qui jouit, comme vous savez, de la plus grande considération, a été forcé de donner au même

(1) 750 livres.

(2) Environ 2081 livres.

Symmaque de l'argent outre le blé. Un tel homme, un sénateur du peuple romain, s'est-il donc vu, sous votre préture, rançonné par un esclave de Vénus ? Si vous ne pensiez pas que l'ordre des sénateurs l'emportoit pour le rang sur les autres, ne saviez-vous pas qu'il étoit chargé de l'administration de la justice ? Auparavant, lorsque l'ordre des chevaliers avoit le département (1) des tribunaux, les magistrats pervers et cupides faisoient la cour, dans leurs provinces, aux fermiers de nos domaines : ils accordoient des distinctions aux employés dans les fermes ; tout chevalier qu'ils voyoient dans leur gouvernement, ils le combloient de bienfaits et d'égards. Et ces attentions n'étoient pas aussi utiles aux coupables, qu'il leur étoit nuisible d'avoir agi en quelque chose contre les intérêts et le vœu de l'ordre équestre. C'étoit alors parmi les chevaliers romains une espèce de règle invariable, établie par eux comme de concert, que celui

(1) Les chevaliers romains, en vertu de la loi Sempronia, avoient eu d'abord le département des tribunaux, que Sylla leur ôta ensuite pour le donner aux sénateurs,

G 2

qui auroit jugé un seul chevalier romain digne
d'essuyer un affront , seroit jugé par tout l'ordre
digne d'éprouver une disgrace. Avez - vous
donc, Verrès , méprisé l'ordre des sénateurs ?
Avez-vous étendu sur tous les rangs vos criantes
injustices et vos tyranniques exactions ? Avez-
vous décidé et déterminé dans votre esprit de
récuser pour juges tous ceux , sans distinction,
qui avoient du bien , ou qui auroient mis le
pié dans la Sicile sous votre préture, sans faire
réflexion qu'il vous faudroit toujours avoir
pour juges des hommes de cet ordre ? Et quand
même ces juges ne seroient animés contre vous
par aucun sujet de plainte personnelle, ils pen-
seroient néanmoins qu'ils ont été insultés dans
l'injure faite à un de leurs membres ; que ,
dans la personne d'un seul , la dignité de tout
l'ordre a été méprisée et avilie. Or le mépris ,
Romains, est ce qu'il y a de plus difficile à
dévorer. Tout affront est fait pour piquer et
révolter une ame noble et généreuse. Vous
avez , Verrès , dépouillé les Siciliens. Les injures faites aux peuples des provinces , ne de-
meurent que trop souvent impunies. Vous avez
persécuté les commerçans. Ce n'est que raré-
ment et malgré eux qu'ils se transportent à

Rome. Vous avez livré les chevaliers romains aux vexations d'Apronius. En quoi peuvent-ils vous nuire à présent qu'ils ne sont plus du nombre des juges ? Mais lorsque vous outragez d'une manière atroce les sénateurs même, n'est-ce pas comme si vous disiez : Donnez-moi encore ce sénateur ; je veux que cet auguste nom paroisse fait pour être en butte, non-seulement à la haine des ignorans, mais encore aux outrages des méchans.

Mais Brocchus n'est pas le seul qu'il ait traité aussi mal; il en agi de même avec tous les sénateurs, au point que le nom de notre ordre lui paroissoit moins propre à être honoré qu'à être outragé. La première année de sa préture, dans le tems même où l'illustre et courageux Cassius étoit consul, de quelle manière indigne Verrès n'en a-t-il pas usé avec lui? Son épouse, dame de la première distinction, possédoit dans le pays des Léontins des terres qui faisoient partie de son patrimoine : il a fait enlever tout son blé sous prétexte des dîmes. Vous aurez, Verrès, Cassius pour témoin dans cette cause, puisque vous avez obtenu de ne pas l'avoir pour juge. Vous, Romains, qui nous jugez, vous devez vous persuader qu'il

G 3

existe entre nous des rapports communs qui nous unissent. Notre ordre est sujet à porter bien des charges, à essuyer bien des travaux ; il est exposé, non-seulement à une foule de loix (1) et de procédures plus rigoureuses, mais encore à beaucoup de bruits fâcheux et de conjectures critiques. Placés en quelque sorte dans un lieu découvert et élevé, nous sommes comme battus par tous les orages de la prévention et de la haine. Tels sont les désagrémens et les désavantages de notre condition ; ne conserverons-nous pas même, Romains, la prérogative de n'être point regardés par nos magistrats comme dignes de mépris et ne méritant aucune attention quand nous poursuivons nos droits ?

Revenons aux dîmes (2). Les Thermitains avoient envoyé des députés pour prendre les dîmes de leur territoire : ils jugeoient important pour eux que la ville les prît même bien au-

---

(1) Nous voyons, dans les plaidoyers pour Cluentius et pour Rabinius Postumus, que les sénateurs étoient assujettis à des loix auxquelles ne l'étoient pas les autres citoyens.

(2) J'ai ajouté de moi cette petite phrase pour faire une transition.

dessus de leur valeur, plutôt que de tomber entre les mains d'un émissaire de Verrès. On avoit aposté un certain Vénuléius pour les prendre à ferme. Il ne cessoit pas d'enchérir. Les Thermitains enchérissoient aussi tant que l'enchère paroissoit tolérable : ils renoncèrent enfin : les dîmes sont (1) adjugées à Vénuléius pour sept mille boisseaux de blé. Possidote, un des députés, fait son rapport. Il n'y avoit personne qui ne trouvât la chose révoltante ; cependant on donne à Vénuléius, pour se garantir de ses vexations, outre les sept mille boisseaux, deux mille sesterces. D'où l'on voit aisément quel étoit le salaire du décimeur et le butin du préteur. Greffier, lisez - nous les registres des Thermitains et la déposition de leurs députés.

Le Greffier lit.

Vous avez forcé, Verrès, les malheureux

(1) J'ai traduit comme si on lisoit, *addicuntur* (*decumae*) *tritici modiis VII millibus*. Je voudrois que plus bas on répétât ainsi la même somme de boisseaux, *tritici modiorum VII millia* en supprimant dans la somme des sesterces, *ce millia* que suppriment de bonnes éditions. ━━ Deux mille sesterces, 250 livres.

habitans d'Achare (1) à qui on avoit enlevé
tout leur blé ; qui se trouvoient déja épuisés et
ruinés par toutes vos vexations, vous les avez
forcés de payer un tribut, de donner vingt
mille sesterces à Apronius. Greffier, lisez le
décret au sujet du tribut, et la déposition des
députés d'Achare.

Le Greffier lit.

Quoique les dîmes du territoire d'Enna eussent été affermées trois mille deux cents médimnes, on les força de donner à Apronius
dix-huit mille boisseaux et trois mille sesterces (1).

Faites, je vous prie, attention, Romains, à
la quantité de blé recueillie dans tous les territoires sujets aux dîmes : car je parcours toutes
les villes qui doivent des dîmes, et je m'occupe maintenant à montrer, non comment
chaque agriculteur en particulier a été entièrement ruiné, mais comment les peuples ont
donné des pots-de-vin aux décimeurs pour

_____

(1) J'ai préféré la leçon *Acharenses*, et plus bas
Acharensium. Vingt mille sesterces, 2500 livres.

(1) 375 livres.

qu'avec ce surcroît de gain, ils se retirassent de leurs villes et de leurs campagnes, satisfaits et assouvis.

Pourquoi, Verrès, dans votre troisième année, avez-vous exigé des habitans de Calacte que les dîmes de leur terriroire, qu'ils livroient ordinairement dans la ville même, ils les portassent à Amestra au décimeur Césius; ce qu'ils n'avoient point fait avant votre préture, et ce que vous n'aviez point réglé vous-même durant deux années? Pourquoi avez-vous déchaîné contre le territoire de Mutya (1), un Théomnaste? Ce Syracusain a tellement vexé les agriculteurs, qu'ils étoient forcés par la disette, ce que je montrerai aussi pour d'autres villes, d'acheter du blé pour la seconde dîme.

Vous verrez, Romains, par les arrangemens que les citoyens d'Hybla ont faits avec le décimeur Sergius, qu'on a enlevé aux agriculteurs six fois (2) autant de blé qu'ils en avoient semé.

(1) J'ai préféré la leçon *Mutyensem* à celle de *Mutycensem*.

(2) C'est-à-dire presque toute la récolte, puisque, suivant Cicéron, le plus fort produit des terres en Sicile, et produit rare, étoit au décuple.

Greffier, lisez dans les registres publics le produit des terres ensemencées, et les arrangemens
faits avec l'esclave de Vénus.

Le Greffier lit.

Ecoutez encore, Romains, les déclarations
de terres ensemencées, et les arrangemens des
citoyens de Ména avec l'esclave de Vénus.
Greffier, lisez l'extrait des registres publics.

Le Greffier lit.

Souffrirez-vous, Romains, que vos alliés,
que vos laboureurs, que des hommes qui travaillent pour vous, qui vous consacrent leurs
peines, qui, en nourrissant le peuple de Rome,
veulent du moins qu'il leur reste assez pour se
nourrir eux et leurs enfans ; souffrirez-vous
qu'on les traite aussi indignement, qu'on les
accable d'outrages, et qu'on leur enlève plus
qu'ils n'ont recueilli ?

Je sens, Romains, qu'il est tems de m'arrêter, et que je dois prévenir vos dégoûts. Je ne
m'étendrai pas davantage sur un seul chef d'accusation ; mais en supprimant les autres faits
dans mon discours, je les laisserai dans la
cause. Vous entendrez les plaintes des Agrigentins, ces hommes aussi braves qu'agriculteurs

vigilans. Vous apprendrez les afflictions et les vexations qu'ont essuyées les habitans actifs et laborieux d'Entelle. On vous montrera les maux qu'ont soufferts les citoyens (1) d'Héraclée, de Géla, de Solence : vous saurez que les campagnes des habitans de Catane, ces hommes riches, qui nous sont dévoués, ont été ravagées par Apronius. Vous verrez que la ville célèbre de Tyndare, que les villes de Céphalède, d'Halence, d'Apollonie, d'Eggyne, de Capita, ont été ruinées totalement par les exactions des décimeurs; qu'on n'a rien laissé aux peuples de Marcone, d'Assore, d'Elore, de Létum (2); que les petites villes de Citare et d'Achère ont été saccagées et désolées ; qu'enfin pendant trois ans toutes les campagnes sujettes aux dîmes ont été tributaires du peuple romain pour la partie des dîmes, et de Verrès pour tout le reste. La plupart des laboureurs ont tout perdu absolu-

(1) J'ai suivi la leçon *Heracliensium*, *Gelensium*, *Solentinorum.*

(1) De savans géographes croient qu'au lieu de *Letini* il faut lire *Ictini*, parce que sans doute il est parlé de ce dernier peuple en Sicile, et non des autres.

ment ; et si on a remis ou laissé quelque chose
à quelques-uns d'eux , c'étoit seulement ce qui
pouvoit rester encore , la cupidité de Verrès
étant remplie et assouvie.

Je n'ai plus à parler que de deux villes dont
les territoires sont à-peu-près les meilleurs et
les plus fameux , Etna et Léontini. Je ne parlerai
pas des gains que Verrès a faits sur ces territoires
pendant trois ans ; je ne prendrai qu'une année seule , afin de pouvoir plus facilement dé-
velopper ce que je me suis proposé de dire. Je
choisirai la troisième année , parce que c'est la
plus récente , et que Verrès s'est conduit alors
comme étant près et assuré de quitter sa province , comme ne s'embarrassant pas s'il y lais-
seroit un seul cultivateur. Je vais donc m'occuper des dîmes d'Etna et de Léontini. Je vous
demande , Romains , toute votre attention : il
s'agit de cantons fertiles , c'est la troisième année , le décimeur est Apronius.

Je dirai fort peu de chose des habitans d'Etna :
dans la première audience, ils ont déposé eux-
mêmes au nom de leur ville. Vous vous le
rappelez , Artémidore , d'Etna , chef de la députation , disoit , au nom de sa ville , qu'Apronius étoit venu à Etna avec des esclaves de

Vénus, qu'il avoit mandé les Magistrats, leur avoit ordonné de lui dresser des tentes (1) au milieu de la grande place ; qu'il faisoit toûs les jours des festins en public et aux dépens du public, festins où règnoient de bruyans concerts, où se servoient de grandes coupes ; qu'on y mandoit les cultivateurs, qu'on leur faisoit donner injustement, et même avec outrage, autant de blé qu'en exigeoit Apronius. Vous avez entendu, Romains, certifier par des dépositions, tous ces faits que je laisse maintenant et que je supprime. Je ne dis rien du faste d'Apronius, de son insolence, de ses débauches outrées et de ses infamies, je me borne à parler des gains qu'il a faits sur un seul territoire et dans une seule année ; vous en pourrez plus aisément tirer vos conjectures pour les trois années et pour toute la Sicile. L'article des habitans d'Etna sera court : ils sont venus eux-mêmes, ont apporté les registres de leur ville, et vous ont instruits des gains modiques qu'a faits un homme simple, le bon ami du préteur, Apronius. Instruisez-vous-en

_____

(1) Latin _des lits_ ; c'est-à-dire des tentes, sous lesquelles il y avoir des lits pour des repas.

de nouveau , je vous prie, par la déposition des habitans eux-mêmes. Greffier , lisez la déposition des habitans d'Etna.

Le Greffier lit.

Que dites-vous ? Parlez, je vous prie, parlez plus distinctement ; que le peuple romain entende ce qui intéresse ses revenus, ce qui intéresse ses laboureurs , ses alliés et ses amis.

Trois cents mille boisseaux (1) et cinquante mille sesterces.

Dieux immortels ! un seul territoire, en une seule année, produire à Apronius un bénéfice de trois cents mille boisseaux et de cinquante mille sesterces ! Les dîmes ont-elles donc été affermées beaucoup moins qu'elles ne pouvoient l'être ? ou ayant été affermées tout ce qu'elles pouvoient, a-t-on enlevé de force aux cultivateurs une si grande quantité de blé , une si grande somme d'argent ? Quoi que vous disiez , Verrès , Apronius sera coupable et méritera d'être poursuivi. Vous ne direz pas , sans

(1) Le latin porte 50,000 médimnes, ce qui est la même chose que 300,000 boisseaux, puisqu'il falloit faire une médimne. 50,000 sesterces, 6250 livres.

doute, comme je le souhaite, qu'Apronius n'a pas fait d'aussi énormes profits : car je vous convaincrai, non-seulement par les registres de la ville, mais encore par les arrangemens et registres particuliers des agriculteurs; et je vous convaincrai de façon à vous faire comprendre que vous n'avez pas été plus attentif pour exercer vos rapines que je ne l'ai été pour les découvrir. Soutiendrez-vous cette seule accusation ? Quel orateur pourra vous en purger ? Les juges vous en feront-ils grace quand ils seroient résolus de prononcer en votre faveur ? Du premier abord, sur un seul territoire, un Apronius avoit enlevé à titre de pot-de-vin, outre les cinquante mille sesterces, trois cents mille boisseaux de blé !

Mais les habitans d'Etna sont-ils les seuls qui en déposent ? Non ; à eux se joignent encore les habitans de Centorbe, qui possèdent la plus grande partie du territoire d'Etna. Le sénat de Centorbe a donné à ses députés, Andron et Arthémon, hommes très-qualifiés, les ordres qui regardoient toute la ville : quant aux vexations que les particuliers ont essuyées sur le territoire d'autrui, le sénat et le peuple n'ont pas voulu envoyer de députés; les agri-

culteurs eux-mêmes de Centorbe , lesquels forment dans la Sicile un corps nombreux , composé d'hommes très-distingués et fort riches ,
ont choisi pour députés trois de leurs concitoyens. Ainsi vous pourrez apprendre par leur
déposition le désastre , non d'un seul territoire,
mais de presque toute la Sicile. Les habitans
de Centorbe font valoir dans presque toute la
Sicile ; ils sont contre vous , Verrès , des témoins d'autant plus accablans , d'autant plus
dignes de foi , que les autres villes ne sont oc-
cupées que de leurs propres injures , au lieu
que les citoyens de Centorbe , ayant des possessions dans presque tous les territoires , ont
encore senti les pertes et les dommages des autres villes.

Mais, je le répète, les préjudices causés aux
habitans d'Etna sont bien certifiés , ils sont consignés dans des registres particuliers et publics.
On doit exiger de moi plus d'attention et de
recherche pour le territoire de Léontini , par
la raison que les Léontins eux-mêmes ne m'ont
pas beaucoup servi au nom de leur ville. Car ,
sous la préture de Verrès , les exactions des
décimeurs , loin de leur causer aucun tort ,
leur

leur ont (1) procuré du profit et de l'avantage. Il vous paroîtra peut-etre étonnant et incroyable qu'au milieu de tous les dommages
qu'ont essuyés les agriculteurs , les Léontins ,
chefs des approvisionnemens , ne s'en soient
aucunement ressenti. La raison , sans doute ,
c'est que , dans le territoire de Léontini , excepté la seule famille de Mnasistrate , aucun
Léontin ne possède un seul pouce de terre.
Aussi vous entendrez la déposition de l'illustre
et vertueux Mnasistrate. N'attendez pas celle
des autres Léontins , auxquels Apronius , ni
même aucune intempérie de l'air , n'ont pu
nuire dans leurs campagnes. Oui, loin d'avoir
reçu aucun préjudice, ils ont même tiré du
profit et du gain des rapines d'Apronius. Puis
donc que la ville et la députation de Léontini
m'ont manqué pour la raison que je viens de
dire , je dois chercher moi-même une voie et
des moyens pour parvenir à faire connoître les

(1) Est-ce que les Léontins ne faisoient valoir ni
dans leur pays, ni ailleurs ? Alors je vois bien comment Apronius n'a pu leur nuire; mais je ne vois
pas comment ses rapines ont pu leur être utiles. Cicéron probablement ne croyoit pas nécessaire de s'expliquer davantage pour ceux à qui il parloit.

profits d'Apronius, ou plutôt le butin énorme, le butin immense de Verrès.

Les dîmes du territoire de Léontini ont été affermées la troisième année trente six mille médimnes de blé, c'est-à-dire deux cents seize mille boisseaux. C'est beaucoup, Romains, je ne puis le nier, oui c'est beaucoup. Aussi faut-il nécessairement que le décimeur y ait perdu ou qu'il y ait bien peu gagné ; car c'est là ce qui arrive quand on a pris un bail porté trop haut. Mais si je montre que sur un seul territoire on tiroit un bénéfice de cent mille boisseaux ; et même de deux cents mille ; et même de trois cents mille ; et même de quatre cents mille ; douterez-vous encore pour qui un si grand butin a été recueilli ? On dira peut-être que je suis injuste de juger du vol et du butin par la grandeur du bénéfice. Mais si je montre, Verrès, que ceux qui extorquent quatre cents mille boisseaux de bénéfice auroient perdu, si votre iniquité et les commissaires pris parmi vos satellites ne fussent venus à leur secours ; doutera-t-on, en voyant un si grand bénéfice extorqué si injustement, doutera-t-on que la cupidité ne vous ait porté à faire des profits immenses, et qu'à-son tour l'immensité des profits n'ait encore allumé votre cupidité ?

Comment donc parviendrai-je à connoître le bénéfice qu'a extorqué Apronius ? ce n'est point par ses registres : je les ai cherchés sans pouvoir les trouver ; et lorsque je le citai devant le juge, je le forçai de dire qu'il ne tenoit pas de registres. S'il mentoit, pourquoi écartoit-il des registres qui n'auroient pu vous nuire, Verrès ? S'il n'en avoit point tenu réellement, cela même n'est-il pas une preuve suffisante que ce n'étoit point pour lui-même qu'il agissoit ? Les dîmes ne peuvent s'exploiter sans beaucoup de registres. Il faut nécessairement des registres pour y porter les noms des agriculteurs et les arrangemens faits avec chacun. Tous les cultivateurs, d'après vos ordres et votre établissement, ont déclaré les arpens qu'ils faisoient valoir. En ont-ils déclaré moins ? je ne le pense pas : ils avoient à craindre trop de supplices, trop de délations, trop de commissaires pris parmi vos satellites. Dans un arpent du territoire de Léontini, on sème chaque année régulièrement, près d'une médimne de blé. On est heureux quand cette médimne en rapporte huit ; si elle en rapporte dix , c'est un bonheur extraordinaire. Si la récolte va quelquefois jusque là , alors il arrive qu'il y a autant à dîmer qu'on a semé ; c'est - à - dire que pour la dîme on doit autant de médimnes qu'on a ensemencé d'arpens.

Dans cet état des choses, je dis d'abord que les dîmes du territoire de Léontini ont été affermées plusieurs milliers de médimnes plus qu'il n'y a eu d'arpens ensemencés. S'il étoit impossible qu'on recueillît plus de dix médinnes d'un arpent , si l'on pouvoit donner à un décimeur une médimne par arpent , lorsque la médimne semée , ce qui est fort rare , en avoit rapporté dix ; quelle raison , si c'étoient les dîmes qui étoient adjugées et non les biens des cultivateurs , a porté le décimeur à se les faire adjuger pour plus de médimnes qu'il n'y avoit d'arpens ensemencés ? Suivant les déclarations, il n'y a pas plus de trente mille arpens dans le territoire de Léontini. Les dîmes ont été affermées trente-six mille médinnes. Apronius se trompoit-il ? ou bien étoit-il fou ? Il auroit fallu , sans doute , l'accuser de folie s'il eût été permis aux agriculteurs de lui donner ce qu'ils lui devoient s'ils n'eussent pas été contraints de lui donner ce qu'il leur demandoit. Si je montre que personne n'a donné de dîme moins de trois médimnes par arpent, vous m'accorderez, je pense, que personne n'a donné moins de trois dîmes en supposant que les terres aient produit au décuple. Or on a demandé à Apronius comme une grace qu'il fût permis de s'arranger pour trois médimnes par arpent. En effet, comme il y en avoit plusieurs dont on exigeoit quatre médimnes et même cinq ; plusieurs même auxquels de toute la récolte et de tout le travail d'une année, on ne laissoit pas un seul grain, ni même la paille : les agriculteurs de Céntorbe qui sont le plus grand nombre dans le territoire de Léontini, s'assemblèrent et députèrent à Apronius, Andron de Centorbe, le plus considéré et le plus qualifié de leur ville (c'est le même que la ville de Centorbe a envoyé aujourd'hui à ce jugement comme député et comme témoin); ils le députèrent à Apronius pour plaider auprés de lui la cause des agriculteurs, pour le prier de ne pas exiger des agriculteurs de Centorbe plus de trois médimnes par arpent. On l'obtint à peine d'Apronius comme une grace insigne pour ceux qui alors même n'avoient pas encore

déserté leurs champs. En l'obtenant, on obtenoit, sans doute, qu'il fût permis de donner
trois dîmes pour une. Si ce n'étoit pas pour
vous, Verrès, qu'Apronius agissoit, on vous
eût demandé de ne pas donner plus d'une dîme
plutôt que de demander à Apronius de n'en
pas donner plus de trois.

J'omets pour le moment tous les traits particuliers du despotisme et de la tyrannie d'A-
pronius envers les cultivateurs. Je ne nomme
pas ceux auxquels il a enlevé tout leur blé,
auxquels il n'a rien laissé de leur récolte, ni
même de leur fortune ; écoutez seulement,
Romains, le bénéfice que lui ont produit les
trois médimnes qu'il a accordées comme une
grace singulière.

Suivant les déclarations, il y a trente mille
arpens dans le territoire de Léontini. Trois
médimnes, prises sur chaque arpent, font
quatre-vingt-dix mille médimnes, c'est-à-dire,
cinq cens quarante mille boisseaux. Deduits
deux cents seize mille boisseaux, qui sont le
prix des dîmes, il reste trois cents vingt-quatre
mille boisseaux. Ajoutez trois cinquantièmes
de la somme totale, cinq cens quarante mille
boisseaux, c'est-à-dire, trente-deux mille

quatre cents boisseaux (car on exigeoit en sus trois cinquantièmes de tous les cultivateurs), nous aurons trois cents cinquante-six mille quatre cents boisseaux de blé. Mais j'avois annoncé un bénéfice de quatre cents mille. Aussi je ne parle point dans ce calcul de ceux à qui on n'a pas permis de s'arranger pour trois médimnes par arpent. Mais afin de remplir toute ma promesse , même d'après ce calcul , plusieurs étoient obligés de donner pour surcroît deux sesterces par médimne , plusieurs cinq , on ne donnoit pas moins d'un sesterce. Prenons le moins ; puisque nous avons compté quatre - vingt - dix mille médimnes , il falloit ajouter , ce qui étoit quelque chose d'inoui et d'affreux , quatre-vingt-dix mille sesterces.

Et il osera encore nous dire qu'il a haussé l'adjudication des dîmes , lorsque sur le même territoire il a enlevé une fois plus qu'il n'a envoyé au peuple romain ! Vous avez affermé les dîmes du territoire de Léontini , deux cents seize mille boisseaux. C'est beaucoup si c'est suivant la loi ; c'est peu si vous appellez dîme ce qui étoit réellement la moitié , vous auriez pu affermer beaucoup plus la récolte annuelle de la Sicile , si le sénat ou le peuple romain vous en eussent chargé. Il est souvent arrivé que quand on affermoit les dîmes d'après la loi d'Hiéron (1), elles ont été affermées autant qu'elles l'ont été d'après la loi de Verrès. Greffier, lisez-nous l'adjudication des dîmes sous la préture de Norbanus.

Le greffier lit.

Cependant alors personne n'étoit poursuivi pour déclaration d'arpent ; un Arthémidore Cornélius, n'étoit pas commissaire ; un magistrat Sicilien ne forçoit pas les cultivateurs de donner tout ce que demandoit le décimeur; on ne demandoit pas à un décimeur comme une grace qu'il fût permis de s'arranger pour trois médimnes par arpent ; les cultivateurs n'étoient pas contraints de donner un surcroît d'argent, ni d'ajouter trois cinquantièmes de blé ; et malgré cela une grande quantité de blé étoit envoyée au peuple romain.

Mais que veulent dire ces cinquantièmes de blé et ces surcroîts d'argent ? De quel droit ou

(1) Sans doute, dans les années où les récoltes devant être très-abondantes, permettoient de porter la dime aussi haut en suivant la loi juste d'Hiéron qu'elle étoit portée d'après la loi injuste de Verrès.

plutôt de quel front les exigiez-vous ? Un cultivateur donnoit de l'argent ? Comment cela ?
Où le prenoit-il ? Quand il auroit voulu se
montrer libéral , il eût fait meilleure mesure ,
comme cela se pratiquoit dans les dîmes , lorsqu'on les affermoit suivant les régles et avec
équité. Il donnoit de l'argent ! Sur quoi le
prenoit - il ? Sur son blé ? comme s'il en eût eu
à vendre sous la préture de Verrès. Il lui falloit donc couper dans le vif pour ajouter aux
autres grains d'Apronius cette (1) gratification
pécuniaire. Cette gratification , les agriculteurs
la faisoient-ils volontiers ou malgré eux ? volontiers ? oui , sans doute , ils chérissoient
Apronius. Malgré eux ? Qu'est-ce qui la forçoit ? si non la violence et les mauvais traitemens. Le préteur insensé , en affermant les
dîmes , ajoutoit à chaque dîme par surcroît une
somme d'argent (2). La somme n'étoit pas bien

(1) *Corollarium* , suivant Varron, ce qu'on ajoutoit
à ce qui étoit dû. Ce mot est formé des petites couronnes (à *corollis*) que l'on donnoit aux acteurs sur
le théâtre lorsqu'on en étoit content.

(2) L'orateur parle d'une nouvelle malversation de
Verrès. En affermant les dîmes de chaque peuple , il
exigeoit par dîme deux ou trois mille sesterces, 150

considérable : il ajoutoit deux ou trois mille
sesterces. Cela fait peut-être pendant trois ans
cinq cents mille sesterces. Aucun droit, aucun
exemple ne l'y autorisoit. Cet argent n'a pas
été remis au trésor, et je ne vois personne qui
ait imaginé un moyen pour le purger de cette
accusation légère.

Après cela vous osez dire que vous avez porté
fort haut l'adjudication des dîmes, lorsqu'il
est évident que vous avez adjugé les biens et
les fortunes des laboureurs à votre profit et
non au profit du peuple romain. C'est comme
si un économe, dans une terre qui rapporte-
roit dix mille sesterces (1), après avoir coupé
et vendu les arbres, enlevé les couvertures,

ou 375 livres. Pline compte soixante et douze peuples
en Sicile ; cela faisoit donc en un an 144,000 sesterces en ne prenant que deux mille sesterces par
dîme, et en trois ans 432,000. Mais on exigeoit de
quelques peuples trois mille sesterces : Cicéron fait
donc monter la somme à environ 500,000 sesterces,
62,500 livres.

(1) 1250 livres. *Vingt mille sesterces*, 2500 livres.
Cent mille, 12,500 livres. Le latin porte *sibi alia....*
Je crois que cet *alia* devroit être supprimé comme em-
barrassant la phrase.

engagé les troupeaux et les instrumens du labourage, envoyoit à son maître vingt mille sesterces, au lieu de dix mille, en faisoit cent mille pour lui : d'abord le maître, qui ignoreroit le dommage qu'il a essuyé, se réjouiroit, seroit enchanté de son économe parce qu'il lui auroit doublé le produit de sa terre. Ensuite quand il apprendroit qu'il a détourné et vendu les effes nécessaires pour la culture et la récolte, il croiroit avoir été fort mal servi, et feroit subir à son économe le dernier supplice. Ainsi lorsque le peuple romain apprend que Verrès a porté les dîmes plus haut que Sacerdos, ce préteur intégre auquel il a succédé, il croit qu'il a eu un bon surveillant et un excellent économe pour ses terres et pour ses récoltes. Lorsqu'il s'appercevra que Verrès a vendu tous les instrumens des cultivateurs, toutes les ressources des impositions, que, par sa cupidité, il a ruiné toutes les espérances pour l'avenir, qu'il a épuisé et ravagé toutes les campagnes tributaires, qu'il a fait pour lui-même des profits immenses et des butins énormes ; il verra qu'il a été fort mal servi, et jugera le préteur digne du dernier supplice.

Et par où peut-on se convaincre de ce que je

dis ? par cela , sur - tout , que les terres
de la province de Sicile sujettes aux dîmes
ont été désertées grace à la cupidité de Verrès.
Et non - seulement il est arrivé que ceux qui
sont restés dans les campagnes labourent
avec moins de charrues , mais encore qu'une
infinité d'hommes riches , agriculteurs actifs
et industrieux , ont abandonné des terreins
gras et fertiles , de vastes champs tout entiers.
C'est ce qu'on peut savoir très - facilement
par les registres publics , d'autant plus que ,
d'après la loi d'Hieron , les magistrats des
villes font tous les ans un nouveau catalo-
gue des cultivateurs. Greffier , lisez combien
Verrès a trouvé de cultivateurs sur le territoire de Léontini ? — Quatre - vingt - trois.
Combien ont donné leurs noms la troisième
année ? — Trente-deux. Voilà donc cinquante
et un cultivateurs qui ont été forcés de quitter
les terres , sans que d'autres aient pris leurs
places. Combien y avoit-il à votre arrivée de
cultivateurs dans le territoire de Mutya (1) ?
Voyons-le d'après les registres publics. — Cent

(1) J'ai préféré la leçon *Mutyensis :* d'autres lisent
Mutycensis.

quatre-vingt-huit. Et la troisième année. —
Cent un. Vos vexations, Verrès, ont enlevé
quatre-vingt-sept cultivateurs à un seul territoire, ou plutôt à notre république qui réclame et redemande tous ces pères de famille,
puisque ce sont là les revenus du peuple romain. Il y avoit la première année dans le territoire d'Herbite deux cent cinquante-sept cultivateurs ; vingt-cinq la troisième. Ainsi cent
trente-sept pères de famille se sont enfuis des
campagnes. De quels hommes riches et recommandables n'étoit pas rempli le territoire d'Agyrone ? On y comptoit deux cent cinquante cultivateurs la première année de votre préture.
Et la troisième, quatre-vingt ; comme vous
l'avez entendu des députés d'Agyrone, qui
vous ont lu les registres de leur ville. Au nom
des dieux, je vous le demande, Verrès, si
vous eussiez fait enfuir de toute la province
cent soixante et dix cultivateurs, pourriez-vous
être absous par des juges sévères ? et lor qu'il
s'en trouve cent soixante et dix de moins dans
le seul territoire d'Agyrone, ne jugerez-vous
point par la, Romains de toute la province ?
Or, vous trouverez la même désolation dans
tous les territoires sujets aux dîmes. Les agri-

culteurs , à qui il est resté quelque portion d'un ample patrimoine , sont demeurés dans les campagnes , ont labouré avec moins d'instrumens et de charrues ; ils craignoient en se retirant de voir périr le reste de leur fortune : ceux à qui Verrès n'avoit rien laissé à perdre se sont enfuis des campagnes et même de leurs villes. Ceux même qui étoient restés , formant à peine la dixième partie des agriculteurs , auroient abandonné toutes leurs terres , si Métellus ne leur eût écrit de Rome qu'il affermeroit les dîmes d'après la loi d'Hiéron , et s'il ne les eût priés de semer le plus qu'ils pourroient; ce qu'ils avoient fait toujours pour leur propre avantage sans que personne les en priât , tant qu'ils voyoient que c'étoit pour eux et pour le peuple romain , non pour un Verrès et pour un Apronius , qu'ils semoient , qu'ils dépensoient , qu'ils travailloient.

Si donc , Romains , vous êtes indifférens sur le sort de la Sicile , si vous vous inquiétez peu de la manière dont les alliés de Rome sont traités par nos magistrats , soutenez du moins et défendez la cause commune, la cause de cet empire. Je dis qu'on a fait déserter les cultivateurs , que nos campagnes tributaires

ont été ravagées et dépeuplées par Verrès ,
que Verrès a pillé et vexé la province. Je
prouve tous ces faits par les registres publics
des villes les plus célébres , et par les dépositions particulières des hommes les plus considérables. Que voulez-vous de plus ? Attendez vous que Métellus , qui , d'autorité et
par le pouvoir de sa place , a empêché un
grand nombre de Siciliens de déposer contre
Verrès , dépose lui-même quoique absent
contre les crimes , contre la cupidité et l'audace de ce préteur ? Je ne le pense pas. Mais
lui ayant succédé il pourroit être mieux instruit que tout autre. — Oui , mais il est retenu
par l'amitié. — Mais il doit nous informer de
l'état de sa province. — Il le doit , mais on
ne l'y force point. Quelqu'un attend-il donc
le témoignage de Métellus contre Verrès ?
Personne. Quelqu'un le demande-t-il ? Je ne
le crois pas. Mais enfin si je prouve par le témoignage et par une lettre de Métellus que
tous ces faits sont véritables , que direz-vous ?
Que Métellus écrit contre la vérité ? ou qu'il
veut nuire à son ami ? ou qu'un préteur
ignore l'état de sa province ? Greffier , lisez
la lettre que Métellus a écrite aux consuls Pom-

pée et Crassus , au préteur Mummius , et
aux questeurs de la ville.

Lettre de Lucius Métellus.

« J'ai affermé la dîme des blés d'après la
» loi d'Hiéron. «

Quand il écrit qu'il afferme d'après la loi
d'Hieron , que veut-il dire ? Sans doute qu'il
a rendu aux Siciliens ce que Verrès leur avoit
enlevé , les bienfaits de nos ancêtres , les loix
par lesquelles ils se gouvernent , les conditions de leur amitié avec nous , les conditions
de leurs alliance et de leur traités. Il dit combien il a affermé la dîme de chaque territoire.
Que marque-t-il après cela ? Greffier, lisez la
suite de la lettre.

« Je n'ai rien négligé pour adjuger les dîmes
le plus haut possible. »

Pourquoi donc, Métellus , les adjudications
n'ont-elles pas été plus fortes ? c'est que j'ai
trouvé les terres abandonnées , les campagnes désertes , la province désolée et ruinée.
Et pour ce qui a été ensemencé , comment
a-t-on trouvé quelqu'un qui voulût semer ?
Greffier, lisez la lettre.

Le Greffier lit.

II. J

Il a écrit, dit-il, aux laboureurs ; arrivé dans la Sicile, il les a rassurés, il a interposé son autorité ; Métellus enfin leur a (1) presque donné des gages et des assurances comme il ne sui-vroit en rien Verrès. Quel est donc l'objet pour lequel il dit s'être donné tant de peine ? Lisez, greffier.

« Pour engager les cultivateurs qui res-toient à semer le plus qu'il seroit possible. »

Les cultivateurs qui restoient ? qu'est-ce que cela veut dire, *qui restoient ?* A quelle guerre, à quelle dévastation avoient-ils échappé ? Quelle si grande calamité, Verrès, quelle guerre si longue et si désastreuse a désolé la Sicile sous votre préture, pour que votre successeur ait été réduit à recueillir et à rassurer ce qui restoit de laboureurs ? La Sicile a été anciennement dé-vastée dans les guerres de Carthage, elle l'a été aussi de notre tems et du tems de nos pères ; deux fois (2) elle a été en proie à des armées

_____

(1) *Tantùm quòd....* Des livres portent *tantùm non arat. Met. obsides dedit.*

(2) Les esclaves se révoltèrent deux fois en Sicile, ayant pour chefs d'abord Eunus et ensuite Athénion. Eunus fut défait par Publius Rupilius et Athénion par Marcus Aquillius.

d'esclaves fugitifs : cependant on n'a vu aucune
destruction d'agriculteurs ; seulement on a été
une année sans avoir de récolte, où parce
qu'on n'avoit pas semé, ou parce qu'on avoit
perdu la moisson : mais le nombre des propriétaires et des agriculteurs étoit toujours le
même ; ceux qui avoient succédé dans cette
province aux préteurs Lévinius, Rupilius, ou
Aquillius, ne se voyoient pas réduits à recueillir les restes des cultivateurs. Verrès avec Apronius a-t-il causé dans la Sicile beaucoup plus
de désastre, qu'Asdrubal avec les troupes des
Carthaginois, où Athénion avec des armées
d'esclaves fugitifs ? Alors, sans doute, aussitôt
après la victoire remportée sur l'ennemi, toutes
les terres étoient labourées, un préteur ne sup-
plioit point par lettres un cultivateur, ou ne
le prioit pas de vive voix de semer le plus qu'il
étoit possible ; tandis qu'à présent, même
après le départ de ce dévastateur des campagnes,
il ne se trouvoit personne qui labourât volontairement ; il n'y en avoit qu'un petit nombre
de reste, qui encouragés par Métellus revins-
sent dans leurs champs et rentrassent dans
leurs anciennes demeures. O le plus audacieux
et le plus insensé des hommes, ne voyez-vous

pas qué cette lettre vous égorge ? Ne voyez-vous pas que, quand votre successeur parle de cultivateurs qui restent, il écrit expressément qu'ils restent échappés, non à la guerre, non à quelque calamité semblable, mais à votre perversité, à votre cupidité, à votre cruauté, à votre barbarie ? Greffier, lisez la suite.

« Toutefois, autant que l'a permis le malheur des circonstances et la disette des cultivateurs. »

La disette des cultivateurs, dit-il. Si moi accusateur je répétois aussi souvent la même chose, je craindrois, Romains, de vous fatiguer. Métellus dit hautement : *Si je n'avois écrit aux cultivateurs.* Ce n'est pas tout. *Si arrivé en Sicile je ne les avois rassurés.* Ce n'est pas encore assez. *Les cultivateurs qui restent*, dit-il. *Qui restent ?* A ce mot presque lugubre qui annonce le désastre de la province de Sicile, il ajoute : *La disette des cultivateurs.*

Attendez encore, Romains, si vous pouvez, attendez les preuves et la force de mon accusation. Je dis que la cupidité de Verrès a fait enfuir les agriculteurs : Métellus écrit qu'il a rassuré ceux qui restoient. Je dis que les terres ont été abandonnées, les campagnes désertées :

I 2

Métellus écrit qu'il y a disette de cultivateurs.
En écrivant ces mots, il annonce que les amis
et les alliés du peuple romain ont été persécu-
tés, chassés, entièrement ruinés. S'il leur fût
arrivé quelque mal par la faute de Verrès, sans
que nos revenus en eussent souffert, vous
deviez le punir, sur-tout puisque vous le jugez
d'après une loi établie en faveur des alliés.
Mais puisque, par la ruine entière et la désolation de nos alliés, la cupidité de Verrès a
diminué les revenus du peuple romain, détruit
pour la suite les approvisionnemens de blés,
nos vivres, nos ressources, le salut de Rome
et de nos armées ; songez du moins aux intérêts du peuple romain, si vous ne daignez pas
pourvoir à ceux de vos alliés fidèles.

Et afin que vous sachiez qu'un gain actuel
et un butin présent ont fait négliger à Verrès
vos revenus, et lui ont fait oublier l'avenir,
écoutez ce que Métellus écrit à la fin de sa lettre.
J'ai veillé, dit-il, *pour la suite à nos revenus.*
Il dit qu'il a veillé pour la suite à nos revenus.
Il n'écriroit point qu'il a veillé à nos revenus,
s'il ne vouloit montrer que Verrès a détruit
ces mêmes revenus. Car pourquoi Métellus
auroit-il veillé à nos revenus dans les dîmes et

dans tout ce qui concerne les blés, si Verrès par ses exactions n'eût pas ruiné les revenus du peuple romain. Mais Métellus lui-même qui veille à nos revenus, qui recueille les restes des cultivateurs, que gagne-t-il, sinon de faire cultiver les terres par ceux qui le peuvent encore, par ceux à qui Apronius, le satellite de Verrès, a laissé du moins une charrue, et qui cependant ne sont restés que parce qu'ils attendoient Métellus, parce qu'ils comptoient sur son arrivée? Mais les autres Siciliens, mais cette multitude infinie de cultivateurs à qui on a fait déserter les campagnes, qui dépouillés de leurs biens et de toute leur fortune, se sont même enfuis de leurs villes et de la province; comment les rappellera-t-on? Combien faut-il de sages et intègres préteurs pour ramener enfin tous ces malheureux dans leurs terres et dans leurs domiciles?

Au reste, ne soyez pas surpris, Romains, qu'il s'en soit enfui un aussi grand nombre que vous l'avez vu par les registres publics et par les catalogues des cultivateurs; apprenez un fait qui est incroyable, mais réel et répandu dans toute la Sicile : plusieurs d'entr'eux, dé-

sespérés par la dureté et la tyrannie de Verrès,
par les vexations et les excès des décimeurs,
se sont donné la mort. Oui, la chose est certaine, Dioclès de Centorbe, homme riche,
s'est étranglé lui-même, le jour qu'on lui eut
annoncé qu'Apronius avoit pris le bail des
dîmes. Archonide d'Elore, d'une naissance
distinguée, a dit dans sa déposition que le premier citoyen de Dyrrachium s'étoit fait périr
de même, lorsqu'il eut appris que le décimeur
lui demandoit, en vertu d'une ordonnance
inique, plus qu'il ne pouvoit faire avec tous
ses biens. Vous fûtes toujours, Verrès, le plus
insouciant à-la-fois et le plus cruel des hommes ;
vous n'auriez jamais souffert néanmoins, en
voyant que cette affliction et ces gémissemens
de toute la province intéressoient votre existence civile, vous n'auriez, dis - je, jamais
souffert que l'on cherchât dans une aussi triste
mort un remède à vos injustices, si vous
n'aviez trouvé dans ces injustices de quoi assouvir votre insatiable cupidité. Et voyez,
Romains, toute l'étendue de ces paroles, *vous
n'auriez jamais souffert* : car je dois employer
ici tous mes efforts et toutes mes forces, pour

faire comprendre à tout le monde comment, en prodiguant l'or, on tâche de couvrir les délits les plus manifestes, les plus avérés.

C'est un délit infiniment grave, et le plus grave qu'on ait jamais vu depuis qu'il existe des hommes et des jugemens de concussion, qu'un préteur du peuple romain se soit associé aux décimeurs. Verrès, devenu simple particulier et accusé, s'entend faire ce reproche par un ennemi et un accusateur ; mais ce n'est pas aujourd'hui pour la première fois. Lorsqu'il étoit préteur, siégeant en son tribunal ; lorsqu'il gouvernoit la province de Sicile ; lorsqu'on le craignoit, et parce qu'il étoit le maître, ce qui est ordinaire, et parce qu'il étoit cruel, ce qui lui est propre, il s'est entendu faire mille fois ce même reproche : et s'il négligeoit de s'en venger, ce n'étoit point par indifférence, mais parce que le remords de ses crimes et de ses malversations le retenoit. Les décimeurs disoient publiquement, et sur-tout Apronius, cet homme si puissant auprès de lui, ce fléau des campagnes, qu'il leur revenoit fort peu de chose de ces gains immenses, que le préteur étoit leur associé. Quoi ? les décimeurs tenoient publiquement ce langage dans toute la pro-

vince, ils s'appuyoient de vous dans des vexations aussi odieuses, aussi infames ; et il ne
vous est pas venu en la pensée de veiller à
votre réputation, de pourvoir à vos plus précieux intérêts : lorsque la terreur de votre
nom retentissoit aux oreilles et effrayoit les
esprits des infortunés laboureurs ; lorsque, pour
conclure les marchés, les fermiers des dîmes
opposoient aux cultivateurs des champs, non
leur puissance, mais votre nom et votre affreuse tyrannie ; pensiez-vous qu'il y auroit à
Rome des juges assez foibles, assez pervers,
assez disposés à se laisser corrompre, pour que
la déesse Salus (1) elle-même pût vous sauver
de leurs mains ? Pouviez-vous être tranquille,
lorsqu'il étoit prouvé que les dîmes avoient
été affermées contre les réglemens, contre les
loix, contre l'usage dè vos prédécesseurs, et
qu'en conséquence les décimeurs disoient par-
tout que la chose vous regardoit, que c'étoit
votre affaire, que le butin étoit pour vous ;

(1) *La déesse Salus*, à qui les Romains avoient
élevé un temple dans la guerre des Samnites. Térence
a dit dans sa comédie des Adelphes, *ipsa si cupiat
Salus servare prorsùs non potest hanc familiam.*

lorsqu'il étoit prouvé que cependant vous
aviez gardé le silence, et que ne pouvant dissimuler leurs propos, vous aviez pu les supporter et les souffrir ? tant la grandeur du gain
vous cachoit la grandeur du péril ! tant l'amour
de l'argent pouvoit plus sur vous que la crainte
d'un jugement !

Non, sans doute, vous ne pouvez nier le
reste. Ne vous êtes-vous pas même réservé de
pouvoir dire que vous n'avez rien entendu
de ces propos, qu'il n'est rien parvenu à vos
oreilles du décri où vous étiez tombé généralement ? Les cultivateurs se plaignoient, ils
pleuroient, ils gémissoient ; et vous n'en saviez
rien ! toute la province murmuroit ; et personne
ne vous en avoit instruit ! on tenoit à Rome
des assemblées particulières, on y portoit des
plaintes de vos exactions ; et vous l'ignoriez !
vous ignoriez tout cela ! Mais lorsque publiquement à Syracuse, vous présent, dans un
grand concours de peuple, Rubrius, après
avoir déposé une somme, vouloit poursuivre
Apronius comme disant par-tout qu'il étoit
votre associé dans les dîmes ; ces paroles ne
vous ont pas frappé, ne vous ont pas troublé,
ne vous ont pas fait prendre des mesures pour

mettre à l'abri votre honneur et votre personne ! Vous avez gardé le silence, vous avez
même appaisé les deux parties, vous avez fait
ensorte que le procès n'eût pas lieu. Dieux
immortels ! un homme innocent eût-il pu souffrir un tel affront ! ou, en le supposant coupable, s'il eût seulement pensé qu'il y auroit
des jugemens à Rome, n'auroit-il pas du moins
affecté de paroître sensible à l'opinion générale ? Comment ? on veut intenter un procès
où vos intérêts les plus chers sont compromis;
et vous restez assis et tranquille ! et vous ne
poursuivez pas la chose ! vous n'insistez pas !
vous ne cherchez pas à qui Apronius a tenu
le propos, qui l'a entendu de sa bouche, qui
l'a rapporté, comment il s'est répandu ! Si
quelqu'un s'approchant de votre oreille, vous
eût dit tout bas, qu'Apronius se disoit par-
tout votre associé ; n'auriez-vous point dû vous
indigner, mander Apronius, et ne pas accepter sa satisfaction avant que d'avoir vous-même
satisfait à l'estime publique ? Mais lorsque,
dans une grande place, au milieu d'une assemblée nombreuse, on faisoit un reproche,
qui s'adressoit en apparence à Apronius et qui
en effet tomboit sur vous ; auriez-vous pu ja-

mais endurer en silence un coup aussi terrible,
porté à votre honneur, si vous n'eussiez été
persuadé que, dans un fait aussi notoire, tout
ce que vous auriez dit n'auroit pu que vous
nuire ? Nombre de commandans ont renvoyé
leurs questeurs, leurs lieutenans, leurs préfets, leurs tribuns, ils leur ont ordonné de
sortir de leur province, parce qu'ils croyoient
que par leur faute ils ne jouissoient pas eux-
mêmes d'une bonne réputation, ou parce qu'ils
les jugeoient coupables de quelque délit grave :
et un Apronius, un homme à peine libre, un
scélérat, un pervers, souillé de crimes et d'opprobres, dont l'ame est aussi infecte que l'haleine (1), vous auriez craint, lorque votre honneur étoit si fort compromis, vous auriez
craint de le choquer, de lui adresser une parole un peu dure ! non, certes, vous ne l'auriez pas épargné, vous n'auriez pu assez res-
pecter les droits de votre société pour être

_____

(1) *Animus* en latin, l'esprit, le cœur, l'ame;
anima, le souffle, l'haleine. — J'ai traduit ensuite
comme si on lisoit, *enim in tanto tua dedecore
ne verbo quidem graviore appellasses ! non pro-
fectò ; neque....*

indifférent à tous vos risques personnels , si vous n'eussiez vu que le fait étoit évident et notoire.

Depuis , Scandilius de l'ordre équestre , que vous connoissez tous , Romains , intenta au même Apronius , au sujet de la société , le même procès qu'avoit voulu lui intenter Rubrius. Il le poursuivit, le pressa, ne lâcha point prise : il déposa cinq mille sesterces (1) , et demanda des commissaires ou un juge. Vous semble-t-il qu'on ait assez investi un préteur coupable , dans sa province , que dis-je ? sur son siége et sur son tribunal ; qu'on l'ait réduit , ou à se laisser juger pour crime capital lui-même présent et siégeant , ou à s'avouer convaincu et condamné dans l'esprit de tout le monde ? On attaque Apronius comme ayant dit qu'il étoit votre associé pour les dîmes ; c'est dans votre province qu'on l'attaque , vous êtes présent , on vous demande des juges : que

(2) 625 livres. ——*Des commissaires.* Je renvoie à mon traité de la constitution de la république romaine , pour expliquer en quoi les *recuperatores ,* que j'ai rendu en françois par le mot de *commissaires ,* différoient des *judices.*

faites vous ? Vous dites , je donnerai des commissaires. Fort bien. Cependant quels seront
les commissaires d'une tête assez forte pour
oser , dans une province où un homme gouverne , prononcer, je ne dis pas seulement
contre sa volonté , mais même contre ses plus
grands intérêts ? Oui , sans doute , la chose
est manifeste ; il n'y avoit personne qui ne
déclarât nettement l'avoir entendu dire , qui
ne fût un témoin sûr et digne de foi : il n'y
avoit personne dans toute la Sicile qui ne sût
que les dîmes étoient au préteur , personne à
qui on n'eût dit qu'Apronius le publioit par-
tout : outre cela il y avoit à Syracuse un corps
nombreux de citoyens et de chevaliers romains,
de la première distinction , parmi lesquels il
auroit fallu choisir des commissaires qui n'auroient pu absolument prononcer que dans la
vérité. Scandilius insiste , il demande ces commissaires.. Alors Verrès , cet homme pur et
intégre , qui vouloit écarter et dissiper tout
soupçon sur sa vertu , annonce qu'il prendra
des commissaires parmi ses satellites.

Grands dieux ! quel est l'homme que j'accuse?
Quelle est la cause dans laquelle je désire de

donner des preuves de mon zèle et de mon
exactitude ? Qu'est-il besoin ici de mes paroles ou de mes reflexions ? Que peuvent-elles
faire ou obtenir ? au milieu des domaines du
peuple romain , au milieu des récoltes mêmes
de la province de Sicile , je tiens en flagrant
délit un dépradateur public , qui détourne , à
son profit , tous les grains et un argent immense , je le tiens , dis-je , en flagrant délit
sans qu'il puisse nier. En effet , Verrès , que
direz vous ? On intente à Apronius , votre
commissionnaire (1) , un procès où vos plus
grands intérêts sont compromis , on l'attaque
comme ayant publié qu'il étoit votre associé
pour les dîmes. Tout le monde est impatient
de savoir combien vous prendrez la chose à
cœur , comment vous sauverez votre réputation aux yeux du public , comment vous le
persuaderez de votre innocence: et c'est alors
que vous donnerez pour commissaires , votre
médecin , votre aruspice , votre huissier , ou
même celui que vous regardiez comme un

(1) *Cognitor* en latin , celui qui agissoit pour un
homme présent et en son nom : *procurator* celui qui
agissoit pour un homme absent.

excellent juge, comme le (1) Cassius de votre
tribunal, que vous choisissiez, dans les affaires
un peu importantes., Papirius Potamo, grave
personnage, tiré de l'école des anciens juges
de l'ordre équestre. Scandilius demande des
commissaires parmi les citoyens romains établis
à Syracuse : Verrès dit qu'il ne s'en remettra
qu'aux officiers de son tribunal pour ce qui
regarde sa réputation. Les commerçans croi-
roient se déshonorer s'ils recusoient les juges
du lieu où ils commercent ; un préteur recuse
toute sa province. O effronterie sans exemple !
Il prétend être absous à Rome, lui qui a jugé
qu'il n'étoit pas possible de l'absoudre dans sa
province ? Croit-il que l'argent fait plus sur
des sénateurs distingués que la crainte sur
trois (2) commerçans ? Scandilius proteste
qu'il ne dira pas un mot devant le commissaire Arthémidore ; et cependant, Verrès, il

(1) Lucius Cassius étoit célèbre par sa sévérité dans
les jugemens.

(2) *Sur trois commerçans*, pris parmi les citoyens
romains que Scandilius demandoit pour juges, et que
redoutoit Verrès, croyant qu'ils prononceroient sans
crainte de son pouvoir.

vous fait les-propositions les plus avanta-
geuses, des propositions de nature à être reçues avec empressement. Si vous êtes persuadé
que, dans toute la Sicile, on ne sauroit trouver
aucun juge ou commissaire recevable, il vous
demande de renvoyer l'affaire à Rome. A ces
mots vous vous écriez qu'il y avoit de la méchanceté à Scandilius de demander qu'on vous
jugeât sur votre réputation dans un lieu où il
voyoit qu'on étoit prévenu contre vous : vous
refusez de donner des commissaires parmi les
citoyens romains établis à Syracuse ; vous
proposez vos satellites, Scandilius finit par dire
qu'il se désistera de son accusation, et qu'il
reviendra en tems convenable. Quel parti pre-
nez-vous alors ? que faites-vous ? vous obligez
Scandilius : à quoi ? à reprendre la somme qu'il
avoit (1) déposée ? ce seroit éluder avec impu-

(1) J'ai traduit d'après la conjecture d'un habile critique, qui voudroit qu'on lût, *sponsionem acceptam
missam facere.* Quelquefois, dans les contestations
judiciaires, les deux contendans déposoient une
somme, qu'ils consentoient à perdre s'ils perdoient
leur procès. *Sponsionem accipere* déposer cette somme ;
missam facere, la reprendre, renoncer au procès,
abandonner toute poursuite.

dence

dence un jugement qui intéressoit votre réputation et qui étoit attendu. Vous ne le faites
pas. Que faites vous donc ? Permettez-vous à
Apronius de prendre parmi vos satellites les
commissaires qu'il voudra ? Ce seroit une indignité de permettre à une des parties de prendre des juges parmi des gens iniques, plutôt
qu'à toutes les deux d'en choisir parmi des
hommes équitables. Vous ne faites ni l'un ni
l'autre. Que déciderez-vous donc ? On peut
pousser plus loin l'iniquité. Il oblige Scandilius
à donner et à compter les cinq mille sesterces à
Apronius. Que pouvoit faire de plus subtil un
préteur jaloux d'une bonne renommée, qui
vouloit se purger de tout soupçon , se rétablir
dans l'esprit du public ? On parloit mal de lui,
sa conduite étoit blâmée et décriée. Un méchant homme , un scélérat , Apronius avoit
publié que le préteur étoit son associé ; on
l'avoit attaqué juridiquement sur ce propos
qu'il s'étoit permis ; le préteur pur et intègre
pouvoit, par la punition d'Apronius , se décharger du soupçon le plus diffamant : quelle
peine , quel châtiment imagine - t - il contre
Apronius ? Il oblige Scandilius à lui compter
cinq mille sesterces pour récompense de sa

Tome IV.   K

perversité inouie, de son audace à publier par-tout une société criminelle. O le plus effronté des hommes ! Rendre ce jugement n'étoit-ce pas publier vous-même contre vous-même ce que publioit Apronius ? Un homme que vous n'auriez pas dû renvoyer sans punition, si vous eussiez eu la moindre pudeur ou plutôt la moindre prudence, vous n'avez pas voulu qu'il se retirât de votre tribunal sans un salaire.

Par le seul fait de Scandilius, vous avez pû voir, Romains, bien des choses. Vous avez vu d'abord que le reproche de société pour les dîmes n'a pas pris naissance à Rome, n'a pas été forgé par l'accusateur ; que, comme nous le disons quelquefois dans nos défenses, ce n'est pas une accusation fabriquée chez soi à loisir (1) ; que ce n'est pas la circonstance du jugement qui a fait naître ce reproche, qu'il est ancien, qu'il a déja été imaginé et employé sous la préture de Verrès, qu'il n'a

_____

(1) Voici comme un habile commentateur explique *crimen vernaculum. Verna servus est domi nostrae ex ancillâ natus. Crimen vernaculum, domi natum et confictum ab accusatore.*

pas été inventé à Rome par ses ennemis ; mais transporté à Rome de la province. On peut voir aussi par-là l'attachement de Verrès pour Apronius ; l'aveu et même la déclaration d'Apronius au sujet de Verrès. Le même fait peut encore vous apprendre que Verrès, dans sa province, n'a voulu remettre qu'à ses satellites les jugemens qui intéressoient son honneur.

Quel est celui des juges qui, dès le premier début de l'accusation concernant les dîmes, n'ait pas été persuadé que Verrès a envahi les biens et la fortune des laboureurs ? Quel est celui qui n'ait point jugé, sur-le-champ, ce que j'ai prouvé, qu'il a affermé les dîmes par une loi nouvelle, ou plutôt contre les loix, contre les usages et les réglemens de ses prédécesseurs ? Mais quand nous n'aurions pas des juges aussi sévères, aussi exacts, aussi religieux, est-il quelqu'un qui, d'après l'excès des vexations, la perversité des ordonnances, l'iniquité des jugemens, ne se soit pas décidé et n'ait pas prononcé il y a long-tems ? Quand il se trouveroit un juge moins scrupuleux, moins occupé des loix, de ses devoirs, des alliés et des amis de la république, pourra-

t-il avoir des doutes sur la cupidité de Verrès ;
lorsqu'il est instruit des gains énormes faits
sur les dîmes , des arrangemens iniques arrachés par la violence et par la crainte ; lorsqu'il sait que les villes ont été contraintes de
force et par autorité , par la peur des verges
et de la mort , à remettre de si énormes bénéfices , non-seulement à Apronius et à ses semblables , mais même aux esclaves de Vénus ?
Dût-on être peu touché des dommages qu'ont
essuyés les alliés , de la fuite des cultivateurs ,
de leurs désastres , de leur exil , enfin de
leur mort déplorable ; je n'en puis douter ,
instruit par les registres des villes et par la lettre
de Métellus , que la Sicile a été ravagée , que
les terres ont été abandonnées , on se persua-
dera qu'il est impossible de ne pas juger
Verrès avec la dernière rigueur. Quelques-uns
peut-être refuseront de croire tout ce que je
dis , et n'en tiendront aucun compte : j'ai
apporté les ajournemens des procès intentés
en présence de Verrès au sujet de la société pour
les dîmes , procès dont il a arrêté la poursuite.
Peut-on rien désirer de plus clair ?

Je ne doute pas , Romains , que je ne vous
aie pleinement satisfaits. Cependant j'irai plus

loin encore : non pour que vous soyez plus
convaincus que vous ne l'êtes sans doute ; mais
pour que l'accusé , mettant enfin des bornes
à son audace , cesse enfin de croire qu'il peut
acheter , ce qui pour lui fût toujours vénal , la
bonne-foi, le serment, l'équité , le devoir, la religion ; mais pour que ses amis cessent de dire ce
qui pourroit nous nuire à tous dans l'esprit du
peuple , nous rendre odieux , nous décrier et
nous déshonorer. Eh ! quels sont ces amis ? Que
l'ordre des sénateurs est à plaindre ! Que , par
par la faute de quelques hommes méprisables ,
il est en butte aux mépris et à la haine ! Un
Alba Emilius , à l'entrée du marché où il
exerce sa profession , ose dire publiquement
que Verrès a gagné sa cause, qu'il a corrompu
les juges , qu'il a donné à l'un quatre cents
mille sesterces , à l'autre cinq cents mille ,

____

(1) Je ne crois pas, comme Paul Manuce, que cet
Alba Emilius fut un sénateur : je pense que c'étoit
un huissier et crieur public , *praeco*. Les huissiers et
crieurs publics se tenoient ordinairement à l'entrée du
marché , *in faucibus macelli*. Cicéron ne parleroit
jamais d'un sénateur quel qu'il fût , comme on verra
qu'il parle d'Alba Emilius.

qu'il n'a pas donné moins de trois cents mille!
Et lorsqu'on lui eut répondu qu'il n'étoit pas
possible que Verrès l'emportât, qu'une foule
de témoins déposeroient, que d'ailleurs je
plaiderois avec zèle : quand tous les orateurs,
dit-il, diroient tout ce qu'on peut dire, si on
ne produit des faits si évidens qu'il soit impossible de répondre, nous échappons.

A la bonne heure, Alba : j'accepte votre
condition. Vous le croyez ainsi ; les conjectures, les présomptions, le préjugé d'une vie
antérieure, les témoignages des citoyens honnêtes, tout cela n'est à compter pour rien
dans un jugement : vous ne faites aucun cas
de l'autorité des villes, de leurs témoignages,
de leurs registres ; vous voulez des faits notoires (1). Je ne demande pas pour juges des
Cassius : je ne désire pas l'ancienne sévérité
des jugemens ; je ne réclame pas, Romains,
votre équité, votre honneur, votre religion :
je prendrai pour juge Alba, un homme qui
se donne lui-même pour un mauvais bouffon,
et qui, parmi les autres bouffons, porte le

_____

(1) J'ai traduit en lisant avec d'habiles critiques,
*nihil civitatum autoritates, testimonia, litteras ;
res manifestas quaeris.*

nom de gladiateur. Tel est le fait que je produirai pour les dîmes ; Alba sera forcé de convenir que dans ce qui regarde les blés et les biens des agriculteurs , son ami a exercé ouvertement un odieux brigandage.

Vous prétendez , Verrès , avoir haussé l'adjudication des dîmes du territoire de Léontini. J'ai montré dès le commencement que celui-là ne devoit pas être réputé avoir haussé l'adjudication des dîmes , qui , en apparence , a adjugé les dîmes , mais qui en effet , par les conditions qu'il a imposées , par la loi qu'il a établie par ses ordonnances , et par les vexations des décimeurs , n'a pas même laissé aux agriculteurs les dîmes de leurs récoltes. J'ai encore montré que plusieurs avant vous avoient haussé , et même plus haussé que vous , l'adjudication des dîmes du territoire de Léontini et d'autres territoires , que cependant ils les avoient adjugées d'après la loi d'Hiéron , qu'aucun agriculteur ne s'étoit plaint, qu'aucun ne devoit se plaindre , puisqu'elles avoient été adjugées d'après une loi très-équitable. L'agriculteur ne s'inquiéta jamais de l'adjudication des dîmes. Que cette adjudication soit portée haut ou non , il n'en doit ni plus ni moins.

K 4

On afferme les dîmes selon que les blés ont
une belle apparence (1) ; or il est de l'intérêt
du cultivateur qu'il ait assez de blés pour
que l'adjudication des dîmes soit portée fort
haut : pourvu qu'il ne donne pas plus que la
dîme , il lui est avantageux que la dîme soit
considérable (2). Mais , sans doute , vous
voulez que votre principale défense soit d'a-
voir haussé l'adjudication des dîmes. Vous
avez affermé les dîmes du territoire de Léontini , un de ceux qui produit le plus , deux
cents seize mille boisseaux de blé. Si je prouve
que vous auriez pu les affermer d'avantage ,
que vous n'avez pas voulu les adjuger à ceux
qui enchérissoient sur Apronius , que vous les
avez données à Apronius pour beaucoup moins
que vous n'auriez pu à d'autres; si je prouve ce
que j'avance , votre ancien ami , ou plutôt
votre ancien amant , Alba lui-même pourra-
t-il vous absoudre.

Je dis donc que Minucius , chevalier ro-

(1) Voyez ce que nous avons dit dans le sommaire
de ce discours , touchant la manière de donner et de
prendre à ferme les dîmes.

(2) J'ai préféré la leçon *quàm maximam* à celle
quàm maximi.

main des plus distingués, avec d'autres de la même distinction, ont voulu ajouter, non pas mille, non pas deux mille, non pas trois mille, mais trente mille boisseaux, aux dîmes du territoire de Léontini, aux dîmes uniques d'un seul territoire, et que vous ne leur avez point permis de prendre le bail, de peur qu'Apronius ne manquât cette affaire. Ou vous avez résolu de tout nier, ou vous ne nierez pas ce fait. La chose s'est passée publiquement, au milieu d'une grande assemblée, à Syracuse. Toute la province est témoin, parce qu'il vient du monde de tous les endroits pour l'adjudication des dîmes. Si vous convenez de ce fait, ou si vous en êtes convaincu, voyez que de griefs contre vous, et de griefs accablans. D'abord il est prouvé que l'adjudication vous regardoit, qu'elle étoit à votre profit : autrement, pourquoi vouliez-vous qu'Apronius eût les dîmes du territoire de Léontini préférablement à Minucius, Apronius, dis-je, nommé par tout le monde votre commis pour les dîmes ? Il est prouvé ensuite qu'on tiroit un bénéfice immense. Car si trente mille boisseaux (1) avoient pu vous contenter,

(1) J'ai supprimé avec un habile critique la parti-

Minucius assurément auroit donné ce même
bénéfice à Apronius , s'il eût voulu le recevoir.
Sur quel butin ne comptoit donc pas Verrès ,
puisqu'il a méprisé et dédaigné un bénéfice
actuel si considérable , qui ne lui avoit coûté
aucune peine ? Ajoutez que Minucius lui-
même n'eût jamais voulu prendre les dîmes
portées aussi haut , si vous les aviez adjugées
d'après la loi d'Hiéron ; il n'a été si loin que
parce qu'il espéroit tirer plus que les dîmes
en vertu de vos ordonnances énormes et de
vos iniques jugemens. Mais vous permites toujours à Apronius beaucoup plus encore qu'il
n'étoit porté dans vos ordonnances. Quels
ont donc été , croyons-nous , les gains de
celui qui avoit droit de tout faire , puisque
tout autre qui n'eût pas eu le même droit
s'il eût eu l'adjudication des dîmes , proposoit
un tel bénéfice ? enfin , vous vous êtes certainement ôté cette defense dont vous avez
toujours cru pouvoir couvrir toutes vos malversations et toutes vos infâmes rapines ; vous

cule *non* qui se trouve après *commotus*. Cette néga-
tion m'a paru embarrasser le raisonnement de l'orateur, qui devient fort clair par cette suppression.

ne pouvez plue dire : j'ai haussé l'adjudication des dîmes ; j'ai travaillé pour le peuple de Rome, pourvu à sa subsistance. On ne peut tenir ce langage quand on ne peut nier qu'on n'ait adjugé les dîmes d'un seul territoire pour trente mille boisseaux de moins qu'on ne l'auroit pu. Ainsi, quand même je vous accorderois que vous n'avez pas donné les dîmes à Minucius parce que vous les aviez déja adjugées à Apronius : car vous le dites, comme on le prétend ; j'attends moi que vous le disiez, et je souhaite que vous vous défendiez de cette manière : mais quand cela seroit, vous ne pouvez vous faire un mérite et vous vanter d'avoir haussé l'adjudication des dîmes, puisque vous convenez que d'autres vouloient la porter beaucoup plus haut.

Voilà donc, Romains, voilà l'avarice d'un infame déprédateur, sa cupidité, sa perversité, son audace, démontrées, et démontrées avec évidence. Mais si je ne dis rien que ses amis et ses défenseurs n'aient prononcé eux-mêmes, que voulez-vous de plus ? A l'arrivée de Métellus en Sicile, Verrès, avec son remède universel (1), s'étoit fait des amis avec tous les

_____

(1) C'est-à-dire, avec l'argent. —— *Gallius* : peut-

officiers de ce préteur ; on s'adressa à Métellus.
on cita Apronius à son tribunal. Il étoit cité
par le sénateur Gallius, personnage distingué,
qui demanda à Métellus de lui donner action
contre Apronius en vertu de son ordónnance,
de lui permettre de le poursuivre *comme ayant*
enlevé les biens à leurs possesseurs de force et par
la crainte : formule du préteur Octavius (1),
que Métellus avoit employée à Rome, et qu'il
employoit encore dans sa province. Gallius
n'obtient pas sa demande : Métellus alléguoit
qu'il ne vouloit pas rendre un jugement qui
formeroit un préjugé contre Verrès. Tous les
officiers de la suite de Métellus n'étoient point
ingrats, ils soutenoient Apronius. Gallius, un
sénateur romain, ne peut obtenir action de

être faudroit - il lire *Gellius*, dont le nom est
beaucoup plus connu. Il y a des livres qui portent
Gallus.

(1) Octavius, un des juges, avoit été préteur. On
sait que les préteurs, dans toutes les causes, donnoient aux juges une formule suivant laquelle ils
devoient juger et prononcer. Octavius, dans sa préture, s'étoit servi d'une formule que Métellus avoit
employée après lui à Rome et qu'il employoit encore
dans sa province.

Métellus son ami intime, en vertu de son ordonnance. Je ne blâme point Métellus, il a
ménagé son ami, et, comme je lui ai entendu
dire à lui-même, son parent : je ne blâme
point, dis-je, Métellus, mais je suis surpris
qu'il ait accablé d'un jugement direct et des
plus forts un homme dont il craignoit que des
commissaires ne préjugeassent la cause. Car
d'abord, s'il pensoit qu'Apronius seroit absous,
avoit-il à craindre qu'on préjugeât la cause de
son ami ? Ensuite, s'il s'attendoit à voir tout
le monde bien persuadé que la condamnation
d'Apronius étoit liée avec la cause de Verrès,
il jugeoit donc déja que leurs causes étoient
liées, puisqu'il a déclaré que la condamnation
d'Apronius formeroit un préjugé contre Verrès.
Ce seul acte prouve en même tems deux choses,
et que les cultivateurs, forcés par la crainte et
la violence, ont donné à Apronius beaucoup
plus qu'ils ne devoient ; et qu'Apronius prêtoit
son nom à Verrès, puisque Métellus a déclaré
qu'on ne pouvoit condamner l'un sans prononcer la cupidité et les malversations de
l'autre.

Je viens maintenant à la lettre de Timarchide, affranchi et huissier de Verrès ; c'est

par-là que je vais finir toute cette partie de mon
discours concernant les dîmes. Nous avons
trouvé la lettre à Syracuse, dans la maison
d'Apronius, en cherchant des registres. Elle a
été envoyée, comme on le voit par la lettre
même, lorsque Verrès avoit déja quitté sa province, et qu'il revenoit à Rome : elle est écrite
de la main de Timarchide. Greffier, lisez la
lettre de Timarchide.

Timarchide , huissier de Verrès , à Apronius.
Salut.

Je ne trouve pas à redire qu'il ait mis à la tête
de sa lettre son titre d'huissier (1). Pourquoi les
greffiers s'arrogeroient-ils seuls un pareil droit ?
Lucius Papirius , greffier. Je veux que les huissiers , les appariteurs , les licteurs , en usent de
même.

Veille soigneusement à tout ce qui intéresse la
réputation du préteur. Il recommande Verrès à

(1) Il n'y avoit que les magistrats distingués, consuls, préteurs, édiles, censeurs, qui ajoutassent à
leur nom, en écrivant, le titre de leur place. Cicéron
se moque de Timarchide qui ajoute au sien celui
d'huissier, et de quelques greffiers qui prenoient aussi
ce ton.

Apronius, et l'exhorte à le défendre avec zèle contre ses ennemis. *Votre réputation, Verrès, est bien à couvert et bien défendue, puisqu'elle est confiée à la violence et au crédit d'Apronius. Tu as du courage et de l'éloquence.* Quels éloges pompeux et magnifiques Timarchide donne à Apronius ! A qui celui-ci ne doit-il pas plaire, puisqu'il plaît si fort à Timarchide ? *Tu es en état de prodiguer l'or.* Oui, sans doute, Timarchide et Verrès, vous avez fait sur les blés des gains si immenses que votre trop plein doit nécessairement s'être répandu sur le ministre de vos malversations. *Saisistoi des nouveaux greffiers et appariteurs. Coupe, taille avec Vultéius* (1) *qui peut beaucoup.* Voyez combien Timarchide compte sur sa perversité, puisqu'il en donne des leçons même à Apronius. Ces paroles ; *coupe, taille*, ne paroît-il pas les tirer de la maison de son maître, comme pouvant s'appliquer à toute criminelle manœuvre ? *Je veux que tu en croies ton bon ami.*

_____

(1) Vultéius, sans doute, étoit un officier de la suite du préteur Métellus, qui avoit sa confiance. C'étoit, à ce qu'il semble, un homme de quelque considération.

ton frère. Son compagnon du moins dans les gains iniques et dans les vols, son semblable, son égal en perversité et en audace. *Tu sauras te rendre cher aux hommes de la cour* (1) . . . . Qu'est-ce à dire *aux hommes de la cour*? A quoi tendent ces mots, Timarchide? Instruisez-vous Apronius? Est-ce par vos conseils ou de lui-même qu'il étoit entré dans la cour de votre préteur? *Emploie les moyens les plus propres à séduire.* Quelle impudence, croyons-nous, n'avoit pas dans sa domination un homme qui est si affronté dans sa fuite? Il dit qu'on peut tout faire avec de l'argent. *Donne, prodigue* (2), *si tu veux triompher.* Ce conseil de Timarchide à Apronius me révolteroit moins s'il ne donnoit pas les mêmes leçons à son maître. *On est toujours sûr de l'emporter quand tu sollicites.* Oui, sous la préture de Verrès, mais non sous celle de Sacerdos, de Péducéus, de Métellus lui-

---

(1) J'ai hasardé ce mot de *cour*, ne voulant me servir du mot de *cohorte*, ni de celui de *suite* dont je me sers ordinairement. Au reste, j'ai préféré la leçon *habebare* à celle d'*habeare*.

(2) J'ai traduit comme s'il n'y avoit que *da profundè*, sans *oppone* ou *appone*.

même.

même. *Tu le sais, Métellus est un homme de sens* (1). Voilà ce qui ne peut plus se souffrir, qu'un esclave fugitif, un Timarchide, se permette de plaisanter sur un homme aussi vertueux que Métellus, qu'il attaque son esprit, qu'il le tourne en ridicule. *Si tu as pour toi Vultéius, tu feras, en te jouant, tout ce que tu voudras.* Ici Timarchide se trompe de croire que Vultéius puisse être gagné par argent, ou que Métellus se gouverne dans sa préture au gré d'un seul homme. Mais son erreur, il l'a prise dans la maison de son maître. Il avoit vu bien des gens, par lui ou par d'autres, faire auprès de Verrès, en se jouant, tout ce qu'ils vouloient; il s'est imaginé qu'on avoit les mêmes facilités de tous les magistrats. Vous obteniez de Verrès tout ce que vous demandiez, facilement, en vous jouant, parce que vous connoissiez bien des espèces de jeux. *On est venu à bout de persuader à Métellus et à Vultéius que tu avois ruiné les agriculteurs.* Qui

(2) Cet éloge d'*homme de sens*, Timarchide sans doute le donnoit à Métellus comme n'ayant pas un grand génie, comme n'ayant qu'un esprit ordinaire.

est - ce qui s'en prenoit à Apronius lorsqu'il avoit reçu de l'argent, soit pour juger un procès, soit pour décider une affaire, soit pour donner des ordres, soit pour accorder des graces ; ou au licteur Sestius lorsqu'il avoit tranché la tête à un homme innocent ? personne. Tout le monde s'en prenoit à ce Verrès dont maintenant on demande la condamnation. *Ils lui ont rebattu aux oreilles que tu étois l'associé du préteur.* Voyez-vous, Verrès, combien ce reproche étoit répandu, puisque même Timárchide l'appréhende ? Vous m'accorderez que je ne forge pas à présent ce délit contre vous, mais que votre affranchi cherchoit dès ce moment à vous en justifier. Votre affranchi, votre huissier, étroitement lié avec vous et avec votre fils, votre homme de confiance, écrit à Apronius que la voix publique a dénoncé à Métellus votre association avec Apronius pour les dîmes. *Tâche de l'instruire de la méchanceté des agriculteurs : ils pourront, s'il plaît aux dieux, éprouver eux-mêmes de cruelles transes.* Dieux immortels! quelle haine, quelle animosité contre les agriculteurs ! Quelle en est donc la cause ? Quel si grand mal les agriculteurs ont-ils fait à Verrès pour que même son affranchi , son huissier, les poursuive dans sa lettre avec tant d'acharnement ?

Je ne vous aurois pas fait lire , Romains , la lettre de ce vil esclave , si je n'eusse voulu par là vous faire connoître les principes et les maximes de toute la maison de Verrès. Voyez-vous les avis qu'il donne à Apronius ? Voyez-vous par quels moyens , par quelles largesses il lui conseille de s'insinuer dans l'amitié de Métellus ; comme il lui recommande de corrompre Vultéius , de gagner par argent les greffiers et les huissiers ? Il lui enseigne ce qu'il a vu. C'est un étranger qu'il endoctrine , à qui il conseille ce qu'il a appris lui-même dans la maison de son maître. Mais il se trompe en un seul point , c'est de croire qu'on parvient à l'amitié de tout le monde par les mêmes voies.

J'ai des raisons pour n'être pas content de Métellus , je dirai néanmoins ce qui est vrai. Apronius ne pourroit gagner Métellus lui-même , comme il a fait Verrès , ni par argent , ni par des festins , ni par des femmes , ni par des propos obscènes et dissolus : tous moyens par lesquels il s'étoit , non pas insinué peu-à-peu et insensiblement dans l'amitié

L 2

du préteur, mais emparé tout aussitôt de toute
sa personne et de toute sa préture. Pour ce qui
est des officiers de la suite de Métellus, comment auroit-il pû les corrompre, puisqu'on
n'en tiroit pas de commissaires (1) contre les
agriculteurs ?

Timarchide écrit que le fils de Métellus
n'est encore qu'un enfant ; mais il se trompe
fort. On n'a pas les mêmes accès auprès de
tous les fils de préteurs. Non, Timarchide,
le fils de Métellus dans sa province n'est pas
un enfant, mais un jeune homme sage et
honnête, digne de son rang et de son nom.
Je ne dirois pas comment votre jeune fils de
Verrès s'est comporté dans la province, si je
croyois que ce fût la faute du fils et non celle
du père. Quoi? Verrès, vous vous connoissiez
vous-même, vous connoissiez votre vie, et
vous meniez avec vous en Sicile un jeune fils

(1) *Puisqu'on n'en tiroit pas...* et par conséquent
ce n'étoient pas des hommes accoutumés à se vendre,
accoutumés à se laisser corrompre. J'ai suivi la leçon
ex quâ in aratorem recuperatores nulli dabantur. —
Timarchide écrit... on voit par-là que Cicéron n'avoit
pas fait lire toute la lettre de Timarchide, qu'il en
avoit omis plusieurs articles, celui-ci entr'autres.

déjà d'un certain âge, ensorte que, quand même
son caractère l'auroit détourné des vices de
son père et des désordres de sa famille, l'habitude et l'éducation ne lui auroient pas permis
de dégénérer. En lui supposant le naturel heureux d'un Caton et d'un Lélius (1), que peut-
on attendre ou que peut-on faire de bon d'un
fils qui a vécu au milieu des débauches de
son père, qui n'a jamais vu de repas honnête
et sobre, qui, durant trois ans, dans une jeunesse déja formée, s'est trouvé tous les jours
à table avec des femmes impudiques et des
hommes dissolus, n'a jamais rien entendu de
son père qui pût le rendre meilleur et plus
sage, ne lui a jamais vu faire rien que ce qu'il
ne pouvoit imiter sans s'attirer le honteux reproche d'être semblable à son père? Et en cela,
Verrès, vous avez fait tort, non-seulement à
votre fils, mais encore à la république. Non,
ce n'est pas pour vous seul, mais pour la patrie, que vous aviez des enfans ; ce n'étoit pas
pour votre satisfaction particulière, mais pour
qu'ils fussent un jour utiles à la république.

(2) Caïus Lælius, surnommé le Sage. Marcus Cato,
le censeur, aussi appelé le Sage.

L 3

Vous auriez dû instruire votre fils et le former
sur les maximes de nos ancêtres , sur les loix
de cette ville , et non sur vos infamies et sur
vos désordres : d'un père lâche , dissolu et pervers , nous aurions un fils actif , sage et vertueux. La république vous auroit quelque obligation ; au lieu que vous lui avez donné un
autre vous-même pour vous remplacer. A
moins peut-être qu'il ne soit encore plus dé-
pravé que vous , s'il est possible, parce que vous,
son père, vous êtes devenu tel que vous êtes, à
l'école, non d'un père livré à la débauche,
mais seulement d'un voleur des deniers publics,
d'un corrupteur de suffrages (1). Pourrions-
nous avoir un citoyen plus honnête que ce
jeune homme , votre fils par la naissance ,
votre semblable par les inclinations , votre dis-
ciple par les exemples que vous lui avez offerts?
Je verrois sans peine , Romains , qu'il devînt
un homme , qu'il acquît du mérite (2) , d'au-

(1) Latin *divisoris* , d'un homme qui répand de
l'argent dans les tribus pour acheter leurs suffrages.

(2) Le *quamvis* du latin a ici la même force que
quantumvis , que quelques-uns voudroient lui substituer.

tant plus que je m'inquiète peu de l'inimitié qui pourra exister entre lui et moi. Car si je me montre intègre dans toutes les circonstances, je ne me démens pas ; en quoi son inimitié pourra-t-elle me nuire ? Mais si je ressemble en quelque chose à Verrès, je ne manquerai pas plus d'ennemis qu'il n'en a manqué lui-même. En effet, Romains, la république doit être assez bien constituée (et elle le sera avec de sévères tribunaux) pour qu'un coupable ne puisse pas manquer d'ennemis, et qu'un ennemi ne puisse pas nuire à un homme innocent. Je n'ai donc aucune raison pour ne pas vouloir que le fils de Verrès renonce aux désordres et aux vices de son père. La chose est difficile, mais peut-être n'est-elle pas impossible, sur-tout si, comme il arrive maintenant, il est éveillé par les amis de son père, puisque celui-ci est si négligent et si lâche.

Mais je me suis écarté, après la lecture de la lettre de Timarchide, plus que je ne voulois : j'avois promis de terminer par cette lecture ce qui regarde le blé dîmé. Vous avez pû voir, Romains, dans ce qui précède, que Verrès, durant l'espace de trois ans, a soustrait à la république et enlevé aux cultivateurs, une quantité de grains immense. Je dois à présent vous instruire sur le blé *acheté* , c'est-à-dire , sur le vol de Verrès le plus effronté et le plus grave. Je traiterai brièvement cette seconde partie : soyez attentifs , je-vous en conjure , je ne dirai rien qui ne soit aussi important qu'incontestable.

Verrès devoit acheter du blé dans la Sicile , en vertu d'un Sénatusconsulte , en vertu des loix Térentia et Lassia concernant les blés. Il est deux sortes de blés qu'on achete. C'est ou une (1) seconde dîme qu'on oblige de vendre , ou une certaine quantité de grains qui doivent être aussi vendus , répartie en juste proportion sur toutes les villes. Par rapport au premier blé , la quantité en est réglée sur la première dîme : quant au second , il consiste dans huit cents mille boisseaux (2) que nous

____

(1) J'ai préféré la leçon *alterarum decumarum* à celle de *certarum decumarum*. Un peu plus bas il seroit plus exact de lire *ex prioribus decumis* au lieu de *exprimis decumis*.

(2) On avoit fixé sur ces huit cents mille boisseaux de blé que les villes de Sicile étoient obligées de vendre au peuple romain, la quantité que chacune ven-

achetons tous les ans. Le prix de l'un est fixé
à trois sesterces par chaque boisseau ; il est fixé
à quatre pour l'autre. Ainsi pour l'un on donnoit à Verrès, chaque année, trois millions
deux cents mille sesterces (1) qu'il devoit payer
aux agriculteurs. On lui en donnoit pour l'autre environ neuf millions. Ainsi pendant trois
ans on a assigné à Verrès pour tous les achats
de blé en Sicile, près de trente-sept millions
de sesterces (2). Cette somme immense, une
somme donnée au préteur sur un trésor pauvre
et épuisé, donnée pour acheter du blé pour

droit. Au reste, dans tout cet article, j'ai tâché de
m'exprimer le plus clairement que j'ai pu. *A trois
sesterces, à quatre,* soit que les années fussent
bonnes, soit qu'elles fussent mauvaises ; on avoit
adopté, sans doute, un prix moyen.

(1) 400,000 livres. *Neuf millions de sesterces,*
1,125,000 livres.

(2) Le texte porte *centies et tricies ;* c'est une faute
évidente, et il est clair qu'il faut lire *trecenties et
septuagies* trente-sept millions de sesterces. Trois fois
douze millions deux cents mille font trente-six millions six cents mille, trente-sept millions moins quatre
cents mille, c'est-à-dire, près de trente-sept millions
de sesterces, 4,625,000 livres.

fournir à notre subsistance , aux premiers besoins de la vie , donnée pour payer les agriculteurs Siciliens auxquels la république imposoit de si grandes charges , je le soutiens ,
Verrès , vous l'avez tellement dissipée que je
puis vous convaincre , si je le veux , de l'avoir
détournée et transportée toute entière dans
votre maison : car d'après la manière dont
vous l'avez administrée , je puis sans peine
démontrer ce que j'avance à tout juge équitable. Mais je considèrerai ce que je me dois
à moi-même ; je me rappellerai dans quel
esprit , dans quelle vue , je me suis chargé de
cette cause publique. Je ne vous traiterai pas
en accusateur : je ne supposerai rien ; je ne
chercherai pas à rien persuader à personne que
je ne me sois auparavant persuadé à moi-
même.

Dans cette somme donnée sur le trésor , je
vois, Romains , trois espèces de vols. D'abord
Verrès l'ayant placée sur les (1) compagnies

(1) Les compagnies de fermiers en Sicile avoient de
l'argent à remettre au trésor public ; il étoit naturel
qu'elles rémissent à Verrès l'argent qui devoit lui
être remis par le trésor. Que faisoit Verrès? Il leur lais-

chargées de la lui fournir, en a tiré un intérêt de deux centièmes ; ensuite, il n'a rien payé à la plupart des villes pour le blé ; enfin, s'il a payé à quelques villes, il a retenu de la somme tout ce qu'il a voulu, il n'a remis à aucune d'elles ce qu'il devoit lui remettre.

Et d'abord, Verrès, je vous le demande, à vous (∗) à qui les fermiers de nos domaines ont fait des remercîmens d'après la lettre de Carpinatius ; avez-vous trafiqué d'un argent public, qui vous étoit assigné sur le trésor, sur les revenus du peuple romain, qui vous étoit donné pour acheter du blé ? Cet argent vous a-t-il rapporté deux centièmes ? Vous le nierez, je n'en doute pas : l'aveu en seroit aussi honteux que dangereux. Je sens combien il m'est difficile de prouver ce grief. Quels témoins emploirai-je ? Les fermiers de

____

sait cet argent, en tirant un intérêt de deux centièmes, par mois, quoique l'intérêt ordinaire ne fût que d'un centième. Mais pourquoi ces compagnies souffroient-elles cette usure exorbitante ? Cicéron n'en dit pas la raison, et je ne saurois la deviner.

(1) Il y a dans le texte un *tu* qui n'a pas de suite ; cette irrégularité de construction n'est point rare dans les anciens écrivains.

nos domaines ? Mais Verrès les a traités avec
honneur : ils se tairont. Produirai-je les lettres qui ont été adressées ? Mais elles ont été
soustraites d'après un arrêté des décimeurs.
Que ferai-je donc ? Faute de témoins et de
lettres, abandonnerai-je un délit aussi grave,
qui annonce tant d'audace et tant d'impudence?
Non, sans doute. Je prendrai pour témoin....
qui? Vettius, de l'ordre équestre, personnage d'un rare mérite et d'une haute considération : il est parent de Verrès, et son ami
si intime, que, quand même il ne seroit
pas honnête homme, ce qu'il déposeroit
contre lui seroit d'un très-grand poids ; mais
il est si honnête homme, que, quand même
il seroit son ennemi déclaré, on devroit
ajouter foi à sa déposition. Verrès paroît interdit, il est impatient de savoir ce que dira
Vettius. Il ne dira rien pour la circonstance,
rien de sa propre volonté, rien de manière
qu'il soit libre de le dire ou de ne pas le dire.
Il a écrit une lettre en Sicile à Carpinatius,
lorsqu'il étoit chef d'une compagnie de fermiers, chef de la ferme des paturages publics.
J'ai trouvé cette lettre à Syracuse chez Carpinatius parmi plusieurs autres lettres envoyées

de Rome , je l'ai trouvée à Rome parmi les copies des lettres écrites (1) en province , chez Tullius un des chefs de la ferme , ami intime de Verrès. Voyez , je vous prie , Romains , par cette lettre , avec quelle impudence il a mis à intérêt pour lui-même l'argent du trésor.

On lit la lettre écrite à Carpinatius par Lucius Vettius , et Lucius Caïus Antistius , chefs de la ferme.

Vous l'entendez , Verrès , Vettius dit qu'il suivra vos démarches , qu'il examinera comment vous rendrez vos comptes au trésor : si vous ne remettez pas au peuple l'argent que vous aura produit l'intérêt , il veut que vous le rendiez à la ferme. Pouvons-nous avec ce témoin , pouvons-nous avec la lettre de Servilius et d'Antistius , chefs de la ferme , personnages de la première distinction , pouvons-nous avec le témoignage de la ferme dont nous produisons les lettres , pouvons - nous , dis-je , prouver ce que nous avançons ? Faut-il chercher des preuves plus fortes ou d'un plus grand poids ? Vettius votre intime ami , Vet-

_____

(1) *In litterarum missarum ,* sous-entendez *libris.*

tius votre allié , dont vous avez épousé la
sœur , Vettius frère de votre épouse , frère de
votre questeur , dépose contre vous du vol le
plus impudent , du péculat le plus sévère :
car quel autre nom donner au trafic criminel
d'un argent public ? Greffier , lisez la suite de
la lettre.

Le greffier lit.

Vous venez de l'entendre , Verrès , Vettius
dit que votre greffier a rédigé les conditions
de ce trafic ; les chefs de la ferme le menacent
aussi dans leur lettre. Les deux chefs de la
ferme , associés pour lors à Vettius , étoient
par hasard greffiers. Ils sont fort mécontens
qu'on leur ait arraché deux centièmes : et leur
mécontentement est fondé : car qui jamais se
permit une pareille malversation ? Quel magistrat entreprit jamais , ou crut qu'il fût possible , de tirer de l'argent , c'est-à-dire un intérêt , des fermiers de nos domaines , à qui le
sénat laissa plus d'une fois un argent public (1)

_____

(1) *Usurâ* , c'est-à-dire, *usu pecuniae*. Les fermiers des domaines publics devoient remettre des
sommes au trésor ; le sénat quelquefois , pour les

pour les soulager ? Non , certes , Verrès n'auroit aucun espoir d'être absous s'il étoit jugé
par les fermiers de nos domaines , c'est-à-
dire par les chevaliers romains. Il doit avoir
encore moins d'espoir étant accusé devant des
sénateurs, qui le traiteront d'autant plus vi-
goureusement qu'il est plus honnête d'être
touché des torts faits à autrui que de ceux qui
nous regardent ? Que pouvez-vous répondre,
Verrès , à ces reproches ? Nierez-vous le fait ?
ou entreprendrez-vous de justifier votre conduite ? Pouvez-vous nier le fait , lorsque vous
êtes convaincu par une lettre d'une pareille autorité , par tant de témoins pris parmi les fermiers de nos domaines ? Essayerez-vous de
justifier votre conduite ? Certes , si je montrois
que , dans votre province , vous avez fait valoir votre argent , et non celui du peuple romain , vous ne pourriez échapper : mais qu'il
vous fût permis de faire valoir (1) l'argent de
notre trésor , un argent qui vous étoit donné

___

soulager, leur laissoit ces sommes entre les mains ,
lesquelles sommes ils ne rendoient qu'après un certain
terme.

(1) *Sed publicam :* je crois qu'il ne manque rien
dans cette phrase , que seulement il faut sous-entendre *pecuniam fœnerari.*

pour le blé , un argent dont vous avez fait
payer l'intérêt aux fermiers de nos domaines ,
à qui le persuaderez vous ? Je ne parle pas des
autres ; vous-mêmes vous ne fites jamais rien
qui porte un plus grand caractère d'effronterie
et de hardiesse. Non , Romains , je ne puis
dire que le délit dont je vais bientôt vous
entretenir , de n'avoir rien payé absolument
au plus grand nombre des villes pour leur
blé , je ne puis dire que ce délit , tout étrange
qu'il paroisse , annonce plus d'audace et plus
d'impudence. Dans l'article suivant , le vol
est plus considérable peut-être ; mais certainement l'effronterie n'est pas moindre dans
celui que nous venons de traiter : et puisque
j'ai assez parlé du trafic illicite de Verrès ,
écoutez , je vous prie , tout l'argent qu'il a
détourné à son profit.

Il est dans la Sicile plusieurs villes opulentes et distinguées , parmi lesquelles il faut
compter sur-tout celle d'Halèse. Vous n'en
trouverez aucune dont la fidélité soit plus
constante , dont les richesses soient plus
étendues , dont l'autorité soit d'un plus grand
poids. Verrès l'avoit assujétie à vendre tous
les ans soixante mille boisseaux de blé ; au
lieu

lieu de blé il exigea d'elle de l'argent selon la valeur du blé en Sicile , et retint tout l'argent qu'il avoit reçu du trésor. Je fus étonné , Romains , la première fois que cette malversation me fut exposée dans le sénat d'Halèse par le citoyen de cette ville qui a le plus d'esprit , de lumières et de considération , par Enias , que le Sénat avoit chargé au nom de la ville de nous remercier mon cousin (1) et moi , et de nous instruire de ce qui avoit rapport à la cause. Il nous montre que le préteur s'étant emparé de tout le blé par le moyen des dîmes , s'étoit fait un usage et une règle d'exiger de l'argent des villes , de rejeter leur blé , d'envoyer à Rome sur les provisions de grains pillées à son profit , tout ce qu'il en falloit envoyer. Je demande les comptes, je regarde les registres , je vois que les habitans d'Halèse , chargés de nous vendre soixante mille boisseaux de blé , avoient remis de l'argent à Volcatius , à Timarchide , au greffier. Je vois une malversation d'une nouvelle espèce. Le préteur qui devoit acheter du blé , n'en

(1) *Mon cousin* , Lucius Rullius. Latin , *fratri meo,* sans doute *patrueli.*

achète pas , il le vend : l'argent qu'il devoit
distribuer aux villes , il le détourne , il le garde
pour lui. Cela ne me paroissoit plus un simple
vol. , mais un abus énorme et monstrueux ;
rejeter le blé des villes , accepter le sien ; après
l'avoir accepté y mettre un prix , le prix qu'il
y avoit mis le faire payer aux villes , garder
ce qu'il avoit reçu de la république.

Combien un seul vol ne renfermé-t-il pas de
degrés de malversations , ensorte que si je
voulois m'arrêter à un seul , l'accusé ne pourroit avancer d'un pas ? Vous rejetez , Verrès,
le blé de Sicile. Mais quel blé envoyez-vous
donc vous-même ? Avez-vous une Sicile particulière qui puisse vous fournir du blé d'une
autre espèce lorsque le sénat statue et que le
peuple ordonne qu'on achetera du blé dans
la Sicile , ils entendent , je crois , qu'on doit
envoyer de Sicile du blé des Siciliens. Vous ,
Verrès , lorsque vous rejetez tout le blé des
villes de Sicile , en envoyez-vous à Rome
d'Egypte ou de Syrie ? Vous rejetez le blé
d'Halèse , de Céphalède , de Thermes , d'A-
mestra , de Tyndare , d'Herbite , de bien
d'autres villes encore : comment est-il arrivé
que les territoires de ces peuples sous votre

préture , portassent du blé d'une espèce qu'ils
n'avoient jamais portée auparavant, du blé qui
ne pût être accepté , ni par moi , ni par vous,
ni par le peuple romain ; sur-tout lorque les
pourvoyeurs publics avoient envoyé à Rome
du blé dîmé de la même année ; pris sur les
mêmes territoires ? Comment est-il arrivé que
du même grenier le blé dîmé fût accepté , et
que le blé acheté ne le fût pas ? Peut-on
douter que toute cette manœuvre de rejetter le
blé n'ait été un moyen d'extorquer de l'argent?
A la bonne-heure , vous rejetez le blé d'Halèse , vous acceptez celui d'un autre peuple :
achetez donc celui qui vous plaît , et laissez
les peuples dont vous avez rejeté le blé. Mais
vous exigez des villes dont vous ne voulez
pas le blé , tout l'argent qui vous est nécessaire pour le blé que vous demandez à d'autres. Votre dessein est-il douteux ? Les registres
publics d'Halèse m'apprennent que les habitans vous ont donné quinze sesterces (1) par
médimne. Les registres des plus riches agriculteurs prouveront , que dans le même tems,
personne n'a vendu davantage le blé en Sicile.

(1) 37 sous 6 den.

Quelle est donc cette couduite , ou plutôt cette extravagance , de rejetter le blé d'un pays où le sénat et le peuple ont voulu qu'on en achetât , de rejetter le blé pris au même tas dont vous même avez accepté une partie sous le nom de dîmes ; et ensuite d'extorquer de l'argent des villes pour acheter du blé , lorsque vous en avez reçu de notre trésor ? la loi Térentia vous ordonnoit-elle d'acheter du blé aux Siciliens avec l'argent des Siciliens ou avec celui du peuple romain ? Il est facile de voir que l'accusé a tourné à son profit tout l'argent de notre trésor qu'il devoit donner aux villes pour le blé. Car enfin, Verrès, vous prenez des villes quinze sesterces par médimne, ce qui étoit alors le prix du médimne : vous retenez dix-huit sesterces (1), ce qui est le prix auquel le blé de Sicile est estimé en vertu de la loi. Agir de la sorte, n'est-ce pas comme si vous n'eussiez point rejetté le blé, que vous l'eussiez accepté et reçu, que vous eussiez gardé tout l'argent de notre trésor sans rien payer à aucune ville,

---

(1) 2 liv. 5 s. *ce qui est le prix . . . A tanti est* ajoutez ou sous-entendez *venditum.*

lorsque l'estimation de la loi est telle que les Siciliens ne devoient pas s'en plaindre dans les autres tems, et que même ils devoient s'en louer sous votre préture ? Car le boisseau est estimé trois sesterces par la loi ; il étoit vendu deux sesterces (1) sous votre préture, comme vous vous en applaudissiez dans beaucoup de lettres écrites à vos amis. Mais je suppose qu'on l'ait vendu trois sesterces, puisque vous les avez exigés des villes par boisseau ; vous qui pouviez faire le plus grand plaisir aux agriculteurs en payant aux Siciliens ce qui vous avoit été prescrit par le peuple romain, non-seulement vous les avez frustrés de ce qu'ils devoient recevoir, vous en avez exigé même ce qu'ils ne devoient pas donner.

Or que les choses soient telles que je le dis, cela est prouvé par les registres des villes, par les dépositions faites en leur nom ; et on n'y trouvera rien qui soit supposé, rien qui soit accommodé à la circonstance. Tout ce que nous disons est mis et porté par ordre dans les comptes des peuples, lesquels comptes ne

---

(1) *Daux sesterces,* 5 sous ; *trois sesterces,* 7 sous 6 deniers.

M 3

sont (1) ni raturés , ni embrouillés , ni écrits
à la hâte , mais faits en règle et en bonne
forme. Greffier , lisez les comptes des habitans
d'Halèse.

Le Greffier lit.

A qui dites-vous qu'on a donné de l'argent ?
parlez plus haut.

A Volcatius , à Timarchide , à Mévius.

Quoi ? Verrès , ne vous êtes-vous pas même
réservé cette défense , que ce sont les pourvoyeurs publics qui ont réglé cette affaire , qui
ont rejetté le blé , qui se sont arrangés avec les
villes pour de l'argent , qui ont reçu de vous
de l'argent au nom des villes , et qui ensuite
ont acheté eux-mêmes du blé à leur compte ;
que cela ne vous regarde en rien ? Ce seroit assurément une défense misérable pour un préteur
de dire : Je n'ai ni reçu ni examiné de blés ,
j'ai donné aux pourvoyeurs publics toute
liberté de rejetter et d'accepter. Ils ont fait donner de l'argent aux villes , et ont reçu de moi
celui que j'aurois dû donner aux peuples. Ce
seroit là , je le répète , une défense misérable ;

_____

(1) Comme ceux produits par Verrès.

mais enfin , quelle qu'elle soit , vous ne pourriez vous en servir , quand vous le voudriez. Volcatius , vos délices , les délices de vos amis , vous empêche de parler de pourvoyeur public. Timarchide , l'appui de votre maison , ruine votre défense , puisque Halèse lui a compté de l'argent en même tems qu'à Volcatius. Votre greffier avec son anneau d'or (1) qu'il doit à ses rapines , ne vous permet pas de recourir à ce moyen. Que vous reste-t-il donc , sinon de convenir que vous avez envoyé à Rome du blé acheté avec l'argent de la Sicile , et que l'argent de notre trésor vous l'avez détourné dans vos coffres ?

O habitude de mal faire , que tu as d'attrait pour des hommes pervers et audacieux , lorsqu'ils n'ont pas été punis , et que l'impunité a produit la licence ! Ce n'est pas aujourd'hui pour la première fois que Verrès est atteint de ce genre de péculat ; mais c'est d'aujourd'hui enfin qu'il en est convaincu. Lorsqu'il étoit questeur (2) , nous lui avons vu recevoir de

(1) Cet anneau dont vous l'avez décoré en pleine assemblée , et avec lequel il a scellé vos registres.

(2) Voyez par tous ces faits le discours où il s'agit de la lieutenance de Verrès.

M 4

l'argent du trésor pour fournir à l'entretien d'une
armée consulaire : peu de mois après, nous
avons vu et l'armée et le consul entièrement
dépouillés. Cette malversation énorme a été
comme ensevelie et perdue dans la confusion
universelle, dans les ténèbres épaisses dont la
république étoit alors enveloppée. Il a géré une
seconde fois sous Dolabella une questure qui
lui étoit échue par succession ; il s'est approprié
des sommes d'argent considérables : mais il a
brouillé le compte qu'il en devoit rendre en le
mêlant avec la condamnation de Dolabella.
Nommé préteur de Sicile, on lui a remis des
sommes immenses. Il ne les point détournées
peu à peu et d'une main timide par de criminels larcins, il a englouti à-la-fois tout cet
argent du trésor. C'est ainsi que la mauvaise
habitude de Verrès n'étant pas arrêtée, un vice
qui chez lui n'est que trop naturel va croissant
toujours, au point que lui-même ne sauroit
plus mettre de bornes à son audace. Il est donc
enfin convaincu, et manifestement convaincu,
des plus graves malversations. Et les dieux, à
ce qu'il me semble, ont permis qu'il ait enfin
comblé la mesure ; ils veulent que non-seulement il subisse la peine due à ses derniers for-

faits , mais encore que Carbon et Dolabella soient vengés de ses anciennes perfidies.

Ici , Romains , s'offre une réflexion nouvelle qui dissipe tous les doutes sur les vexations au sujet des dîmes. Je ne dirai pas qu'une infinité d'agriculteurs n'ayant pas de quoi fournir à la seconde dîme , et aux quatre-vingt mille boisseaux de blé qu'ils devoient vendre au peuple romain , ont acheté du blé à Apronius votre agent , ce qui prouve que vous n'avez rien laissé aux agriculteurs ; je ne dirai pas ce qui est démontré par une foule de dépositions : mais quoi de plus incontestable que , pendant trois ans, vous avez eu en votre pouvoir et dans vos magasins tout le blé de la Sicile , toutes les récoltes des terres sujettes aux dîmes ? En effet, lorsque vous exigiez de l'argent des villes au lieu de blé , où preniez-vous du blé pour l'envoyer à Rome , si vous n'étiez pas saisi de tout le blé de la Sicile , si vous ne le teniez pas dans vos magasins ? Ainsi le premier gain que vous avez fait dans cette partie, c'est le blé même que vous aviez enlevé aux cultivateurs. Le second gain , c'est que ce blé amassé pendant trois ans par des voies iniques , vous l'avez vendu non une fois, mais deux; c'est que vous

avez vendu à deux différens prix un seul et
même blé, d'abord aux villes dont vous avez
exigé quinze sesterces par médimne, ensuite au
peuple romain à qui vous avez pris par médimne dix-huit sesterces pour le même blé.

Mais vous avez, direz-vous, accepté le blé
des peuples de Centorbe, d'Agrigente, et de
quelques autres encore. A la bonne heure,
qu'il y ait quelques villes, dans le nombre,
dont vous n'ayez pas voulu rejetter le blé. Mais
enfin avez-vous payé à ces villes tout l'argent
qui leur étoit dû pour le blé? Trouvez-nous,
je ne dis pas un seul peuple, mais un seul
agriculteur: voyez, cherchez, regardez de tous
côtés; examinez si par hasard il en est quelqu'un, dans une province que vous avez gou-
vernée pendant trois ans, qui ne désire votre
condamnation. Oui, parmi ces agriculteurs qui
ont contribué pour votre statue, nommez-en
un seul qui dise avoir reçu pour son blé toute
la somme qu'on devoit lui payer. Je soutiens
qu'aucun ne le dira.

De tout l'argent que vous deviez payer aux
cultivateurs, on faisoit des déductions pour
certains articles, pour les droits d'examen (1)

(1) Il y avoit des hommes chargés d'examiner si les

et de change, pour je ne sais quel entretien de
cire. Ce ne sont pas là, Romains, des noms
de droits réels, mais des noms de vols iniques.
Car quel droit de change peut-il y avoir dans
une province où tous les peuples ont la même
monnoie ? et qu'appelle-t-il entretien de cire ?
Comment ce nom est-il entré dans les comptes
d'un magistrat, dans un compte de finances
publiques ? Il est une troisième déduction qui
s'est faite comme si elle eût été, non-seulement
permise, mais ordonnée, non-seulement ordonnée, mais nécessaire. On tiroit sur la somme
totale deux cinquantièmes pour le greffier.

Quel exemple, quelle loi, quel arrêté du
sénat, quel principe d'équité, vous ont fait
permettre à votre greffier de prendre tout cet
argent, ou sur les biens des agriculteurs, ou
sur les revenus du peuple romain ? Car si l'on
peut sans injustice prendre cet argent aux agriculteurs, il faut le remettre au peuple romain,
sur-tout lorsque le trésor est aussi épuisé. Mais

monnoies étoient de bon-aloi ; c'est ce qu'on appel le
spectatio. *Collybus* étoit l'examen du va
monnoie d'un pays à celle d'un autr
au juste ce qu'il faut entendre par

si le peuple romain vouloit, et s'il étoit juste, qu'on en payât les cultivateurs, votre appariteur même (1) s'enrichira-t-il à leurs dépens, pour suppléer aux gages modiques qu'il reçoit du peuple ? Hortensius à ce sujet animera-t-il contre moi l'ordre des greffiers ? Dira-t-il que j'attaque leurs droits et priviléges ? comme si cette gratification accordée aux greffiers étoit appuyée d'une seule loi ou d'un seul exemple. Faut-il remonter aux tems anciens ? ou faut-il parler de ces greffiers que l'on sait avoir été des modèles de probité et d'intégrité ? Les anciens exemples, je le sais, ne sont plus reçus et ne sont plus regardés que comme des fables et des fictions ; je m'arrêterai donc à nos tems déplorables. Il n'y a pas long-tems, Hortensius, que vous avez été questeur ; vous pouvez dire ce qu'ont fait vos greffiers ; voici ce que je dis des miens (c'étoient Mamilius et Sergius, tous deux fort intègres) ; dans la même province de Sicile, lorsque je payois aux villes leur blé, on n'a pas déduit ces deux cinquan-

_____

(1) C'est-à-dire, votre greffier. Cicéron lui donne le titre d'appariteur pour le déprimer. Les greffiers recevoient des gages du peuple.

tièmes, on n'a pas déduit un seul sesterce pour
personne. Pour moi, Romains, si les greffiers
m'eussent demandé une pareille gratification,
s'ils y eussent seulement pensé, oui, je le
dirois, ce seroit à moi seul qu'il faudroit en
faire un crime. Eh ! pourquoi déduiroit-on de
la somme pour un greffier, et non plutôt pour
le muletier qui l'apporte, pour le courier (1)
qui l'annonce, pour l'huissier qui avertit de la
venir prendre, pour l'esclave de Vénus qui la
transporte à la caisse ? Quelle peine le greffier
s'est-il donnée dans cette partie, ou quel avantage a-t-il procuré, pour qu'on lui accorde un
si forr salaire, je dis même pour qu'on lui
abandonne quelque portion d'une somme si
considérable ? L'ordre des greffiers est un ordre
honnête. Qui est-ce qui le nie ? ou qu'est-ce
que cela fait à la chose ? c'est un ordre honnête parce qu'on leur confie les registres publics, et l'honneur des magistrats. Aussi demandez aux greffiers qui sont dignes de cet
ordre, qui sont pères de famille, pleins de

(1) Mot à mot, *pour le courier par l'arrivée
duquel on est averti de la somme qu'on a à réclamer.*

probité et de vertu , ce que veulent dire ces
cinquantièmes , vous verrez qu'une pareille gratification leur paroît aussi nouvelle qu'odieuse.
Citez-moi ces greffiers , si vous le voulez ; mais
n'allez pas chercher ceux qui , ayant grossi
peu à peu leur fortune aux dépens de nos dis-
sipateurs et par de misérables gratifications
obtenues sur le théâtre (1) , ont acheté une
charge de greffier , sont passés du premier

(1) Cicéron , sans doute , parle ici de certains
hommes qui , après avoir été acteurs , et s'être en-
richis dans cette profession , avoient acheté une
charge de greffier. Nous avons déja remarqué que *corollarium* est ce qu'on ajoutoit à ce qui étoit dû , et
que ce mot étoit formé des petites couronnes (*d corollis*) que l'on donnoit aux acteurs lorsqu'on en étoit
content. Ainsi , comme il est question d'acteurs , le
mot ici a une force et une propriété singulière. *Sce-
nicorum* , sous-entendez *eudorum.* —— *Une charge de
greffier* , mot à mot , *une décurie.* Les greffiers apparemment étoient partagés en plusieurs décuries.
—— *Dans le second ordre des citoyens.* Il semble
que ce devoit être l'ordre des greffiers ; mais on sait
que le second ordre étoit l'ordre équestre. Peut-être
est-il question de citoyens qui de l'ordre des greffiers
étoient passés dans l'ordre équestre. —— *Dans le
premier ordre de l'état*, dans l'ordre des sénateurs.

ordre des histrions sifflés dans le second ordre
des citoyens. Je prendrai, Hortensius, je prendrai pour juges de notre discussion, les greffiers qui voient avec peine ces sortes de gens
dans leur corps. Au reste, si nous voyons beaucoup de sujets ineptes ou pervers dans le premier ordre de l'état, dans un ordre qui est la
récompense du mérite et de l'activité ; serons-
nous surpris (1) qu'il se rencontre de misérables sujets dans une profession à laquelle tout
le monde peut parvenir avec de l'argent ?

Quoi qu'il en soit, Verrès, quand, d'après
votre propre aveu, vous avez permis à votre
greffier de prendre sur les deniers du trésor un
million trois cents mille sesterces (2) , croyez-

(1) Je ne m'amuse pas à commenter la réflexion
de l'orateur, j'avertis seulement d'y faire attention.

(2) Je pensois d'abord qu'au lieu de *tredecies* dans
le texte il falloit lire *quindecies*. Nous avons vu plus
haut que la somme totale remise à Verrès pour les
trois années de sa préture, montoit à près de sept
millions de sesterces. Or deux cinquantièmes de
trente-sept millions font un million cinq cents mille
moins quelque chose. Mais on faisoit encore des déductions pour certains articles, ainsi qu'on le voit.
Elles emportoient peut-être près de 200,000 ses-

vous qu'il vous reste quelque défense ? croyez-vous qu'on puisse supporter une telle conduite ; qu'aucun enfin de vos défenseurs même entende avec plaisir que, dans une ville où un personnage consulaire, d'une naissance illustre , Caïus Cato (1) , s'est vu condamné à une restitution de dix-huit mille sesterces , dans cette même ville vous avez accordé à votre appariteur un million trois cents mille serterces ? Voilà, sans doute , ce qui lui a mérité cet anneau d'or dont vous l'avez gratifié en pleine assemblée : récompense donnée avec une singulière effronterie , et qui paroissoit aussi nouvelle à tous les Siciliens qu'elle me sembloit incroyable à moi-même. Nos généraux , après avoir vaincu les ennemis et s'être signalés par de grands exploits , ont été souvent récompensés d'anneaux d'or en pleine assemblée. Mais vous, après quels exploits , après quelle victoire , avez-vous osé convoquer une assemblée pour

terces, et par-là la somme se trouvoit réduite à un million trois cents mille sestercès , 81,250 livres.

(1) Caïus Caton, petit-fils de Caton le censeur , avoit gouverné la Macédoine : il fut accusé de concussion et condamné au retour de sa province. Dix-huit mille sesterces , 2250 livres.

accorder

accorder le même honneur ? Et vous ne vous êtes pas contenté d'honorer d'un anneau d'or votre greffier, vous avez encore fait accorder une couronne, une écharpe et un collier, à Rubrius, homme d'un vrai mérite et bien différent de vous, que sa vertu, son rang et ses richesses distinguent également ; aussi bien qu'à Cossutius, personnage des plus honnêtes et des plus respectables ; aussi bien qu'à Castritius, qui joint à beaucoup d'esprit un grand crédit et une grande considération. Que vouloient dire les récompenses accordées à ces trois citoyens romains ? Vous avez encore récompensé les plus puissans et les plus qualifiés des Siciliens, qui n'ont pas été par là, comme vous l'espériez, moins ardens à vous poursuivre, mais qui seulement sont venus déposer contre vous plus honorés par vous-même. Quelle victoire, je le répète, quelles dépouilles remportées sur les ennemis, quel butin fait sur eux, ont précédé ces récompenses ? Est-ce parce que, sous votre préture, une très-belle flotte, le rempart de la Sicile et la défense de cette province, tombée au pouvoir de quelques légers bâtimens, a été brûlée par les mains des pirates ? Est-ce parce que le territoire de Syra-

cuse , sous votre administration , a été ravagé
par les flammes de brigands maritimes ? Est-ce
parce que le forum de Syracuse a regorgé du sang
des capitaines siciliens ? Est-ce parce qu'un léger
navire de pirates a vogué librement dans le
port de cette grande ville ? Je ne puis trouver la
raison qui vous a jeté dans cette extravagance ;
à moins peut-être que vous n'ayez voulu empêcher qu'on ne pût même oublier vos succès
malheureux.

Vous avez donc décoré votre greffier d'un
anneau d'or , et vous avez convoqué une assemblée pour lui décerner cette récompense.
De quel front l'avez-vous fait , lorsque vous
apperceviez dans l'assemblée ceux même aux
dépens desquels cet anneau d'or étoit donné,
qui avoient quitté leurs anneaux d'or (1) et

(1) L'anneau d'or étoit ordinairement la marque des
chevaliers romains ; il falloit un certain revenu pour
être dans l'ordre équestre : or Verrès en avoit ruiné
beaucoup de cet ordre , qui se trouvoient dans l'assemblée où il décoroit son greffier d'un anneau d'or.
A moins qu'il ne parle de citoyens romains riches
ruinés par Verrès , et qui avant cela ne portoient
l'anneau d'or que comme une marque de richesses.
On voit plus bas la preuve que l'anneau d'or n'étoit
pas toujours la marque d'un chevalier romain.

les avoient ôtés à leurs enfans, pour que votre
greffier eût de quoi soutenir la nouvelle décoration dont il vous étoit redevable. Mais par
quelle formule avez-vous fait annoncer l'honneur dont vous le décoriez ? Avez-vous employé cette formule antique de nos généraux ?
Puisque vous vous êtes distingué dans le combat,
à la guerre, dans les exploits militaires... , exploits dont il n'a pas même été fait mention
sous votre préture. Ou celle-ci ? *Puisque vous*
n'avez jamais manqué de me servir dans ma cupi-
dité et dans mes dissolutions, puisque vous avez
partagé toutes les infamies, soit de ma lieute-
nance, soit de ma préture, à Rome et en Sicile :
pour ces raisons, et parce que je vous ai enrichi,
je vous gratifie de cet anneau d'or. Voilà la procla-
mation qui auroit convenu, puisque l'anneau
d'or dont vous avez récompensé votre greffier,
n'annonce pas un homme brave, mais, un
homme riche. Oui, ce même anneau que
nous regardions comme une preuve de bra-
voure, s'il étoit donné par un autre ; donné
par vous, nous le jugeons seulement une marque de richesses.

J'ai parlé, Romains, du blé *dîmé* et du blé
acheté; il me reste, et c'est la dernière partie de ce

N 2

discours , à parler du blé *estimé*. Ce chef d'accusation doit indigner tout le monde par la
malversation comme par la grandeur des sommes soustraites : et cela d'autant plus que ,
pour les détruire , on imagine , non une ingénieuse défense , mais le plus impudent aveu.
Un sénatusconsulte et les loix permettoient au
préteur de prendre du blé pour la subsistance
de sa maison ; le sénat avoit estimé ce blé à
quatre sesterces par boisseau de froment et
à deux sesterces par boisseau d'orge : Verrès ,
non content d'exiger plus de blé qu'il ne lui
en étoit dû , traita avec les cultivateurs ; estima douze sesterces (1) le boisseau de froment.
Ce n'est pas de l'estimation en général qu'on
lui fait un crime ; ne pensez pas, Hortensius,
à nous répondre que plusieurs hommes de
bien , fermes et irréprochables , ont souvent
traité avec les cultivateurs et avec les villes ,
ont estimé ce qu'on leur devoit pour l'entretien de leur maison , et ont pris de l'argent
aulieu de blé. Je sais ce qui est d'usage , je
sais ce qui est permis , je ne blâme rien dans

(1) Mot à mot, *trois deniers*, c'est-à-dire, douze
sesterces , le denier valant quatre sesterces.

la conduite de Verrès qui ait été déjà pratiqué par des citoyens vertueux. Ce que je blâme, Hortensius, c'est que le blé en Sicile ne valant que deux sesterces, comme l'annonce la lettre que Verrès vous a écrite ; ou tout au plus trois sesterces, comme il a été prouvé par toutes les dépositions et par les registres des agriculteurs ; Verrès ait exigé de ceux-ci douze sesterces par boisseau de blé. Voilà Hortensius, voilà où est le crime : non, le crime n'est pas d'avoir estimé le blé, ni même de l'avoir estimé douze sesterces, (1) mais d'en avoir exigé plus qu'il ne vous étoit dû, et d'en avoir alors porté si haut le prix. Ce qui dans le principe a fait naître la coutume de l'estimation, ce n'est pas, Romains, l'avantage des préteurs ou des consuls, mais celui des agriculteurs et des villes. Non, il n'y a point eu dans l'origine de magistrat assez effronté pour demander de l'argent au lieu du blé qui lui étoit dû. Cela

(1) Verrès n'étoit pas coupable précisément pour avoir estimé le blé douze sesterces, mais pour l'avoir estimé ce prix lorsqu'il valoit beaucoup moins, et pour en avoir exigé une plus grande quantité qu'on ne lui en devoit.

assurément est venu de l'agriculteur ou de la
ville qui devoient fournir le blé. Soit qu'ils
eussent vendu leurs grains , soit qu'ils vou-
lussent les garder , ou ne les pas transporter
dans le lieu que l'on prescrivoit , ils ont de-
·· ndé comme une faveur et une grace , de
·· ·voir donner au lieu de blé la valeur en
··· ·. Telle est , sans doute , l'origine de l'es-
···· ·· ; c'est l'envie d'obliger et la condes-
··· ·ance de nos magistrats qui en ont intro-
··· ·it l'usage. Sont venus depuis des magistrats ,
plus cupides , mais dont la cupidité , en cherchant une voie pour s'enrichir , s'est ménagé
un moyen de défense. Ils résolurent d'ordonner
toujours qu'on transporteroit leur blé dans
les lieux les plus éloignés , et où le transport
étoit le plus difficile , afin que la difficulté du
chariage fît mettre l'estimation qu'ils voudroient. Dans ce cas , il est plus aisé de
blâmer leur conduite que de l'accuser en règle.
Nous pouvons condamner la cupidité de celui
qui agit de la sorte ; mais nous ne pouvons
aussi facilement établir une accusation , parce
qu'il doit être permis, ce semble , à nos magistrats de recevoir leur blé où ils veulent.
Voilà peut-être ce qu'ont fait beaucoup d'en-

tre eux ; mais non pas néanmoins les plus in-
tégres, que nous connoissons par nous-mêmes
ou par la tradition.

Je vous le demande présentement. Hortensius ; à quelle espèce de prédécesseurs
comparez-vous Verrès et sa conduite ? Vous
le comparerez apparemment à ceux qui par
bonté ont accordé aux villes comme une grace
de donner de l'argent au lieu de blé. Oui, sans
doute, les agriculteurs ont demandé à Verrès
que, ne pouvant pas vendre le boisseau de
blé trois sesterces, il leur fût permis d'en
donner douze pour chaque boisseau. N'osant
pas dire cette absurdité, direz-vous qu'ils ont
mieux aimé donner douze sesterces à cause de
la difficulté du chariage ? et de quel chariage ?
De quel lieu et dans quel endroit falloit-il
transporter le blé? de Philomélie (1) à Ephèse ?
Je vois la différence qu'il y a entre le prix du
blé des deux villes ; je vois combien il y a
de jours de transport ; je vois, quelque soit

____

(1) Philomélie, ville de Phrygie. La distance de
Philomélie à Ephèse étoit, dit-on, de deux cents
trente mille pas, environ 76 de nos lieues, et les
chemins n'étoient pas faciles.

N 4

le prix du blé à Ephèse , qu'il est avantageux
aux habitans de Philomélie de donner plutôt
en Phrygie l'argent qu'on leur demande que
de transporter leur blé à Ephèse , ou d'y
envoyer de l'argent et des commissaires pour
acheter du blé. Mais dans la Sicile qu'y a-t-il
de pareil? Enna est la ville la plus au centre
des terres : obligez les habitans , ce qui est de
la plus grande rigueur , à vous mesurer votre
blé sur les bords de la mer, ou à Phyntie ,
ou à Halèse , ou à Catane , lieux les plus
éloignés les uns des autres , ils vous le porteront le même jour que vous l'aurez demandé.
Que dis-je? il n'est pas même besoin de transport. En effet , tout ce trafic de l'estimation
est venu de la diversité des prix. Un magistrat
peut exiger dans sa province qu'on lui four-
nisse son blé dans l'endroit où il est le plus
cher. Aussi cette pratique de l'estimation est
fort en usage dans l'Asie , dans l'Espagne ,
dans les provinces où le prix du blé varie.
Mais dans la Sicile , qu'est-ce que feroit à
chacun le lieu où il fourniroit le blé? Il ne
seroit pas obligé de l'y porter , et dans l'endroit où il auroit ordre d'en faire le transport
il acheteroit du blé le même prix qu'il l'au-

roit vendu dans sa ville. Ainsi donc, Hortensius, voulez-vous montrer que Verrès a suivi pour l'estimation l'exemple de quelques autres magistrats ? montrez que dans quelqu'endroit de la Sicile, sous la préture de Verrès, le blé s'est vendu douze sesterces.

Voyez quel champ de défense je vous ouvre; quel moyen je vous fournis, combien ce moyen est injuste pour les alliés, contraire aux intérêts de la république, peu conforme au vœu et à l'esprit de la loi. Je suis prêt à vous fournir mon blé dans mes campagnes, dans ma ville, enfin dans les lieux où vous êtes, où vous séjournez, où vous administrez les affaires, où vous gouvernez votre province, et vous me choisirez un coin de la province caché et abandonné ! Vous m'ordonnerez de mesurer le blé que je vous dois dans un lieu où il ne m'est pas commode d'en porter, où je ne puis en acheter ! Ce seroit là une odieuse et intolérable manœuvre, une conduite que n'autorisa jamais la loi, mais que peut-être jusqu'à ce jour on n'a punie dans personne : toutefois ce que je dis n'être pas tolérable, je l'accorde, je le passe à Verrès. Oui, si, dans quelque endroit de sa province, le blé s'est vendu aussi cher qu'il l'a estimé, je ne crois pas qu'on doive en faire un crime à un accusé tel que lui. Mais, sans doute, Verrès, lorsque, dans tous les endroits de votre province, le blé se vendoit deux ou trois sesterces, vous en avez exigé douze. Or, s'il ne peut y avoir de contestation entre vous et moi ni pour le prix du blé ni pour votre estimation, pourquoi rester assis? qu'attendez-vous? par où peut-on vous défendre? Vous paroit-il que vous ayez exigé de l'argent contre les loix, contre la république, au grand préjudice des alliés? ou bien, soutiendra-t-on que vous avez agi dans la règle, sans violer la loi, sans léser la république, sans faire tort à personne? Le sénat ayant tiré de l'argent du trésor, et vous ayant compté quatre sesterces pour les donner aux agriculteurs par chaque boisseau, que deviez-vous faire? en suivant (1) l'exemple de Pison, ce magistrat si intégre, ce premier auteur d'une loi contre la concussion, après avoir acheté le blé ce qu'il

(1) *Si quod.... si ut ambitiosi... sin ut plerique faciunt...* Après les deux *si* et après le *sin* il faut sous-entendre *faceres* ou *fecisses.*

valoit , vous auriez rapporté au trésor ce qui seroit resté d'argent : en cherchant , comme quelques-uns , à gagner les bonnes graces des alliés ou à les traiter avec bonté , le sénat ayant estimé le blé plus qu'il ne valoit , vous les auriez payés d'après l'estimation du sénat et non d'après la valeur du grain : en faisant ce qu'ont fait la plupart , et en quoi même il y eût eu quelque profit , mais un profit honnête et légitime , vous n'auriez (1) pas acheté de blé puisqu'il étoit à bas prix , vous auriez gardé l'argent que vous avoit remis le sénat pour les provisions de votre maison.

Mais comment expliquer votre conduite , je ne dis pas d'après les règles de la justice , je dis même d'après les principes ordinaires de la perversité la plus imprudente? Quelques excès que commette ouvertement un magistrat , même pervers, il se ménage toujours quelque réponse du moins apparente , s'il n'en a de bonne. Mais ici comment le préteur procède-t-il avec le cultivateur? Il va le trouver : il faut , dit-il , que je vous achette du blé.

(1) *Ne emisses.* Ce *ne* est pour *non*, et a ici là même signification.

—Fort bien. —J'ai quatre sesterces par boisseau. — Vous me traitez avec bonté et générosité; car je ne puis le vendre trois sesterces. — Je n'ai pas besoin de blé, je veux
de l'argent. — Je m'attendois en effet, qu'il
faudroit payer en argent; mais puisqu'il le
faut, considérez quel est le prix du blé. Il
se vend deux sesterces; que puis-donc vous
donner d'argent, lorsque le sénat vous en a
remis quatre? Ecoutez, Romains, ce qu'il
demande; et en même-tems remarquez, je
vous prie, l'équité du préteur. Je garderai les
quatre sesterces que le sénat m'a fait donner
sur le trésor, je les transporterai de la caisse
dans mon coffre. — Et après cela? — Après
cela? Donnez-moi huit sesterces pour chaque
boisseau que j'exige de vous — Y a-t-il de la
raison? — Que me parlez-vous de raison?
ce n'est pas la raison que je cherche; mais
mon profit et mon intérêt — Parlez, parlez
plus clairement, dit le cultivateur. Le sénat
veut que vous me donniez de l'argent, et que
je vous mesure du blé. Vous garderez l'argent
que le sénat vous a remis pour moi, et vous
me prendrez huit sesterces lorsque vous deviez
m'en donner quatre! Ce pillage et cette ra-

ine, vous l'appellerez provision de votre
maison.

Il ne manquoit plus, Verrès, aux infortu-
és laboureurs, sous votre préture, que cette
vexation et cette calamité pour consommer
leur ruine. En effet, que pouvoit-il rester à
un malheureux qui par là se voyoit réduit
à perdre tout son grain, Je dis même à
vendre tous ses instrumens de labourage?
Il ne savoit quel parti prendre. Sur quelle
récolte pouvoit-il trouver de l'argent pour vous
en remettre? Sous prétexte de dîmes, on lui
avoit enlevé tout ce qu'avoit demandé Apronius pour une seconde dîme qu'il se trouvoit
obligé de vendre, on ne lui avoit rien donné
absolument, ou on ne lui avoit donné que les
restes du greffier; on lui avoit même enlevé
de son bien sans aucun titre, comme je l'ai
fait voir. Et l'on exigera encore de lui de
l'argent? En quelle forme? de quel droit?
d'après quel usage? Lorsque les récoltes des
agriculteurs étoient pillées, que, par mille sortes de vexations, elles s'en alloient toutes
en détail, le cultivateur d'un champ ne sembloit perdre que ce qu'il avoit gagné par sa

charrue, le fruit de son labour , le produit
de ses terres et de ses moissons. Dans ces vexations criantes , il lui restoit du moins cette
triste consolation que les pertes qu'il faisoit , le
même champ , sous un autre préteur lui fourniroit de quoi les réparer. Mais pour qu'il
donne un argent que ne lui procurent point
ses bras et sa charrue , il faut nécessairement
qu'il vende ses bœufs , sa charrue même , et
tous ses instrumens de labourage. Car , Romains , vous ne devez pas vous dire ; il a de
l'argent dans ses coffres ; il a des maisons.
Lorsqu'on impose une charge au cultivateur
d'une terre , on ne doit pas considérer toutes
les facultés qu'il a d'ailleurs , mais le produit
naturel de la culture , mais les charges dont
la terre est légitimement et raisonnablement
susceptible. Quoique les plus riches agriculteurs aient été épuisés de toutes les manières
et ruinés par Verrès , vous devez néanmoins
régler les charges que le cultivateur par lui-
même doit porter et acquitter dans la république pour les terres qu'il laboure. Vous
leur imposez une dîme : ils le souffrent.
Une seconde dîme : ils croient devoir sub-
venir à vos besoins. Il faut outre cela qu'ils

vendent leur quote part d'une certaine quantité de (1) grains : ils vendront , si vous le
voulez ; l'administration de vos biens de campagne suffit , je pense , pour vous faire juger
combien ces charges sont onéreuses , et ce,
qui peut revenir net aux propriétaires lorsque
tout est acquitté. Ajoutez-y maintenant les
ordonnances de Verrès , ses réglemens , ses
vexations sans nombre ; ajoutez-y la tyrannie
et les rapines d'Apronius et des esclaves de
Vénus dans les terres sujettes aux dîmes. Mais
je laisse ces exactions iniques , je ne parle
que des provisions de la maison. Voulez-vous
que les Siciliens fournissent gratuitement le
blé à nos magistrats pour leur maison ? Y
auroit-il rien de plus odieux , rien de plus injuste ? Eh bien ! sachez que les agriculteurs
l'auroient désiré , l'auroient demandé , sous
la préture de Verrès. Sositène , de la ville
d'Entelle , y est distingué par sa naissance ,
et en est le citoyen le plus sage. Vous avez
entendu sa déposition. Ses compatriotes l'ont

_____

(1) L'orateur parle ici d'une certaine quantité de
blé répartie sur les villes de la Sicile qu'elles étoient
obligées de vendre.

députe pour cette cause avec Arthémon et
M nisque , deux des premiers de leur ville.
Parmi les plaintes que Sositène me faisoit dans
le sénat d'Entelle sur les vexations de Verrès,
il me dit que , si on faisoit grace aux Siciliens des provisions de la maison et de l'estimation arbitraire , ils promettoient au sénat
de fournir gratuitement de blé la maison des
préteurs , pour que nos magistrats à l'avenir
ne se crussent autorisés par nous à extorquer
de pareilles sommes. On voit , j'en suis sûr,
combien cet arrangement seroit avantageux
aux Siciliens , non parce qu'il seroit équitable , mais parce qu'entre les maux ils auroient à choisir le moindre. Celui qui pour
sa part auroit fourni la maison de Verrès de
mille boisseaux de blé , auroit donné deux
mille sesterces , ou tout au plus trois mille ;
au lieu que pour la même quantité de blés
il a été forcé de donner huit mille sesterces.
Le laboureur , pendant trois années , n'a pu
suffire à cette exaction avec sa récolte (1) ordinaire ; il a vendu nécessairement ses instrumens de labourage. Si les terres en labour,

(1) J'ai préféré la leçon *certo* à celle de *certè*.
c'est-à-dire ,

c'est-à-dire, si la Sicile peut souffrir et supporter cette imposition, qu'elle les supporte
et les souffre pour le peuple romain, plutôt
que pour nos magistrats. La somme est considérable ; c'est un excellent revenu. Si vous
pouvez le recueillir sans ruiner la province,
sans écraser les alliés, à la bonne heure, re-
cueillez-le; qu'on donne à nos magistrats, pour
les provisions de leur maison, autant qu'on
leur a toujours donné. Si les Siciliens ne peuvent suffire à ce que Verrès exige d'extraordinaire, qu'ils s'y refusent: s'ils le peuvent,
que ce soit plutôt un revenu de la république
qu'un butin du préteur.

Ensuite, pourquoi cette estimation n'est-elle
établie que pour un genre de blé ? Si elle est
juste et supportable, la Sicile doit au peuple
romain des dîmes, qu'elle lui donne douze
sesterces par chaque boisseau, qu'elle garde
son blé. On vous a remis, Verrès, deux sommes
d'argent, destinées l'une à acheter du blé pour
la provision de votre maison, l'autre à en
acheter aux villes pour l'envoyer à Rome.
Vous gardez chez vous l'argent qui vous a
été donné, et outre cela vous enlevez aux Siciliens de votre chef des sommes considé-

rables. Faites la même chose pour le blé qui
appartient au peuple romain ; servez-vous de
la même estimation pour faire payer de l'argent aux villes , et reportez à Rome ce que
vous avez reçu de Rome ; alors , sans doute,
le trésor du peuple romain sera plus riche qu'il
ne fut jamais. Mais , direz-vous , la Sicile ne
supporteroit pas cet arrangement pour le blé
de l'état; elle l'a supporté pour le mien. Comme
si votre estimation étoit plus juste pour votre
avantage que pour celui de la république ; ou
comme si l'arrangement que je suppose et
celui que vous avez fait , différoient entre eux,
par la nature de l'injustice et non par la grandeur de la somme. Mais enfin les Siciliens ne
peuvent nullement supporter cette estimation
étrange de la provision du préteur. Dût-on
leur faire grace de tout le reste , dût-on les
mettre à l'abri pour la suite de toutes les vexations et de toutes les calamités qu'ils ont essuyées sous votre préture , ils ne peuvent ,
disent-ils , soutenir en aucune sorte cette exaction d'une nouvelle espèce.

Sophocle d'Agrigente , homme fort éloquent,
rempli de science et de vertu , parla dernièrement devant le consul Pompée , au nom de

toute la Sicile, sur les infortunes des laboureurs; il déplora, dit-on, leur sort misérable
avec beaucoup de force et d'éloquence. Ce qui
révoltoit le plus les assistans (et l'assemblée
étoit nombreuse) c'est qu'un arrangement que
la bonté et la générosité du sénat avoient fait
tout à l'avantage des cultivateurs, eût été pour
Verrès une occasion de rançonner et de ruiner
ces malheureux ; qu'enfin il se fût porté à cette
rapine comme si elle lui avoit été expressément
permise.

Que répondra Hortensius ? Que l'imputation est fausse ? Il ne le dira jamais. Que par
ce moyen Verrès n'a pas tiré de grandes sommes
d'argent ? Non, il ne le dira point. Que ce
n'est pas une vexation exercée sur les Siciliens
et sur les agriculteurs ? Comment le pourra-
t-il dire ? Que dira-t-il donc ? que d'autres ont
fait de même. Comment ? Est-ce là détruire
l'imputation d'un délit, ou chercher des compagnons d'exil ? Quoi ? dans cette république,
au milieu (1) des excès qui règnent par-tout, et

_____

(1) Dans le texte *an in hâc*, je voudrois supprimer
et an.

même, vu la manière dont la justice s'administre
depuis long-temps, au milieu de la licence universelle , vous défendrez une action qu'on attaque, vous la défendrez , non par le droit, non
par la justice, non par la loi , non parce qu'on
devoit , non parce qu'on pouvoit la faire ,
mais parce qu'un autre l'a faite ! D'autres , sans
doute , ont fait bien d'autres actions. Pourquoi emploie-t-on une telle défense dans ce
seul délit? Il est chez vous, Verrès, des crimes
qui vous sont entièrement propres , qui ne
peuvent convenir qu'à vous , qui ne peuvent
être reprochés à nul autre homme ; il en est
qui vous sont communs avec plusieurs. Sans
parler de vos péculats, de l'argent que vous
avez reçu par l'élection des juges , et d'autres
iniquités pareilles que d'autres se sont aussi
permises , défendrez vous par le même moyen
le délit que je vous ai reproché avec tant de
force , d'avoir pris de l'argent pour rendre la
justice , direz-vous que d'autres ont fait de
même ? Quand j'en conviendrois avec vous ,
je ne recevrois pas néanmoins votre défense :
car il vaut mieux , en vous condamnant, ôter
aux autres les moyens de défendre leurs actions perverses , que de paroître , en vous ab-

solvant, justifier les coupables excès que d'autres se sont permis.

Toutes les provinces gémissent, tous les peuples libres se plaignent, enfin tous les royaumes crient contre nos dissolutions, nos vexations. Il n'est plus jusqu'à l'océan aucun lieu si reculé et si caché où n'aient pénétré de nos jours l'iniquité et la tyrannie de nos commandans. Le peuple romain ne peut plus soutenir, non la force, non les armes, non les révoltes, mais les gémissemens, mais les larmes, mais les plaintes de toutes les nations. Dans de telles circonstances et dans de pareilles mœurs, si un accusé convaincu des plus honteuses malversations, entreprend de dire que d'autres ont fait de même, il trouvera assez d'exemples; mais la république aussi trouvera sa ruine et sa fin si les méchans s'appuient de l'exemple des méchans pour échapper à la sévérité des tribunaux. Les mœurs présentes vous plaisent-elles ? Vous plaît-il qu'on exerce les magistratures comme on les exerce ? Vous plaît-il que les alliés soient traités éternellemunt comme vous les voyez traités aujourd'hui? Pourquoi me donnai-je une peine inutile ? Pourquoi vous fatiguer à m'entendre ? Pourquoi ne pas vous

O 3

lever et vous retirer au milieu de mon discours ?
Mais voulez-vous réprimer au moins en partie
l'audace et les excès de nos gouverneurs ? Cessez
de révoquer en doute s'il est plus utile d'épargner un seul coupable parce qu'il en est une
infinité d'autres, ou d'arrêter le débordement
des crimes par le supplice d'un seul criminel.

Mais enfin, quelle est cette multitude
d'exemples dont on s'appuie ? car, lorsque
dans une cause aussi importante, dans une
accusation aussi grave, le défenseur d'un accusé a entrepris de dire qu'une chose s'est faite
souvent, les accusateurs s'attendent à ce qu'on
leur cite des exemples pris dans des tems
reculés, dans les anciennes histoires, des exemples aussi vénérables par leur antiquité que par
la dignité des personnes. Ce sont ceux-là
dont le récit est plus agréable, dont l'autorité
est plus imposante. Nous citerez-vous, Hortensius, les Scipion, les Caton, les Lélius ?
Direz-vous qu'ils ont fait de même que Verrès ?
Je suis loin d'approuver sa conduite, je ne
pourrois néanmoins combattre l'exemple de
pareils hommes ? Faute de pouvoir citer ces
anciens personnages, citerez-vous des citoyens
plus modernes, Catulus père, Marius, Scé-

vola , Scaurus , Métellus, qui tous ont gouverné des provinces , et exigé du blé pour la
provision de leur maison ? Le nom de ces
hommes est imposant , et si imposant qu'il
sembleroit même pouvoir couvrir une action
suspecte. Vous ne pouvez même appuyer l'estimation que j'attaque , de l'exemple de nos
derniers magistrats. A quels tems , à quels
exemples me rappellez-vous donc ? De ces
époques heureuses où d'irréprochables citoyens
ont gouverné la république , lorsque les
mœurs étoient excellentes , qu'on respectoit
l'opinion publique, et que la justice se rendoit
avec sévérité , me transportez-vous à la licence
et aux excès de nos contemporains ? Vous
défendez-vous par l'exemple de ces hommes
dont le peuple romain voudroit qu'on fît un
exemple ? Je ne récuse pas même nos mœurs
actuelles , pourvu que nous y prenions les
exemples qu'approuve le peuple romain , et
non ceux qu'il réprouve. Je n'irai pas bien
loin , je ne sortirai pas de ce tribunal : parmi
les juges je vois les premiers hommes de cette
ville, Servilius et Catulus , dont la haute considération et les éclatans exploits les mettent
au nombre des anciens et illustres personnages

dont s'honore cet empire. Nous cherchons des exemples et des exemples qui ne sont pas anciens. Servilius et Catulus viennent de commander l'un et l'autre une armée. Les exemples récens vous plaisent ; demandez-leur, Hortensius, ce qu'ils ont fait. Comment ? Catulus a pris du blé sans exiger d'argent ; Servilius qui, pendant cinq ans, a commandé des troupes, et qui, par l'exaction que vous voulez justifier, auroit pu amasser des sommes immenses, Servilius n'a point cru pouvoir se permettre ce qu'il n'avoit vu faire, ni à son père, ni à son aïeul Métellus (1) : et un Verrès viendra nous dire que ce qui est utile est permis ; il se défendra par l'exemple des autres d'avoir fait ce qui n'a pu être fait que par un méchant ?

Mais cela, dites-vous, s'est souvent pratiqué en Sicile. Quelle est donc la destinée de la Sicile ? Quoi ? une province à qui son antiquité, sa fidélité, sa proximité de Rome, devroient donner plus de privilége qu'aux autres, n'auroit d'autre distinction que d'être

(1) Quintus Metellus Macédonicus, aïeul maternel de Publius Servilius Isauricus.

assujettie à un règlement inique ! Mais pour la Sicile même je ne chercherai pas d'exemples hors d'ici , j'en prendrai encore dans ce tribunal. J'en appelle à vous , Marcellus. Vous avez gouverné la province de Sicile en qualité de proconsul (1). Sous votre gouvernement , s'est-on servi pour lever des sommes d'argent du même prétexte que Verrès ? Je ne vous en fais point un mérite ; il existe de vous d'autres actions et d'autres entreprises dignes des plus grands éloges , lesquelles ont relevé et rétabli cette province abattue et entièrement ruinée (2). Lépidus même , auquel vous avez succédé , n'avoit pas tenu la même conduite que Verrès dans la même circonstance. De quels exemples en Sicile vous appuyez-vous donc , Hortensius , si vous ne pouvez justifier l'exaction dont je me plains , par la conduite de Marcellus , ni même par celle de Lépidus ?

(1) Marcellus n'avoit pas été consul, il n'avoit été que préteur ; mais souvent on envoyoit dans les provinces avec l'autorité proconsulaire des citoyens qui n'avoient été que préteurs.

(2) Par les concussions et les vexations de Lépidus, prédécesseur de Marcellus.

Me citerez-vous l'estimation du blé faite par
Marcus Antonius (1), et ses exactions d'argent? oui, dit Hortensius, je vous cite Marcus
Antonius ; car il me le fait entendre par son
air. Parmi tous les préteurs, proconsuls et généraux du peuple romain, avez-vous donc
choisi, Verrès, Marcus Antonius? Avez-vous
choisi pour le copier, le trait de sa vie le plus
criminel ? M'est-il difficile de dire et aux juges
de croire qu'Antonius, dans son commandement illimité, s'est conduit de telle sorte,
qu'il est bien plus dangereux pour l'accusé de
dire qu'il a voulu le copier dans sa plus mé-
chante action, que s'il pouvoit soutenir qu'il
ne s'en est rapproché dans aucune partie de
sa vie ? Devant les juges, on cite communément pour sa propre justificasion, non pas
en général ce qu'a fait un autre, mais ce qu'il
a fait sans être blâmé. Antonius faisoit et
projetoit beaucoup de choses contre le salut
des alliés, contre l'utilité des provinces ; la

_____

(1) Nous avons déja parlé plusieurs fois de cet Antonius qui avoit eu la commission de défendre les
côtes maritimes avec un pouvoir illimité : il périt en
finissant la guerre aux Crétois.

mort l'a enlevé au milieu de ses opérations
iniques. Et vous, Hortensius, comme si le
sénat et le peuple romain (1) eussent approuvé
toutes les opérations d'Antonius, vous alléguez son exemple pour justifier l'audace de
Verrès.

Mais Sacerdos a fait la même chose. Vous
citez là un homme intègre, un homme d'une
prudence consommée. Mais on doit croire
qu'il a fait la même chose s'il a agi dans les
mêmes vues. Non, je n'ai jamais blâmé l'estimation en elle-même : c'est d'après l'avantage
et le désir des cultivateurs qu'il faut en peser
la justice. On ne peut blâmer une estimation
qui, loin d'être désavantageuse, est même
agréable au cultivateur. Lorsque Sacerdos fut
arrivé dans sa province, il exigea du blé pour
la provision de sa maison. Avant le printems,
le boisseau de blé étoit à quinze sesterces ; les
villes le prièrent d'estimer son blé lui-même.
Il porta son estimation moins haut que le prix
courant ; il ne la porta qu'à douze sesterces.
Vous le voyez, Verrès, la même estimation,

___

(1) *Judices* se rapporte au sénat et au peuple romain : peut-être faudroit-il lire *judicio suo*.

vu la différence des tems , doit être louée dans
Sacerdos , et blâmée dans vous ; chez lui c'étoit
un bienfait , chez vous c'est une exaction. La
même année, Antonius estima son blé douze
sesterces , après la moisson , lorsque le blé
étoit au plus bas prix , lorsque les agriculteurs
auroient mieux aimé lui fournir son blé gratuitement. Il prétendoit l'avoir estimé autant
que Sacerdos : et il ne mentoit pas ; mais par
la même estimation, l'un avoit soulagé , l'autre
avoit ruiné les laboureurs. Si le tems ne régloit pas l'estimation du blé , si on ne devoit pas en considérer le prix d'après la
quantité des grains et la bonté de la récolte ,
vos distributions de blé, Hortensius, n'auroient
jamais été si agréables au peuple romain. Vous
n'aviez fait distribuer par tête qu'un boisseau
et demi , et tout le monde reçut avec un plaisir
extrême votre largesse qui , modique en elle-
même , étoit considérable, vu la circonstance.
Si vous eussiez voulu distribuer au peuple la
même quantité de blé lorsqu'il étoit à bas prix ,
on se fût moqué de votre bienfait , on l'eût
méprisé.

Ne dites donc pas : Verrès a fait la même
chose que Sacerdos : il ne l'a fait , ni dans le

même tems, ni lorsque le blé étoit au même prix. Dites plutôt, puisque vous avez dans Antonius une autorité suffisante : Verrès a fait pendant trois ans ce qu'Antonius n'a fait qu'à son arrivée et pour les provisions de quelques mois ; défendez l'intégrité de Verrès par la conduite et l'exemple d'Antonius.

Quant à Péducéus, homme d'une fermeté et d'une intégrité rares, qu'en direz-vous ? Quel agriculteur s'est jamais plaint de lui ? Qui est-ce qui ne l'a pas regardé jusqu'à ce jour comme le plus exact et le plus intègre des préteurs ? Il a gouverné deux ans la province. Dans une des deux années, le blé étoit à bas prix, dans l'autre il étoit fort cher. Lorsqu'il étoit à bas prix, le cultivateur a-t-il donné un sesterce ? S'est-il plaint de l'estimation dans la cherté ? Mais dans la cherté, dira-t-on, ses provisions lui ont été d'un plus grand rapport. Je le crois : ce n'est une chose ni nouvelle ni blamable. Quel homme que Sentius ! quelle probité antique et peu commune ! nous l'avons vu dernièrement tirer beaucoup d'argent de ses provisions, vu la cherté des grains en Macédoine. Ainsi, Verrès, je ne vous envie pas les bénéfices que vous avez pu retirer par des voies légitimes. Je me plains de vos exactions, je vous reproche vos rapines, je condamne et je dénonce à la justice votre cupidité. Voulez-vous faire soupçonner que notre accusation tombe sur plus d'un commandant et intéresse plus d'une province, votre défense ne m'effraiera pas ; je me déclarerai le défenseur de toutes les provinces. Car je le dis, et je le dis à haute voix : par-tout où l'on a agi comme vous, on a mal agi ; quiconque a tenu la même conduite, mérite punition.

En effet, Romains, je vous le demande au nom des dieux, considérez et prévoyez ce qui arrivera. Beaucoup de magistrats, ainsi que Verrès, sous prétexte des provisions de leur maison, ont exigé des villes et des agriculteurs de grosses sommes d'argent (pour moi, je n'en vois pas d'autres que Verrès, mais je veux bien convenir qu'il y en ait un grand nombre) ; vous voyez dans sa personne ce délit porté en justice. Que pouvez-vous faire ? Vous, établis juges des malversations, fermerez-vous les yeux sur une malversation si révoltante ? La loi est portée pour les alliés ; fermerez-vous l'oreille aux plaintes des alliés ? Mais, à la bonne heure, j'y consens, négligez le passé si vous

voulez ; ne détruisez pas au moins nos ressources pour l'avenir ; ne ruinez pas toutes les
provinces : l'avarice auparavant ne marchoit
que par des sentiers étroits et détournés ; prenez garde de lui ouvrir par vos décisions une
voie large et spacieuse. Oui, si vous approuvez
la conduite de Verrès , si vous décidez qu'il
n'est pas défendu par la loi de prendre de l'argent sous le même prétexte , alors il n'y aura
qu'un fou qui ne fera point ce qui n'a été fait
jusqu'à ce jour que par des magistrats criminels. Car si c'est un crime d'exiger de l'argent
contre les loix , ce seroit une folie de ne pas
faire ce qui est déclaré légitime. D'ailleurs ,
Romains , voyez quelle énorme licence vous
allez donner à la cupidité des magistrats. Si
celui qui a exigé douze sesterces est absous , un
autre exigera le double , le triple , le quadruple :
pourra-t-on le blâmer ? A quel degré de la
vexation le juge opposera-t-il la rigueur de sa
sentence ? Quelle est la somme qui ne sera
point tolérable , et pour laquelle on se déter-
minera à condamner l'injustice et la mauvaise
foi de l'estimation ? Car ce n'est point la somme,
mais l'estimation en elle-même que vous aurez
approuvée : et vous ne pouvez décider que la
loi permet d'estimer à douze sesterces , et non

à quarante. Que la chose. ne soit point fixée par le prix du blé et selon le désir des cultivateurs, mais abandonnée au caprice du magistrat, alors ce ne sera plus la raison et 'la loi, mais la fantaisie et la cupidité qui régleront l'estimation. Si donc vous vous permettez en jugeant de franchir les principes de l'équité et les réglemens de la loi, sachez que pour l'estimation vous ne laisserez plus de bornes à l'injustice et à la cupidité.

Voyez donc combien de choses on vous demande à-la-fois. Renvoyez absous celui qui confesse avoir pris aux alliés des sommes immenses avec un excès d'injustice. Ce n'est point assez. Il en est beaucoup d'autres qui se sont permis cette concussion. Renvoyez encore absous ceux qui auront commis le même délit; et par un seul jugement vous déchargerez une foule de coupables. Cela même ne suffit point. Faites qu'à l'avenir la même conduite dans les autres soit reconnue légitime. Elle sera légitime. C'est encore trop peu. Décidez que la loi permet d'estimer autant qu'on voudra les provisions de sa maison. On les estimera. Assurément, Romains, vous voyez qu'en approuvant l'estimation de Verrès, il n'y aura plus à l'avenir ni

limites

limites pour la cupidité, ni châtiment pour la malversation.

A quoi pensez-vous donc, Hortensius? Vous êtes désigné consul; vous avez obtenu une province (1) par le sort : lorsque vous parlerez de l'estimation du blé, nous croirons, si vous justifiez la conduite de Verrès, que vous vous annoncez comme devant vous conduire de même; vous nous paroîtrez désirer ardemment que la loi vous permette ce que vous direz avoir été permis à Verrès. Mais si la loi le permet, croyez-vous, Romains, qu'on s'expose par la suite à pouvoir être condamné pour crime de concussion? Quelque somme que l'on convoite, on pourra l'obtenir légitimement, sous prétexte des provisions de sa maison qu'on portera à un prix énorme.

Il est une chose que ne dit pas ouvertement Hortensius en défendant Vérrès, mais qu'il dit toujours assez clairement pour faire soupçonner et penser que la cause actuelle intéresse les sénateurs, intéresse ceux qui occupent les tribunaux, et qui croient qu'un jour ils pourront commander dans les provinces

(1) La province de Crète, qu'il abandonna à son collègue Métellus, qui fut surnommé *Créticus.*

Tome II.   P

en qualité de proconsuls , de préteurs ou de lieutenans. Certes, Hortensius, vous avez une grande idée de nos juges, si vous pensez qu'ils pardonneront aux autres leurs prévarications pour se procurer à eux-mêmes la facilité d'en commettre. Nous voulons donc apprendre au peuple romain , aux provinces, aux alliés , aux nations étrangères , que si les sénateurs occupent les tribunaux, cette manière d'extorquer des sommes immenses avec un excès d'injustice , est la seule du moins qu'on ne sauroit attaquer. S'il en est ainsi, qu'avons-nous à dire contre ce préteur (1) , qui monte tous les jours à la tribune, qui soutient que la République ne sauroit subsister , si le droit de juger les causes ne passe à l'ordre équestre. Que ce magistrat essaie de prouver cela seul, qu'il est un genre de concussion que tous les sénateurs se permettent , qui est presque autorisé pour cet ordre, par

_____

(1) Marcus Aurélius Cotta. *Qui monte... templum tenet*. On appeloit *templum* l'emplacement de la tribune aux harangues , parce qu'il avoit été consacré par les augures. —— Un peu plus bas *sistere* doit se prendre ici dans le sens de *subsistere*.

le moyen duquel on enlève aux alliés un argent énorme avec un excès d'injustice ; qu'il n'est pas permis d'attaquer cette malversation dans les causes jugées par les sénateurs ; qu'elle n'a jamais eu lieu lorsque l'ordre équestre fournissoit les juges ; qui osera le contredire ? qui vous sera assez dévoué , qui sera assez partisan de votre ordre pour s'opposer à ce que le département des tribunaux passe aux chevaliers romains ?

Eh ! que Verrès ne pût-il fournir ici quelque moyen de défense ordinaire ! Vous prononceriez avec moins de risque pour vous-mêmes , avec moins de péril pour toutes les provinces. S'il pouvoit nier la malversation que je lui reproche , vous paroîtriez l'en avoir cru sur sa parole , et non avoir approuvé sa conduite. Mais il est de toute impossibilité qu'il nie ; il est chargé par toute la Sicile ; parmi un si grand nombre de cultivateurs, il n'en est pas un seul dont il n'ait tiré de l'argent sous prétexte des provisions de la maison. Je voudrois encore qu'il pût dire que tout cela ne le regarde point, que ce sont ses ques-

teurs qui ont administré la partie des blés ;
il ne sauroit le dire ; on est saisi de lettres
qu'il a écrites aux villes pour les douze sesterces. Quelle est donc sa défense ? J'ai fait
ce qu'on me reproche ; j'ai levé de grandes
sommes sous prétexte des provisions de ma
maison ; mais je le pouvois , et vous le pourrez aussi , si vous vous en ménagez le pouvoir.
Il est dangereux pour les provinces de con-
firmer dans un tribunal un systême d'exaction ;
il est pernicieux pour notre ordre de laisser
croire au peuple romain que des hommes (1) assujettis à des loix ne peuvent être scrupuleux
à faire observer ces loix par leurs sentences.
Verrès , dans sa préture , ne s'est pas borné
à estimer son blé d'une manière arbitraire ;
il n'a suivi aucune règle pour la quantité qu'il
pouvoit exiger ; car il n'exigeoit pas ce qui
lui étoit dû , mais ce qui lui plaisoit. Je montrerai par les registres publics et par les dépositions des villes , la quantité de blé qu'il
a exigé pour les provisions de sa maison.
Vous trouverez, Romains , qu'il a exigé des

(1) Les sénateurs étoient assujettis à de certaines
loix qui n'obligeoient point les autres.

villes, pour ses provisions, cinq fois plus qu'il ne lui étoit permis de prendre. Que peut-on ajouter à son effronterie, s'il a fait de son blé une estimation beaucoup plus forte qu'on ne la pouvoit soutenir, et s'il en a exigé une bien plus grande quantité qu'il ne lui étoit permis par les loix ?

Ainsi, Romains, à présent que vous êtes instruits de tout ce qui concerne l'administration des blés, vous pouvez voir aisément que cette province qui fut toujours pour nous d'une aussi grande ressource, dont nous tirons de si grands avantages, la Sicile est perdue pour notre empire, si vous ne la recouvrez par la condamnation de Verrès. En effet, qu'est-ce que la Sicile, si vous en ôtez l'agriculture, si vous détruisez toute la race des cultivateurs dont elle est remplie ? Est-il une calamité que ces malheureux n'aient essuyé sous la préture de Verrès avec un excès d'injustice et d'ignominie ? Ils ne devoient donner que la dîme ; à peine leur a-t-on laissé la dîme même. On devoit leur remettre de l'argent ; on ne leur en a pas remis. Le vœu du sénat étoit qu'ils fournissent de blé la maison du préteur, d'après une estimation favorable ; ils ont été forcés de vendre jusqu'à leurs instrumens de labourage.

Je l'ai déja observé, Romains : quand vous réprimeriez toutes ces vexations, c'est moins par la richesse du produit que par un certain attrait , et par la douceur de l'espérance , que se soutient l'état du laboureur. En effet , on abandonne toutes les années des frais, et un travail qui ne sont que trop réels , au hasard et à l'incertitude des évènemens. Le blé n'a une grande valeur que quand les récoltes sont malheureuses ; sont-elles abondantes , il se vend à vil prix : de sorte que le blé se vend mal si l'année est bonne , et qu'il ne se vend bien que quand la récolte est mauvaise. Telles sont les productions de la campagne, qu'elles dépendent moins du travail et de la prudence , que de ce qu'il y a au monde de plus variable , des vents et des saisons. Lorsqu'on en tire une dîme en vertu de la loi et aux termes d'un traité ; lorsque , d'après un réglement plus nouveau, on exige une autre dîme à cause de la disette des grains ; lorsqu'en outre on achète du blé tous les ans au nom de la république ; lorsqu'enfin on en exige encore pour la provision des magistrats et de leurs lieutenans : quelle partie de la récolte peut rester ensuite au laboureur et au propriétaire dont ils puissent disposer librement en toute (1) assurance? Si on prélève sur leurs récoltes tout ce que je viens de dire, si dans la réalité c'est pour vous et pour le peuple romain plutôt que pour eux-mêmes et pour leur propre avantage, qu'ils emploient leur argent, leurs soins et leurs travaux; faut-il encore qu'ils supportent des ordonnances inouies, le despotisme des préteurs, la domination d'un Apronius, les vols et les rapines de vils esclaves? Faut-il encore qu'ils donnent gratuitement un blé qu'on devoit leur acheter? Faut-il qu'ils paient pour la provision du préteur une somme exorbitante, quand ils consentiroient à fournir du blé gratuitement pour cette provision? Faut-il encore que ces préjudices et ces pertes soient accompagnés des plus cruels affronts et des plus sanglans outrages? Aussi, Romains, n'ont-ils pas supporté ce

_____

(1) *Suorum fructuum* doit se joindre avec *quid* et *quantum*. En général, cette phrase de Cicéron est embarrassée et chargée de mots: je ne sais pas si elle est parvenue à nous telle qu'il l'a faite.

P 4

qui n'étoit nullement supportable. Vous le savez, les campagnes ont été désertées dans toute la Sicile , abandonnées par les propriétaires ; et tout ce que je demande dans ce jugement, c'est que, grace à votre équité rigoureuse, les Siciliens vos anciens et fidèles alliés , les fermiers et les laboureurs du peuple romain, conduits par leur zélé défenseur, retournent en paix dans leurs terres et dans leurs domiciles.

QUATRIÈME LIVRE

OU DISCOURS

CONTRE VERRÈS

Sur les Statues.

Sommaire.

LE quatrième livre contre Verrès est intitulé DE SIGNIS, sur les statues ; ou plutôt (car le titre latin est beaucoup plus étendu) sur les vols de tous les monumens des arts, statues, vases, tableaux, tapisseries et autres. C'est, suivant moi, le discours où Cicéron déploie le mieux toutes les ressources de l'éloquence et toutes les richesses de son génie. Quoique les objets sans nombre qu'il renferme se ressemblent assez, il y règne une variété qui étonne. Récits et mouvemens, plaisanterie et sérieux, faits développés ou accumulés, magnificence ou légèreté de style, tout y est mêlé avec un art admirable qui prévient toujours l'ennui et le dégoût. Il ne seroit pas possible de faire l'analyse de ce discours, qui est distribué en un grand nombre de narrations. Après une simple

transition sans exorde, et le sujet du discours
établi en peu de mots, mais avec force, on voit
d'abord la narration très-étendue concernant
Héius, un des principaux citoyens de Messine.
Viennent ensuite plusieurs narrations beaucoup
plus courtes. Après quoi paroissent les narrations magnifiques d'Antiochus, de la Diane de
Ségeste, du Mercure de Tyndare, lesquelles sont
suivies d'une infinité d'autres plus ou moins
longues. L'orateur finit par la ville de Syracuse, dont il offre une superbe description; il
prouve, en détaillant des faits, que cette ville
a été entièrement pillée par Verrès, et qu'elle ne
lui étoit pas aussi favorable qu'il vouloit le
faire croire.

QUATRIEME LIVRE CONTRE VERRÈS,

*Sur tous les monumens des arts, statues, vases,
tableaux et tapisseries et autres, enlevés par
Verrès.*

Je passe maintenant à ce que Verrès appelle
son goût; ce que ses amis nomment sa passion
et sa fureur; les Siciliens, son brigandage:
pour moi, je ne sais de quelle expression me
servir. Je vais vous exposer simplement la

chose, jugez-en, Romains, d'après sa nature, sans vous occuper du nom. Peut-être que, quand vous aurez compris ce qu'elle est en elle-même, vous ne vous inquiéterez plus tant du nom qu'on doit lui donner.

Je dis que, dans la Sicile entière, cette province si riche, dont tant de siècles ont accumulé les trésors, qui renferme tant de villes, tant de maisons opulentes, il ne s'est pas trouvé un seul vase d'argent, un seul de Corinthe (1) ou de Délos, pas une perle ou pierre précieuse, pas un ouvrage en or ou en ivoire, pas une statue de bronze, d'ivoire ou de marbre, pas une peinture faite au pinceau ou à l'aiguille, rien enfin que Verrès n'ait cherché, rien que Verrès n'ait examiné, rien de son goût que Verrès n'ait emporté.

Ce début vous étonne ; mais écoutez comment je m'explique. Lorsque je n'excepte rien, ce n'est ni une figure, ni une exagération. Quand je dis que Verrès n'a rien laissé dans

***

(1) *Un seul de Corinthe*, c'est-à-dire, un seul vase d'airain de Corinthe. On sait que l'airain de Corinthe étoit un mélange de plusieurs métaux, et qu'il étoit fort estimé.

toute sa province de ce qu'elle offroit de plus
précieux, je parle en historien et non en accusateur. Exprimons - nous plus clairement encore : je prétends que, soit dans les maisons,
soit même dans les villes, soit dans les places
publiques, soit même dans les temples, chez
les citoyens romains comme chez les Siciliens ;
enfin que tout ce qui a frappé les regards de
Verrès et attiré son attention, profane ou
sacré, public ou privé, tout en un mot dans
la Sicile est devenu la proie de son insatiable
cupidité.

Par où, Verrès, voulez-vous que je com-
mence ? où voulez-vous que je prenne mes
premiers témoins ? Je commencerai par la ville
qui a été l'unique objet de vos prédilections ;
mes premiers témoins seront vos apologistes (1).

(1) *Parmi vos apologistes.* Latin, *ex ipsis lauda-*
toribus tuis. Lorsqu'une province avoit été satisfaite
d'un commandant ou magistrat, elle envoyoit à
Rome, *laudatores*, des hommes qui rendoient de lui
des témoignages favorables. Je me sers, en françois,
des mots *apologie* et *apologistes*, quoiqu'ils ne rendent pas très-exactement ceux de *laudatio* et de
laudatores, parce que Verrès étoit accusé, et que
d'ailleurs ces mots me sont commodes dans la traduction.

On concevra sans peine les traitemens qu'ont éprouvé de vous ceux qui vous haïssent, qui vous accusent, qui vous poursuivent, quand on verra que dans Messine même, votre ville chérie, vous avez exercé le plus odieux brigandage.

PREMIÈRE NARRATION.

Héius de Messine.

Héius est le plus riche et le plus opulent de tous les Mamertins (1) : ce fait ne peut être contesté par aucun de ceux qui ont voyagé à Messine. Sa maison est bien la meilleure de toute la ville ; c'est du moins la plus connue, celle où nos citoyens sont le plus généreusement accueillis, où l'on exerce le plus noblement l'hospitalité. Cette maison, avant l'arrivée de Verrès, étoit si richement décorée, qu'elle faisoit l'ornement de la ville même. Car Messine, remarquable par sa situation, par ses remparts et la beauté de son port, est entiè-

(1) Mamertins, peuples d'Italie dans la Campanie, qui passèrent en Sicile et s'établirent à Messine. La ville continua de s'appeler Messine : les citoyens et le peuple se nommèrent Mamertins.

rement dépourvue de toutes ses raretés qui font les délices de Verrès.

Dans la maison d'Héius étoit en grande vénération une chapelle antique, qu'il avoit reçue de ses pères. On y admiroit quatre statues, renommées comme autant de chefs-d'œuvre de l'art, vraiment faites pour plaire non-seulement à Verrès, cet amateur éclairé, ce fin connoisseur, mais même à nous autres qu'il traite d'hommes ignorans et sans goût. Une de ces statues étoit un Cupidon en marbre de la ma‚n de Praxitèle (1) : en faisant la recherche des vols de Verrès, j'ai appris jusqu'aux noms des artistes. C'est, je crois, du même Praxitèle qu'est encore cet autre Cupidon tout pareil qui se trouve à Thespies, pour lequel seul on va voir cette ville, où rien d'ailleurs

(1) Praxitèle, fameux sculpteur grec, renommé sur-tout par deux statues de Vénus. Il faut remarquer qu'ici et ailleurs Cicéron affecte d'être peu versé dans les arts de la Grèce, et d'ignorer même les noms des artistes, parce que la plupart des Romains jugeoient indigne de leur gravité d'être trop habiles dans ces sortes d'objets. Mummius, dont il est parlé ensuite, détruisit Corinthe, et triompha des Achéens.

ne peut attirer la curiosité. Lorsque Mummius
enleva de Thespies et les statues des Muses (1)
qui décorent aujourd'hui le temple de la Félicité, et d'autres ornemens profanes, il se
fit un scrupule de toucher à ce Cupidon, parce
qu'il étoit consacré.

Mais pour revenir à la chapelle d'Héius, en
face du Cupidon de marbre dont je parle, étoit
un Hercule en bronze d'un travail admirable.
On attribuoit, je pense, à Myron (2) ce dernier ouvrage.... Oui, il est de Myron. Deux
petits autels placés devant ces divinités attes-
toient la sainteté du lieu. On y voyoit encore
deux statues de grandeur médiocre, mais parfaitement belles, dont la figure et l'habillement annonçoit de jeunes vierges ; de leurs
mains élevées, elles soutenoient sur leurs têtes des corbeilles sacrées à la manière des

_____

(1) Les statues des Muses ; le latin dit *les Thes-
piades*. Les Muses étoient ainsi surnommées, parce
qu'on leur rendoit de grands honneurs à Thespias,
ville de Béotie.

(2) Myron, fameux sculpteur grec, né à Eleu-
theres, ville de Béotie, et que les Athéniens grati-
fièrent du titre de leur citoyen. Il étoit célèbre sur-
tout par sa génisse d'airain.

vierges athéniennes ; ce qui les faisoit appeler
les Canéphores (1). Et l'artiste.... quel étoit
donc son nom ?.... Ah ! vous avez raison ;
c'est Polyclète. Ceux de nos citoyens qui
alloient à Messine, ne manquoient pas de
visiter cette chapelle ; elle étoit ouverte en
tout tems aux curieux; et la maison ne faisoit pas moins d'honneur à la ville qu'à son
maître.

Caïus Claudius (1) qui, dans les jeux de
son édilité, se signala, comme on sait, par
une magnificence extraordinaire, ne fit usage
du Cupidon que durant les jours où il dé-
cora le forum pour honorer les dieux immortels et satisfaire les regards du peuple ro-

(1) Canéphores, vierges à Athènes, consacrées au
service de Cérès, qui portoient sur leurs têtes, dans
des corbeilles, les instrumens du culte de cette
déesse. — *Quel étoit donc son nom ?* Cicéron,
comme s'il avoit oublié le nom de Polyclète, s'adresse
au greffier qu'il avoit près de lui, lequel rvoit par
écrit les noms des personnes et les pièces du procès.
Polyclète, sculpteur grec, qui florissoit dans le même
tems que Myron.

(2) Caïus Claudius, oncle paternel du fameux
Clodius, ennemi de Cicéron.

main,

main : et quoiqu'il fût protecteur de la ville de Messine, hôte et ami de la famille de Héius, il montra autant d'exactitude à rendre la statue qu'on avoit eu de complaisance pour la lui prêter. Il y a quelque tems, que dis je ? il y a peu de jours que nous avons vu des personnages de la même distinction, et remplis des mêmes principes, orner le forum et les basiliques (2) des effets précieux de leurs amis, et non des dépouilles de nos provinces, des objets rares qu'ils empruntoient à leurs hôtes, et non des fruits d'une odieuse concussion ; ils rendoient fidellement à chacun les statues et les autres ornemens, sans abuser du prétexte de leur édilité et d'un emprunt de quelques jours, pour en dépouiller les villes de nos alliés, et les transporter ensuite dans leurs maisons et dans leurs campagnes. Quant à Verrès, apprenez, Romains, qu'il a fait enlever de la chapelle d'Héius toutes les statues dont je viens de parler. Il n'en a pas laissé une

(1) Les basiliques étoient de grands et superbes édifices, où se rassembloient les juges de toute espèce, les jurisconsultes, les banquiers, commerçans et autres.

Tome IV.   Q

seule, non une seule ; excepté cependant une vieille figure en bois , qui représentoit , je pense, la Bonne-Fortune. Pour celle-là , il a craint de la laisser paroître (1) dans sa maison.

O justice des dieux et des hommes ! l'étrange cause que j'ai à plaider ! quelle conduite ! quelle impudence ! Avant que Verrès ait enlevé ces statues , elles ont attiré les regards de tous les commandans qui sont venus à Messine. On a vu , dans la Sicile , tant de préteurs, tant de consuls, soit en guerre , soit en paix, tant de magistrats de tout caractère : je ne parle pas des personnages religieux, intègres, désintéressés ; on y a vu tant d'hommes avides , pervers, audacieux. Aucun d'eux toutefois n'a été assez hardi, n'a assez présumé de sa puissance ou de sa noblesse, pour oser rien demander, rien enlever, toucher à rien de ce qui étoit dans un lieu consacré par la religion. Verrès envahira donc ce qu'il y aura par-tout

(1) *Il a craint de la laisser paroître dans sa maison*; comme n'étant pas digne d'avoir chez lui la Bonne-Fortune. L'orateur , par cette réflexion, présage la disgrace future de Verrès et le mauvais succès de sa cause.

de plus beau ! on ne pourra donc plus rien posséder de rare ! sa maison seule engloutira tant de maisons opulentes ! est-ce donc pour qu'il enlevât tout , que ses prédécesseurs ont tout épargné ? Claudius n'a-t-il rapporté qu'afin que Verrès emportât ? Mais le Cupidon ne demandoit pas une maison de prostitution , ni une école de libertinage. Il se trouvoit bien dans cette chapelle héréditaire. Il savoit qu'il avoit été laissé à Héius par ses ancêtres , avec d'autres monumens sacrés : il n'étoit pas jaloux d'appartenir à l'héritier d'une courtisane (1).

Mais pourquoi déclamer avec tant de force ? d'un mot on me ferme la bouche. *J'ai acheté* , nous dit-il. Grands dieux ! la belle défense ! c'est donc un marchand que nous avons envoyé dans la Sicile, avec l'autorité de commandant , avec les haches et les faisceaux ! nous l'avons donc envoyé pour faire l'acquisition de tout ce qu'il y avoit de statues , de tableaux , de pierres précieuses , de vases d'argent, d'ouvrages en or et en ivoire, pour tout

_____

(1) Cette courtisane étoit une nommée Chélidon , qui, en mourant , avoit fait Verrès son héritier.

Q 2

acheter, pour ne rien laisser à personne ! car je vois qu'on se prépare à m'opposer par-tout cette réponse : *Il a acheté.*

D'abord, en vous accordant même, selon votre désir, que vous ayez acheté, je vous demande quelle idée vous avez eue des tribunaux de Rome, si vous vous êtes imaginé qu'on vous passeroit à vous préteur, revêtu de l'autorité de commandant, d'avoir acheté tant d'objets rares, et généralement tout ce qui vous a semblé de quelque prix, dans toute l'étendue de votre province.

Admirez ici, Romains, l'attention scrupuleuse de nos ancêtres, qui, bien éloignés de penser qu'on pût jamais se porter à de tels excès, ne laissoient pas d'étendre leur prévoyance sur les moindres choses. Ils n'imaginoient pas qu'aucun préteur ou lieutenant pût être assez téméraire pour acheter de la vaisselle, puisque la république en fournissoit, ni des ameublemens, auxquels les loix ont pourvu ; mais ils ont pensé qu'on pouvoit acheter un esclave, dont nous avons tous besoin, et que l'état ne fournit pas. Ils ont donc ordonné qu'on ne pourroit acheter un esclave que pour remplacer celui qui seroit mort. Celui

qui seroit mort à Rome ? non , mais dans le
pays où l'on commanderoit ; car ils ne vous
ont pas permis de composer votre maison dans
la province. mais seulement d'en réparer, dans
la province même , les pertes essentielles (1).
Et pourquoi cette attention de nos ancêtres à
interdire aux gouverneurs toute espèce d'achat
dans leur département ? C'est, Romains, que,
selon eux , c'étoit voler et non pas acheter,
lorsque le vendeur n'étoit pas libre de vendre
à son gré. Ils voyoient que , si des commandans armés de l'autorité civile et militaire,
avoient le droit d'acheter chez les particuliers
tout ce qui seroit à leur bienséance , il arri-
veroit de-là que chacun d'eux enlèveroit ce
qu'il voudroit, au prix qu'il voudroit, soit que
la chose fût à vendre , soit qu'elle ne le fût
point.

On me dira peut-être : Ne traitez pas Verrès
avec cette rigueur, ne le jugez pas d'après les
règles de l'ancienne discipline. Passez-lui qu'il
ait acheté, pourvu qu'il ait acheté de bonne-

_____

(1) *Supplere illum usum provinciae* , c'est-à-dire,
reparare damna eorum quibus tu uteris in pro-
vincia.

Q 3

foi , sans abus d'autorité , sans violence , sans
injustice. Eh bien ! j'y consens. S'il est vrai
qu'Héius ait eu quelque chose à vendre , s'il a
vendu le prix qu'il vouloit , je n'examine plus
pourquoi vous avez acheté.

Qu'avons-nous donc à faire ? Faut-il de longs
argumens pour un fait de cette nature ? Il suffira , je crois , d'examiner si cet Héius , dont
vous avez acheté les statues , avoit des dettes,
s'il a fait quelque vente , et , supposé qu'il en
ait fait , s'il s'est trouvé dans un si grand besoin d'argent , tellement pressé par l'indigence ,
réduit à une extrémité si fâcheuse , qu'il se soit
porté à dépouiller lui-même sa chapelle et à
vendre ses dieux domestiques. Mais je vois
qu'Héius n'a aliéné aucun de ses fonds , qu'il
n'a jamais vendu que le produit de ses terres ,
que , loin d'être chargé de dettes , il est et a
toujours été muni d'argent comptant ; que ,
quand même on pourroit supposer le contraire , jamais il n'auroit vendu des objets sacrés qui , depuis tant d'années , étoient dans
sa famille et dans la chapelle de ses ancêtres.
Mais si on l'a déterminé par la grandeur de la
somme ? — Non , il n'est pas vraisemblable
qu'un homme aussi riche , aussi honnête , ait

sacrifié pour un vil intérêt et sa religion et les monumens de ses pères. Soit : mais quelquefois la quantité d'or qu'on fait briller à leurs yeux, détermine les hommes à s'écarter de leurs principes. — Voyons donc quelle somme assez considérable a séduit le désintéressé, l'opulent Héius, au point de lui faire fouler aux piés tout sentiment d'honneur, tout respect pour sa famille et pour sa religion. Voici, je pense, Verrès, ce que vous l'avez obligé de porter sur ses registres. *Toutes ces statues de Praxitèle, de Myron, de Polyclète, ont été vendues à Verrès six mille cinq cents sesterces* (1). Greffier, lisez cet article des registres d'Héius.

Le greffier lit, après quoi l'orateur continue.

J'aime à voir ces noms fameux d'artistes, que nos connoisseurs élèvent jusqu'au ciel, ainsi rabaissés par l'estimation de Verrès. Un Cupidon de Praxitèle mille six cents sesterces ! assurément c'est de-là qu'est venu le proverbe, *J'aime mieux acheter que demander.*

Eh quoi ! dira-t-on, mettez-vous un grand

(1) 6500 sesterces font 812 liv. 10 s. de notre monnoie. —— 1600 sesterces, 200 livres.

Q 4

prix à tout cela ? Non, Romains, je n'estime
ces raretés ni pour mon usage, ni d'après mes
principes ; mais vous devez, je crois, en juger
par l'estimation des curieux, par le prix qu'elles
ont ordinairement, par celui qu'elles auroient
dans une vente publique et non forcée, enfin
par celui que Verrès lui-même y attache. Non,
s'il n'eût estimé le Cupidon que mille six cents
sesterces (1), jamais il n'auroit voulu, pour un
objet de si peu de conséquence, s'exposer aux
discours malins du public et à de honteux
reproches. Qui d'entre vous ignore quel prix
on met à ces ouvrages de l'art ? N'a-t-on pas
vu dans une vente un bronze, de grandeur
médiocre, porté jusqu'à cent vingt mille sesterces ? Et si je voulois citer des personnes qui
en ont acheté aussi cher, ou même plus cher
encore, ne le pourrois-je pas ? car c'est le goût
et le caprice qui reglent le prix de tous ces objets ; et il est difficile que l'estimation ait des
bornes quand la passion n'en connoît aucunes.

Ainsi, Verrès, je vois que ni sa volonté

---

(1) 1600 sesterces, le latin porte 400 deniers. C'étoit
la même somme en d'autres termes. — 120,000 sesterces, 15,000 livres.

propre, ni le besoin d'argent, ni la nature de la somme, n'ont pu déterminer Héius à vous vendre ses statues ; et que , sous prétexte de les acheter , vous les avez enlevées et arrachées de force , par contrainte , par autorité, par la terreur de vos faisceaux , à un homme que le peuple romain n'avoit pas seulement soumis à votre puissance , mais qu'il avoit mis avec les autres alliés sous votre garde et sous votre protection.

Quel triomphe seroit-ce pour moi, Romains, si ce que j'avance étoit confirmé par la déposition d'Héius ! rien assurément ne me seroit plus désirable. Mais ne souhaitons pas l'impossible. Héius est de Messine : cette ville est la seule qui, pour justifier Verrès, envoie une députation ordonnée par le conseil public. En horreur à tous les autres peuples de la Sicile, il n'a d'amis que chez les Mamertins. Héius, comme le plus considérable d'entr'eux, est le chef de la députation envoyée pour faire l'apologie de Verrès : chargé d'une commission publique , ne croira-t-il pas devoir se taire sur des injures personnelles ?

Ces réflexions ne m'avoient pas échappé : cependant, Romains, je n'ai pas hésité de

m'en rapporter à la bonne-foi d'Héius. J'ai réclamé son témoignage dans la première audience (1) , et cela sans aucun danger pour ma
cause. En effet, que pouvoit-il répondre, quand
il auroit démenti son caractère et dépouillé
tout sentiment d'honneur ? que les statues
étoient chez lui , et non dans la maison de Verrès ? l'imposture eût été trop grossière. En le
supposant l'homme le plus vil et le menteur le
plus effronté , il auroit dit tout au plus , qu'il
avoit eu réellement la volonté de les vendre ,
et qu'il les avoit vendues le prix qu'il désiroit.
Ce personnage, distingué par sa naissance
entre tous les Mamertins , qui vouloit vous donner une idée véritable de ses sentimens et de
sa religion , a déclaré qu'il faisoit l'apologie de
Verrès au nom de sa ville , parce qu'elle l'en
avoit chargé ; mais que lui personnellement
n'avoit jamais eu la pensée de se défaire de ses
statues, et que , s'il eût été libre, aucune offre
n'auroit pu le déterminer à vendre des monumens vénérables qui lui avoient été transmis

(1) Dans la première audience, ou action , dont
j'ai parlé dans le sommaire. Cicéron y avoit fait paroître et déposer tous les témoins.

par ses ancêtres dans une chapelle auguste.

Que faites-vous ici, Verrès, qu'attendez-vous? direz-vous encore que Centorbe, Catane, Halèse, Tyndare, Enna, Agyrone, et tant d'autres villes de la Sicile, sont liguées pour votre ruine? Hé quoi! votre ville chérie, la confidente de vos dissolutions, la complice de vos crimes, la receleuse de vos larcins et de vos rapines, que vous aviez coutume d'appeler votre seconde patrie, Messine elle-même se joint à vos ennemis pour vous perdre. Voici l'un de ses plus illustres citoyens qu'elle a envoyé à la tête d'une députation solemnelle pour faire ici votre apologie. Il vous défend comme homme public, conformément aux ordres qu'il a reçus. Toutefois, Romains, lorsqu'on l'a interrogé sur la Cybée (1), vous vous rappelez sa réponse : des ouvriers de la ville, des ouvriers mandés par la ville, avoient construit, disoit-il, ce vaisseau; un sénateur de Messine avoit présidé à la construction au nom de la

_____

(1) La Cybée, vaisseau de charge que Messine avoit fait construire pour Verrès aux dépens du trésor. Hésychius prétend qu'on appeloit Cybée une espèce de vaisseau particulière.

ville. Le même Héius, comme particulier, a
recours à vous, Romains ; il implore la loi qui
protège les fortunes publiques et particulières
de nos alliés. Quoiqu'elle ait pour objet toute
espèce de vols, il ne redemande pas tant d'autres effets précieux qui lui ont été ravis ; ce
n'est point là ce qu'il regrette : les dieux que
lui ont transmis ses pères, les dieux protecteurs
de sa maison, c'est là ce qu'il redemande, c'est
là ce qu'il voudroit recouvrer. Quoi ! Verrès,
vous n'avez donc ni pudeur, ni crainte des
dieux et des hommes ? vous logiez à Messine
dans la maison d'Héius ; vous l'avez vu presque
tous les jours honorer ces dieux dans leur chapelle par des cérémonies religieuses. Encore
une fois, il est peu sensible à toute autre perte :
ce qui n'étoit que pour l'ornement, il ne le
réclame pas : gardez les Canéphores (1) ; ren-
dez-lui seulement les statues de ses dieux. Et
parce qu'il a parlé comme je dis ; parce que cet
homme honnête, l'ami et l'allié du peuple ro-

_____

(1) Latin, *Canephoros*. Il semble qu'il faudroit
lire *Canephoras*, puisqu'on lit plus haut *Canephorae*.
L'orateur prend ici la terminaison des Grecs, qui
disoient *Kanephoros*, *Kanephorai*, pour le masculin
et pour le féminin.

main, a profité de l'occasion pour vous faire
entendre des plaintes aussi modérées que
justes ; parce qu'il a consulté sa religion , soit
en redemandant les dieux de ses pères , soit en
respectant dans son témoignage la sainteté du
serment , sachez , Romains , que Verrès a fait
partir un des députés de Messine , celui-là
même qui avoit été chargé de présider à la
construction de la Cybée , pour engager le sénat
de cette ville à rendre contre Héius un décret
flétrissant.

O le plus insensé des hommes ! vous êtes-
vous flatté d'obtenir votre injuste demande ?
ignoriez - vous donc combien Héius est estimé
de ses concitoyens , combien il est considéré
dans Messine ? Mais je suppose que vous l'eussiez obtenue , je suppose que les Mamertins
eussent décerné contre Héius quelque peine
diffamante , de quel poids , croyez-vous , seroit
leur apologie , s'ils eussent puni un témoin reconnu véridique ? Au reste , quelle idée doit-on
avoir d'une apologie , lorsque l'apologiste lui-
même ne peut faire à la moindre question une
réponse qui ne vous charge ? Vos apologistes
ne sont-ils pas mes témoins ? Héius est le chef
de la députation ; et il vous a grièvement

chargé. Je ferai paroître ses collègues : ils tairont volontiers ce qu'ils pourront ; ce qu'il est
impossible de cacher , ils le diront malgré eux.
Nieront-ils qu'on ait construit à Messine, pour
Verrès , un navire énorme ? qu'ils le nient ,
s'ils le peuvent. Nieront-ils qu'un sénateur de
Messine ait présidé à la construction au nom
de la ville ? plût aux dieux qu'ils osassent le
nier ! Il est encore d'autres griefs dont je me
réserve le secret , afin qu'ils n'aient pas le
tems de concerter entr'eux et d'établir un par-
jure. Tenez compte, Verrès , de leur apologie ;
appuyez-vous de leur autorité : ayez recours ,
pour vous tirer du péril , à des hommes qui
ne doivent pas vous défendre quand ils le pour-
roieut , et qui ne le peuvent pas quand ils le
voudroient ; à des hommes que vous avez accablés en particulier d'injustices et d'outrages ;
à des citoyens d'une ville où vous avez déshonoré pour toujours nombre de familles par vos
dissolutions et vos infamies ?

Vous me direz que vous avez traité favorablement la ville même. Oui , mais c'est au détriment de la république en général et de la
Sicile en particulier. Les Mamertins étoient dans
l'obligation et dans l'usage de vendre au peuple

r romain soixante mille boisseaux de blé (1).
r Vous les en avez déchargés. La république en
s a souffert, puisqu'une telle indulgence pour
r une seule ville, est un attentat contre nos droits
) de souverains ; les Siciliens en ont souffert ,
r puisque les soixante mille boisseaux n'ont pas
r été retranchés de la quantité qu'ils nous doi-
r vent, mais rejettés sur Halèse et Centorbe,
r deux villes franches , chargées cependant par
vous au-delà de leurs forces. Suivant le traité
que les Mamertins ont fait avec Rome, vous
deviez exiger d'eux un vaisseau ; vous les en
avez exemptés pendant trois ans. Durant tout
ce tems-là vous ne leur avez pas demandé un
seul homme de guerre. Vous avez suivi l'exemple des pirates, qui , ennemis de toutes les
nations, ne laissent pas de se ménager des amis ,
que non-seulement ils épargnent , mais qu'ils

(1) Parmi les villes de la Sicile , la plupart étoient
obligées de donner gratuitement une dîme au peuple
romain , et de lui vendre une seconde dîme. On
achetoit outre cela tous les ans dans la Sicile, pour
le peuple romain , 800,000 boisseaux de blé, lesquels
étoient répartis , en juste proportion , sur toutes les
villes. Messine ; pour sa part, devoit vendre 60,000
boisseaux.

enrichissent d'une partie de leur butin. Ils
donnent la préférence aux villes dont la situation est la plus favorable à leurs brigandages,
où ils sont souvent dans le cas, quelquefois
même dans la nécessité de relâcher.

Phasèle, dont Servilius a fait la conquête,
n'étoit pas originairement une ville de Ciliciens (1) et de pirates ; c'étoit une colonie de
Lyciens, peuple sorti de la Grèce. Mais comme,
vu sa situation et son avancement dans la mer,
les pirates, en sortant de leurs ports, ainsi
qu'en revenant de leurs courses, étoient souvent
obligés d'y aborder, ils se l'attachèrent d'abord
par le commerce, ensuite par un traité d'alliance. Messine, avant la préture de Verrès,
loin d'être coupable d'aucune concussion,
avoit même signalé son zéle contre les concussionnaires publics. Elle retint les équipages de
Caïus Cato (2). Et quel étoit ce personnage ?

(1) Les Ciliciens faisoient comme métier et profession de piraterie.

(2) Ce Caton fut consul l'an 639 de Rome. Au
sortir de son consulat, il alla gouverner la Macédoine ; il fut accusé et condamné pour crime de
concussion.

un

un homme aussi distingué par sa naissance que
par son crédit, qui venoit tout récemment
d'être consul. Cependant il fut condamné sans
respect pour son titre de consulaire. Oui,
Caius Cato, petit-fils de deux grands hommes,
de Paul Émile et du célèbre censeur, neveu
par sa mère de Scipion l'Africain, ne put éviter
sa condamnation, dans le tems où les tribunaux jugeoient avec sévérité (1), et il subit
une amende de dix-huit mille sesterces. C'est
contre lui que les Mamertins étoient animés,
eux qui souvent ont porté la dépense d'un seul
repas donné à Timarchide, fort au-dessus de
la somme à laquelle fut condamné Caton.
Mais la ville de Messine fut une autre Phasèle
pour Verrès, ce détestable brigand, ce pirate
de la Sicile. C'est-là qu'il faisoit transporter les
fruits de ces concussions ; c'est-là qu'il mettoit
en dépôt ses larcins ; c'est-là qu'il déroboit à
tous les yeux ce qu'il avoit intérêt de cacher.

(1) *Dans le tems...* C'est un reproche fait en passant aux sénateurs, parce que c'étoient les chevaliers
romains qui remplissoient alors les tribunaux. ——
18,000 sesterces, 2250 livres. — Timarchide, un des
principaux satellites de Verrès.

Tome IV.   R

Les Mamertins lui prêtoient leur ministère pour faire embarquer secrètement et transporter sûrement tout ce qu'il vouloit. C'est dans leur ville enfin qu'il a fait construire cet énorme vaisseau qu'il devoit envoyer en Italie, chargé de ses vols et de ses rapines. Voilà à quel prix il les a exemptés de contributions, de corvées, de milice, en un mot, de toutes charges publiques. Pendant trois ans, de tous les peuples, je ne dis pas de la Sicile, mais, dans le tems où nous vivons, je dirois volontiers de tous l'univers, les Mamertins seuls ont été exempts, libres, dégagés, affranchis de toute imposition, de toute redevance, de tout service. De-là ces fêtes instituées en l'honneur de Verrès : de-là aussi l'audace d'avoir fait amener de force devant lui, étant à table, Cominius, auquel il voulut jetter la coupe qu'il tenoit à la main ; Cominius qu'il fit enlever avec violence de la salle du festin, charger de chaînes, et enfermer dans un cachot ténébreux : de-là encore cette croix funeste à laquelle il fit attacher un citoyen romain (1) à

(1) Ce citoyen romain est ce Gavius dont il est beaucoup parlé dans le discours suivant, le discours

la vue d'une foule de spectateurs ; cette croix
qu'il n'eût jamais osé dresser en aucun autre
lieu que sur le sol d'une ville devenue complice
de ses forfaits et de ses brigandages.

Et c'est vous , citoyens de Messine, qui osez
venir ici faire l'apologie d'un accusé ! A quel
titre ? est-ce en vertu de la considération que
vous pouvez avoir acquise , soit auprès du sénat,
soit auprès du peuple de Rome ?

Est-il une seule ville, je ne dis pas dans nos
provinces, mais aux extrémités de l'univers,
quelque puissante , quelque libre , ou même
quelque féroce , quelque barbare qu'on la
suppose ; est-il enfin un monarque qui ne se
fasse un devoir d'accueillir et de loger dans son
palais un sénateur du peuple romain ? honneur qu'on ne rend pas seulement à la personne , mais d'abord au peuple romain , dont
la faveur nous fait entrer dans le sénat (1) , et

sur les supplices. Dans le texte , un savant propose
ausus esset au lieu de _ausus est :_ j'ai traduit d'après
cette conjecture.

(1) Depuis Sylla , on devenoit sénateur par le droit
d'une magistrature. Cette dernière voie étoit la seule
ouverte. Or c'étoit le peuple romain qui conféroit les

ensuite à la dignité de l'ordre même. Car si cette auguste compagnie n'est pas respectée de nos alliés et des nations étrangères, que deviendra le nom et la majesté de notre empire ? Les Mamertins ne m'ont fait aucune invitation publique. A n'envisager que moi, c'est un foible tort. Mais en témoignant si peu d'égard à un sénateur du peuple romain, c'est beaucoup moins le particulier qu'ils ont offensé que la compagnie dont il est membre. Moi personnellement, je pouvois disposer de l'opulente et magnifique maison de Basiliscus (1), où j'aurois pris mon logement quand vous m'auriez invité. J'avois encore la maison des Parcennius, où logea mon cousin Lucius, à la grande satisfaction de cette honorable famille. Un sénateur du peuple romain, autant

magistratures. C'étoit par le droit de sa questure que Cicéron étoit entré dans le sénat.

(1) Le latin porte *Cnaeus Pompeius Besiliscus*, et plus bas *des Parcennius qui portent aussi le nom de Pompeius*. C'étoient des familles qui avoient obtenu le droit de cité romaine par le crédit de Pompée, et qui en conséquence avoient pris son nom. Un peu plus bas, *frater meus*, sans doute *patruelis*, cousin.

qu'il étoit en vous, a passé la nuit dans les rues de Messine, sans toit et sans abri : conduite étrange qu'aucune autre ville n'a jamais cru pouvoir se permettre. Mais, dites-vous, je poursuivois votre ami en justice. Quoi ? vous prendrez prétexte de ce que je fais comme particulier, pour insulter dans ma personne tout l'ordre sénatorial ?

Mais je me plaindrai de cet affront, si jamais vous avez à traiter avec ce corps illustre, qui jusqu'à présent n'a été méprisé que par vous seuls. Pour ne parler ici que du peuple romain, de quel front avez-vous osé vous montrer à ses regards, lorsque cette croix où coule le sang d'un citoyen romain, cette croix dressée à l'entrée de votre ville, au milieu de votre port, vous ne l'avez pas arrachée, vous ne l'avez pas jettée au fond de la mer, vous n'avez pas purifié toute cette partie du rivage, avant que de venir à Rome, avant que de paroître dans cette assemblée ? C'est sur le sol de Messine, sur une terre paisible et alliée, qu'est élevé le monument de la cruauté de Verrès. Votre ville a-t-elle donc été choisie, pour que les yeux de quiconque abordera de l'Italie découvrent cet instrument du supplice d'un ci-

R 3

toyen romain , avant que d'appercevoir un
seul ami du peuple romain ? Vous la montrez
cette croix aux habitans de Rhège , devenus
nos concitoyens et l'objet de votre envie ; vous
la montrez aux Romains établis parmi vous ,
afin qu'ils apprennent à n'être plus si fiers , à
moins vous dédaigner , en voyant que le droit
de cité romaine a été immolé sur cet autel
d'ignominie.

Je reviens à Héius. Vous dites donc, Verrès,
que vous avez acheté ses statues. Et les tapisseries (1) renommées dans toute la Sicile , connues sous le nom d'*Attaliques* , avez-vous oublié de les acheter du même Héius ? vous le
pouviez également. Pourquoi ne l'avoir pas fait?
avez-vous craint de trop charger les registres ?
Mais dans le trouble de ses esprits, cette précaution lui a échappé. Il a cru que piller un
garde-meuble feroit moins d'éclat que de spolier
une chapelle. Mais comment s'est-il approprié

(1) Ces tapisseries étoient entrelassées de fils d'or.
On les nommoit *attaliques* , parce que le roi Attalus
étoit le premier qui avoit fait faire de ces magnifiques
tapisseries.

les tapisseries ? Je ne puis, Romains, l'expliquer plus clairement qu'Héius lui-même ne
l'a fait devant vous. Lorsque, l'interrogeant à
votre tribunal, je lui demandai si quelque
autre de ses effets n'étoit pas tombé dans les
mains de Verrès, il me répondit que Verrès lui
avoit mandé, par un exprès, de lui envoyer
ses tapisseries à Agrigente. Je lui demandai ensuite s'il les avoit envoyées ; il répondit (et
pouvoit-il répondre autre chose ?) que docile
à l'ordre du préteur, il les avoit envoyées. Je
le priai de me dire si elles étoient arrivées à
à Agrigente : Oui, dit-il, elles y sont arrivées.
Je lui demandai enfin si elles étoient revenues
dans sa maison : Elles ne sont pas encore revenues, répondit-il. A ces mots le peuple se mit
à rire, et il s'éleva un murmure dans le tribunal. Ne vous est-il donc pas venu à l'esprit,
Verrès, de faire porter sur les registres d'Héius,
qu'il vous avoit aussi vendu ses tapisseries six
mille cinq cents sesterces ? avez-vous craint de
vous endetter en achetant six mille cinq cents
sesterces (1) ce que vous pouviez vendre aisé-

(1) 6500 sesterces, 812 liv. 10 s. de notre monnoie,
200,000 sesterces, 25,000 livres.

R 4

ment deux cents mille ? Croyez-moi, la chose
en valoit la peine : on ne vous querelleroit
pas sur le prix ; et pourvu que vous fussiez
en état de prouver que vous avez acheté, il n'y
auroit pas de tribunal devant lequel vous ne
puissiez sans peine justifier votre conduite : au
lieu qu'à présent vous ne savez comment vous
débarrasser de ces tapisseries.

SECONDE NARRATION.

Philarque de Centorbe.

Et Philarque, ce noble et riche citoyen de
Centorbe, lui avez-vous enlevé, ou acheté,
les harnois (1) magnifiques, qui, à ce qu'on
dit, avoient appartenu au roi Hiéron ? Pendant
mon séjour en Sicile, j'entendois dire aux
habitans de Centorbe et à d'autres (car rien
n'étoit plus connu) que vous aviez réellement
enlevé ces harnois à Philarque de Centorbe,
comme vous en aviez enlevé d'autres aussi fa-

---

(1) Ces harnois, ou phalères, étoient en même
tems des ornemens de chevaux et de cavaliers ; mais
on ne sait pas bien en quoi consistoient ces ornemens
des cavaliers.

meux à Ariste de Palerme, et d'autres encore
à Cratippe de Tyndare. En effet, si Philarque
vous eût vendu les siens, vous n'auriez pas,
quand vous fûtes accusé, promis de les lui
rendre. Comme vous vîtes que plusieurs étoient
instruits du vol, vous pensâtes que si vous les
rendiez, vous les auriez de moins, et que le
vol en seroit toujours constaté : en conséquence, vous ne les avez pas rendus. Philarque a déclaré devant les juges, que, connois-
sant votre foible, comme vos amis s'expriment,
il avoit voulu tenir cachés ses harnois ; qu'ainsi,
mandé par vous, il protesta ne les avoir pas :
qu'en effet il les avoit déposés chez un tiers
pour les soustraire à vos recherches ; mais
que vous aviez eu assez de sagacité pour les
découvrir, et vous les faire montrer par le
dépositaire lui-même : que se trouvant pris,
il n'avoit pu nier être possesseur des harnois ;
qu'ils lui avoient donc été enlevés contre son
gré, et sans nul paiement.

Ici, Romains, il n'est pas inutile de vous
apprendre comment Verrès cherchoit et venoit
à bout de découvrir tout ce qui lui plaisoit. Il est deux frères, de la ville de Cy-

bire (1) , Tlépolème et Hiéron, dont l'un , je pense, est ouvrier en cire, et l'autre peintre. Soupçonnés par leurs concitoyens d'avoir volé le temple d'Apollon, ils s'étoient enfuis de leur ville, dans la crainte d'être appelés en justice, et de subir la peine des loix. Ils avoient remarqué que Verrès étoit amateur des ouvrages de leur art, dans le tems où celui-ci étoit venu à Cybire avec de fausses obligations (2) , ainsi que vous l'avez appris des témoins : forcés de quitter leur ville, ils allèrent donc le trouver en Asie, où il étoit alors. Depuis ce moment Verrès les a tenus auprès de lui : leur activité et leurs conseils lui ont été d'un grand secours , pendant sa lieutenance, pour ses vols et ses rapines. Ce sont eux que Tadius (3) désigne dans ses registres : *Donné tant par ordre du préteur à des peintres grecs.* Les ayant bien connus et bien éprouvés, Verrès les mena avec lui en Sicile. Là, comme deux

(1) Cybire, ville de l'Asie mineure, où Verrès avoit été lieutenant du préteur Dolabella.

(2) De fausses obligations, c'est-à-dire, dont l'argent qu'elles portoient n'avoit pas été compté.

(3) Tadius, questeur de Verrès.

excellens limiers, ils flairoient et cherchoient
à la piste tous les objets un peu rares ; et ils
les cherchoient si bien. que , quelque part
qu'ils fussent, ils ne tardoient pas à les trouver.
Menaces , promesses , entremise d'un esclavè
ou d'un homme libre , d'un ami ou d'un ennemi , il n'y avoit pas de moyen qu'ils n'em-
ployassent selon la conjoncture. Tout ce qui
étoit de leur goût, il falloit le perdre ; et ce
que désiroient uniquement ceux dont Verrès
demandoit à voir les vases d'argent, c'est qu'ils
pussent déplaire à Hiéron et à Tlépolème.

Troisième narration.

Pamphile de Lilybée, et plusieurs autres.

Voici un fait, Romains , que je puis vous
protester véritable. Pamphile de Lilybée, mon
hôte et mon ami , citoyen distingué par sa
naissance , me racontoit, je m'en souviens très-
parfaitement , que Verrès lui ayant pris d'autorité une aiguière , ouvrage du célèbre
Boëthus (1), aussi précieux par le travail de
l'artiste que par le poids du métal, il étoit re-

(1) Boëthus, célèbre sculpteur de Carthage.

venu chez lui fort triste , sensiblement touché
de la perte d'un aussi beau vase , qu'il tenoit
de son père et de ses ancêtres , dont il avoit
coutume de se servir aux jours de fête et pour
célébrer l'arrivée de ses hôtes. J'étois chez moi,
me disoit-il, inconsolable de n'avoir plus mon
aiguière. Arrive un esclave (1) , qui m'ordonne,
de la part du préteur , de lui porter mes coupes
avec leurs ornemens en relief. Cet ordre ,
m'ajouta-t-il, me révolta. J'avois deux coupes :
je me détermine, crainte d'un plus grand mal,
à les faire tirer l'une et l'autre du buffet, et
porter avec moi au palais du préteur. Quand
j'arrivai , Verrès reposoit ; les deux frères de
Cybire se promenoient en m'attendant. Dès
qu'ils me virent : Eh bien ! Pamphile , me
dirent - ils, où sont les coupes ? Je les leur
montre d'assez mauvaise grace. Ils les trouvent
belles. Je me répands en plaintes sur ce qu'il
ne me resteroit plus rien de quelque prix , si
l'on m'ôtoit encore mes coupes. Me voyant

(1) En latin, *un esclave de Vénus.* Les esclaves de
Vénus étoient des esclaves publics , employés au service de Vénus Erycine , dont les préteurs pouvoient
se servir pour des messages.

fort ému, que voulez-vous donner, dirent-ils, pour qu'on ne vous les ôte pas ? Bref, ils me demandèrent deux cents sesterces (1) : je leur en promis cent. Le préteur cependant appelle ; il demande les coupes. D'après la voix publique nous pensions, lui disent les deux frères, que les coupes de Pamphile étoient de quelque valeur ; mais c'est une misère qui n'est pas digne de figurer dans votre buffet avec vos autres vases. Je le crois de même, dit Verrès. Ainsi Pamphile remporte ses coupes qui étoient réellement fort belles.

Pour moi, certes, quoique je n'eusse jamais fait grand cas des connoissances de nos amateurs, cependant j'étois surpris que Verrès montrât quelque goût dans ces bagatelles là même, lui que je savois manquer dans toute autre chose du sens le plus ordinaire. Alors je compris, pour la première fois, à quoi lui servoient les deux frères de Cybire ; il voyoit

____

(1) 200 sesterces, 25 livres. Cette somme paroît bien foible : si on lit *sestertium ducenta* en sous-entendant *millia*, 200,000 sesterces, 25,000 livres, elle seroit trop forte ; il faudroit une somme qui tînt le milieu.

par leurs yeux et voloit par ses mains. Mais il
est si jaloux de la réputation de connoisseur
dans cette partie , que dernièrement (voyez la
folie du personnage) , à la veille d'être jugé ,
déja regardé comme condamné et mort civile-
ment, pendant les jeux du cirque, le matin ,
chez Sisenna , un des premiers de la ville , dans
un jour où ses salles étoient décorées , ses
buffets ouverts , où la maison , vu le rang du
maître, étoit remplie des citoyens les plus distingués , il s'approcha de la vaisselle d'argent,
et se mit à considérer à son aise chaque pièce
l'une après l'autre. Les uns admiroient sa sot-
tise ; ils étoient surpris que la veille de son
jugement, il fortifiât le soupçon de la passion
même dont on l'accusoit. Les autres étoient
frappés de sa folie, en voyant un homme dont
le jugement étoit remis au surlendemain (1) ,
et contre qui tant de témoins avoient déposé ,
s'occuper de ces bagatelles. Les esclaves de
Sisenna, instruits, je pense, des témoignages

(1) *Dont le jugement étoit remis au surlendemain.*
Quand un accusé étoit chargé par un grand nombre
de témoins , et que les juges ne vouloient pas le condamner sur-le-champ, ils remettoient le jugement au
surlendemain.

rendus contre lui, ne levoient point les yeux de dessus sa personne, ne s'éloignoient point d'un pas (1) de la vaisselle d'argent.

Il est d'un bon juge de ne négliger aucun indice pour s'assurer de la passion et de la cupidité de ceux qu'on cite à son tribunal. Un homme qui, accusé et à la veille d'être jugé, un homme qui, déja condamné dans l'esprit du public, n'a pu s'abstenir, dans une grande assemblée, de manier et d'examiner l'argenterie de Sisenna ; peut-on croire qu'un tel homme, préteur, dans son département, ait pu s'empêcher de porter ses mains ou ses désirs sur la vaisselle des Siciliens ?

Mais pour revenir à Lilybée dont je me suis écarté par une digression, Dioclès, surnommé Popilius, est gendre de Pamphile, de celui qui s'est vu frustré de son aiguière. Verrès a fait main basse sur toutes les pièces de son buffet, sans faire grace à une seule. Il peut dire qu'il les a achetées : car, sans doute, ici, vu la grandeur du vol, on aura tenu des registres. Il a fait estimer la vaisselle d'argent par Ti-

_____

(1) *Ne s'éloignoient pas d'un pas*, mot à mot, *ne s'éloignoient point de la largeur d'un doigt.*

marchide ; et de quelle manière ? au plus bas
prix qu'une chose à vendre puisse être estimée
par un acheteur (1). Mais j'ai tort de revenir
si souvent sur vos achats , de vous demander
si vous avez acheté ou non , comment et combien vous avez acheté , quand je puis résoudre
la question d'un seul mot. Montrez-moi un
écrit qui constate ce qne vous avez acquis de
vaisselle d'argent dans la Sicile , de qui vous
l'avez eu et à quel prix. Pourquoi ne le faites-
vous pas ? devrois-je vous demander vos registres ? ne devrois-je pas en être saisi et les
produire ? Mais vous dites n'avoir point tenu
de registres dans ces dernières années. Je ne
vous en demande que pour la vaisselle d'argent , je verrai ensuite pour le reste. Je n'ai
rien écrit , dites-vous , je ne puis rien montrer.

(1) Mot à mot , *au plus bas prix où un effet*
puisse être estimé , quand on veut faire des présens
à des histrions. On admettoit des histrions dans les
repas pour s'amuser ; quand ils avoient bien joué
leur rôle , ou leur faisoit quelques présens des effets
pris sur la table. Or , afin d'engager le maître à
leur faire un présent plus considérable , on dimi-
nuoit le prix des effets qu'on étoit bien aise qu'il leur
donnât.

Que

Que ferons-nous donc ? que peuvent faire les juges ? Votre maison est remplie des plus belles statues , elle l'étoit même avant votre préture : un grand nombre ont été , ou placées dans vos campagnes , ou déposées chez vos amis , ou données à d'autres : point de registres qui annoncent que vous en ayez acheté une seule. Vous avez enlevé toute la vaisselle d'argent de la Sicile , vous n'avez rien laissé à personne qu'il fût jaloux de conserver. On imagine une mauvaise défense ; un préteur , dit-on , a acheté toute cette vaisselle : et cela même vous ne sauriez le prouver par des registres : ou si vous en produisez, on n'y lit point ce que vous avez , ni comment vous l'avez. D'ailleurs , vous convenez avoir fait dans les derniers tems beaucoup d'achats dont vous ne produisez nuls registres. Ne devez-vous donc pas être condamné et par les registres que vous produisez, et par ceux que vous ne pouvez produire ?

A Lilybée , vous avez enlevé à Cœlius , chevalier romain , jeune homme d'un rare mé- rite , tous les vases d'argent qui ont été de votre goût : vous n'avez pas laissé un seul meuble à Cacurrius, qui jouit d'un grand crédit, et qui joint beaucoup d'activité à une grande connoissance des affaires. Dans la même ville, au su de tout le monde, vous avez pris à Lutatius (1) Diodorus, gratifié du titre de citoyen romain par Sylla, à la recommandation de Catulus, vous lui avez pris une grande et magnifique table de citronnier. Quant à cet Apollonius de Drépane, fils de Nicon, appelé maintenant Aulus Clodius, homme très-digne de vous, je ne vous reproche pas de l'avoir pillé et entièrement dépouillé de sa vaisselle d'argent si précieuse. Je supprime ce vol. Apollonius ne croit pas que vous lui ayez porté préjudice. C'étoit un homme perdu, prêt à se tuer de désespoir ; vous êtes venu à son secours fort à propos, en partageant avec lui le patrimoine dont il avoit frustré des pupilles de Drépane. Je me réjouis que vous lui ayez pris de ses effets, et je dis que vous ne pouviez rien faire de mieux. Mais il ne falloit

(1) Lutatius étoit le nom de famille de Catulus, par le crédit duquel Diodorus avoit été gratifié du titre de citoyen romain. C'est pour la même raison qu'Apollonius, comme nous le verrons tout-à-l'heure, avoit pris les surnoms d'Aulus Clodius.

pas prendre une statue d'Apollon à Lison, un des premiers citoyens de Lilybée, dans la maison de qui vous avez logé. Vous direz que vous avez acheté cette statue. Je le sais : mille sesterces (1), je pense. Oui, je le sais : j'en produirai les registres. Cependant il ne falloit pas le priver de son bien. Et dans la même ville de Lilybée, ce pupille Héius, dont Marcellus est le tuteur, à qui vous aviez déja fait tort d'une grosse somme d'argent, dites - vous lui avoir acheté, ou convenez-vous lui avoir enlevé, des gondoles avec leurs ornemens en relief ?

Mais en parlant de vases enlevés par Verrès, pourquoi recueillir des traits ordinaires qui, de sa part, n'étoient que de simples vols, et qui, pour les particuliers, n'entraînoient que des pertes ? Ecoutez, Romains, je vous prie, un fait qui vous montrera dans tout son jour, non plus sa cupidité, mais sa fureur extrême et son incroyable démence.

Parmi les témoins entendus, vous devez vaus rappeler le nom de Diodore de Malte.

(1) 1000 sesterces, 125 livres.

Lilybée, depuis plusieurs années, est le lieu de son domicile. Distingué par sa naissance dans la ville dont il est originaire, il jouit, par son mérite, dans celle où il a fixé son séjour, d'une haute considération et d'un grand crédit. On rapporte à Verrès qu'il avoit de très-beaux vases ciselés, entr'autres deux coupes nommées Thériclées, deux chefs-d'œuvre de Mentor (1). D'après ce rapport, Verrès est si enflammé du désir, non-seulement de voir ces beaux vases, mais de les avoir, qu'il fait venir Diodore et les lui demande. Celui qui n'étoit pas fâché de les garder, répond qu'ils ne sont point à Lilybée, qu'il les a laissés à Malte chez un de ses parens. Le préteur envoie sur le-champ des exprès à Malte, il écrit à quelques habitans de cette île de faire la recherche des vases ; il prie Diodore de lui donner une lettre pour son parent : il étoit impatient de voir ces belles pièces d'argenterie. Diodore, attaché à ce qu'il possédoit, jaloux de le con-

_____

(1) Thériclès étoit un fameux potier de Corinthe. Il faisoit des coupes de terre noire avec tant d'art, qu'on appeloit *Thériclées* les coupes faites dans le goût des siennes, de quelque matière qu'elles fussent.

server, écrit à son parent de répondre aux envoyés de Verrès, que depuis peu de jours ses vases ont été portés à Lilybée : lui cependant se retire et disparoît, aimant mieux s'éloigner pour un tems de son domicile que de perdre, en y restant, des effets aussi précieux. A la nouvelle de sa fuite, Verrès fut si transporté de fureur, que tout le monde lui croyoit la tête perdue et l'esprit absolument égaré. Parce qu'il n'avoit pu enlever les vases de Diodore, Diodore, disoit-il, lui avoit enlevé des vases superbes. Il le menaçoit quoique absent ; il crioit publiquement comme un forcené ; quelquefois même il ne pouvoit retenir ses larmes. Nous lisons dans la fable que la vue d'un magnifique collier d'or et de pierreries, je crois, échauffa l'imagination d'Eriphyle (1) au point que pour l'obtenir elle trahit son époux. Telle, et même bien plus ardente, bien plus insensée, étoit la passion de Verrès.

_____

(1) Eriphyle , femme du devin Amphiaraüs. Son mari se cachoit pour ne point aller à la guerre de Thèbes, où des oracles lui avoient annoncé qu'il périroit. Gagnée par un collier d'or , elle découvrit son époux à Polynice.

S 3

Eriphyle ne désiroit que ce qu'elle avoit vu :
pour Verrès, ce n'étoit pas seulement par les
yeux, mais encore par les oreilles, que les
plus violens désirs entroient dans son ame. Il
fait chercher Diodore dans toute la province.
Diodore étoit parti de la Sicile, il avoit démé-
nagé, et emporté ses vases,

Le préteur examine en lui-même s'il n'y auroit pas quelque moyen de le faire revenir : la
réflexion, ou plutôt la fureur lui suggère celui-ci. Il aposte un des chiens de sa meute, et
le charge d'intenter un procès capital à Diodore
de Malte. Tout le monde fut d'abord surpris
qu'on accusât Diodore, homme tranquille, le
moins fait pour être soupçonné d'un crime,
et même de la moindre faute. On découvrit
ensuite tout le manège ; on comprit que c'étoit
pour ses vases qu'on l'accusoit. Verrès, sans
balancer, le fait traduire à son tribunal ; et
c'est, je crois, le premier homme absent qu'il
y fit citer. Tous les Siciliens ne voyoient que trop
clairement qu'il suffisoit, pour être accusé de
crime capital, d'avoir de beaux vases ciselés ; que
l'absence même ne mettoit pas à l'abri de pareils procès. Diodore à Rome, prend des habits
de deüil ; il court chez ses protecteurs et ses

amis , leur raconte à tous la chose. Le père et les amis de Verrès lui écrivent avec force ; ils l'avertissent de s'observer au sujet de Diodore, de ne pas trop s'avancer ; tout le monde parloit de cette affaire, on la trouvoit odieuse ; il étoit fou ; ce seul grief le feroit succomber, s'il n'y prenoit garde. Verrès regardoit encore son père, sinon comme un père dont il respectoit l'autorité, du moins comme un homme dont il écoutoit les avis : il ne s'étoit pas encore muni contre une accusation ; c'étoit la première année de sa préture ; il n'avoit pas encore cette audace que lui donna depuis une fortune immense , et qu'il signala contre le malheureux Sthénius (1). Sa fureur fut donc un peu ralentie, moins par honte que par crainte. Il n'ose condamner Diodore ; il le retranche comme absent du nombre des accusés. Diodore cependant resta éloigné de la province les trois années de la préture de Verrès, sans oser rentrer dans sa maison. Pour les autres , je ne dis pas seulement les Siciliens. mais les citoyens romains , ils ne sentirent que trop alors que

_____

(1) Sthénius , de la ville de Thermes , que Verrès fit condamner quoique absent.

S 4

Verrès, portant à cet excès la cupidité, ils ne pouvoient retenir ni garder chez eux aucun effet, dès qu'il viendroit à sa connoissance et qu'il seroit de son goût. Mais lorsqu'ils virent que Quintus Arrius (1), homme ferme, attendu impatiemment par la province, ne venoit pas prendre sa place, perdant alors toute espérance, ils furent convaincus qu'ils ne pouvoient rien avoir de si bien fermé, de si bien caché, qui ne fût exposé à l'avidité de Verrès, qui ne fût, pour ainsi dire, sous la main de son avarice.

Continué préteur, il apprend que Calidius, chevalier romain, aussi accrédité que riche, dont il savoit le fils sénateur de Rome, et même juge, possédoit de très-beaux vases, avec des figures en relief (2), qui avoient appartenu

(1) Arrius avoit été préteur de Rome, et devoit remplacer Verrès dans la préture de Sicile.

(2) *De très-beaux vases* . . . Latin, *equuleos.* C'étoient des vases ciselés qui avoient des petites figures de chevaux en relief. On sent le jeu de mot *et in his equitabit equuleis*, qu'il a été impossible de faire passer en françois. J'ai suivi la leçon *qui Q. Maximi fuerant :* d'autres lisent *quique maximi fuerant,* sans doute *pretii.*

à Maximus : il les lui enlève. Ce mot m'est échappé : il ne les a pas enlevés, il les a achetés. Je me repens de mon indiscrétion. Il élevera, sans doute, ici le ton ; il triomphera : je les ai achetés, dira-t-il ; je les ai payés. Je le crois ; et même on produira des registres. La chose en vaut la peine : montrez vos registres, je vous croirai justifié sur ce grief, pourvu que je puisse voir des registres. Mais enfin, si vous avez payé la valeur des vases, pourquoi Calidius se plaignoit-il à Rome, que depuis tant d'années qu'il commerçoit en Sicile, vous seul l'aviez méprisé et dépouillé comme le dernier des Siciliens ? S'il vous avoit vendu ses vases de bon gré, pourquoi assuroit-il qu'il vous forceroit de les lui rendre ? Pouviez-vous ne pas rendre à Calidius, sur-tout puisqu'il étoit intime ami de Sisenna, un de vos défenseurs, et que vous aviez rendu aux autres amis du même Sisenna ? Enfin, vous ne nieriez pas, je pense, que, par l'entremise de votre fidèle Potamon (1),

_____

(1) Lucius Papirius Potamo, dont il est parlé plusieurs fois dans les livres qui précèdent. Cet homme étoit différent du Lucius Papirius dont il sera parlé bientôt.

vous n'ayez rendu ses vases d'argent à Cordius, homme connu, mais qui n'a pas plus de
crédit que Calidius. Grace à Cordius, vous
êtes devenu plus difficile à l'égard des autres.
Vous vous étiez engagé vis-à-vis de plusieurs,
à leur restituer leurs effets ; mais lorsque Cordius eut déposé que vous lui aviez rendu les
siens, vous avez cessé de rendre, voyant votre
proie vous échapper, sans pouvoir éviter les
dépositions. Tous les autres préteurs ont permis
à Calidius, chevalier romain, d'avoir de beaux
vases d'argent ; ils lui ont permis d'orner et de
parer sa table de ses richesses domestiques,
lorsqu'il invitoit un magistrat, ou quelque
homme en place. Calidius a reçu dans sa maison nombre de commandans de la province ;
aucun n'a porté la fureur jusqu'à lui enlever sa
vaisselle si riche et si renommée ; aucun n'a
eu ni assez de hardiesse pour lui demander ses
vases, ni assez d'impudence pour exiger qu'il
les lui vendît. C'est, de la part d'un préteur,
un trait d'orgueil, et d'un orgueil insuppor-
table, de dire, dans sa province, à un homme
connu, opulent et riche : *Vendez-moi vos vases
ciselés.* C'est lui dire : *Vous n'êtes pas digne de
posséder de si beaux ouvrages ; cela ne convient*

qu'à un homme de mon rang. Vous, Verrès, plus digne que Calidius ! vous !... je ne comparerai pas votre conduite et votre réputation avec la sienne : quelle comparaison peut - on en faire ? Je vous considérerai par l'endroit même qui, selon votre idée, vous donne sur lui l'avantage. Quoi ? parce que vous avez donné à des corrupteurs du peuple quatre-vingt mille sesterces (1), afin d'être nommé préteur, et trente mille à votre accusateur, afin de vous dérober à ses poursuites, vous mépriseriez et dédaigneriez l'ordre équestre ? ce seroit une raison pour être indigné que Calidius possède plutôt que vous un objet qui vous plaise ?

Il y a long-tems qu'il triomphe au sujet de Calidius ; il se vante par-tout d'avoir acheté. Avez-vous donc aussi acheté une cassolette à Papirius, chevalier romain, homme du premier mérite, aussi distingué par sa vertu que par ses richesses ? Papirius l'a dit dans sa déposi-

---

(1) 80,000 sesterces, 10,000 liv. 300,000 sesterces, 37,500 liv. *A des corrupteurs du peuple*, latin, *divisoribus*. On appeloit *divisores* ceux qui distribuoient de l'argent au peuple, lorsqu'un candidat vouloit le gagner par des largesses.

tion ; vous lui aviez demandé sa cassolette pour l'examiner, et vous la lui aviez renvoyée après en avoir ôté les ornemens en relief : car sachez, Romains, que c'est le goût et non l'avarice qui le conduit, qu'il n'est curieux que de l'ouvrage et non de la matière. Et ce n'est pas seulement à l'égard de Papirius qu'il a usé de cette retenue, il en a agi de même pour toutes les cassolettes de la Sicile. Or, il est incroyable combien on en comptoit, et de fort belles. Sans doute, dans le tems de sa gloire et de son opulence, cette île devoit avoir beaucoup d'habiles artistes : car avant la préture de Verrès, il n'existoit pas de maison un peu riche, qui n'eût du moins, dans sa vaisselle, un grand plat orné de petites figures et de représentations des dieux, une coupe dont les femmes se servoient pour les sacrifices, et une cassolette (1). Toutes ces pièces étoient faites avec beaucoup d'art, et dans un goût antique ; on pouvoit conjecturer de-là, que les Siciliens avoient possédé autrefois bien d'autres pièces

(1) Dans le plat on mettoit les viandes qu'on offroit aux dieux pénates ; avec la coupe on faisoit des libations ; dans la cassolette on brûloit de l'encens.

d'argenterie dans un juste assortiment ; mais
que la fortune leur en ayant enlevé la plus
grande partie, il leur étoit resté celles que la
religion avoit retenues pour son usage. J'ai
dit, Romains, qu'il y avoit beaucoup de ces
dernières chez presque tous les Siciliens ; je
prétends qu'il n'en reste pas une aujourd'hui.

Quel être extraordinaire, quel monstre insatiable avons-nous donc envoyé dans cette province ? Ne paroît-il pas avoir voulu, non-
seulement satisfaire sa passion et ses yeux, mais
encore contenter, quand il seroit de retour à
Rome, la folie de tous nos amateurs ? Etoit-il
arrivé dans une ville, ses deux limiers de Cybire lâchés aussitôt cherchoient et furetoient
par-tout. S'ils trouvoient quelque beau vase,
quelque pièce d'argenterie un peu considérable,
ils l'apportoient avec joie ; si la chasse ne
leur offroit rien d'un certain prix, ils prenoient
toujours, comme menu gibier, des plats, des
coupes, des cassolettes. Quels étoient, pensez-vous, les pleurs et les gémissemens des
femmes dans ces sortes de vols ? Ils vous paroissent peut-être, ces vols, peu importans ;
mais on cause une douleur vive et profonde,
sur-tout aux femmes, quand on leur arrache

des mains les instrumens même des sacrifices,
des objets saints et vénérables qu'elles ont reçus
de leurs ancêtres, qui sont toujours restés dans
leur famille.

QUATRIÈME NARRATION.

Différens vols.

Ici, Romains, n'attendez pas que je suive
de ville en ville et de porte en porte, cette
accusation ; que je vous montre dans Tyndare
une coupe enlevée à Eschyle, dans la même
ville un plat à Trason, dans Agrigente une
cassolette à Nymphorode. Lorsque je produirai les témoins de la Sicile, que Verrès
choisisse qui bon lui semblera, afin que je l'interroge au sujet des plats, des coupes, des
cassolettes ; on ne trouvera pas une seule ville,
pas même une seule maison un peu riche,
qui se soit vue à l'abri de ce genre de rapine.
Bien plus, si, dans un repas, il appercevoit
quelque vase ciselé, il ne pouvoit s'empêcher d'y
porter la main. Pompéius Philo, auparavant
Tyndaritain, donnoit à manger au préteur
dans sa maison de campagne, près de Tyndare ;
il osa ce que n'osoient les habitans de la Sicile,

et ce qu'en qualité de citoyen de ome, il crut pouvoir se permettre impunément : il fit servir un plat orné de magnifiques reliefs. Dès que Verrès le voit, il enlève, sans balancer, de la table de son hôte, cette pièce remarquable, consacrée au culte des dieux pénates, des dieux hospitaliers. Toutefois, usant de sa retenue ordinaire, il détache les reliefs, et rend le plat avec le plus noble désintéressement. N'a-t-il pas encore agi de même envers Eupolème de Calacte, homme de distinction, hôte et intime ami des Lucullus, et maintenant dans l'armée de Lucullus (1) ? Eupolème recevoit le préteur à souper : de peur qu'on ne

(1) *Maintenant dans l'armée de Lucullus.* On distinguoit, en latin, *esse in exercitu* et *esse apud exercitum.* Le premier se disoit de quelqu'un qui servoit dans une armée avec un grade ; et le second de celui qui suivoit un général comme ami. — *Ces parasites et bouffons à gages.* On appeloit, en latin, *acroama* un homme qui chantoit ou qui parloit pour amuser. On doit voir que j'ai un peu étendu la phrase, pour faire entendre l'orateur sans avoir besoin d'une longue note. *Corollarium* étoit un petit présent que l'on faisoit à celui qui avoit bien amusé les convives.

dépouillât son buffet, il avoit fait servir son
argenterie depouillée de tout ornement, excepté deux coupes de grandeur médiocre, qui
furent servies avec leurs reliefs. On connoît
ces parasites et bouffons à gages, qu'on paie
avec des effets pris sur la table même, quand
ils ont bien joué leur rôle : Verrès, qui se
regardoit sans doute comme un de ces personnages agréables, content de lui, et ne
voulant pas sortir du festin sans quelque présent modique, fit détacher les reliefs des deux
coupes au milieu du repas, en présence de tous
les convives,

Je n'entreprends point de détailler tous ses
vols ; cela n'est point nécessaire, ni même
possible ; je me contente de citer quelques
traits et de rapporter quelques exemples de ses
rapines en tout genre. Car il ne s'est pas comporté dans sa province en homme qui devoit
un jour rendre compte ; mais en homme qui
ne devoit jamais subir d'accusation, ou qui
courroit d'autant moins de risque à comparoître devant les jnges, qu'il auroit pillé
davantage. Il ne prenoit plus secrètement, par
amis et par entremetteurs, mais publiquement,

par

par le pouvoir de sa place , de pleine au=
torité (1).

Arrivé à Catane , ville connue , riche et
opulente , il fait venir Dionysiarque, proagore,
c'est-à-dire , premier magistrat; il lui ordonne
hautement de faire chercher et de lui faire
apporter toute la vaisselle d'argent des maisons
de Catane. Philarque de Centorbe , le premier
de cette ville par sa naissance , son mérite et
ses richesses , n'a - t - il pas attesté la même
chose? Verrès , disoit-il , l'avoit chargé , lui
avoit ordonné de faire dans Centorbe , une des
plus grandes et des plus riches villes de toute
la Sicile , une exacte perquisition , pour qu'on
lui apportât toutes les pièces d'argenterie.
C'est encore par un ordre de sa part , qu'Apollodore , dont vous avez entendu la déposition ,
lui fit porter à Syracuse tout ce qu'il y avoit
dans Agyrone de vases de Corinthe.

(1) Latin , *de loco superiore* , mot à mot , du haut
de son tribunal. —— Proagore , mot grec, celui qui
parle le premier.

Tome IV.   T

CINQUIÈME NARRATION.

Archagathe d'Halonce , et quelques autres.

Mais voici le plus curieux. Ce préteur, actif,
infatigable, arrivé près d'Halonce, ne voulut
pas y entrer, parce que l'accès en étoit escarpé
et trop difficile. Il mande Archagathe, personnage connu dans Halonce, sa patrie, et même
dans toute la Sicile ; il le charge de lui faire
apporter sans délai , sur le bord de la mer,
tout ce qu'il y avoit dans Halonce d'argenterie
ciselée, tout ce qu'il pouvoit y avoir de vases
de Corinthe. Archagathe rentre dans la ville.
Un homme de son rang, jaloux de l'amitié et
de l'attachement de ses concitoyens, étoit fort
mécontent d'une pareille commission , et ne
savoit comment l'exécuter. Il annonce simplement l'ordre qu'il avoit reçu ; il commande
aux citoyens, de la part de Verrès, d'apporter
ce qu'ils avoient de vaisselle d'argent. Tout
le monde étoit dans la crainte ; car le tyran
ne s'éloignoit pas. Etendu dans sa litière, sur
le bord de la mer, au pié d'Halonce, il attendoit tranquillement Archagathe et l'argenterie.
Tâchez, Romains, de vous représenter le tu-

multe de toute la ville, les cris et les lamentations des femmes ; on eût dit que le cheval
de Troye venoit d'entrer dans Halonce, que
c'étoit une ville prise d'assaut. Parmi les vases,
les uns étoient emportés sans leurs étuis, les
autres arrachés des mains des femmes. On
enfonçoit les portes en plusieurs endroits ; on
brisoit les serrures. Eh ! si, dans une guerre
soudaine, quand on demande à des particuliers leurs armes, ils ne les donnent qu'à regret, quoiqu'ils sentent que c'est pour le salut
commun, croyez-vous que les habitans d'Halonce n'aient pas éprouvé la plus vive douleur
en tirant de leurs maisons une argenterie ciselée qu'on venoit leur enlever ? Tout est porté
à Verrès. Il appelle les deux frères de Cybire ; ceux-ci rejettent quelques pièces : celles
qui leur plaisent, on en détache les ornemens
en relief. Ainsi, les habitans d'Halonce retournèrent chez eux avec leur vaisselle toute
unie, dont on avoit retranché ce qui n'étoit que
pour le luxe.

A-t-on jamais vu, Romains, mieux balayer
une province ? Il s'est trouvé des préteurs qui,
de concert avec le magistrat d'une ville, et par
les voies les plus secrettes, détournoient une

partie des deniers publics, quelquefois même pilloient les particuliers : ils étoient condamnés cependant. Et s'il faut me déprimer moi-même, c'étoient, à mon avis, de vrais accusateurs, ceux qui, pour découvrir les rapines d'un concussionnaire, n'avoient besoin que de la moindre trace, du plus léger indice. Mais nous, quel est notre mérite en accusant un Verrès (1), dont nous trouvons les profondes empreintes dans la fange ou il s'est roulé de tout son corps ? Est-il bien difficile de convaincre un homme qui, en passant, faisant arrêter un moment sa litière, a pillé sans user de finesse, en plein jour, par l'autorité de sa place, par un simple ordre, a pillé, dis-je, de porte en porte une ville toute entière? Cependant, afin de pouvoir dire qu'il avoit acheté, il charge, pour la forme, Archagathe de remettre quelques pièces de monnoie aux possesseurs des vases. Archagathe ne trouva que peu de personnes disposées à recevoir : il leur remit, au nom de Verrès,

_____

(1) Verrès, en latin, signifie un verrat, un porc mâle. Ici et ailleurs Cicéron fait une allusion maligne à cette signification du nom de Verrès.

un argent que celui-ci ne lui a pas rendu. Il
vouloit le lui redemander à Rome , mais il en
fut détourné par Lentulus, qui vous l'a attesté
lui-même. Greffier , lisez la déposition d'Archagathe et de Lentulus.

On lit la déposition.

Et pour que vous ne croyez pas , Romains,
que Verrès ait amassé une si grande quantité
de reliefs sans aucun but, voyez combien il
a respecté l'opinion publique, les juges , les
loix , les tribunaux , les témoins , les commerçans de Sicile. Après avoir fait une si ample
provision de reliefs, sans en laisser un seul à
personne, il établit publiquement , dans son
palais de Syracuse, un attelier immense. Il y
rassemble tous les artistes , orfévres et ciseleurs,
sans compter tous ceux qui étoient à son service. Là , il tient à ses gages une grande multitude d'ouvriers, auxquels il fournit de l'ouvrage pendant huit mois de suite , quoiqu'on
ne fît que des vases d'or. Les reliefs qu'il avoit
détachés des plats et des cassolettes, on les
adaptoit avec tant de dextérité à des coupes
d'or, on les y enchâssoit avec tant d'art, qu'on

T 3

eût dit que c'étoit là leur unique destination.
Cependant le préteur lui-même, lui qui se
vante d'avoir, par sa vigilance, maintenu la
paix dans la Sicile, passoit dans cet attelier
la plus grande partie du jour, vêtu d'une
tunique brune (1) et d'un manteau à la
grecque.

Je n'oserois pas, Romains, entrer dans ces
détails, si je ne craignois de votre part le reproche que vous en avez plus appris des autres par les bruits publics, que de moi dans
une instruction judiciaire. En effet, qui n'a pas
entendu parler de l'attelier, des vases d'or, de
la tunique brune, du manteau à la grecque ?
Nommez-moi vous-même, Verrès, qui vous
voudrez des honnêtes citoyens romains établis
à Syracuse, je les ferai paroître : il n'y en aura
aucun qui ne dise en avoir entendu parler, ou
même en avoir été témoin. O tems ! ô mœurs !
Voici un fait qui n'est pas fort ancien. La plupart de nos juges ont connu Pison (2), père

(1) La couleur brune étoit celle du bas peuple et
ne convenoit pas à un préteur, non plus que le manteau à la grecque.

(2) Ce Pison avoit gouverné l'Espagne au com-

du Pison qui vit encore, et qui vient d'être préteur. Il gouvernoit la province d'Espagne, où il fut tué. Dans un exercice militaire, l'anneau d'or qu'il avoit au doigt se rompit par hasard, et se brisa. Comme il vouloit s'en procurer un autre, il fait venir un orfévre dans le forum de Cordoue, à son tribunal ; et lui ayant fait peser publiquement une certaine quantité d'or, il lui commande de poser son établi dans le forum, et de faire l'anneau sous les yeux du public. On trouvera peut-être Pison trop scrupuleux. A la bonne heure, qu'on lui fasse ce reproche, mais rien de plus. Au reste, on devoit lui pardonner, puisqu'il étoit fils du Pison qui le premier porta une loi contre les concussionnaires. Il est ridicule de prononcer le nom de Verrès après celui de Pison, que son intégrité rare a fait surnommer *Frugi* : mais enfin voyez la différence de l'un et de l'autre. Quoique Verrès fît faire des vases d'or pour plusieurs buffets, il ne s'est pas inquiété

mencement de la guerre des Cimbres : il y avoit près de quarante ans qu'il étoit mort. Il avoit mérité le surnom de *Frugi*, qui signifie un homme modéré, désintéressé, sagement économe.

T 4

de ce qu'on pourroit dire de lui non-seulement dans la Sicile, mais encore à Rome devant les juges. Pison, pour une demi-once d'or, a voulu que toute l'Espagne sût d'où son préteur tiroit de quoi faire un anneau. Tous deux ont justifié sans doute, l'un les plaisanteries imaginées sur son nom (1), l'autre le surnom qu'il devoit à son intégrité.

Je ne puis aucunement, ni rappeler dans ma mémoire, ni renfermer dans un discours, tous les vols de Verrès; je ne veux qu'effleurer chaque espèce. Par exemple, cet anneau de Pison me fait ressouvenir d'un genre de rapine qui m'avoit échappé entièrement. A combien de personnages distingués croyez-vous qu'il ait arraché des doigts les anneaux d'or? Il n'y a jamais manqué toutes les fois qu'une pierre précieuse ou un anneau étoient de son goût. Ce que je vais dire est incroyable, mais si avéré qu'il ne le niera pas lui-même. On avoit écrit d'Agrigente à Valentius son interprète; il apperçut, par hasard, l'empreinte du cachet

_____

(1) Le nom de Verrès, comme je l'ai dit plus haut, signifioit un verrat, un porc mâle.

sur de la cire (1) ; cette empreinte lui plut. Il
demande d'où vient la lettre : Valentius lui
répond qu'elle vient d'Agrigente. Il écrivit,
sans tarder, à ses agens, pour qu'on lui en-
voyât au plutôt le cachet. Ainsi, en vertu de
la lettre du préteur, un citoyen romain, Titius
père de famille, se vit arracher du doigt son
anneau.

Mais ce qui annonce une cupidité à peine
croyable, même dans Verrès, c'est qu'en supposant que dans chacune des salles de ses
maisons de ville et de campagne, il eût voulu
mettre trente lits bien parés avec les autres ornemens d'un festin, il auroit encore amassé
un trop grand nombre de couvertures et de
tapis. Il n'y avoit pas une seule maison riche
dans la Sicile où il n'eût établi une manufacture d'étoffes. A Segeste est une dame fort
riche et d'une grande naissance, nommée
Lamia. Sa maison, pendant trois ans, fut pleine
d'ouvriers qui ne travailloient que pour Verrès,
et ne fabriquoient que des tapis de la plus

(1) Sur de la cire, *in cerulâ*. On lit dans d'autres
livres *in cretulâ*. Les anciens se servoient de craie ou
de cire pour cacheter leurs lettres.

belle pourpre (1). Attalus, homme opulent, faisoit aussi travailler pour lui à Netum ; Lyson à Lilybée ; Critolaüs à Enna ; Eschrion, Cléomènes, Théomnaste, à Syracuse ; Archonide, Megiste, à Elore. La parole me manqueroit plutôt que les noms. Il fournissoit seulement la matière, ses amis donnoient la main-d'œuvre, je veux bien le croire ; car je n'ai pas envie de lui chercher par-tout des torts : comme s'il ne me suffisoit pas d'avoir à lui reprocher qu'il ait pu fournir tant de pourpre, qu'il ait voulu emporter tant de tapis, ou qu'enfin, ce qu'il accorde lui-même, il se soit fait fournir par ses amis la main-d'œuvre pour ces sortes d'ouvrages. Et pour qui, sinon pour Verrès, pensez-vous qu'on ait fabriqué pendant trois ans des lits et des candelabres de bronze ? Il les achetoit ; je le crois. Aussi, Romains, je ne fais simplement que vous instruire de sa conduite dans la province où il étoit préteur ; je ne voudrois pas qu'aucun de vous l'accusât de négligence, s'imaginât que revêtu de l'au-

_____

(1) Latin, *conchylio tinctum. Conchylium* étoit proprement le poisson à coquille, dont on tiroit la plus belle pourpre.

torité, il ait oublié de se fournir de tout abondamment.

SIXIÈME NARRATION.

Antiochus.

Je vais passer maintenant non à un simple
vol, non à un simple trait d'avarice ou de cupidité, mais à une action qui semble renfermer
en elle seule tous les crimes les plus horribles ;
à une action qui a outragé les dieux immortels , donné atteinte à la réputation du peuple
romain , à la majesté de son nom , violé et
trahi les saints droits de l'hospitalité, aliéné de
nous, tous les monarques les plus amis de
notre empire , et les peuples qui vivent sous
leur obéissance.

Vous savez que les deux jeunes rois de
Syrie (1) , fils d'Antiochus , ont fait dernière-

_____

(1) *Deux jeunes rois da Syrie ,* Antiochus et
Seleucus. Selené , leur mère, étoit fille d'un Pto-
lemée , roi d'Egypte ; et comme ce prince n'avoit
pas laissé d'enfans mâles , ils prétendoient avoir
droit au royaume d'Egypte. Dans le tems où ils
vinrent à Rome, on avoit une guerre à soutenir,
en Asie , contre Mithridate , et en Espagne, contre
Sertorius.

ment à Rome quelque séjour. Ils y étoient venus
non pour le royaume de Syrie, qu'on ne pouvoit leur contester, puisqu'ils le tenoient de
leur père et de leurs ancêtres ; mais pour réclamer le royaume d'Egypte, dont ils se prétendoient héritiers par Selené leur mère.
N'ayant pu rien obtenir du sénat à cause des
circonstances où se trouvoit la république, ils
partirent pour retourner dans le royaume de
leur père. L'un des deux, nommé Antiochus,
voulut passer par la Sicile. Il vint donc à Syracuse sous la préture de Verrès. Celui-ci crut
avoir trouvé une riche et excellente proie, en
voyant sous sa puissance et entre ses mains,
un prince qu'il savoit par oui-dire et qu'il
imaginoit par lui-même porter avec lui grand
nombre d'effets précieux. Il lui envoie fort
amplement tout ce qui étoit nécessaire pour
l'usage de sa maison : du vin, de l'huile autant
qu'il en voulut ; du blé même suffisamment,
pris sur nos dîmes qu'il s'étoit appropriées.
Bientôt il l'invite à un repas ; la salle étoit
magnifiquement parée, le buffet garni de tous
ses plus beaux vases d'argent : il en avoit un
grand nombre, et il ne les avoit pas encore
convertis en or. En un mot, rien ne manquoit

à la somptuosité et à la magnificence du festin. Le jeune monarque se retira enchanté de l'opulence de Verrès , et de l'accueil honorable fait à son rang. Il invite le préteur à son tour. Il étale toutes ses richesses ; beaucoup de vases d'argent, plusieurs coupes d'or qui , suivant la coutume des rois , et sur-tout des rois de Syrie , étoient ornées des plus belles pierreries. Il y avoit entre autres un grand vase (1) pour le vin , fait d'une seule pierre précieuse , qu'on avoit creusée artistement et accompagnée d'une anse d'or massif. C'est au sujet de ce vase que vous avez entendu la déposition de Minutius, témoin , je pense , assez digne de foi. Verrès prend chaque pièce en particulier , il en fait l'éloge , il l'admire. Le prince est ravi d'avoir donné un repas qui plaise à un préteur du peuple romain. Quand on se fut séparé , celui-ci ne songea plus , comme la suite le fit voir, qu'à trouver les moyens de renvoyer Antiochus entièrement pillé et dépouillé. Il lui fait demander ces vases si beaux qu'il avoit vus sur sa table , afin , disoit-il , de les montrer à ses

(1) On ignore quelle étoit la vraie forme de ce grand vase que Cicéron appelle , en latin , *trulla*.

artistes. Le prince, qui ne conoissoit point le personnage, les donne très-volontiers sans aucun soupçon. Il lui fait aussi demander le grand vase d'une seule pierre précieuse ; il vouloit l'examiner plus attentivement. On le lui envoie aussi.

Ecoutez, Romains, la suite de cette histoire : vous en avez entendu parler, elle est déja connue ici du peuple, le bruit s'en est répandu chez les nations étrangères, jusqu'aux extrémités du monde. Les deux princes de Syrie avoient apporté à Rome, pour le placer dans le Capitole (1), un candelabre tout éclatant de pierres précieuses, travaillé avec un art admirable. Comme le temple n'étoit pas encore achevé, ils ne purent y placer leur candelabre ; mais ils ne voulurent pas le montrer, afin qu'il parût plus magnifique lorsqu'il seroit posé en son tems dans le sanctuaire du

_____

(1) Le Capitole voué par Tarquin l'ancien, construit par Servius Tullius, et par Tarquin le Superbe, dédié par Horatius Pulvillus, avoit été incendié sous Sylla. Ce dictateur entreprit de le construire : ce fut Catulus qui en fit la dédicace.

dieu suprême, et que l'effet en fût plus merveilleux lorsque sa beauté viendroit frapper,
pour la première fois, les regards surpris des
spectateurs. Ils résolurent donc de le remporter en Syrie, dans le dessein, aussitôt qu'ils
apprendroient la consécration de la statue de
Jupiter, d'envoyer des ambassadeurs qui ap-
porteroient au Capitole, avec d'autres présens,
cette riche et superbe offrande. Ce fait parvint,
je ne sais comment, jusqu'aux oreilles de
Verrès : car le monarque avoit voulu le tenir
secret; non qu'il eût quelque crainte ou quelque soupçon, mais il ne vouloit pas que trop
de monde jouît de ce spectacle avant le peuple
romain. Le préteur le supplie instamment de
lui envoyer ce chef-d'œuvre de l'art; il vouloit
l'examiner de près ; il ne le feroit voir à personne. Antiochus, jeune, roi, sans défiance,
ne soupçonnant rien du dessein perfide de Verrès, fait porter au palais du préteur, le plus
secrètement qu'il est possible, le candélabre
bien enveloppé. Quand on l'eut apporté, et
placé devant lui après avoir ôté l'enveloppe,
il s'écrie que c'étoit une offrande digne de la
Syrie, digne d'un roi, digne du Capitole. Il
avoit, en effet, tout l'éclat que pouvoient lui

donner les plus richès pierreries ; le rravail
en étoit si varié que la beauté de l'ouvrage
sembloit le disputer à la richesse de la matière ;
et sa grandeur annonçoit qu'il n'étoit pas
fait pour parer la demeure des hommes , mais
pour décorer le plus auguste des temples.
Quand les officiers du prince crurent que le
préteur l'avoit vu suffisamment, ils veulent le
prendre pour le remporter. Verrès dit qu'il
vouloit le considérer avec plus d'attention ; il
ne pouvoit se rassasier de le voir. Il leur ordonne de se retirer et de laisser le candelabre.
Ainsi ils retournèrent alors vers Antiochus les
mains vuides.

Le prince d'abord est sans aucune crainte,
sans aucun soupçon. Un jour , deux jours,
plusieurs jours se passent ; point de candelabre.
Il envoie chez Verrès pour qu'il le rende , s'il
le juge à propos. Qu'on revienne le lendemain : c'est toute sa réponse. Antiochus com-
mence à être étonné. Il envoie une seconde
fois ; rien n'est rendu. Il s'adresse lui-même au
préteur ; il le prie de lui remettre son candelabre. Apprenez, Romains , l'audace et l'effronterie insigne du personnage. Il savoit , sur le
rapport

rapport d'Antiochus lui-même , que cette pièce
rare étoit destinée au grand Jupiter , qu'elle
étoit réservée pour le Capitole et pour le
peuple romain ; il la demande au monarque ,
le prie avec instance de la lui donner. Le
prince lui représente que le respect pour Jupiter Capitolin , et l'opinion des peuples , dont
plusieurs étoient déja instruits de la destination
de ce bel ouvrage , ne lui permettoient pas de
déférer à sa demande : lui , élève la voix , et
l'accable des plus terribles menaces. Mais le
voyant inflexible et aux menaces et aux prières ,
il lui ordonne soudain de sortir de la province
avant la nuit : il avoit découvert , disoit-il ,
que des pirates de Syrie devoient faire une
irruption dans la Sicile. Le prince , à Syracuse ,
en plein forum , au milieu d'une foule de citoyens romains et de Syracusains (car qu'on
ne s'imagine pas que je rapporte des faits
obscurs, que je l'accuse sur de simples soupçons) ; le prince , dis-je , dans le forum de
Syracuse , versant des larmes , prenant à témoins les dieux et les hommes , déclare qu'un
candelabre , tout éclatant de pierres précieuses ,
qu'il vouloit envoyer au Capitole , et placer
dans cet auguste temple , comme un monu-

ment d'amitié et d'alliance avec le peuple romain , lui avoit été enlevé par Verrès. Ses
pierreries et son or , tous ses effets précieux qu'il
lui retenoit, il les regrettoit peu ; mais c'étoit
une horreur , une indignité , qu'on lui enlevât
son candelabre : qu'il étoit déja consacré, dans
son intention et dans celle de son frère ; que
cependant, en présence des citoyens romains
qui l'écoutoient alors, il le donnoit , le dé-
dioit, le consacroit au grand et puissant Jupiter ;
qu'il prenoit Jupiter lui-même à témoin de ses
sentimens et de sa volonté religieuse.

Quelle voix , quelles forces , quels efforts
pourroient suffire à l'orateur , pour se déchaî-
ner contre ce seul attentat ? Le roi Antiochus ,
que nous avons vu à Rome pendant deux ans ,
dans un appareil et une magnificence royale ;
Antiochus , l'ami et l'allié du peuple romain ,
fils et petit-fils de rois qui nous étoient dévoués, issu d'une longue suite de monarques
fameux , souverain d'un royaume aussi opulent que vaste ; Antiochus s'est vu ignominieu-
sement chassé d'une province du peuple romain. Quel jugement avez-vous pensé, Verrès ,
qu'on porteroit de cette action dans les républiques étrangères, et dans les autres royaumes ,

jusqu'aux extrémités du monde , quand la
renommée leur apprendroit qu'un préteur
du peuple romain , dans une province romaine , a outragé un roi puissant , dépouillé
un hôte illustre , chassé un ami et un allié
de notre république ? Notre nom , oui ,
notre nom sera en horreur chez toutes les nations , si cette injure criante demeure impunie.
Tout l'univers croira , sur-tout dans un tems
où la cupidité et l'avarice de nos magistrats ,
sont généralement décriées , que ce crime n'est
point particulier à Verrès ; qu'il lui est commun avec tous ceux qui l'ont scellé de leur
approbation. Plusieurs rois , plusieurs républiques , plusieurs particuliers riches et puissans , sont jaloux , sans doute , d'orner le Capitole , comme le demande la dignité du temple, et la gloire de notre empire. S'ils apprennent
que vous n'avez pu voir sans indignation qu'on
ait interverti la destination de l'offrande d'un
monarque , ils se flatteront de pouvoir vous
faire agréer , à vous et au peuple romain , leur
zèle et leurs présens : mais s'ils viennent à
connoître votre indifférence pour un prince
aussi illustre , pour une offrande aussi riche ;
pour une injure aussi atroce , auront-ils la folie

V 2

de consumer leurs soins et leur fortune pour vous faire des dons qu'ils ne croiront pas devoir être accueillis avec quelque empressement ?

C'est à vous ici que je m'adresse, Catulus, puisque je parle de votre auguste et superbe monument. Vous devez montrer dans cette occasion, je ne dis pas la sévérité d'un juge, je dirai presque la véhémence d'un accusateur, l'animosité d'un ennemi. Par le bienfait du sénat et du peuple, votre honneur est attaché à ce temple ; en le consacrant, vous consacrez votre nom à l'immortalité. C'est donc à vous à donner tous vos soins, à prendre tous les moyens pour que, dans la reconstruction du Capitole, la richesse de la décoration réponde à la majesté de l'édifice ; ensorte que la flamme qui l'a embrâsé, paroisse avoir été allumée de la main des dieux même, non pour détruire la demeure du grand Jupiter, mais pour en demander une autre plus éclatante et plus magnifique. Vous avez entendu Minutius attester que le roi Antiochus avoit logé chez lui à Syracuse ; que le candelabre avoit été porté au palais de Verrès ; qu'il n'en étoit pas revenu. Vous avez entendu et vous entendrez

les Syracusains et les Romains établis à Syracuse, déclarer qu'en leur présence le roi Antiochus avoit dédié, avoit consacré ce même
candelabre au grand Jupiter. Si vous n'étiez
pas un des juges, et qu'on vous eût déféré
cette cause, c'est vous sur-tout qui devriez
actionner le coupable, le poursuivre, demander vengeance de son crime. Ainsi, je ne
doute pas de la sévérité avec laquelle vous ju-
gerez un homme que, devant un autre juge,
vous devriez accuser avec beaucoup plus de
chaleur que je ne l'accuse moi-même.

Et vous, Romains, qui siégez avec Catulus,
pouvez-vous rien imaginer de plus indigne,
de plus odieux ? Verrès aura donc dans sa
maison le candelabre enrichi d'or et de pierres
précieuses, destiné au grand Jupiter ! ce candelabre qui devoit éclairer et embellir le temple
de ce dieu suprême, éclairera donc les repas
de Verrès, ces repas souillés de débauches et
d'impudicités ! les ornemens du Capitole seront
placés dans la maison d'un infame corrupteur,
avec des ornemens hérités d'une vile courtisane (1) ! Croyez-vous qu'il y ait jamais

(1) Cette courtisane étoit cette Chélidon qui en
mourant avoit fait Verrès son héritier.

rien eu , qu'il puisse jamais y avoir rien
de saint et de respectable pour celui qui ne
sent pas encore de quel affreux sacrilége il
est chargé ; pour celui qui se présente au
tribunal où il ne peut même, comme tous les
accusés , adresser des prières au grand Jupiter,
ni implorer son secours ; pour celui à qui les
dieux immortels redemandent ce qui leur appartient , dans un jugement que les hommes
ont établi pour faire rendre ce qui appartient
aux hommes ? Serons-nous étonnés que Minerve à Athènes, Apollon à Délos, Junon à
Samos, Diane à Perga ; que mille autres dieux
encore , dans toute l'Asie et dans toute la
Grèce , aient été outragés par un impie, dont
les mains sacriléges ont attenté au Capitole lui-
même ? Un temple que des particuliers décorent
et décoreront à leurs frais, Verrès n'a pas permis qu'il fût décoré par des monarques. Aussi ,
après cet horrible forfait , rien ne fut saint
ni sacré à ses yeux dans toute la Sicile. Telle
fut , en un mot , sa conduite dans cette province , durant les trois années de sa préture,
qu'il sembloit avoir déclaré la guerre, non-
seulement aux hommes , mais même aux dieux
immortels.

SEPTIÈME NARRATION,

La Diane de Segeste.

Dans la Sicile est une ville des plus anciennes, nommée Segeste : elle a été bâtie, à ce qu'on assure, par Enée, lorsque ce prince, fuyant de Troie, passoit par ce pays : aussi les Segestains se croient-ils unis au peuple romain, non - seulement par les nœuds d'une alliance et d'une amitié constante, mais encore par les liens du sang et de la parenté. Cette ville avoit été prise et détruite par les Carthaginois, dans le tems où elle faisoit la guerre à ce peuple en son propre nom, et avec ses seules forces. On porta à Carthage tout ce qui décoroit les places et les édifices de Segeste. Parmi les dépouilles, étoit une statue de Diane en bronze, travaillée avec beaucoup d'art et de goût, et honorée depuis long - tems d'un culte religieux. Transportée dans une ville étrangère, elle n'avoit que changé de possesseurs et de séjour ; on n'avoit point cessé de lui rendre le même culte : car sa beauté singulière lui attiroit la plus grande vénération, même de la part des ennemis. Quelques siécles

V 4

après , Publius Scipio , dans la troisième guerre
punique , prit Carthage. Admirez ici , Romains,
l'intégrité scrupuleuse de ce grand homme :
charmés de ces exemples domestiques de la
vertu la plus rare , vous en détesterez davantage l'audace inouie de Verrès. Après sa victoire , Scipion assemble tous les Siciliens.
Comme il savoit que leur pays avoit été long-
tems et à plusieurs reprises ravagé et pillé par
les Carthaginois , il les engage à faire des recherches , et promet de rendre exactement à
chaque peuple les objets dont il avoit été possesseur. Ce fut alors qu'on rendit aux habitans
de Thermes les monumens dont j'ai déja
parlé , monumens pris dans Himère (1). On
rendit aussi aux habitans de Gela ce qui leur
avoit appartenu ; on remit à ceux d'Agrigente ,
entre autres , le fameux taureau de Phalaris.
Ce tyran cruel avoit imaginé , dit-on , le supplice d'y faire mettre des hommes tout vivans ,

(1) La ville d'Himère ayant été prise et saccagée ,
ce qui restoit d'habitans s'étoient refugiés à Thermes ,
où ils avoient fixé leur séjour. —— Phalaris , tyran
d'Agrigente. Ses sujets , outrés de sa cruauté , se jet-
tèrent sur lui , et le firent périr dans le taureau
même où il en avoit fait périr tant d'autres.

et allumer du feu dessous pour les y faire périr. En le rendant aux Agrigentins , Scipion
leur dit cette parole remarquable ; ils pouvoient
juger s'il étoit plus avantageux pour les Siciliens d'être esclaves de leurs compatriotes que
sujets de Rome, puisqu'ils avoient dans le
même taureau un monument de la cruauté
de leurs princes et de la douceur des Romains.

En ce même tems on eut grand soin de
rendre aux Segestains la Diane dont nous parlons. Elle est reportée à Segeste , et remise
dans son ancienne place , aux acclamations de
tous les citoyens, pour qui ce fut un jour de
triomphe et de fête. La statue étoit posée sur
une base fort haute ; on y avoit gravé en gros
caractères cette inscription : *Scipion , après la
prise de Carthage, a rendu cette statue aux Segestains.* Elle étoit l'objet du culte des habitans ,
et de la curiosité des étrangers : ce fut la première chose qu'on me fit voir à Segeste pendant ma questure (1). Quoique de grandeur
colossale , elle avoit l'air et les traits délicats

(1) Cicéron , comme nous l'avons déjà dit dans le
sommaire , avoit été questeur en Sicile.

d'une jeune vierge. Vêtue d'une longue robe,
un carquois rempli de flèches, pendoit de ses
épaules; elle tenoit un arc de la main gauche,
et de la droite un flambeau allumé.

Ce brigand sacrilége, cet ennemi de tous les
cultes, ce profanateur des objets les plus
saints, Verrès ne l'eut pas plutôt apperçue, que
sur-le-champ, comme si le flambeau de la
déesse eût porté le feu dans son ame, il brûle
d'un désir insensé. Il commande aux magistrats
de la faire descendre de sa base, de la lui donner; on ne pouvoit rien faire qui lui fût plus
agréable. Ceux-ci lui représentent qu'ils ne le
peuvent sans crime; le respect dû à ce que
la religion a de plus sacré, la crainte des loix
et des jugemens, les en empêchoit. Verrès per-
siste, il emploie tour-à-tour les promesses et
les menaces. Les magistrats lui opposoient quelquefois le nom de Scipion : c'étoit, disoient-
ils, un présent du peuple romain lui-même;
ils ne pouvoient disposer d'une statue qu'un
illustre général, après la conquête d'une ville
ennemie, leur avoit rendue pour être un monument de la victoire du peuple romain.
Comme le préteur continuoit ses instances,

qu'il les redoubloit même tous les jours, on agite l'affaire dans le sénat. Tout le monde se récrie hautement; pour cette fois et à son premier voyage, il est refusé. Depuis ce tems, lorsqu'il imposoit des contributions en matelots, en rameurs, ou en grains, il ne manquoit jamais de surcharger la ville de Segeste. Il mandoit les magistrats, faisoit venir les personnages les plus honnêtes et les plus qualifiés, les traînoit devant tous les tribunaux de la province; il annonçoit à chaque habitant en particulier, qu'il seroit son fléau; il menaçoit de ruiner toute la ville de fond en comble. Rebutés par tout ce qu'ils avoient souffert et par tout ce qu'ils craignoient, les Segestains enfin se rendirent : il est résolu qu'on obéira aux ordres du préteur. Au grand regret de tous les citoyens, au milieu des gémissemens, des pleurs et des lamentations des hommes et des femmes, on se prépare à enlever la statue de Diane; on affiche au rabais les frais du transport. Et voyez, Romains, de quel respect on est pénétré pour elle. Il est à propos que vous sachiez qu'il ne s'est trouvé aucun homme à Segeste, ni libre, ni esclave, ni citoyen, ni étranger, qui osât toucher à la statue. On fit venir de Lilybée des ouvriers barbares, qui, moyennant un salaire, n'étant instruits de rien, ignorant le culte qu'on lui rendoit, la descendirent de sa base.

Peignez-vous, dans ce transport déplorable, peignez-vous le concours des femmes, les gémissemens des anciens du peuple, dont plusieurs se ressouvenoient encore du jour où cette même déesse, rapportée de Carthage à Segeste, avoit annoncé par son retour la victoire du peuple romain. Que les tems étoient changés ! alors un général du peuple romain, comblé de gloire, rapportoit aux Segestains les dieux de leurs pères, qu'il avoit repris dans une ville ennemie ; maintenant ces mêmes dieux étoient indignement enlevés d'une ville alliée par un préteur du peuple romain, l'homme le plus méprisable, le plus infame. C'est un fait notoire dans toute la Sicile, que les femmes et les jeunes vierges de Segeste s'assemblèrent lorsque la Diane étoit transportée de leur ville, qu'elles répandirent sur elles des essences, la couvrirent de fleurs et de guirlandes, brûlèrent de l'encens et des parfums, et l'accompagnèrent ainsi jusqu'au-delà de leur territoire.

Si lorsque vous étiez revêtu du commandement, ces sentimens religieux ne vous ont point touché, Verrès; si la cupidité et l'audace vous ont fait commettre sans crainte un si affreux sacrilége, ne tremblez-vous pas aujourd'hui que vous courez un si grand péril, vous et vos enfans ? Quel homme vous défendra lorsque les dieux vous poursuivent ? quel dieu vous secourra lorsque vous avez si indignement outragé leurs images ? Vous n'avez point respecté, au milieu de la paix la plus profonde, cette Diane, qui, témoin de la prise et de l'embrâsement de deux villes où on l'avoit placée, a échappé deux fois, dans deux guerres, aux flammes et au fer des ennemis ; qui, par la victoire des Carthaginois, a changé de séjour sans perdre le culte qu'on lui rendoit; qui, enfin, par le courage de Scipion, a recouvré en même tems, et son premier séjour, et son ancien culte.

Après l'enlèvement de la statue, comme la base restoit seule, et qu'on y voyoit gravé le nom de Scipion, c'étoit, aux yeux de toute la ville, une chose indigne et odieuse, que Verrès eût, non-seulement profané les choses saintes, mais encore qu'il eût enlevé une statue, signe honorable des exploits d'un illustre guerrier, témoignage de sa valeur, monument de sa victoire. Informé des discours du public sur la base et l'inscription, Verrès s'imagina que tout seroit oublié s'il enlevoit la base même; témoin qui déposoit contre son crime. Ainsi, par son ordre, les magistrats de Segeste conviennent d'un prix pour qu'on l'enléve. Dans la première audience, ou vous a lu les registres des Segestains, qui attestent le prix convenu pour l'enlèvement de la base.

Je m'adresse maintenant à vous, Scipion (1), à vous, dis-je, jeune homme d'un mérite distingué; je vous rappelle à l'obligation que vous imposent et votre naissance et votre nom. Pourquoi vous intéresser à un homme qui a ravi à votre famille un titre d'honneur et de gloire? pourquoi défendre un tel homme? est-ce à moi à remplir un ministère qui vous appartient? Marcus Tullius réclame les monumens de Scipion l'Africain; Publius Scipio défend celui qui les a fait disparoître. Quoi! lorsque, d'après un ancien usage, chacun de nous doit

_____

(1) Le jeune Scipion, auquel Cicéron adresse la parole, étoit assis sur le banc de ceux qui défendoient Verrès par leur présence.

défendre les monumens de ses aïeux, sans souffrir même qu'un autre y ajoute des ornemens
qui les dénaturent ; vous protégez un homme
qui n'a pas défiguré dans quelque partie les
monumens de Scipion (1), mais qui les a dé-
truits, qui les a anéantis ? Qui donc, au nom
des dieux, vengera la mémoire de Scipion
mort ? qui défendra les monumens et les
témoignages de sa valeur, si vous les abandonnez, si vous les trahissez, si non-
seulement vous souffrez qu'on les enlève,
mais si de plus vous prenez la defense de
celui qui en a été le ravisseur, le profanateur ?
Voici les Segestains, vos cliens, nos amis et
nos alliés ; ils vous apprennent que Scipion
l'Africain, après la prise de Carthage, a rendu
à leurs ancêtres la statue de Diane, que cette
statue a été placée et consacrée au nom de ce
général, que Verrès, après l'avoir déplacée et
emportée, a fait enlever et disparoître avec la

_____

(1) *Qui n'a pas défiguré...* Latin, *qui non obtrusit
monumenta P. Scipionis*, c'est-à-dire, du moins à
ce que je pense, *qui non deformavit monumenta
P. Scipionis obtrudendo ornamenta aliena.* Dans ce
qui précède, j'entends *alieno nomine*, comme si on
lisoit *ab alio , ab aliquo extraneo.*

base le nom de Scipion. Ils vous supplient, ils vous conjurent de leur rendre à eux l'objet de leur culte et à votre famille les titres de sa gloire, afin que ce qu'ils ont repris dans une ville ennemie par le courage de votre illustre aieul, ils puissent, avec votre secours, le retirer de la maison d'un infame brigand.

Que pouvez-vous honnêtement leur répondre? et eux que peuvent-ils, sinon recourir à vous et implorer votre protection? Les voici, ils l'implorent. Vous pouvez, Scipion, défendre la gloire de votre famile, vous le pouvez : il ne vous manque aucun des avantages que les hommes peuvent recevoir de la nature ou de la fortune. Je ne cherche pas à vous dérober une fonction qui vous est personnelle, ni à usurper un honneur qui ne m'appartient pas. J'aurois honte de me déclarer le vengeur, le défenseur des monumens de Scipion, sous les yeux même du jeune héritier de son nom et de ses vertus. Si donc vous entreprenez de défendre la gloire de votre famille, il faudra non-seulement me taire sur les outrages faits à vos monumens, mais encore me réjouir que la Fortune ait ménagé à la mémoire de Scipion l'Africain l'avantage d'être défendue par un de

ses

ses descendans, sans qu'il faille réclamer un
secours étranger. Si votre amitié pour Verrès
vous retient, si vous ne regardez pas comme
indispensable l'obligation que je vous impose,
je prendrai moi-même votre place, je me chargerai d'une fonction que je croyois m'être
étrangère ; il faut que nos nobles reprochent
toujours au peuple romain qu'il ait conféré de
tout tems et qu'il confère encore volontiers les
honneurs à des hommes qui ennoblissent un
nom nouveau par leurs talens et leur activité.
Ah ! ne nous plaignons pas que la vertu jouisse
d'un grand pouvoir dans une ville qui par sa
vertu commande à toutes les nations. Nous
laissons à d'autres les images de Scipion l'Africain : que d'autres se parent de la valeur et du
nom de cet illustre mort. Tel a été ce grand
homme, tels ont été les services qu'il a rendus
à la république, que sa mémoire ne doit pas
être chère à une seule famille, mais à tous les
Romains. Je dois m'intéresser à sa gloire, moi
citoyen d'une ville agrandie et illustrée par son
courage ; moi sur-tout qui, suivant mes forces,
pratique les vertus dans lesquelles il s'est signalé,
l'équité, la tempérance, l'amour du travail, le
zèle pour les malheureux, la haine contre les

méchans : et cette union , fondée sur une conformité de sentimens et de principes, n'est pas
moins intime que celle du sang et de la parenté
dont notre noblesse est si fière.

Je vous redemande , Verrès, le monument de Scipion l'Africain. Laissons, pour un
instant, les intérêts de la Sicile ; qu'il ne soit
pas question , en ce moment , d'un jugement
de concussion ; oublions les injures faites aux
Segestains. Rendez la base où étoit gravé le
nom d'un invincible général ; ce nom que vous
avez fait effacer , faites-le graver de nouveau ;
cette statue si belle , qu'il a reprise dans
Carthage , replacez-la sur sa base. Ce n'est pas
le défenseur des Siciliens, ce n'est pas votre accusateur, ce ne sont pas les Segestains qui l'exigent , mais un homme qui veut maintenir
l'honneur et la gloire du célèbre Africain. Je
ne crains pas que mon zèle déplaise à Servilius , un de nos juges. Après s'être distingué
par tant d'illustres exploits , occupé aujour-
d'hui à en ériger les monumens , il désirera ,
sans doute , que ces monumens soient mis sous
la protection de ses descendans , ou même de
tous les hommes courageux , de tous les bons

citoyens, qu'ils soient confiés à leur défense,
et non laissés en proie aux méchans. Et vous,
Catulus, qui dans cette ville voyez s'élever
sous votre nom, le plus auguste, le plus
magnifique monument de l'univers (1), je ne
crains pas que ce soit pour vous une peine de
voir les défenseurs des monumens se multiplier,
et tous les gens de bien s'imposer l'obligation
de venger la gloire des grands hommes. Je suis
révolté, sans doute, des autres vols, des autres crimes de Verrès, mais seulement au point
de les croire dignes de l'anidmaversion publique ; au lieu qu'ici je suis pénétré d'une
indignation si profonde, que rien ne me paroît plus odieux ni moins tolerable. Quoi donc ?
les monumens du grand Scipion orneront la
maison de Verrès, une maison toute remplie
de crimes, de débauches, d'infamies ! Verrès
placera la statue de la chaste Diane, monument du plus chaste et du plus irréprochable
des hommes, dans un domicile, éternel ré-
ceptacle des plus monstrueuses dissolutions !

(1) Ce monument étoit le Capitole, dont Catulus
devoit faire la dédicace.

X 2

HUITIÈME NARRATION.

Mercure de Tyndare.

Mais Verrès n'a-t-il profané , ne s'est-il approprié que ce seul monument de Scipion l'Africain ? n'a-t-il pas enlevé encore aux habitans de Tyndare une superbe statue de Mercure , dont ils étoient redevables au même Scipion ? Et comment s'en est-il emparé ? grands Dieux ! avec quelle audace ! avec quelle tyrannie ! avec quelle impudence ! Dernièrement , Romains , vous avez entendu des députés de Tyndare , citoyens distingués , les premiers de leur ville , vous attester qu'un Mercure , objet pour eux de la plus grande vénération , qu'ils honoroient tous les ans par des fêtes solemnelles , que Scipion , après la prise de Carthage , avoit donné aux Tyndaritains , pour être un monument de sa victoire , une marque visible de leur fidélité et de leur alliance ; Verrès l'avoit enlevé d'autorité , avec une violence atroce. A peine fut-il arrivé à Tyndare , qu'aussitôt , comme si c'eût été pour lui une obligation et même une indispensable nécessité , comme si le sénat et le peuple l'en eussent

chargé expressément , il commande qu'on des-
cende la statue, qu'on la transporte à Messine.
Cet ordre indignoit ceux qui étoient présens ,
étonnoit les autres qui ne pouvoient croire ce
qu'on leur disoit. Pour cette fois il ne persista
pas dans son dessein. En partant , il charge le
proagore (1) Sopater , dont vous avez entendu
la déposition , de faire descendre la statue.
Celui-ci se refuse à la demande du préteur ,
qui se contenta pour lors de le menacer du-
rement , et partit de la ville. Sopater fait son
rapport au sénat : on se récrie hautement de
toutes parts. Enfin , le préteur revient quelque
tems après : il s'informe aussitôt à Sopater de
la statue. Le proagore lui répond que le sénat
ne permettoit pas de l'enlever , qu'il y avoit
peine de mort contre celui qui y toucheroit
sans l'ordre du sénat : il appuie en même - tems
sur le motif de religion. Eh ! que parlez-vous ,
s'écrie Verrès , de religion , de peine , de
sénat ! je ne vous laisserai pas en vie, vous
mourrez sous les coups de verges, si on ne me ma

(1) Nous avons déja observé que le proagore
étoit un premier magistrat , celui qui parloit le
premier.

livre la statue. Sopater fait de nouveau son
rapport au sénat les larmes aux yeux : il expose
le désir violent et les menaces de Verrès. Le
sénat désolé et consterné se sépare sans donner
de réponse au proagore. Celui-ci mandé par
le préteur , l'instruit de ce qui s'est passé dans
le sénat , et lui dit que la chose étoit impossible.

Verrès (car il ne faut perdre aucun trait de
son impudence) , traitoit cette affaire publiquement , au milieu d'une foule de citoyens,
du haut de son tribunal , exposé à tous les
regards. C'étoit au fort de l'hiver , et comme
vous l'a dit Sopater lui - même , par un froid
piquant , par une pluie horrible : le préteur
ordonne à ses licteurs de tirer Sopater hors
du portique où lui Verrès siégeoit , de le jeter
dans le forum , et de le mettre tout nu. A
peine l'ordre est-il donné , ce malheureux se
voit entouré de licteurs qui le dépouillent.
Tout le monde s'imaginoit qu'il alloit faire
battre de verges ce magistrat innocent : on
fut trompé. Verrès faire battre de verges , sans
sujet , un ami , un allié du peuple romain !
sa méchanceté ne va pas encore jusques-là ;

tous les vices ne se trouvent pas dans lui seul;
jamais il n'a été cruel : il traita Sopater fort hu-
mainement. Dans le forum de Tyndare, ainsi
que dans presque toutes les autres villes de la
Sicile, l'on voit des statues équestres des Marcellus. Il choisit celle de Caïus Marcellus (1),
qui venoit de rendre les plus signalés services
à la province et en particulier à Tyndare : il y
fait lier, les deux jambes écartées, un citoyen
distingué dans sa ville, revêtu de la première
magistrature. Qu'on s'imagine ce qu'a dû souffrir un homme lié nu, sur du bronze, exposé
à la pluie, aux rigueurs du froid. Ce traitement aussi ignominieux que cruel auroit continué plus long-tems, si tout le peuple, ému
de compassion, et outré d'une barbarie aussi
atroce, n'eût forcé par ses cris le sénat de
promettre à Verrès la statue de Mercure. Ils
s'écrioient que les dieux sauroient bien se
venger eux-mêmes ; qu'en attendant il ne falloit pas laisser périr un innocent. Les sénateurs
en corps viennent donc le trouver, ils lui promettent la statue. Ainsi Sopater est descendu

(1) Ce Marcellus avoit gouverné la Sicile, et il
étoit alors un des juges de Verrès.

X 4

de la statue de Marcellus , roide de froid , à demi-mort.

Je ne puis accuser Verrès avec ordre quand je le voudrois. Il faudroit un talent , une adresse toute particulière. L'enlévement du Mercure de Tyndare semble n'offrir qu'un seul crime , et je le donne comme tel : ce seul crime en renferme plusieurs ; mais je ne sais comment les séparer et les classer. Il y a crime de concussion , puisque Verrès a enlevé à nos alliés une statue d'une grande valeur : il y a crime de péculat (1) , puisqu'il s'est permis de ravir une statue prise sur les ennemis au nom du peuple romain , placée dans Tyndare au nom de notre général : il y a crime de lèze-majesté , puisqu'il a osé faire disparoître et emporter les monumens de la gloire et des exploits de notre empire : il y a sacrilége et impiété , puisqu'il a profané les objets les plus saints , consacrés par la religion : il y a cruauté et barbarie , puisqu'il a inventé un nouveau

_____

(1) Le crime de péculat étoit , lorsqu'on prenoit ce qui appartenoit au peuple romain ; le crime de concussion (*rerum repetundarum* ou *pecuniarum captarum*) , lorsqu'on pilloit le bien des alliés.

genre de supplice contre un homme innocent, contre un ami , un allié de notre république. Mais quel nom donner au crime d'avoir fait attacher un magistrat de Tyndare à la statue de Marcellus ? comment ? est-ce parce que Marcellus est protecteur de Tyndare ? eh bien ! que s'ensuit-il de-là ? ce titre devroit-il être salutaire ou funeste à ses hôtes et à ses cliens ? Vouliez-vous montrer , Verrès , que les protections ne pouvoient rien contre vos violences ? Mais qui est-ce qui ne voyoit pas que l'autorité d'un méchant homme présent , devoit prévaloir sur la protection de bons citoyens absens ? Vouliez - vous donner une preuve de votre insolence , de votre orgueil , de votre arrogance ? vous avez cru, sans doute , diminuer la gloire des Marcellus ? Aussi ce ne sont plus maintenant les Marcellus qui sont protecteurs des Siciliens ; Verrès a pris leur place. Quel personnage important et distingué pensiez-vous donc être , pour entreprendre de vous attribuer le titre honorable de protecteur d'une province illustre, en l'ôtant à une famille qui le possédoit depuis long-tems sans contestation ? Vous , Verrès , qui n'avez ni vertu , ni esprit , ni talent , vous pourriez soutenir

le titre de protecteur , je ne dis pas de toute la
Sicile, mais d'un seul Sicilien, et du dernier
des Siciliens ! La statue d'un Marcellus vous
a donc servi de gibet pour les cliens des Marcellus ! ce qui étoit pour lui un monument
d'honneur , vous en avez donc fait pour ceux
qui lui avoient érigé ce monument , un instrument de supplice ? Mais que pensiez-vous que
deviendroient ensuite vos statues ? vous attendiez - vous à ce qui est arrivé ? Dès que les
habitans de Tyndare eurent appris que Verrès
avoit un successeur , ils renversèrent la statue
qu'il s'étoit fait ériger lui-même près des Marcellus , sur une base plus élevée. La fortune
des Siciliens , Verrès, vous donne aujourd'hui
pour juge un Marcellus , afin que vous soyez
lié et comme enchaîné à la religion de celui
à la statue duquel , sous votre préture , vous
faisiez lier et attacher les habitans de la Sicile.

D'abord , Romains , il disoit que la ville de
Tyndare avoit vendu cette statue de Mercure
à Marcellus Æsernius , et il se flattoit que
Marcellus confirmeroit ce mensonge en sa faveur. Pour moi, il ne m'a jamais paru vraisemblable qu'un jeune homme de cette naissance , protecteur de la Sicile , voulût prêter

son nom pour cette indigne manœuvre ; mais enfin, j'ai pourvu à tout, et, j'ai pris toutes mes précautions pour que Marcellus ne pût rien gagner, quand même il seroit capable de vouloir prendre sur soi le crime de Verrès. Car tels sont les témoins que j'ai amenés, tels sont les registres que j'ai apportés, qu'il ne peut rester de doute sur le vol contre lequel je m'éleve. Les registres publics annoncent que la statue de Mercure a été transportée à Messine aux dépens de la ville de Tyndare ; ils disent combien il en a coûté ; on y lit que Poléa, député par sa ville, a présidé au transport, et où est Poléa ? le voici, il est témoin. *Par l'ordre du proagore Sopater.* Quel est ce Sopater ? celui qui a été attaché à la statue. Et où est-il ? il est aussi témoin. On l'a vu, on a entendu sa déposition. Démocrite qui présidoit au lieu d'exercice où étoit placée la statue, a été chargé de la faire descendre de sa base. Est-ce nous qui le disons ? non, c'est lui-même qui est présent. Il a ajouté que (1) dernièrement

(1) *Romae nuper.* . . Je crois qu'il faut sous-entendre *dixit Democritus*, et j'ai traduit en conséquence.

à Rome , Verrès avoit promis de rendre la statue aux députés , si on renonçoit à déposer de ce vol , et s'il étoit décidé qu'ils ne témoigneroient pas contre lui. C'est une des dépositions de Zosippe et d'Hisménias , personnages distingués , les premiers citoyens de Tyndare.

NEUVIÈME NARRATION.

Vols nocturnes.

Et à Agrigente , dans un temple d'Esculape fort respecté , n'avez-vous pas encore enlevé un monument du même Scipion , un très-bel Apollon, dont la cuisse portoit gravé en petits caractères d'argent le nom de Myron ? Verrès l'avoit enlevé secrétement avec le secours de scélérats choisis pour conduire cette criminelle entreprise , pour le seconder dans son vol sacrilége ; toute la ville fut soulevée et désolée. Les habitans perdoient avec la statue , le bienfait de Scipion l'Africain , l'objet de leur culte , l'ornement de leur ville , le monument d'une victoire , le témoignage de leur alliance. Aussi les premiers de la ville chargent les questeurs et les édiles de placer des sentinelles pendant la nuit à la porte des temples. Agrigente est fort peuplée, remplie d'hommes courageux, de citoyens romains distingués par leur naissance et leur mérite, vivant dans la plus grande union avec les Agrigentins, et associés à leur commerce : Verrès n'osoit donc ni demander, ni enlever ouvertement ce qui lui plaisoit.

Chez les mêmes Agrigentins, près de leur forum, est un temple d'Hercule pour lequel ils sont pénétrés d'une singulière vénération. Dans ce temple est un Hercule en bronze, le plus bel ouvrage que j'aie jamais vu. Je ne suis pas toutefois grand connoisseur dans ces merveilles de l'art, quoiqu'il m'en soit tombé un grand nombre sous les yeux : l'Hercule est si beau, que sa bouche et son menton sont un peu usés (1) ; car on ne se contente pas, dans les fêtes publiques, de lui rendre des hommages, on s'empresse encore de le baiser avec respect. Verrès se trouvoit à Agrigente : tout à coup, à la faveur des ténèbres, une troupe d'esclaves armés, commandée par Ti-

_____

(1) *Sit attritius* pour *sint attritiora* en le rapportant à *rictum et mentum* qui tous deux sont au neutre : car on dit *rictum*, *ti* et *rictus*, *tûs*.

marchide , fond sur le temple. Les gardiens et les sentinelles jettent un cri. D'abord ils se mettent en devoir de se défendre, ils font résistance ; mais ils sont maltraités et repoussés à coups de bâtons et de massues. Après quoi , les esclaves ayant arraché les barrières et brisé les portes , travaillent à ébranler la statue avec des leviers , pour la descendre de sa base. Cependant au cri des sentinelles , un bruit se répand dans toute la ville , que les dieux de la patrie sont emportés de force, non par l'attaque subite des ennemis , non par l'irruption soudaine des pirates , mais par une troupe armée de brigands de la cohorte du préteur , sortis de son palais. Il n'y eut personne à Agrigente, si affoibli par l'âge, ou si naturellement foible , qui , réveillé à cette nouvelle , ne se levât à la hâte , et ne se saisît de l'arme que lui offroit le hasard. Ainsi en un instant on se rend au temple de tous les quartiers de la ville. Depuis plus d'une heure un grand nombre d'hommes employoient tous leurs efforts pour détacher de sa base le colosse de bronze. Il ne penchoit encore d'aucun côté , quoique les uns s'efforçassent de le soulever avec des leviers , et les autres de le tirer avec

des cordes attachées à tous ses membres. Les
Agrigentins cependant étoient accourus en
foule ; les pierres volent de toutes parts : les
soldats nocturnes de notre illustre général
prennent la fuite. Toutefois ils emportent deux
petites statues pour ne pas retourner tout à fait
les mains vuides vers cet ennemi des dieux et
de leurs temples. Au milieu de leurs maux, les
Siciliens, naturellement subtils, aiment toujours à faire quelque application ; ils disoient
alors dans leur colère (1), que parmi les travaux
d'Hercule qui avoit purgé la terre de brigands,
on devoit compter le triomphe qu'il venoit de
remporter sur le Geryon de la Sicile.

Ce courage des Agrigentins fut imité depuis
par les braves et fidèles habitans d'Assore,
ville qui n'est pas à beaucoup près aussi peuplée ni aussi fameuse qu'Agrigente. Le fleuve
Chrysas traverse le territoire des Assorins : regardé comme un dieu chez ce peuple, il est

(1) *Indignés des rapines....* Le texte présente
d'autres idées ; Cicéron joue encore ici sur le nom
de Verrès ; et ce jeu, qu'il met sur le compte des
Siciliens, n'auroit pu se transporter en françois. On
sait que Geryon étoit un des brigands qui avoient
péri sous le bras d'Hercule.

honoré du culte le plus religieux. Son temple
est placé dans la campagne , le long du chemin
qui conduit d'Assore à Enna : on y voit sa
statue en marbre d'une beauté parfaite. Verrès
n'osa pas la demander aux Assorins , à cause
de leur vénération singulière pour le temple
de Chrysas. Il charge Tlépolème et Hiéron
de l'enlever. Ceux-ci viennent pendant la nuit
avec une troupe de gens armés , et enfoncent
les portes. Les chefs et les gardiens du temple
s'en apperçoivent à tems : une trompette donne
le signal connu de tout le voisinage. On accourt des campagnes ; Tlépolème est chassé ,
mis en fuite ; et il ne se trouva de pris dans le
temple de Chrysas qu'une très-petite figure en
bronze.

Dans la ville d'Enguium , est un temple consacré à la mère des dieux : je suis obligé de
passer légèrement sur chaque fait , et même
d'en supprimer une foule , pour venir à des vols
du même genre et plus frappans et plus atroces.
Le même Scipion dont nous avons déja parlé ,
cet homme qui réunissoit tous les mérites et
toutes les vertus , avoit placé dans ce temple ,
en faisant graver son nom au bas, des cuirasses
et des casques ciselés , d'airain de Corinthe ,

faits

faits à Corinthe , et de grandes urnes du même métal, travaillées dans le même goût. Pourquoi m'épuiser ici en paroles et prolonger mes plaintes ? Verrès a tout enlevé, Romains ; il n'a laissé dans ce temple auguste que les traces de ses sacrilèges et le nom de Scipion.

Les dépouilles des ennemis , les monumens des généraux , les décorations et les ornemens des temples , séparés des noms illustres qui les accompagnoient , seront donc comptés désormais au nombre des effets et des meubles de Verrès ! Vous êtes , sans doute, le seul qui aimiez les vases de Corinthe ! le seul qui sachiez estimer ce précieux mélange de plusieurs métaux ! le seul qui jugiez finement de la délicatesse des ouvrages ! Scipion ne s'y connoissoit pas , Scipion qui étoit si instruit et si poli : vous excellez dans cette connoissance, vous homme sans politesse , sans étude , sans lettres , sans talent ! prenez garde qu'il ne l'emporte , non-seulement pour l'intégrité et la modération , mais même pour le goût et l'intelligence, sur vous et sur ces hommes qui se donnent pour fins connoisseurs. C'est parce qu'il sentoit tout le mérite de ces ouvrages , que ce grand homme pensoit qu'ils ne devoient pas servir au faste des particuliers , mais à la décoration des temples et des villes , afin d'être regardés par nos descendans comme des monumens saints et vénérables.

Ecoutez encore , Romains , un trait singulier de la cupidité de Verrès , de son audace , de son extravagance , de son mépris pour des objets religieux sur lesquels non-seulement il n'est pas permis de porter les mains , mais que la pensée seule est capable de souiller. Cérès est adorée à Catane , avec le même respect qu'à Rome et dans presque tout l'univers. Au fond du temple de cette déesse , étoit une statue de Cérès fort ancienne : les hommes ne savoient pas même qu'elle y fût , loin de savoir comment elle étoit faite. Car l'entrée du sanctuaire est interdite aux hommes ; ce sont des femmes et des vierges qui sont chargées des sacrifices. Les esclaves de Verrès enlevèrent secrètement pendant la nuit cette statue , d'un temple également vénérable par sa sainteté et par son antiquité. Le lendemain , les principales prêtresses de Cérès, aussi respectables par leur âge que par leur naissance et leur vertu , vont porter leurs plaintes aux magistrats. Cet enlevement avoit soulevé toute la ville : on le trouvoit indigne , affreux, déplorable. Verrès effrayé des suites de son crime , charge un de ses hôtes de trouver quelqu'un sur qui on pût en rejetter le soupçon, auquel on pût faire subir une condamnation qui le mît à l'abri d'être accusé lui-même. On ne perd pas de tems : à peine étoit-il parti de Catane (1), qu'on dénonce un certain esclave. On l'accuse, on produit contre lui de faux témoins : le sénat assemblé le juge suivant les loix de la ville. On fait venir les prêtresses, on les interroge à part, on leur demande ce qui s'est passé, comment elles croient qu'a été enlevée la statue. Elles répondent qu'on avoit vu dans le temple des esclaves du préteur. La chose, qui déja n'étoit pas obscure, devint tout-à-fait claire par la déposition des prêtresses. On va aux avis ; l'esclave innocent est absous d'une voix unanime : et c'est une raison, Romains, pour que vous condamniez tout d'une voix l'homme que j'accuse.

Car enfin, Verrès, que demandez-vous ? qu'espérez-vous ? qu'attendez-vous ? qui des dieux ou des hommes voudra vous secourir ? Vous avez donc osé, pour piller un temple,

(1) Le texte porte *Catinam* ; je crois que c'est une faute, et qu'il faut lire *Catinâ*.

introduire de force des esclaves dans un sanctuaire où les hommes libres ne peuvent entrer
même pour prier ? Vous n'avez donc pas
appréhendé de porter la main sur des objets sur
lesquels les loix de la religion défendent de
porter les yeux ? Mais ce ne sont pas les yeux
qui vous ont fait commettre un si horrible sacrilége : vous avez désiré ce que vous n'aviez
jamais vu ; vous avez convoité ce que vos yeux
n'avoient pas encore apperçu. C'est par les
oreilles qu'est entré dans votre ame un désir
furieux , que ni scrupule , ni crainte , ni puissance divine , ni opinion publique , n'ont pu
réprimer. Mais peut-être vous saviez quelle
étoit la statue , vous le teniez d'un homme
connu , d'un homme bien instruit. Cela est-il
possible , puisque vous n'avez pu même l'apprendre d'aucun homme ? Vous l'avez donc
appris d'une femme , puisque les hommes ne
pouvoient ni l'avoir vue, ni la connoître ? Et
quelle pensez-vous , Romains , qu'ait été cette
femme ? quelle étoit sa pudeur , puisqu'elle
avoit des entretiens avec Verrès ? quelle étoit sa
religion , puisqu'elle lui enseignoit les moyens
de dépouiller le sanctuaire de Cérès ? Au reste,
il n'est pas étonnant que des mystères qui exi-

gent la plus grande pureté dans les femmes et dans les vierges (1), Verrès n'ait pu les profaner que par des adultères et des infamies.

Mais est-ce donc-là la seule occasion où il se soit passionné pour ce qu'il n'avoit jamais vu ? non , sans doute; et parmi une foule de traits en ce genre que je pourrois rapporter , je choisis le pillage d'un des plus fameux et des plus anciens temples. Des témoins ont déposé de ce fait dans la première audience : je vais vous le rappeller, Romains ; écoutez-moi, je vous prie , avec la même attention que vous m'avez donnée jusqu'à présent.

L'isle de Malte est séparée de la Sicile par un bras de mer assez large et d'un trajet périlleux. Dans cette isle est une ville du même nom que Verrès n'a jamais visitée, quoique pendant trois ans il en ait fait une manufacture pour des robes de femmes. Non loin de cette ville , sur le promontoire , se voit un ancien temple de Junon pour lequel on a toujours eu une telle vénéra-

_____

(1) J'ai traduit comme si au lieu de *virorum* on lisoit *virginum* , d'après la conjecture d'uu savant.

(2) Quoique l'île de Malte ne fît point partie de la Sicile , elle étoit sous la jurisdiction du préteur de Sicile.

tion , que non-seulement durant les guerres
puniques où ces parages étoient le théâtre de
presque toutes les batailles navales , mais encore de nos jours où la mer est infestée d'une
multitude de pirates , on l'a toujours épargné ,
toujours respecté. Bien plus , l'histoire rapporte
que la flotte du roi Massinissa ayant autrefois
abordé dans ce pays , l'amiral du prince enleva
du temple des dents d'éléphant d'une grandeur
énorme , qu'il les porta en Afrique , et les
remit à Massinissa ; que ce monarque les reçut
d'abord avec satisfaction , mais qu'ensuite instruit d'où elles venoient , il envoya aussitôt un
de ses plus grands navires pour les reporter,
Aussi y voit-on gravé en caractères puniques ,
que le roi Massinissa les avoit reçues sans savoir
d'où elles venoient ; mais que l'ayant appris , il
avoit eu soin qu'elles fussent reportées et remises
dans le temple. Il y avoit outre cela beaucoup
d'ivoire ; un grand nombre d'effets rares , parmi
lesquels étoient des victoires travaillées en ivoire
avec beaucoup d'art et dans un goût antique. Disons la chose en un mot ; Verrès , par le ministère d'esclaves publics , d'un seul coup et par
un simple ordre , a tout enlevé , tout emporté.

Grands dieux ! quel est donc l'homme que

j'accuse ? quel est l'homme que je poursuis en
vertu des loix et par les formes judiciaires ?
sur quel homme, Romains, allez-vous prononcer ? Les députés de Malte déclarent d'une
manière authentique et solemnelle, que Verrès
a pillé le temple de Junon, qu'il n'a rien laissé
dans ce lieu respectable, que cette demeure
sacrée où les ennemis abordèrent souvent avec
leurs flottes, où les pirates viennent presque
tous les ans prendre leurs quartiers d'hiver,
que nul pirate n'osa jamais profaner, que nul
ennemi n'osa jamais approcher, Verrès seul
l'a tellement dépouillée, qu'il n'y est resté
absolument rien. Doit-on maintenant regarder
Verrès comme accusé, moi comme accusateur,
cette plaidoirie comme un jugement ? Je ne
produis pas contre lui de simples soupçons,
mais des crimes notoires. Je prouve qu'il a enlevé les statues des dieux, pillé les temples,
dépouillé les villes ; et sur tout cela, il ne s'est
ménagé aucun moyen ni de nier, ni de se défendre (1). Convaincu sur tous les articles par

_____

(1) Remarquez la forme de phrase, *earum rerum
inficiandi*, *defendendi* : elle est extraordinaire, mais
il y en a d'autres exemples.

les preuves évidentes de l'accusateur, confondu par la déposition claire des témoins, pressé par son propre aveu, il est comme surpris au milieu de ses vols : cependant il reste et sans oser m'interrompre il parcourt avec moi le détail de ses crimes.

Il me semble, Romains, que je m'arrête trop sur un seul genre de délits ; je sens que je dois prévenir vos dégoûts, que je dois craindre de fatiguer vos esprits et vos oreilles. J'omets donc un grand nombre de faits ; mais renouvellez votre attention pour celui qui va nous occuper : je vous en conjure au nom des dieux immortels, au nom de ces mêmes dieux dont je cherche à venger les outrages. Je vais rapporter un attentat qui a soulevé toute la province. Si je reprends les choses d'un peu haut, si je remonte jusqu'à l'origine d'un culte religieux, pardonnez-le-moi, Romains ; l'importance du sujet ne me permet pas de passer légèrement sur le plus horrible des sacriléges.

DIXIÈME NARRATION.

La Cérès d'Enna,

C'est une ancienne opinion, fondée sur les

premières histoires des Grecs , et justifiée par
leurs monumens les plus antiques , que toute
la Sicile est consacrée à Cérès et à Proserpine.
Cette opinion est généralement reçue : les Siciliens sur-tout en sont si pénétrés , qu'on diroit
qu'elle leur est naturelle , et qu'ils l'apportent
en naissant. Ils croient que ces déesses sont
nées dans leur pays , que les premiers blés ont
paru chez eux , que Proserpine a été enlevée
des campagnes d'Enna , qui sont regardées
comme le centre de la Sicile ; que Cérès se
disposant à chercher par-tout sa fille , alluma
un flambeau aux feux du Mont Etna , et qu'à
la lueur de ce flambeau elle parcourut tout l'u-
nivers. Enna , où l'on prétend que se passèrent les événemens dont nous parlons , est
bâti sur une montagne élevée et escarpée , au
sommet de laquelle se trouve une plaine bien
unie et des sources d'eau vive. Inaccessible de
toutes parts et comme isolée , la ville voit autour d'elle des lacs et des prairies émaillées des
plus belles fleurs dans toutes les saisons de
l'année : enfin le lieu même semble attester ce
fameux enlèvement dont on a entretenu notre
enfance : car à peu de distance est une caverne
d'une profondeur énorme , tournée vers le

nord. Par-là , dit-on , le dieu des enfers ,
sortit tout-à-coup de son char , enleva Proserpine de la plaine, et l'emmena avec lui. Non
loin de Siracuse, il rentra subitement sous terre;
et sur le champ un lac couvrit cet endroit même
où depuis , les Syracusains célèbrent tous les ans
une fête qui attire un grand concours d'hommes
et de femmes.

L'antiquité de cette opinion , le lieu même
où l'on trouve les traces , et, pour ainsi dire ,
le berçeau des déesses (1) , inspire aux particuliers et aux villes de toute la province un
singulier respect pour la Cérès d'Enna. En effet,
nombre de prodiges ont souvent manifesté sa
divinité et sa puissance , souvent elle a fait
sentir l'efficacité de sa protection dans une foule
de conjonctures critiques ; ensorte qu'il paroît
que non-seulement cette isle est l'objet de sa
prédilection , mais qu'elle y a établi son séjour ,
qu'elle l'a mise immédiatement sous sa garde.
Et les Siciliens ne sont pas les seuls qui hono-
rent la Cérès d'Enna; tous les peuples du monde

(1) Latin, *deorum* pour *dearum* , à la manière des
Grecs , chez qui *theos* veut dire en même tems dieu
et déesse.

ont pour elle la plus grande vénération. Si l'on est si jaloux d'être initié aux mystères (1) établis chez les Athéniens, chez ce peuple que Cérès, dit-on, a visité dans ses courses, et à qui elle a apporté le blé ; quel religieux respect ne doit pas inspirer le peuple même chez qui il est certain qu'elle est née, et qu'elle a inventé ce précieux aliment ? Du tems de nos pères, dans les circonstances les plus orageuses, lorsqu'après la mort de Tibérius Gracchus (1), des prodiges annonçoient de grands malheurs à la république, on consulta les livres de la Sibylle sous le consulat de Munatius et de Calpurnius. On y trouva qu'il falloit appaiser la Cérès la plus ancienne. Il y avoit à Rome un

---

(1) *Aux mystères.* Les mystères de Cérès Eleusine, célèbres dans l'antiquité.

(2) Tibérius Gracchus, excitant des séditions, fut tué par Publius Scipio Nasica. Les livres de la Sibylle étoient gardés avec soin, et consultés dans les grands troubles ou malheurs de la république. Les quindecimvirs, collége de prêtres, consultoient les livres de la Sibylle, exécutoient ou faisoient exécuter ce qui étoit prescrit. J'ai traduit comme si on lisoit, d'après la conjecture d'un savant *quidencimvirali* au lieu de *decemvirali.*

vaste et magnifique temple de cette déesse ; et cependant on fit alors partir pour Enna des prêtres du peuple romain , choisis dans le collége respectable des quindécimvirs. Car le culte qu'on lui rend dans cette ville est si ancien et si authentique , qu'en faisant ce voyage, nos prêtres sembloient moins aller à un temple de Cérès, que vers Cérès elle-même.

Je ne vous fatiguerai pas davantage, Romains ; j'appréhende qu'une digression , déja trop longue , ne paroisse étrangère au barreau et peu faite pour votre tribunal. Je dis donc que cette Cérès elle-même, si ancienne, si révérée, l'objet principal de tous les sacrifices qui se célébrent chez tous les peuples , Verrès l'a enlevée de son temple, arrachée de son autel. Ceux d'entre vous qui ont voyagé à Enna , ont vu une statue en marbre de Cérès , et dans un autre temple celle de Proserpine. Elles sont aussi grandes que belles , mais non pas fort anciennes. Il y en avoit une de bronze, de grandeur médiocre , mais d'un travail exquis , avec un flambeau à la main, la plus ancienne de toutes celles que renfermoit ce lieu sacré. C'est la statue qu'a emportée Verrès. Et il ne s'est pas borné à ce vol : devant le temple de Cérès, dans un vaste parvis, on voit deux statues, l'une de Cérès, l'autre de Triptoleme, de grandeur colossale, et d'une beauté parfaite. Leur beauté les mit en danger, leur grandeur les sauva ; le déplacement et le transport en paroissoient trop difficiles. Dans la main droite de Cérès étoit une figure de la Victoire, d'une belle composition: Verrès la fit arracher et emporter.

Quels peuvent être les sentimens de cet impie, en voyant passer devant ses yeux le tableau de ses crimes, puisque moi-même je ne puis faire le récit de ses profanations, sans que mon ame soit saisie d'horreur, sans que tout' mon corps frémisse ! En effet, je me représente le temple, le sanctuaire de la déesse, la solemnité du culte qu'on lui rend. Tout vient s'offrir à mes yeux ; je me rappelle le jour où je me rendis à Enna ; je vois les prêtresses de Cérès venir au-devant de moi, la tête ornée de bandelettes et conronnée de verveine; je vois l'assemblée et le coucours des citoyens qui, lorsque je leur adressois la parole, m'interrompoient de leurs gémissemens et de leurs larmes, ensorte que toute la ville sembloit être plongée dans le deuil et la désolation. L'imposition des dîmes, le pillage de leurs biens, les jugemens iniques de Verrès , ses infâmes débauches , ses violences , les insultes et les outrages dont il les avoit accablés ; ce n'étoit rien de tout cela qui excitoit généralement leurs plaintes : ils vouloient que la divinité de Cérès , l'ancienneté de son culte , la sainteté de son temple , fussent vengées par le supplice d'un audacieux profanateur. Ils trouvoient , disoient-ils , tout le reste supportable , ils y étoient peu sensibles. Telle étoit enfin leur douleur amère , que Verrès , comme un autre Pluton (1), paroissoit être venu à Enna pour enlever , non Proserpine , mais Cérès elle-même : car toute la ville ne semble offrir qu'un vaste temple de Cérès. Les citoyens d'Enna croient que Cérès habite au milieu d'eux ; on diroit qu'ils ne sont pas citoyens d'une ville , mais tous concitoyens de Cérès , tous ses prêtres et ses pontifes. Comment , Verrès , dans Enna même vous avez eu le front d'enlever une statue de Cérès ! vous avez eu le front dans Enna d'arracher la Victoire des mains de Cérès , de ravir une déesse à une déesse ! vous avez emporté de

_____

(1) Pluton, latin, *Orcus ,* c'est un des noms que les poëtes donnoient au dieu des enfers.

force des monumens vénérables, que n'ont osé profaner, ni même toucher, des hommes capables de tous les sacriléges, étrangers à tous les sentimens de religion ! Sous le consulat de Popillius et de Rupilius, des esclaves fugitifs, barbares ennemis d'Enna, se sont rendus maîtres de cette ville. Mais ils n'étoient pas aussi assujétis à leurs maîtres que vous à vos passions; aussi impatiens du joug et de la servitude que vous des loix et de la justice ; aussi barbares d'origine et de langage que vous de mœurs et de caractère ; aussi ennemis des hommes que vous des dieux immortels. Quel espoir de pardon reste-t-il donc à celui qui surpasse des esclaves en bassesse, des fugitifs en audace, des barbares en impiété, des ennemis en férocité ?

Vous avez entendu, Romains, Théodore, Numinius et Nicasion, députés d'Enna, dire, au nom de leurs compatriotes, qu'ils étoient chargés par eux d'aller trouver Verrès, de lui redemander les statues de Cérès et de la Victoire : s'il consentoit à les rendre, ils avoient ordre, conformément aux anciens usages des habitans d'Enna et aux maximes de leurs pères, de ne point porter contre lui de témoignage au nom de leur ville, quoiqu'il eût vexé la pro-

vince ; mais s'il ne rendoit pas les statues , il
leur étoit ordonné de se constituer parties dans
le jugement , d'instruire les juges de ses vexations , et sur tout de se plaindre de ses impiétés.
Au nom des dieux , ne rejettez pas leurs plaintes , Romains , ne les méprisez pas , ne les dédaignez pas. Il s'agit dans cette cause des torts
faits à vos alliés ; il s'agit de l'autorité des loix ;
il s'agit de l'équité des jugemens et de l'honneur des juges. Toutes ces considérations sont
importantes ; mais voici la plus importante de
toutes. Telles sont les terreurs religieuses qui
ont saisi toute la province , telles sont , d'après
l'attentat de Verrès , les idées superstitieuses
qui se sont emparées de l'esprit des Siciliens, que
tous les maux qui arrivent aux villes ou aux
particuliers , ils les attribuent à son sacrilége.
Vous avez entendu les députés des villes de
Centorbe , d'Agyrone , de Catane , d'Herbite,
d'Enna , et de plusieurs autres , vous peindre,
au nom de leurs villes , la désolation des campagnes , la fuite des laboureurs , l'abandon des
terres changées en affreux déserts. C'est , sans
doute , à tous les mauvais traitemens du préteur envers les Siciliens , que ces désordres
doivent être imputés. Cependant ils sont persuadés

suadés que l'unique, ou du moins la principale cause, ce sont les impiétés commises envers Cérès ; impiétés, disent-ils, qui ont oc-
casionné dans leur pays une cessation absolue
des travaux de Cérès, un anéantissement total
de ses productions. Dissipez, Romains, dissipez
les terreurs religieuses de vos alliés, maintenez
votre propre religion. Le culte qu'on a profané
n'est pas un culte étranger pour vous : quand
il le seroit, quand vous ne voudriez pas l'a-
dopter, il faudroit néanmoins en expier la pro-
fanation en sévissant contre le profanateur.
Mais puisqu'il s'agit d'un culte commun à tous
les peuples, de cérémonies sacrées que vous
avez empruntées des nations étrangères, que
vous avez adoptées en leur donnant le nom de
cérémonies grecques, parce qu'en effet elles
nous viennent des Grecs, pourrions-nous ici,
quand nous le voudrions, montrer de la mollesse et de l'indifférence ?

ONZIÈME NARRATION.

Vols dans Syracuse.

Je vais maintenant, Romains, vous parler
de Syracuse, la plus belle, la plus opulente

Tome IV.   Z

de toutes les villes : je vous dirai comment
Verrès l'a entièrement dépouillée ; et c'est par-
là que je terminerai tout ce chef d'accusation.

Il n'est personne de vous qui n'ait souvent
entendu dire, qui quelquefois même n'ait lu dans
l'histoire, comment Syracuse a été prise par un
de nos plus célèbres généraux. Comparez la
paix d'à-présent avec la guerre d'alors, l'arrivée de Verrès avec la victoire de Marcellus,
l'odieuse cohorte de celui-ci avec l'invincible
armée de celui-là, la cupidité de l'un avec la
modération de l'autre ; et vous pourrez dire que
Syracuse a été fondée par le général qui l'a
prise d'assaut, qu'elle a été prise et ruinée par
le préteur qui l'a trouvée florissante. Je supprime ici des faits dont j'ai déja parlé et dont
je parlerai encore dans plusieurs endroits de
cette plaidoirie ; je ne dis pas que le forum
de Syracuse, qui ne fut souillé d'aucun meurtre,
lorsque Marcellus y entra avec son armée, a
regorge, à l'arrivée de Verrès, du sang de Siciliens innocens ; que le port des Syracusains,
jusques-là fermé à nos flottes et à celles des
Carthaginois, fut ouvert sous sa préture à un
simple vaisseau de pirates et aux brigands
de la Cilicie. Je ne parle pas des personnes

libres insultées , des femmes respectables où-
tragées , violences dont ni la haine qu'on porte
à des ennemis , ni la licence du soldat , ni les
droits de la guerre , ni l'abus de la victoire , ne
donnèrent alors le spectacle dans une ville emportée de force. Je supprime, en un mot, tous
les excès que Verrès a commis pendant les trois
années de sa préture : je me borne à citer les
faits qui ont rapport au genre de crimes dont
je m'occupe actuellement.

Vous avez souvent entendu dire que Syracuse étoit la plus grande et la plus belle de
toutes les villes grecques. On ne vous a pas
trompés, Romains. Syracuse est très-bien fortifiée par sa position; et soit qu'on la regarde
du côté de la mer, ou de celui du continent,
la vue en est magnifique. Ses deux ports sont
presqu'enfermés dans les édifices et sous la vue
même de la ville. Chacun avec leur entrée di-
verse, ils viennent se reunir au même bassin;
Au point de leur réunion se trouve placée la
partie qu'on appe le l Isle, qui, détachée du
reste de la ville par un petit bras de mer, s'y
rejoint et y tient par un pont.

Cette ville est si vaste qu'on y compte quatre
grandes villes. La première est l Isle dont je

viens de parler, qui, environnée de deux
ports, s'avance jusqu'à l'entrée de l'un et
de l'autre. On y voit un palais qui étoit celui du
roi Hiéron (1), où les préteurs ont coutume
d'établir leur séjour. Dans cette ville sont
plusieurs temples, dont deux qui l'emportent
de beaucoup sur les autres ; l'un de Diane,
l'autre de Minerve. Ce dernier étoit richement
décoré avant l'arrivée de Verrès. A l'extrémité
de l'Isle, est une fontaine d'eau douce, nommée Aréthuse, dont le bassin, d'une largeur
prodigieuse et rempli de poissons, seroit bientôt inondé des flots de la mer, s'il n'en étoit
séparé par un môle considérable. La seconde
ville à Syracuse s'appelle Acradine. On y voit
un forum fort spacieux, de très-beaux portiques, un Prytanée (2) des mieux ornés, une
vaste salle du sénat, un magnifique temple de
Jupiter Olympien. Les autres parties de cette
ville consistent dans une large rue qui en me-

---

(1) Hiéron régna à Syracuse pendant cinquante-
quatre ans, et fut toujours l'ami des Romains.

(2) Les Grecs appeloient *Prytanée* une espèce
d'hôtel-de-ville, où s'assembloient les principaux
magistrats.

sure toute la longueur, et qui, ainsi que plusieurs autres rues de traverse, est formée par
une suite non interrompue d'édifices particuliers. Un temple ancien de la Fortune a fait
donner à la troisième le nom de Tycha. Elle
renferme un vaste gymnase et plusieurs temples. C'est la plus peuplée de toutes. La quatrième ville est appellée la Ville-neuve, parce
qu'elle a été bâtie la dernière. Dans le haut, à
l'extrémité, est un amphithéatre immense.
Elle offre, outre cela, deux beaux temples;
l'un de Cérès, l'autre de Proserpine, et une
statue d'Apollon, surnommé Téménite, très-
belle et d'une forme colossale, que Verrès
n'auroit pas manqué d'enlever, si le transport
en eût été plus facile.

Je reviens maintenant à Marcellus, pour ne
point paroître avoir fait, sans motifs, la description de Syracuse. Lorsqu'il eut pris d'assaut cette superbe ville, il ne crut pas nécessaire à la gloire du peuple romain de détruire,
d'anéantir toutes ces beautés, dont sur-tout
nous n'avions rien à craindre. Il épargna tous
les édifices publics et privés, sacrés et profanes, comme s'il fut venu avec ses troupes

Z 3

pour les protéger et non pour les emporter de force. Quant aux décorations de ces édifices, il consulta les droits de la victoire et les sentimens de la clémence. Il pensa que, si la victoire lui permettoit de transporter à Rome beaucoup de monumens rares qui pouvoient l'embellir, la clémence lui ordonnoit de ne pas dépouiller entièrement une ville qu'il avoit voulu conserver. En faisant le partage de ce qui n'étoit que pour l'ornement, le vainqueur de Syracuse ne prit pas pour les Romains plus que le sauveur de cette même ville ne laissoit aux Syracusains. Ce qu'il a fait apporter à Rome, nous le voyons dans le temple de l'Honneur et de la Vertu et en d'autres lieux. Il n'a rien placé, ni dans ses maisons, ni dans ses campagnes, ni dans ses jardins. Il a jugé que sa maison seroit l'ornement de Rome, s'il n'y transportoit pas les ornemens réservés pour Rome. Il a laissé à Syracuse une infinité d'objets rares : il n'a enlevé, il n'a profané aucune statue des dieux. Maintenant opposez-lui Verrès, non pour faire comparaison d'homme à homme, ce seroit outrager cet illustre mort ; mais pour opposer la paix à la guerre, les loix à la violence, les tribunaux et la justice.

au fer et aux armes, l'arrivée et la suite d'un
préteur aux troupes et à la victoire d'un général.

Dans l'Isle dont j'ai parlé plus haut, est un
temple de Minerve, auquel Marcellus n'a pas
touché, où il a laissé tout ce qui étoit pour
l'utilité et pour la décoration. Verrès l'a tellement pillé, tellement dépouillé, qu'il semble
que ce n'est pas un ennemi qui, en usant des
droits de la guerre, auroit respecté les loix de
la religion, mais des pirates barbares qui l'ont
cruellement ravagé. Les murailles intérieures
du temple étoient ornées de tableaux magnifiques qui représentoient un combat de cava-
lerie du roi Agathocle. Rien de plus beau à
Syracuse que cette peinture, rien qui excitât
davantage la curiosité des étrangers. Par le
droit de la victoire, toutes les décorations du
temple n'étoient plus pour Marcellus que des
objets profanes qu'il pouvoit livrer au pillage ;
il se fit néanmoins un scrupule de toucher à
ces tableaux. Quant à Verrès, quoique les décorations de ce même temple fussent pour lui
sacrées et respectables, par le privilége d'une
longue paix et par la fidélité du peuple de Syracuse, il a enlevé tous les tableaux qu'il a

Z 4

trouvés : il a laissé nues et deshonorées des murailles dont les ornemens dérobés à la fureur de tant de guerres , subsistoient depuis tant de siècles. Marcellus qui avoit fait vœu , s'il prenoit Syracuse , de bâtir deux temples à Rome , n'auroit pas voulu les décorer de ce qu'il auroit pris dans d'autres temples : Verrès qui avoit fait des vœux , non à l'honneur ni à la vertu , mais à Vénus et à Cupidon , n'a pas craint de dépouiller le temple de Minerve. Marcellus ne voulut pas enrichir des dieux de dépouilles enlevées à des dieux : Verrès a transporté les ornemens de la chaste Minerve dans la mason d'une prostituée. Il a encore enlevé du même temple , vingt-sept tableaux d'une très-belle composision. C'étoient les portraits des rois et des tyrans de la Sicile , qui plaisoient non-seulement par la beauté du travail , mais par la célébrité des personnages dont ils rappelloient le souvenir. Et voyez combien Verrès a été pour les Syracusains un tyran plus cruel qu'aucun des anciens tyrans de cette île : ceux-ci ont orné les temples des dieux immortels , tandis que lui il a enlevé même les statues des dieux et les décorations de leurs temples.

Que dirai-je des portes du même temple de Minerve? Ceux qui ne les ont pas vues, pourroient m'accuser d'exagération ; mais ayant pour témoins de ce que je dis tant de personnages les plus qualifiés , dont quelques-uns même sont du nombre des juges , lesquels ont voyagé à Syracuse et ont vu les portes dont je parle , pourroit-on avoir contre moi ce soupçon que je me passionne au point de m'exposer à encourir les justes reproches d'imprudence et d'imposture? Je puis assurer , Romains , avec vérité , qu'il n'y a jamais eu , dans aucun temple , des portes plus magnifiques , ornées de plus belles ciselures en or et en ivoire. Il est incroyable combien de Grecs ont écrit sur la beauté de ces portes. Peut-être mettent-ils à toutes ces choses trop de prix et les vantent-ils outre mesure : je le veux. Mais enfin c'est la gloire de notre république qu'un de nos généraux leur ait laissé pendant la guerre , tous ces objets de leur admiration , comme c'est la honte de notre empire qu'un préteur les ait enlevés pendant la paix. Sur les portes dont je parle , étoient appliqués des sujets historiques , travaillés en ivoire avec un art admirable : Verrès les a fait

tous arracher ; entr'autres, il a détaché et emporté une très belle tête de Méduse avec sa
chevelure de serpens. Il fit même connoître
que ce n'étoit pas seulement la beauté du travail qui le touchoit, mais la richesse de la matière. Car il ne craignit point d'enlever des
mêmes portes tous les clous d'or, en grand
nombre et fort pesans. Ce n'étoit pas l'ouvrage qui lui plaisoit, mais le poids. Enfin,
tel est l'état où il a laissé ces portes, qu'ayant
été destinées, dans l'origine, principalement à
orner le temple, elles paroissent aujourd'hui
n'avoir été faites que pour le fermer,

N'a-t-il pas encore enlevé les thyrses (1) ?
J'ai remarqué, Romains, que vous étiez surpris, lors de la déposition des témoins sur ce
vol, parce que les thyrses méritoient à peine
d'être vus une fois. Ils n'avoient rien de beau
pour le travail, seulement ils étoient d'une
grandeur extraordinaire. Il suffisoit d'en avoir
entendu parler : c'étoit trop de les avoir vus

_____

(1) J'ai appelé *thyrses*, en françois, ce que Cicéron nomme, en latin, *hastas gramineas*. Les savans sont fort embarrassés de savoir quelles étoient
ces *hastae gramineae*. L'objet est trop peu important
pour se fatiguer à chercher des conjectures.

plus d'une fois. Quoi ! cela même a excité vos desirs !

Quant à la Sapho (1) que vous enlevâtes du Prytanée, elle vous fournit une excuse légitime ; il faudroit presque vous passer ce vol et vous le pardonner. Un ouvrage de Silanion, aussi beau, aussi délicat, aussi parfait, devoit-il appartenir à aucun particulier, à aucun peuple même, plutôt qu'à Verrès ce fin et habile connoisseur ? Assurément on ne peut rien dire contre cela : Que si quelqu'un de nous autres, qui n'avons pas l'opulence de Verrès, qui ne pouvons avoir la délicatesse de son goût, veut se procurer la vue de ces beaux ouvrages, qu'il aille au temple de la Félicité, au monument de Catulus, au portique de Métellus, qu'il tâche d'être admis dans les jardins (2) de quelqu'un de nos riches,

(1) Sapho, femme de Lesbos, se distingua dans la poésie : c'est elle qui a inventé le vers saphique. — Silanion, fameux sculpteur d'Athènes : il florit du tems d'Alexandre, sans avoir jamais eu de maître.

(2) *Dans les jardins.* Latin, *in tusculanum.* Tusculum étoit une ville voisine de Rome, dans le territoire de laquelle beaucoup de nobles avoient des maisons de campagne qu'on appeloit *tusculana.*

qu'il regarde la place publique ornée des objets rares que notre curieux a pu prêter aux
édiles. C'est à Verrès qu'il convient de les
avoir chez lui; qu'il convient de remplir ses
maisons et ses campagnes des ornemens des
temples et des villes. Eh quoi! Romains, souffrirez-vous plus long-tems les goûts et les caprices de ce porte-faix qui, d'après sa naissance,
son éducation, la tournure de son esprit et de
son corps, paroît beaucoup plus propre à
porter ces statues qu'à les posséder? Il est difficile de dire combien la Sapho laissa après elle
de regrets. Car, outre que le travail en étoit
achevé, on avoit gravé sur la base une inscription grecque fameuse, que ce savant, ce
grec habile, qui juge avec finesse de ces
chefs-d'œuvre de l'art, qui seul en connoît le
prix, eût assurément (1) fait disparoître, s'il
eût su le premier mot de la langue grecque.
L'inscription gravée sur la base restée seule,
annonce qu'elle portoit une statue et dépose
qu'on l'a enlevée.

(1) Dans le latin, après *certè*, il y a une particule *non*, qui, pour le sens de la phrase, devroit être
supprimée.

N'avez-vous pas encore enlevé du temple
d'Esculape un Apollon (1) aussi beau que saint
et vénérable ? Sa beauté lui attiroit tous les regards, sa sainteté lui méritoit tous les hommages. N'a-t-on pas encore emporté, par votre
ordre, du temple de Bacchus, une statue d'A-
ristée (2) ? N'avez-vous pas encore arraché du
temple de Jupiter, une statue travaillée avec
un art infini, représentant Jupiter Imperator,
que les Grecs nomment *Ourios* (3) ? Avez-vous
craint de prendre dans le temple de Proserpine
cette petite tête si belle, qu'on alloit voir par
curiosité ? toutefois l'Apollon étoit honoré chez
les Syracusains avec Esculape par des sacrifices
annuels. Aristée qui au rapport des *Grecs*,
étoit fils de Bacchus et avoit enseigné l'art
d'exprimer le suc de l'olive, étoit adoré chez

(1) *Un Apollon.* Latin, *une statue de Péan.*
Péan étoit un des noms d'Apollon.

(2) Aristée, pasteur fameux, célèbre par plusieurs
inventions dans l'agriculture. Il fut mis au nombre
des héros.

(3) *Ourios*, en grec, *propice, favorable.* Le mot
Imperator étoit un nom tout latin donné à Jupiter,
Jupiter roi souverain, commandant suprême.

eux dans le même temple avec Bacchus son père.

Et quel honneur, croyez-vous, Romains, ne rendoit-on pas à Jupiter Imperator dans son temple ? Vous pouvez vous en convaincre, si vous voulez vous rappeller quel respect on portoit à une statue travaillée dans le même goût et avec les mêmes formes, que Flaminius (1) avoit prise dans la Macédoine, et qu'il a placée dans le capitole. En effet, il y avoit dans le monde trois célèbres statues de Jupiter Imperator, toutes trois dans le même genre et de la plus grande beauté. La première étoit dans la Macédoine; c'est celle que nous voyons au capitole. La seconde se voit à l'entrée et dans les gorges du Pont. La troisième étoit à Syracuse avant la préture de Verrès. La première de ces statues, Flaminius l'a tirée de son temple, mais c'étoit pour la placer dans le capitole, c'est-à-dire, dans la demeure du roi des dieux sur la terre. La seconde, qui est dans les gorges du Pont, a subsisté jusqu'à ce jour sans recevoir aucune atteinte, malgré

(1) Flaminius fut consul l'an de Rome 555. Il vainquit Philippe, roi de Macédoine, et en triompha.

toutes les guerres sans nombre que cette mer
a vomies de son sein, malgré toutes celles qui
ont inondé ces rivages. Quant à la troisième qui
étoit à Syracuse, que Marcellus armé et vainqueur s'étoit contenté de regarder, qu'il avoit
laissée à la piété des Syracusains, que les citoyens et habitans de Syracuse honoroient
d'un culte religieux, qui excitoit la curiosité
et même obtenoit le respect des étrangers ;
Verrès l'a enlevée du temple de Jupiter. Ne
nous lassons pas de revenir à Marcellus. Soyez
persuadés, Romains, que la victoire de ce général a moins enlevé d'hommes aux Syracusains, que l'arrivée de Verrès ne leur a ôté de
dieux. Marcellus même, à ce qu'on rapporte,
desira de voir le fameux Archimède (1), ce
vaste génie doué d'une science profonde, et
il fut vraiment affligé en apprenant sa mort.
Pour Verrès, tout ce qu'il a voulu voir, ce
n'étoit pas pour le conserver, mais pour l'emporter.

Quant à certains vols qui sembleroient trop

_____

(1) Archimède, célèbre mathématicien de Syracuse,
qui, par l'invention de ses machines, retarda beaucoup la prise de cette ville.

peu considérables pour être cités à ce tribunal, je les passerai sous silence. Je ne dirai pas qu'il a enlevé de tous les temples de Syracuse des tables de marbre à trois piés, des coupes d'airain superbes, un grand nombre de vases de Corinthe. Aussi, Romains, ceux qu'on appelle *Mystagoges*, qui ont coutume de conduire les étrangers pour leur faire voir tout ce qu'il y a de curieux, ont changé de méthode. Ils montroient auparavant les objets même, ils ne montrent plus aujourd'hui que la place d'où on les a enlevés.

Mais croyez-vous que les Syracusains aient ressenti une douleur médiocre? non, sans doute : car, outre que tous les hommes sont affligés de perdre des objets qui tiennent à la religion, outre qu'ils croient devoir honorer et conserver avec le plus grand soin les dieux de leur patrie qui leur ont été laissés par leurs ancêtres ; les statues et les tableaux, toutes ces décorations des maisons et des villes, tous ces chefs-d'œuvre de l'art, font le charme et les délices des Grecs. Aussi pouvons-nous juger, par la vivacité de leurs plaintes, combien ils sont touchés de ces pertes, qui nous paroissent peut-être légères et peu sensibles. Croyez-moi,

Romains

Romains (vous le savez , sans doute , par ouï dire), de toutes les disgraces et de toutes les injures qui ont affecté et qui affectent le plus les Grecs , ce sont ces pillages de leurs villes et de leurs temples. Verrès , suivant sa coutume , peut dire qu'il a acheté. Croyez-moi , Romains , aucun peuple dans toute l'Asie et dans toute la Grèce , ne vendit jamais librement à personne aucune statue , aucun tableau , aucun des monumens qui décorent ses villes. Lorsqu'il y avoit une justice à Rome , les Grecs non-seulement ne vendoient rien , mais achetoient de toutes parts ; pourquoi donc pensez-vous qu'ils aient commencé à vendre lorsque les jugemens ont cessé d'être sévères? ou pourquoi croyez-vous que , sous les édiles, Crassus , Scévola , Claudius , ces hommes si puissans , dont l'édilité a été marquée par tant de magnificence , les Grecs n'ayant jamais trafiqué des ornemens de leurs villes , ce trafic ait eu lieu sous les édiles nommés depuis le relâchement de la justice ?

Apprenez encore que ces prétendus achats font beaucoup plus de peine aux villes , que ne leur en feroient de secrets larcins , ou des vols manifestes. Ils regardent comme le comble de l'infamie , qu'on porté sur les registres publics, qu'une somme d'argent , et une modique somme , a déterminé une ville à vendre , à aliéner ce qui lui a été transmis par ses ancêtres. Les Grecs, je le répète , sont extrêmement passionnés pour tous ces monumens des arts dont nous faisons peu d'estime. Aussi nos ancêtres en voyoient - ils sans peine un grand nombre chez nos alliés , jaloux que , sous notre empire , leurs villes fussent magnifiquement décorées et florissantes. Ils ne les ôtoient pas même aux peuples qu'ils avoient chargés d'impôts et de tributs ; ils vouloient que ces chefsd'œuvre des artistes grecs , dont la possession leur est si agréable , et à nous si indifférente , fussent l'amusement de leur loisir , et comme l'adoucissement de leur servitude. A quel prix pensez-vous que la ville de Rhège , dont les habitans sont aujourd'hui citoyens romains , et celle de Cnide , voudroient mettre leur Vénus de marbre ? l'isle de Cos son tableau de la même déesse ? la ville de Tarente son Europe enlevée par un taureau , son satyre qui est dans un temple de Vesta , et d'autres ouvrages ? Thespies , le Cupidon pour lequel seul on va voir cette ville ? Ephèse son Alexandre? Cysique, son Ajax ou sa Médée? Rhodes, son Ialysus (1)? Athènes, son Bacchus de marbre, son tableau de Paralus, ou la genisse en bronze de Myron? Il seroit trop long et inutile de parcourir en détail tous les monumens rares qui existent chez tous les peuples de l'Asie et de la Grèce. Ce que j'en ai rapporté est pour vous faire comprendre de quelle douleur sont pénétrés les citoyens des villes à qui on enlève ce qu'ils sont si jaloux de conserver.

Sans parler des autres, voyez quels sont les sentimens des Syracusains. J'arrivois chez eux, persuadé, comme je l'avois entendu dire à Rome aux amis de Verrès, que celui-ci ayant partagé avec Syracuse la succession d'Héraclius (2), cette ville ne lui étoit pas moins affectionnée que Messine qu'il avoit associée à tous ses vols à tous ses brigandages. Je craignois en outre, si je voulois faire des recherches dans les registres des Syracusains, de me voir tra-

_____

(1) Ialysus, petit - fils du soleil. —Paralus, le premier, dit-on, qui navigua avec un loug vaisseau.

(2) Héraclius étoit un riche citoyen de Syracuse, Il lui étoit échu une ample succession dont Verrès le frustra pour faire plaisir au peuple de cette ville.

versé, et par les intrigues de ces femmes qui,
grace à leur naissance et à leur beauté, deve-
nues toutes puissantes auprès de Verrès, avoient
gouverné la province durant les trois années
de sa préture, et par le crédit de leurs maris qui
lui avoient montré tant de complaisance et de
facilité. J'étois donc à Syracuse avec les citoyens romains, j'examinois leurs registres, j'y
voyois les preuves des vexations de Verrès.
Après m'être livré long-tems à ce travail désa-
gréable, pour me délasser, je retournois à ces
beaux regietres de Carpinatius (1), où, de
concert avec les plus distingués des chevaliers
romains établis en ce lieu, j'expliquois tous
ces Verrutius dont j'ai parlé ailleurs. Je n'attendois aucun secours ni de la ville même de
Syracuse, ni des particuliers de cette ville : je
ne voulois rien demander à personne.

J'étois occupé de ces objets, lorsque Héraclius, d'une extraction noble, pour lors petit

_____

(1) Carpinatius étoit un commis des fermes. qui,
par complaisance pour Verrès, avoit falsifié les registres, et qui, au nom de Verrès, avoit substitué
celui d'un Caïus Verrutius, personnage imaginaire,
comme on le voit dans un des précédens discours
contre Verrès.

magistrat de Syracuse, ci-devant pontife de Jupiter, l'une des principales dignités de cette ville ; Héraclius, dis-je, vient me trouver au moment où je ne m'y attendois pas ; il me propose à moi et à mon cousin de me transporter dans le sénat, si nous le jugions à propos ; il nous prioit de nous y rendre au nom des sénateurs assemblés pour lors. Nous hésitâmes d'abord ; mais bientôt nous réfléchîmes que nous ne devions pas éviter de paroître dans le sénat de Syracuse. Ainsi nous nous transportons au sénat. On se lève avec empressement pour nous faire honneur (1). Nous nous asseyons à la prière du principal magistrat. Celui qui parla le premier avoit plus d'autorité, plus de sagesse, et, à ce qu'il m'a paru, plus d'expérience que les autres. C'étoit Diodore Timarchide. Son discours se réduisoit à ceci : Le sénat et le peuple de Syracuse voyoient avec

_____

(1) Cicéron fait remarquer les égards avec lesquels on le reçoit lui et sou cousin dans le sénat de Syracuse, afin de montrer tout d'abord que les Syracusains n'étoient pas aussi favorables à Verrès qu'il vouloit le faire croire. Au reste, ce n'étoit pas le frère de Cicéron, mais son cousin (*frater patruelis*), qui l'avoit accompagné alors en Sicile.

peine qu'après avoir instruit, dans les autres
villes de la province, le sénat et le peuple,
des secours et des avantages que je venois leur
offrir, qu'après avoir pris dans toutes des ins-
tructions, des lettres, des députés et des dépositions, je ne tenois pas la même conduite dans
leur ville. Je répondis que, parmi les députés
des Siciliens, qui tous, d'un concert unanime,
étoient accourus à Rome pour réclamer mes
services et me remettre la cause de toute la Sicile, je n'en avois vu aucun de Syracuse ; que
d'ailleurs je ne pouvois exiger qu'on rendît
un décret contraire à Verrès, dans un lieu
où je voyois une statue d'or du même Verrès.

Dès que j'eus proféré ces mots, il s'éleva
de toutes parts, à la vue de la statue dont
je rappellois le souvenir, un gémissement qui
me fit comprendre que cette statue étoit dans
la salle du sénat un monument des crimes et
non des bienfaits du préteur. Alors chacun,
avec toute la force dont il étoit capable, s'em-
pressa de m'apprendre ce que j'ai rapporté
plus haut, que Verrès avoit dépouillé la ville,
pillé les temples, qu'il s'étoit saisi de la plus
grande partie de la succession laissée par Hé-

raclius aux gymnases établis pour la lutte :
au reste, pouvoit-on attendre quelque affection pour les lutteurs de la part d'un homme
qui avoit enlevé même le dieu auquel on
doit l'art d'exprimer de l'olive cette liqueur
si propre à leurs exercices ? on ne lui avoit
pas érigé cette statue au nom ni aux dépens
de la ville ; c'étoit ceux avec lesquels il avoit
partagé la succession, qui l'avoient ordonnée
et fait placer ; c'étoit eux qu'on avoit députés à Rome : on les avoit vus, pendant la
préture de Verrès, ministres de ses crimes,
complices de ses vols, associés à ses infamies ;
devois-je donc être surpris qu'ils ne se fussent
pas joints aux autres députés pour le salut
commun de la Sicile ?

Quand je vis les Syracusains animés contre
Verrès, à cause de ses déprédations, autant
et même plus que les autres Siciliens, alors
je leur exposai mes sentimens pour eux, les
motifs qui m'avoient fait entreprendre cette
accusation, et le plan que je m'étois tracé ;
je les exhortai à ne point trahir la cause commune, à révoquer la députation pour l'apologie de Verrès qu'ils disoient avoir décretée

quelques jours auparavant par force et par crainte (1).

Voici donc ce que font les Syracusains ses amis et ses cliens. D'abord ils me présentent les registres de la ville, qu'ils gardoient dans le lieu le plus secret de leurs archives ; on y avoit inscrit tous les objets que j'ai dit avóir été enlevés , et plus encore que je n'en ai pu dire. Et voici la forme dans laquelle ils y étoient inscrits : parce que tel et tel objet manquoit dans le temple de Minerve , tel autre dans le temple de Jupiter, tel autre dans le temple de Bacchus. Comme les trésoriers des temples étoient obligés , en vertu d'une loi , de rendre des comptes , et de remettre ce qui avoit été confié à leur garde, on avoit marqué sur les registres qu'ils avoient demandé à n'être pas inquiétés , parce que tel objet manquoit ; qu'ayant égard à leur requête , on les avoit déchargés tous, on n'avoit inquiété aucun d'eux. Je fis mettre le sceau public aux registres , et je les fis emporter. Quant à la

(1) *Par crainte ,* sans doute du préteur Métellus , qui avoit succédé à Verrès , et qui étoit devenu son ami.

députation pour l'apologie de Verrès , voici comme ils se justifièrent. Ils me dirent qu'ayant reçu de lui une lettre , au sujet de cette députation , quelques jours avant mon arrivée , ils n'avoient d'abord rendu aucun décret ; qu'ensuite quelques-uns de ses amis les ayant pressés de le faire , ils avoient rejetté leur proposition avec de grands cris et un grand tumulte ; qu'enfin , lorsque j'approchois de leur ville, celui qui étoit revêtu de la souveraine puissance (1) leur avoit enjoint de rendre un décret ; qu'ils avoient donc obéi , mais que l'apologie décrétée pour Verrès étoit conçue de manière à lui être plus nuisible qu'avantageuse.

Je vais vous apprendre , Romains , d'après leurs propres paroles , comment la chose s'est passée. Suivant une coutume à Syracuse , quand on fait un rapport au sénat sur une affaire , celui qui le veut donne son avis sans qu'on le demande à personne en particulier ; et cependant celui qui l'emporte sur les autres par l'âge ou par la considération , opine communément le premier , sans être requis : c'est

_____

(1) *Celui étoit revêtu....* Le préteur Métellus.

un honneur que les autres lui défèrent. Mais
s'il arrive que tous se taisent, alors on tire
au sort pour que chacun soit obligé de parler. Tel est l'usage du sénat de Syracuse.
Lorsqu'on eut fait le rapport sur la députation pour l'apologie de Verrès, afin de gagner
du tems, plusieurs ouvrirent un avis au sujet
de Péducéus (1), qui avoit rendu les plus grands
services à la ville et à toute la province ; ils
représentent que peu après l'arrivée de Verrès,
informés qu'on inquiétoit Péducéus, et voulant
par reconnoissance faire son apologie au nom
du peuple, ils en avoient été empêchés par
le nouveau préteur : Péducéus, il est vrai,
n'étoit plus dans le cas d'avoir besoin de leur
apologie ; mais qu'il seroit injuste de ne pas
rendre un décret en sa faveur, comme ils
l'avoient alors résolu d'eux-mêmes, avant celui
auquel on vouloit les contraindre actuellement. Tous s'écrient, tous approuvent la proposition. On fait donc le rapport au sujet de
Péducéus. Chacun donne son avis par ordre,
suivant son âge et le dégré de considération

(1) Péducéus avoit été préteur en Sicile l'an de
Rome 678.

dont il jouissoit. C'est ce que vous allez voir par la lecture du sénatus-consulte même : car on écrit pour l'ordinaire les avis des principaux sénateurs. Greffier, lisez le sénatus-consulte.

Sur le rapport fait au sujet de Sextus Peducéus,

Le sénatus-consulte nomme ceux qui ont opiné les premiers. Le décret est rendu. On fait ensuite le rapport au sujet de Verrès. Greffier, dites de quelle manière.

Sur le rapport fait au sujet de Caïus Verrès.

Lisez la suite.

Comme personne ne se levoit, et ne donnoit son avis......

Eh bien ! *on tire au sort.*

Comment, Verrès, personne ne se portoit de lui-même à faire l'apologie de votre préture, ni à vous sauver d'une accusation capitale, sur-tout lorsqu'on pouvoit s'en faire un mérite auprès de votre successeur ! personne. Vos compagnons de débauche eux-mêmes, vos conseillers, vos complices, vos associés, n'osoient dire un mot. Oui, dans une salle où étoit votre statue et celle de votre

fils représenté nu , il n'y eut personne qui
fût touché , même en voyant votre fils nu
dans une province que vous aviez totalement
dépouillée (1). Les sénateurs m'apprennent
aussi que le décret pour l'apologie de Verrès,
étoit conçu de manière à faire comprendre
à tout le monde que c'étoit moins une apologie qu'une dérision , puisqu'on y rappelloit
tous les malheurs et toute la honte de sa préture. Ils me rapportoient les propres termes
de l'apologie. *Parce qu'il n'avoit fait battre personne de verges* : et vous savez qu'il a fait trancher la tête à des hommes absolument inno-
céns , les plus qualifiés de leurs villes. *Parce
qu'il avoit gouverné la province avec vigilance :*
lui dont il est constant que les veilles étoient
consacrées à des adultères et à d'infâmes débauches. Ils me parloient d'un autre trait d'a-
pologie que l'accusé n'oseroit produire et que
l'accusateur ne se lasseroit pas de répéter. *Parce
qu'il avoit éloigné les pirates de l'isle de Sicile :*
tandis qu'il les avoit laissé entrer dans l'isle
même de Syracuse.

(1) J'ai rendu à regret la mauvaise pointe de l'orateur , *nudus filius in nudâ provinciâ.*

Lorsque j'eus appris du sénat ces particula-
rités, je me retirai avec mon cousin, afin qu'en
mon absence les sénateurs rendissent le décret
qu'ils jugeroient à propos. Ils décrètent sur-
le-champ que la ville m'accorderoit le droit
d'hospitalité ; et non-seulement à moi, mais à
mon cousin, parce qu'il étoit animé pour la
ville de Syracuse des mêmes sentimens que
j'avois toujours eus pour elle. Ils ne se conten-
tèrent pas d'insérer cet article du décret dans
leurs registres, ils nous en remirent une copie (1).
Assurément, Verrès, ils vous chérissent fort vos
Syracusains dont vous parlez sans cesse, eux
qui se regardent comme fondés à lier amitié
avec votre accusateur, par la raison qu'il est
venu informer contre vous. On décrète ensuite,
et les avis ne furent point partagés, mais presque unanimes, qu'on révoqueroit la députation
pour l'apologie de Verrès. On avoit déjà pris
les avis ; déja même le sénatus - consulte
étoit rédigé et porté sur les registres : on appelle au préteur. Mais qui est - ce qui appelle ?

(1) Mot à mot, *ils nous le remirent gravé sur
l'airain*, sans doute, sur une tablette d'airain, qui devoit être pour Cicéron et pour son cousin, une marque
d'hospitalité publique, *tessera hospitalitatis publicae.*

un magistrat ? non. Un sénateur ? pas même
un sénateur. Un Syracusain ? nullement. Qui
donc appelle au préteur ? le questeur de Verrès
dans sa préture, Cécilius. Quel ridicule ! quel
homme délaissé, désespéré, abandonné par
les magistrats siciliens ! Quoi ! pour empêcher
les Siciliens de faire un sénatus-consulte,
d'obtenir justice suivant leurs loix et leurs
usages, ce n'est pas un ami de Verrès, ce
n'est pas un de ses hôtes, ce n'est pas enfin
un Sicilien, mais son questeur qui appelle au
préteur. A-t-on jamais rien vu, rien entendu
de pareil ? Le préteur équitable et sage fait
lever la séance. On accourt en foule à moi. Les
sénateurs s'écrient qu'on les dépouille de leurs
droits, qu'on les prive de leur liberté. Le peuple
loue et remercie le sénat : les citoyens romains
ne me quittent pas d'un instant. Ce jour-là
j'eus bien de la peine à empêcher qu'on ne se
jettât sur celui qui avoit osé appeler. Nous
paroissons au tribunal du préteur, qui, sans
doute, voulut réfléchir mûrement sur ce qu'il
devoit prononcer dans cette conjoncture : car
avant que j'eusse pu dire un mot, il se leva de
son siége, et s'en alla. Ainsi nous ne quittâmes
la place publique que sur le soir.

Le lendemain matin, je lui demande qu'il

soit permis aux Syracusains de me remettre le
sénatus - consulte de la veille. Il me le refuse
absolument, et dit qu'il étoit peu séant que
j'eusse harangué un sénat grec (1). Avoir parlé
grec devant des Grecs ! c'étoit d'une indécence
affreuse. Je lui répondis comme je pouvois,
comme je voulois, comme je devois. Entre
autres choses, je me souviens de lui avoir dit
que la différence étoit bien sensible entre lui
et Métellus (2) Numidicus, ce vrai et légitime
Métellus ; que ce dernier avoit refusé de faire
l'apologie de Lucullus, son beau-frère et ami
intime, tandis que lui il employoit la crainte
pour arracher à des villes une apologie en faveur d'un homme qui lui étoit absolument
étranger. Je m'étois apperçu que les couriers
qui venoient de lui apporter des lettres, lettres-
de-change et non de recommandation, avoient
fait beaucoup d'impression sur lui ; je me trans-
portai donc au sénat, et par le conseil des

(1) En général les Romains trouvoient qu'il n'y
avoit pas assez de dignité de parler grec, même devant des Grecs.

(2) Ce Métellus, étant consul, avoit défait, dans
deux batailles, Jugurtha, roi des Numides : il obtint les honneurs du triomphe, et le surnom de
Numidicus.

Syracusains eux-mêmes , je me jette sur les registrss où étoient consignés tous les vols de Verrès.

Mais voici un nouvel embarras et une autre querelle. Qu'on n'aille pas croire que Verrès soit à Syracuse sans hôtes et sans amis, entièrement délaissé, entièrement abandonné. Un certain Théomnaste se met en devoir de retenir les registres. Ce Théomnaste est un fou ridicule , dont les Syracusains changent le nom en celui de Théoracte (1) : les enfans courent après lui, et dès qu'il ouvre la bouche, tout le monde se met à rire. Sa folie cependant, qui n'est que risible pour les autres, me fut alors très-incommode. La bouche écumante, les yeux étincelans, il crioit de toutes ses forces que je lui faisois violence ; enfin nous arrivons au tribunal , nous tenant étroitement serrés. Là je demande qu'il me soit permis de faire sceller les registres et de les emporter avec moi. Théomnaste prétend qu'on ne devoit pas donner le nom de sénatus-consulte à un acte dont on avoit appelé au préteur, et que conséquemment on ne devoit pas me le remettre. Je lis

_____

(1) Théoracte , mot grec qui signifie *frappé de dieu*, c'est-à-dire, furieux.

la

la loi qui m'autorisoit à me saisir de tous les
registres et de toutes les lettres. Il insiste tout
furieux, et dit qu'il ne s'embarrasse pas de nos
loix. Le préteur, en homme fort habile, prononce qu'il n'étoit pas d'avis qu'on me laissât
emporter un sénatus-consulte qui n'étoit pas
censé ratifié. En un mot, si je n'eusse vivement
menacé Métellus, si je ne lui eusse rappelé les
peines portées par les loix, on ne m'auroit pas
laissé maître des registres. Pour notre insensé,
qui avoit pris contre moi le parti de Verrès avec
tant de fureur, n'ayant pu obtenir ses demandes, il me remit, sans doute pour se réconcilier
avec moi, un écrit particulier qui contenoit les
vols de Verrès à Syracuse, vols dont j'avois
déja été instruit dans le sénat.

Que les Mamertins, qui seuls dans une si
grande province veulent vous tirer du péril,
fassent votre apologie, à la bonne heure : qu'ils
la fassent cependant de manière qu'Héius, chef
de la députation, se trouve ici présent ; qu'ils
la fassent de manière qu'ils soient prêts à répondre aux articles sur lesquels je les interro-
gerai. Et pour que je ne paroisse pas vouloir
les surprendre, voici quelles sont mes ques-
tions. Je leur demanderai s'ils doivent un vais-

seau au peuple romain ? ils diront que oui.
S'ils l'ont fourni sous la préture de Verrès ? ils
diront que non. S'ils ont construit au nom de
la ville un grand navire pour en faire présent
à Verrès ? ils ne pourront en disconvenir. Si,
à l'exemple de ses prédécesseurs, Verrès a exigé
d'eux du blé pour l'envoyer au peuple romain ?
ils ne pourront l'affirmer. Ce qu'ils ont fourni
de soldats et de matelots pendant trois ans ? ils
diront qu'ils n'en ont fourni aucun. Ils ne pourront nier encore que Messine n'ait recelé tous
les vols et tous les brigandages de Verrès. Ils
conviendront que beaucoup d'effets ont été
transportés dans leur ville sur un grand nombre
de vaisseaux : qu'enfin, l'énorme navire donné
à Verrès par les Mamertins, est parti tout
chargé avec ce préteur. Ainsi, Verrès, faites
valoir, tant que vous voudrez, votre apologie
des Mamertins : nous voyons du moins que
les Syracusains sont à votre égard dans des dispositions conformes aux traitemens qu'ils ont
essuyés de vous ; nous voyons qu'ils ont supprimé ces fêtes honteuses instituées sous votre
nom. Il ne convenoit pas en effet qu'on rendît
des honneurs divins au ravisseur des statues
des dieux. Et assurément les Syracusains mé-

riteroient de grands reproches, si, après avoir
aboli une fête auguste, célébrée par des jeux
solemnels, le jour même où l'on dit que Syracuse fut prise par Marcellus, ils célébroient
une fête sous le nom de Verrès, qui a enlevé
aux Syracusains ce que leur avoit laissé ce jour
désastreux. Et voyez, Romains, l'effronterie
et l'arrogance du personnage. Non content
d'avoir fait établir, avec les deniers de la succession d'Héraclius, ces fêtes de Verrès aussi
honteuses que ridicules, il a fait abolir celles de
Marcellus. Ainsi les habitans de Syracuse auroient chaque année honoré par des sacrifices
l'homme qui leur avoit enlevé les dieux de leur
patrie, ces objets de leurs sacrifices annuels ;
tandis qu'ils auroient supprimé les fêtes instituées en l'honneur d'une famille à laquelle ils
devoient la conservation de leurs autres fêtes.

CINQUIÈME LIVRE

OU DISCOURS

CONTRE VERRÈS

Sur les Supplices.

Sommaire.

Nous dirons bientôt pourquoi ce dernier livre ou discours contre Verrès est intitulé sur les Supplices. L'orateur, par une simple transition, annonce qu'il parlera du mérite de grand général dans l'accusé, par lequel Hortensius paroissoit devoir le défendre. Il prouve que, durant la guerre des esclaves fugitifs en Italie, et dans celle des pirates en Sicile, loin d'avoir fait éclater son courage et sa sagesse, Verrès a fait paroître les traits les plus odieux de lâcheté, d'avarice, de tyrannie, de cruauté. Voilà ce qui forme les deux premières divisions de ce discours. Dans la première, il règne un ton de plaisanterie, tantôt légère, tantôt amère. La seconde est plus sérieuse. Cicéron, après avoir

montré comment Verrès avoit fait un objet de
trafic de la marine, soit en remettant à la ville
de Messine ce qu'elle étoit obligée de fournir,
soit en surchargeant d'autres villes, soit en se
faisant donner toutes les dépenses pour la flotte,
le blé, la paie des matelots qu'il dispensoit de
servir, et auxquels il accordoit un congé qu'il
se faisoit payer ; Cicéron, dis-je, après s'être
occupé de ces objets, s'exprime avec plus de
force, et d'une manière plus pressante, sur la
cupidité qui lui fit tourner à son profit la prise
d'un vaisseau de pirates par ses lieutenans,
qui lui fit épargner le chef de ces pirates. Son
ton s'élève et sa véhémence augmente lorsqu'il
parle du choix de Cléomène, d'un Syracusain,
mis à la tête d'une flotte romaine, de la défaite et de l'embrâsement de cette flotte, de la
course insolente des pirates vainqueurs dans le
port de Syracuse. Mais c'est lorsqu'il traite du
supplice des capitaines de vaisseaux et de celui
des citoyens romains, que son éloquence prend
un ton de vigueur et de pathétique qui est au-
dessus de tout ce qu'on peut imaginer. Ces
deux dernières parties du discours dont l'intérêt
est bien supérieur à celui des deux premières,

ont fait donner au discours entier le titre sur les supplices. -

Cicéron finit par donner quelques avis à *Hortensius*, défenseur de Verrès, et aux juges qui composent le tribunal. Il prévient ceux-ci qu'il ne manquera pas de courage ; il leur fait entendre que si, par quelque intrigue, Verrès venoit à bout d'échapper, il le citeroit devant un tribunal supérieur, devant le peuple romain lui-même.

La péroraison est des plus imposantes. L'orateur invoque tous les dieux et toutes les déesses, que Verrès avoit outragés par ses impiétés ; dont il avoit pillé les temples et les objets de leur culte ; il les prie d'inspirer aux juges une juste rigueur, pour qu'ils fassent subir à Verrès la peine qu'il mérite, et, quant à ce qui le regarde, de se contenter de l'accusation du seul Verrès, de lui permettre par la suite de se borner à défendre des malheureux.

Quoiqu'il y ait dans ce discours des beautés d'un ordre supérieur, je trouve néanmoins que celui sur les statues est plus également beau, qu'il y a beaucoup plus d'art, de variété, et de richesse de style.

CINQUIEME LIVRE CONTRE VERRÈS,

Ou discours sur les Supplices.

Personne à présent, Romains, ne doute que Verrès n'ait signalé sa préture dans la Sicile par les plus horribles brigandages, sans respect ni pour le sacré, ni pour le profane, sans épargner ni les particuliers, ni les villes, qu'en un mot il n'ait exercé sans aucun scrupule, je dis même, sans aucun déguisement, tous les genres de vols et de rapines. Mais on nous annonce, pour sa défense, un moyen imposant et merveilleux, contre lequel il faut nous prémunir, et voir de loin comment nous pourrons le combattre. On se propose, pour rendre inutiles nos inculpations, de montrer que Verrès, par son courage et par sa vigilance rares, a garanti la Sicile, dans ces conjonctures critiques, de l'irruption des esclaves (1) et des périls de la guerre. Que ferai-je, Romains? Comment disposer mon accusation?

(1) De l'irruption des esclaves qui, en Italie, soulevés et conduits par Spartacus, lorsque Verrès gouvernoit la Sicile, allumèrent une guerre considérable que termina Crassus.

B b 4

De quel côté me tourner ? A toutes mes attaques on oppose, comme un mur impéné-
nétrable, le nom de grand général. Je connois l'artifice (1) : je vois sur quoi va triompher
l'éloquence d'Hortensius. Il vous exagérera
les dangers de la guerre, les pressans besoins
de la république, la disette de généraux. Il
vous demandera comme une grace, ou plutôt
comme une justice, de ne pas souffrir que les
témoignages des habitans de la Sicile privent
le peuple Romain d'un tel général ; de ne pas
permettre que le mérite du commandement militaire soit étouffé sous quelques imputations
d'avarice.

Je ne puis le dissimuler, Romains ; j'appréhende que la supériorité de la vertu guerrière
dans Verrès ne lui obtienne l'impunité de tous
ses crimes. Je me rappelle, dans la cause de
Marcus Aquillius (2), l'impression et l'effet

---

(1) *Je connois l'artifice.* Latin, *novi locum*, c'est-
à-dire, *novi locum rhetoricum, qui praebeat Hor-
tensio exaggerandi facultatem.*

(2) Marcus Aquillius, après avoir été consul,
gouverna la Sicile en qualité de proconsul. Il termina la guerre des esclaves fugitifs, et entra dans
Rome avec les honneurs de l'ovation. Accusé ensuite

que produisit le discours de l'éloquent Antonius. Comme cet orateur joignoit à beaucoup
de sagesse une grande véhémence, il saisit,
sur la fin de son plaidoyer, celui pour lequel
il parloit, et le faisant paroître aux yeux de
toute l'assemblée, il déchira sa robe, lui découvrit la poitrine, afin que les juges et le
peuple Romain pussent voir les cicatrices de
toutes ses blessures. Il insista fortement sur le
coup que le chef des ennemis (1) lui avoit
porté à la tête. Enfin il émut vivement les
juges, et leur fit craindre qu'un homme que
la fortune avoit arraché aux traits des ennemis,
lorsqu'il ne s'étoit pas épargné lui-même, ne
parut avoir été conservé, non pour soutenir la
gloire du nom romain, mais pour subir la
cruauté d'une sentence judiciaire. C'est ce

pour crime de concussion, il fut renvoyé absous,
ayant été défendu par Marcus Antonius, orateur
célèbre dont Cicéron fait un grand éloge dans ses
livres de rhétorique.

(1) Ce chef des ennemis étoit Athénion, berger de
Cilicie, qui ayant tué son maître, fit soulever un
grand nombre d'esclaves, forma une puissante armée, et fit beaucoup de mal aux Romains pendant
quatre ans. Il fut entièrement défait par Aquillius.

même moyen de défense que nos adversaires essayent aujourd'hui ; ils prétendent au même avantage. Que Verrès soit un brigand, qu'il soit un sacrilège, qu'il ait donné l'exemple de tous les vices et de tous les forfaits ; n'importe: c'est un général aussi heureux qu'habile, qu'il faut conserver à l'état pour les circonstances critiques.

Je ne veux pas, Verrès, agir avec vous à la rigueur ; je ne dirai pas, ce qu'on doit peut-être m'accorder, que l'objet de la cause étant fixé par la loi, il n'est pas question des exploits militaires qui vous ont illustré, mais du désintéressement que vous avez montré dans votre province. Non, je n'agirai pas avec cette rigueur ; mais puisque vous le voulez ainsi, je vous demanderai ce que vous avez fait dans la guerre de si grand et de si admirable.

PREMIÈRE PARTIE.

Guerre des esclaves fugitifs.

Direz-vous que votre courage et votre fermeté ont garanti la Sicile de la guerre des esclaves ? magnifique sujet d'éloge, moyen de défense honorable ! Mais enfin quelle guerre

voulez-vous dire ? Nous savons qu'après celle
qu'a terminée Aquillius , il n'y a eu en Sicile
aucune guerre d'esclaves. Mais il y en a eu en
Italie. Oui , sans doute , elle a même été vive
et sanglante. Voulez-vous donc vous appro-
prier une partie de la gloire que Crassus (1) et
Pompée se sont acquise en la terminant? Pré-
tendez-vous partager avec eux l'honneur de la
victoire? Non , il ne manque plus à votre
impudence que d'oser tenir un pareil langage.
Vous avez apparemment empêché que les
troupes des esclaves ne pussent passer d'Italie
en Sicile. Dans quel parage? A quelle époque?
De quel côté? Est-ce lorsqu'ils vouloient y
aborder avec des navires ou sur des radeaux?
Mais nous n'en avons jamais entendu parler;
nous avons seulement ouï dire que le courage
et la prudence de Crassus ont empêché les
esclaves de réunir leurs radeaux et d'entrer
par le détroit de Messine, Eut-il donc fallu employer contr'eux de si grandes forces , si l'on

(1) Ce fut sur-tout Crassus qui eut la gloire de
terminer en Italie la guerre des esclaves dont Spartacus étoit le principal chef. Pompée , en revenant
d'Espagne , ne fit que tailler en pièces 5000 hommes
échappés de la défaite.

eut pensé qu'il y avoit dans la Sicile des troupes
pour s'opposer à leur passage ?

Mais, dira-t-on, lorsque la guerre étoit en
Italie aux portes de la Sicile, elle n'a point pénétré dans la Sicile. Qu'y a-t-il d'étonnant ?
Lorsqu'elle étoit dans la Sicile, à la même distance, elle n'a point pénétré dans l'Italie. Eh!
pourquoi fait-on valoir ici la proximité des
lieux ? Est-ce par la facilité (1) qu'avoient les
ennemis d'entrer dans la province ? ou parce
que la contagion du mauvais exemple pouvoit
gagner les esprits ? Sans vaisseaux, il est non-
seulement difficile, mais impossible d'entrer
dans la Sicile ; ensorte que ces ennemis que
vous nous montrez aux portes de la Sicile, auroient eu moins de peine à s'avancer jusqu'à
l'Océan (1) qu'à s'approcher du promontoire
Pélore. Quant à la contagion de l'exemple,
pourquoi vous en prévaloir plutôt que les gou-

_____

(1) *Est-ce par la facilité....* Après *utrùm*, en latin,
il semble qu'il faudroit ajouter, ou du moins il
faut sous-entendre, *vis*, *contendis*, ou quelque
autre verbe.

(2) *A s'avancer jusqu'à l'Océan*, en traversant par
terre la Gaule et l'Espagne. —— Pélore, un des trois
promontoires de la Sicile.

verneurs des autres provinces? Est-ce parce
qu'il y a déja eu dans la Sicile des guerres d'esclaves ? Mais c'est justement-là pourquoi cette
province étoit plus en sûreté que d'autres.
Lorsque Aquillius eut quitté la Sicile , tous les
préteurs , par leurs réglemens et leurs édits,
défendirent aux esclaves le port des armes.
Voici un fait ancien, mais peut-être , vu l'acte
de sévérité qu'il présente , n'est-il ignoré d'aucun de vous. On avoit apporté un sanglier
énorme à Domitius, préteur en Sicile. Etonné
de sa grosseur démesurée, il voulut savoir qui
l'avoit tué. Ayant su que c'étoit le berger d'un
particulier, il ordonne qu'on le fasse venir. Le
berger, qui s'attendoit à recevoir des éloges et
une récompense , accourt avec empressement.
Domitius lui demande comment il avoit tué
un si grand animal; avec un épieu, lui répond
l'esclave. Le préteur le fit aussitôt attacher en
croix. Cet exemple pourra paroître d'une sévérité excessive : mais , sans justifier Domitius
ni le condamner, je vois seulement qu'il aima
mieux passer pour trop sévère en punissant
le coupable , que pour foible en lui faisant
grace.

En vertu de ces réglemens de la province ,

lors même que la guerre des esclaves mettoit toute l'Italie en feu, Norbanus, sans être des plus ardens ni des plus fermes, resta fort tranquille, la Sicile se garantissant très-facilement par elle-même de toute guerre intestine. En effet, les naturels du pays et nos commerçans sont fort unis, autant par amitié et par inclination que par raison et par intérêt ; d'ailleurs, l'état actuel des Siciliens leur rend la paix avantageuse, et ils chérissent assez notre domination, pour ne vouloir ni y donner atteinte ni la changer pour une autre ; enfin, les réglemens des préteurs et le bon ordre des maisons tendent à prévenir toute révolte de la part des esclaves : de tout cela il résulte qu'on ne peut craindre de la province même aucun trouble domestique.

Quoi donc ? n'y a-t-il eu de la part des esclaves aucun mouvement en Sicile pendant la préture de Verrès ? n'ont-ils formé aucune conspiration ? Aucune, du moins que je sache être parvenue à la connoissance du sénat et du peuple romain, aucune dont Verrès ait informé le sénat. Je soupçonne toutefois qu'il y a eu un commencement de révolte de la part des esclaves dans quelque endroit de la Sicile ;

je le fais moins par l'importance du fait que par la conduite et les ordonnances de Verrès. Et voyez combien peu j'agis en ennemi. Je rapporte moi-même, conformément à ses désirs, des soulevemens d'esclaves dont vous n'avez eu aucune nouvelle.

Dans le territoire de Triocala (1), lieu qu'avoient déja occupé des esclaves fugitifs, les esclaves d'un certain Léonidas de Sicile, furent soupçonnés d'avoir tramé une conjuration. L'affaire est portée devant le préteur. Aussitôt, comme cela devoit être, on arrête par son ordre ceux qui lui avoient été dénoncés, oh les amène à Lilybée. Le maître est mandé, le procès instruit : ils sont condamnés.

Qu'arriva-t-il ensuite ? que pensez-vous, Romains ? Vous vous attendez peut-être à quelque vol, à quelque rapine. Ne nous demandez pas toujours des vols. Lorsqu'on craint la guerre, peut-on songer à extorquer de l'argent ? Quand Verrès en auroit trouvé l'occasion, il l'auroit négligée. Il pouvoit tirer quelque somme de Léonidas, quand il lui signifia

(1) Triocala, ville de Sicile, qu'avoit occupée et fortifiée un des chefs des esclaves fugitifs,

de comparoître : il pouvoit , pour faire cesser les
poursuites, conclure un de ces marchés auxquels
il est accoutumé ; il pouvoit encore se prêter
à un arrangement pour renvoyer absous les
coupables. Mais les esclaves condamnés, quel
moyen d'extorquer de l'argent ? il faut absolument les conduire au supplice. Tout déposeroit contre lui , son conseil, les registres
publics , les plus illustres citoyens de Lilybée ,
tous les citoyens romains , personnages distingués , qui sont en grand nombre dans cette
ville. La chose n'étoit pas possible : il faut les
conduire à la mort. On les amène donc, on
les attache au poteau. Je le vois , Romains ;
vous attendez encore la suite de cette affaire ,
Verrès n'ayant jamais rien fait sans quelque
vue de profit et de rapine. Qu'y avoit-il de
possible en pareille occasion ? que pouvoit-il
pour son avantage ? Imaginez la conduite la
plus odieuse , j'irai encore au-delà de votre
attente. Des esclaves condamnés pour le crime
d'une conjuration , livrés au supplice , attachés au poteau, sont délivrés tout-à-coup, en
présence d'un nombre infini de spectateurs, et
rendus à Léonidas leur maître.

Que

Que pouvez-vous dire, ô le plus insensé des hommes ! sinon ce que je ne vous demande pas, ce qu'enfin, bien qu'une conduite aussi révoltante ne laisse aucun doute, il faut pourtant demander, tout indubitable qu'il est, je veux dire ce que vous avez reçu, combien et comment vous avez reçu. Je vous fais grace sur cet article, je vous affranchis de ce soin. Non, on ne fera jamais croire à personne que vous vous soyez porté sans intérêt à une action dont nul autre que vous n'eût été capable pour aucune somme. Mais je ne dis rien de cette manière d'extorquer de l'argent ; j'examine votre mérite de grand général.

Que dites-vous, excellent gardien et vaillant défenseur de votre province? Des esclaves que vous saviez avoir formé le projet de prendre les armes et de faire la guerre en Sicile, que vous aviez condamnés de l'avis de votre conseil; des esclaves déja livrés au supplice suivant les usages de nos ancêtres, déja attachés au poteau, vous avez osé les arracher à la mort et les délivrer du supplice ; afin, sans doute, qu'elle fût réservée pour des citoyens romains innocens , cette croix (1) que vous aviez plantée pour des esclaves coupables. Les états absolument désespérés , privés de toute ressource , finissent ordinairement , et c'est là le signal de leur perte, par rétablir les citoyens condamnés, rappeler les exilés, ouvrir les prisons , et annuller les jugemens. Lorsqu'on en vient là , il n'est personne qui ne voie la république près de sa ruine, sans espoir de salut. Et si quelquefois on s'est permis ces abus funestes, c'étoit pour des hommes d'une grande naissance ou chéris du peuple, qu'on vouloit délivrer du supplice ou rappeler de l'exil. Mais ces hommes n'ont pas été absous par ceux qui les avoient jugés , ni après avoir été tout récemment condamnés , et condamnés pour des crimes qui intéressoient la vie et la fortune de tous. Le fait dont je parle est absolument nouveau. Quoi! des esclaves arrachés au supplice par celui même qui les avoit jugés , après avoir été tout récemment condamnés , et condamnés pour un crime qui intéressoit la vie et le salut de toutes les personnes libres ! Oui , le fait est tel, que c'est plutôt la personne de l'accusé que la nature du fait même qui le rend croyable.

(1) *Pour des citoyens romains….* L'orateur fait ici allusion à Gavius que Verrès avoit fait mettre en croix.

O l'excellent général, qui doit marcher de pair non plus avec Aquillius, ce guerrier courageux, mais avec les Paul Emile, avec les Scipion, avec les Marius ! Quelle prévoyance au milieu des alarmes et des dangers de sa province ! il voyoit les esclaves de Sicile, invités par la rebellion de ceux d'Italie, tout prêts à se soulever ; pour les contenir dans le devoir, comme il a su leur imprimer de la terreur ! Il fait arrêter des coupables : qui ne trembleroit pas ? Il met en cause les maîtres même : quoi de plus effrayant pour les esclaves ? Il prononce une sentence de condamnation (1) : il paroît vouloir éteindre dans le sang de quelques criminels un grand incendie qui menaçoit de se répandre. Que voit-on ensuite ? des fouets, des flammes, des tortures, des croix, l'appareil, en un mot, des plus grands supplices destinés à punir les coupables, et à effrayer les autres : eh bien ! ils ont été affranchis de toute punition. Doutera-t-on que Verrès n'ait jetté l'épouvante dans l'esprit de tous les esclaves, en leur montrant un préteur si com-

(1) *Il prononce une sentence de condamnation.* Latin, *fecisse videri pronuntiavit. Videtur fecisse* étoit la formule de condamnation.

C c 2

plaisant et si facile, que , sous son gouvernement, on pouvoit , près de subir le supplice ,
se racheter , par l'entremise du bourreau lui-
même , du crime d'une conjuration ?

N'en avez-vous pas usé de même avec Aris-
todame d'Apollonie, avec Léonte de Mégares ?
Ces premiers mouvemens d'esclaves, ces alarmes
soudaines dont vous nous parlez , ont-ils été
pour vous un motif de garder avec plus de
soin votre province, et non plutôt un nouveau
moyen d'exercer d'odieuses rapines ? On avoit
accusé , à votre instigation , un esclave qui faisoit valoir un bien considérable d'Eumenidas
d'Halicium , citoyen noble et distingué ; vous
avez reçu soixante mille sesterces (1) du maître,
qui dernièrement nous a appris lui-même dans
sa déposition comment la chose s'étoit passée.
Vous avez extorqué cent mille sesterces à Matrinius , chevalier romain, pour lors à Rome ,
sous prétexte que ses fermiers et ses bergers
vous étoient suspects. C'est ce qu'a déposé
Flavius agent de Matrinius, qui vous a compté
cette somme ; c'est ce qu'a déposé Matrinius
lui même ; c'est ce que déposera le censeur

(1) 60,000 sesterces , 7500 livres de notre monnoie.
100,000 sesterces , 12,500 livres.

Lentulus, qui, par égard pour Matrinius, vous a écrit et fait écrire dès le commencement.

Ici puis-je me taire sur l'infortuné Apollonius, fils de Dioclès (1), de Palerme, surnommé Géminus? est-il rien de plus connu dans toute la Sicile ? est-il rien de plus indigne? rien de plus évident ? Dès qu'Apollonius fut arrivé à Palerme, Verrès siégeant en son tribunal, le fait ajourner pour comparoître devant lui, au milieu d'un grand concours de peuple et de citoyens romains. Aussi-tôt grande rumeur au sujet de cet ajournement. On étoit surpris que le préteur eût tant tardé à entamer un homme aussi riche qu'Apollonius. Il a trouvé, disoit-on, quelque moyen, inventé quelque prétexte. Ce n'est certainement pas sans motif qu'il fait ajourner aussi brusquement un homme riche. Tout le monde étoit dans l'attente de ce qu'on alloit reprocher à Apollonius, lorsqu'on vit ce malheureux hors de lui-même accourir avec un fils encore jeune ; car son père étoit retenu depuis long-tems au lit par son grand

(1) *De Dioclès*. Latin, *Diocli* pour *Dioclis*. Les Latins donnoient souvent au génitif la terminaison de la seconde déclinaison aux noms propres des Grecs en *es*.

C c 3

âge. Verrès lui nomme un esclave, intendant de ses troupeaux, qu'il accuse d'avoir tramé une conjuration et soulevé d'autres esclaves. Il n'y avoit point d'esclave de ce nom dans la maison d'Apollonius; Verrès toutefois veut qu'on le lui amène sur-le-champ. Apollonius proteste qu'il ne connoît point l'homme qu'on lui demande. Le préteur ordonne que ce malheureux soit arraché de son tribunal et jetté en prison. Tandis qu'on le traînoit, il crioit qu'il n'avoit fait aucun mal, qu'il n'étoit coupable d'aucune faute, que pour le moment il n'avoit pas d'argent comptant, il n'avoit que des billets (1). Lorsqu'il poussoit ces cris au milieu d'une grande foule de monde, de manière à faire comprendre qu'il n'étoit si indignement traité que pour n'avoir point donné d'argent ; lors, dis-je, qu'il protestoit à grands cris que l'argent lui manquoit, on le jette en prison.

Voyez combien est d'accord avec lui-même, un préteur qui maintenant accusé, n'est pas défendu comme un préteur ordinaire, mais vanté comme un excellent général. Dans le tems où l'on craignoit la guerre des esclaves,

_____

(1) Latin, *pecunia in nominibus*, argent en billets, en obligations.

il épargnoit à des esclaves condamnés le supplice qu'il faisoit subir à des maîtres non condamnés ; sous prétexte de la guerre des esclaves,
il a fait jetter en prison, sans l'entendre, Apollonius, homme riche, qui, si les esclaves
excitoient une guerre en Sicile, couroit risque
de perdre une ample fortune : et des esclaves
qu'il avoit déclarés dans son conseil coupables de conjuration, il les a affranchis de tout
supplice, de son propre mouvement, sans
prendre l'avis de son conseil. Mais si Apollonius a commis une faute qui méritât punition,
ferons-nous un reproche, ferons-nous un crime
à Verrès d'avoir prononcé un peu trop sévè-
rement ? Je n'userai pas de cette rigueur excessive, ordinaire aux accusateurs. Je ne regar-
derai pas comme un trait de mollesse un acte de
clémence, ni comme un trait de cruauté un acte
de sévérité. Je n'en agirai point avec vous de la
sorte. Je soutiendrai vos jugemens, je défendrai vos décisions tant qu'il vous plaira ; mais
dès que vous les annullerez vous-même, cessez
de m'en vouloir. Car dès-lors je serai en droit
de prétendre que celui qui s'est condamné lui-
même doit être condamné par la sentence de
juges, religieux observateurs du serment. Je

ne défendrai pas la cause d'Apollonius, mon
hôte et mon ami ; on pourroit croire que j'an-
nulle vos décisions. Je ne dirai rien de sa sagesse , de sa vertu , de sa vigilance ; je sup-
primerai une réflexion que j'ai déja faite , qu'A-
pollonius étant aussi riche en esclaves, en troupeaux , en fermes , en billets de créance , il
lui importoit plus qu'à personne qu'il ne s'élevât
en Sicile aucun trouble ni aucune guerre. Je
ne dirai pas même qu'en le supposant coupable,
on ne devoit point traiter aussi cruellement ,
sans l'avoir entendu , un citoyen honnête d'une
ville distinguée. Je n'animerai pas contre vous
les juges en peignant à leurs esprits un homme
tel qu'Apollonius, enfermé dans le triste réduit
d'un noir cachot , condamné à toutes les horreurs d'un tel séjour , privé de la consolation
de voir un père chargé d'années et un fils à la
fleur de l'âge , que vos ordres tyranniques re-
poussoient tous deux de l'entrée de la prison.
Je ne dirai pas non plus que toutes les fois
que vous vous êtes rendu à Palerme pendant
les dix-huit mois entiers qu'a duré la captivité
d'Apollonius , le sénat de cette ville vous est
venu trouver avec les magistrats et les ministres
publics de la religion , pour vous supplier,

pour vous conjurer , de rendre enfin la liberté
à un citoyen innocent et malheureux. J'omet-
trai toutes ces circonstances qui ne feroient
que trop voir que , par votre cruauté envers
les autres , vous vous êtes fermé il y a long-
tems tout accès à la compassion de vos juges.

Je vous épargne ces détails , je vous en fais
grace ; car je prévois les moyens de défense
qu'emploiera Hortensius. Il avouera que ni
la vieillesse d'un père , ni la jeunesse d'un
fils , ni les larmes de l'un et de l'autre ,
n'ont prévalu , dans l'esprit de Verrès , sur
les intérêts et le salut de sa province : il
dira que la crainte et la sévérité sont des freins
nécessaires dans le gouvernement de la république : il demandera pourquoi ces faisceaux
portés devant les préteurs , pourquoi ces haches
qu'on leur donne , pourquoi ces prisons qu'on
a construites , pourquoi tant de supplices établis par nos ancêtres contre les méchans ?
Quand il aura déployé sur tous ces objets la
force d'une éloquence imposante , je lui demanderai à mon tour pourquoi le même
Verrès a fait sortir de la prison le même Apollonius , tout-à-coup , sans qu'il fût rien sur-
venu de nouveau , sans nulle justification ,

sans nul motif ; et je soutiendrai que cette
conduite fait naître de tels soupçons, que les
juges pourront conjecturer par eux - mêmes
sans le secours de mes inductions, quel étoit
ce genre de rapine, tout ce qu'il avoit d'odieux,
et combien il devoit être une source inépui-
sable de profits immenses. Voyez d'abord en
peu de mots le nombre et la gravité des outrages faits à Apollonius, pour les estimer
ensuite et leur assigner un prix. Vous trouverez qu'en maltraitant de la sorte un seul
homme riche, il a voulu épouvanter les autres
par la crainte de pareils jugemens et de traitemens semblables. C'est d'abord une accusation soudaine d'un crime odieux et capital :
mettez la valeur à cet article, et jugez combien de riches se sont rachetés à ce prix. Ce
sont ensuite des imputations sans accusateur,
une sentence sans tribunal, une condamnation
sans défense : évaluez tous ces objets, et
pensez que le seul Apollonius s'est trouvé
pris dans les filets de l'injustice, mais que
beaucoup d'autres s'en sont garantis à prix d'argent. C'est enfin une prison, des chaînes, un
cachot ténébreux, les horreurs de la captivité,
la défense de voir un père, des enfans, la

privation de l'air et de la lumière : des traitemens qu'on racheteroit même par la vie , je
ne puis les apprécier avec de l'argent. Apollonius s'est racheté trop tard de tous ces
maux , épuisé déja par la douleur et par les
souffrances ; mais il a appris aux autres à prévenir de loin les cruels effets de l'avarice du
préteur ; à moins que vous ne pensiez que ,
sans intérêt , on ait choisi un homme aussi
riche pour le charger d'une aussi incroyable
accusation , ou que , sans intérêt, on l'ait tout-
à-coup élargi , ou que Verrès ait essayé et employé ce genre de vol contre le seul Apollonius , qu'il n'ait pas voulu par son exemple
effrayer tous les riches de la Sicile.

Si en relevant la gloire militaire de Verrès ,
j'ai laissé échapper par hasard quelque chose
d'essentiel , je le prie de vouloir bien m'en
avertir. Il me semble que j'ai rapporté tous ses
exploits , du moins ceux qui regardent la
guerre des esclaves : je n'ai rien omis au moins
que je sache. Vous voilà donc instruits , Romains , de l'exactitude, de la vigilance, du
zèle de cet illustre préteur pour la garde et
la défense de sa province. Comme il est plu-

sieurs classes de généraux , l'essentiel maintenant est de savoir dans laquelle il faut le
placer. Afin donc que , dans une si grande
disette d'hommes courageux , vous n'ignoriez
pas plus long-tems quel est ce général , ne
pensez (1) ni à la sagesse rare de Fabius , ni
à l'incroyable promptitude du premier Scipion
l'Africain , ni à la prudence singulière du second , ni à l'exacte discipline de Paul Emile ,
ni à la valeur active de Marius ; c'est toute une
autre espèce de général , espèce qu'on doit retenir et conserver soigneusement.

Et d'abord , admirez sa conduite dans les
marches, qui font une partie essentielle de l'art
militaire , et qui sont inévitables sur-tout en
Sicile ; voyez avec quelle sage prévoyance il
s'est rendu agréable et facile ce qui est fa-
tigant pour tout autre. Pendant l'hiver , pour

(1) *Ne pensez ni à....* Latin , *non ad Q. Maximi*
sapientiam , c'est-à-dire, *non iste confærendus est*
cum Q. Maximi sapientiâ. La particule *ad* , en
latin , est souvent employée pour les comparai-
sons. Les grands-hommes , nommés dans cet endroit, sont trop connus pour qu'il soit nécessaire d'en
parler.

échapper à la rigueur du froid, à la violence dés vents, et à l'abondance des pluies, il s'étoit ménagé une excellente ressource : il avoit choisi Syracuse , dont la position et le climat font dire qu'il n'y a jamais eu de jours si orageux où les habitans n'aient vu briller le soleil à quelques momens de la journée. Telle étoit dans cette ville , pendant les mois d'hiver , la vie de ce grand général , qu'on auroit eu de la peine à le voir, je ne dis pas hors de son palais , mais hors de son lit. Les jours alors plus courts se passoient en festins , les nuits plus longues étoient remplies tout entières par d'infames débauches.

Au commencement du printems , et il ne commençoit point pour Verrès au retour du zéphir ou au lever de quelque constellation ; mais lorsqu'il voyoit la rose s'épanouir , c'est alors qu'il reconnoissoit le printems : il se livroit à la fatigue des marches , et il s'y montroit si actif , si infatigable , qu'on ne le vit jamais à cheval. Suivant la coutume des rois de Bithynie , huit esclaves le portoient dans une litière , mollement étendu sur un brillant coussin garni des plus belles roses , ayant une couronne sur la tête , une autre autour du cou, tenant à la main un sachet de fin lin, d'un travail délicat, et rempli de feuilles de roses dont il respiroit l'odeur suave. Après une marche aussi pénible, arrivé à une ville, il se faisoit porter dans la même litière jusqu'à l'intérieur de son appartement. Là, comme vous l'avez appris de témoins non suspects, se rassembloient les magistrats de la Sicile et les chevaliers romains. On portoit les différends à son tribunal privé, et on en rapportoit des sentences qu'on rendoit publiques. Après quelques instans employés, toujours dans sa chambre, à rendre, ou plutôt à vendre la justice, il consacroit le reste du jour à Bacchus et à Vénus. Ici, je ne dois pas taire les soins et les attentions peu communes de ce général incomparable. Il est bon de savoir que de toutes les villes de la Sicile où les préteurs sont dans l'usage de s'arrêter et de tenir leurs assises (1), il n'en est pas une seule où Verrès n'eût choisi pour satisfaire sa passion une femme de maison distinguée. Quelques-unes

(1) *Tenir leurs assises.* Latin, *conventum agere.* Le préteur étoit dit *conventum agere*, lorsqu'il s'arrêtoit dans une ville pour rendre la justice.

d'entre elles venoient publiquement à ses repas ;
celles qui avoient quelque pudeur, se rendoient
chez lui à des heures marquées, évitoient le
jour et les regards publics. Il ne régnoit pas
dans ses festins ce silence ordinaire aux repas
des préteurs et des généraux, ni cette retenue
qui sied à des magistrats ; tout s'y passoit au
milieu des cris et du tumulte. Quelquefois
même on se querelloit jusqu'à en venir aux
coups. Car cet exact et sévère préteur, qui
n'avoit jamais obéi aux loix de la république,
suivoit scrupuleusement les loix dictées la
coupe à la main (1). Aussi, voici quel étoit le
dénouement de ces orgies licentieuses : quelques-uns étoient emportés de la salle du festin, comme d'un champ de bataille ; d'autres
étoient laissés pour morts ; la plupart restoient
étendus par terre sans raison ni connoissance :
de sorte qu'en voyant ce désastre, on eût
cru voir, non le banquet donné par un pré-

___

(1) Dans les festins on tiroit au sort celui qui
seroit le maître du festin, qui régleroit le vin qu'on
boiroit, et combien on en boiroit, etc. de-là, *leges
in poculis*.

teur, mais la bataille de Cannes (1) reproduite par la débauche.

Au plus fort de l'été, temps où les préteurs de Sicile sont toujours en marche, parce qu'ils croyent devoir visiter leur province, dans un moment sur-tout où les blés sont dans les granges, où les esclaves se rassemblent, où l'on peut voir le nombre de ceux-ci, l'étendue des travaux, et l'abondance de la récolte, laquelle sert de règle pour les impositions : dans un moment favorable aux voyages, où les autres préteurs font leurs visites, notre général d'une nouvelle espèce, établissoit, dans le plus beau lieu de Syracuse, son quartier de rafraîchissement. C'étoient des tentes de fin lin qu'il faisoit dresser à l'entrée du port, à l'endroit même où les flots de la mer baignent le rivage, et se replient pour former un golfe dans la ville. Il quittoit donc le palais du préteur, ancien domicile du roi Hieron, pour aller s'établir dans cette délicieuse retraite. Il s'y renfermoit, et pendant une longue suite

(1) Personne n'ignore la bataille de Cannes, où il y eut tant de milliers de Romains taillés en pièces par Annibal.

de

de jours, on ne l'en voyoit jamais sortir. L'entrée n'en étoit ouverte qu'aux ministres ou
aux compagnons de son incontinence. Là se
rassembloient toutes les femmes, compagnes
ordinaires de ses plaisirs ; et il est incroyable
combien le nombre en étoit grand à Syracuse.
Là se rendoient ces hommes dignes de son
amitié, dignes de ses débauches et de ses dissolutions. C'est au milieu de tels hommes et
de telles femmes que se trouvoit son fils dans
la fleur de la jeunesse ; et quand la bonté du
naturel l'eût détourné d'un si funeste exemple,
le pouvoir de l'habitude et de l'éducation l'eût
forcé de ressembler à son père. C'est là que,
par l'entremise d'un musicien de Rhodes,
l'intrigue et la ruse amenèrent cette fameuse
Tertia. Elle causa, dit-on, de grands troubles
dans le camp de Verrès. L'épouse de Cléomène
de Syracuse et celle d'Eschrion, toutes deux
de famille distinguée, souffroient avec peine
dans leur compagnie la fille du bouffon Isidore. Mais cet autre Annibal (1), qui croyoit

---

(1) L'orateur fait allusion à cette parole d'Annibal,
*Quiconque frappera l'ennemi sera pour moi Cartha-
ginois, quel qu'il soit.*

Tome IV.   D d

que dans son camp on devoit favoriser le mérite et non la naissance, eut une telle prédilection pour cette Tertia, qu'il l'emmena en
triomphe quand il quitta sa province.

Durant tous ces jours, revêtu d'un manteau
de pourpre et d'une robe traînante (1), Verrès
célébroit des festins avec des femmes ; personne cependant n'en étoit choqué : un préteur absent du forum, la justice interrompue,
les jugemens suspendus, le barreau condamné
à un profond silence, tandis que tout cet
endroit du rivage retentissoit sans cesse de la
voix des femmes et du son des instrumens,
on le souffroit sans peine : car on ne croyoit
pas que les jugemens et la justice fussent ban-
nis du forum, mais plutôt la violence, la
cruauté, et le plus affreux brigandage.

Voilà donc, Hortensius, celui que vous

_____

(1) Mot à mot, *avec le manteau à la grecque de
pourpre et une tunique qui descendoit jusqu'aux
talons*. La tunique étoit une espèce de petite soutane sans manches, qui descendoit jusqu'à mi-jambe,
et pardessus laquelle on mettoit la toge. Cicéron
reproche à Verrès un habillement qui étoit contre
l'usage des Romains.

nous donnez pour un grand général ! voilà celui dont vous vous efforcez de couvrir les larcins, les rapines, l'avarice, la cruauté, l'orgueil, la scélératesse, l'audace, par l'éclat des talens guerriers, par la grandeur des exploits militaires ! En vérité, je tremble qu'à la fin de votre plaidoyer vous n'alliez nous renouveler ce fameux trait de l'orateur Antonius (1) ; qu'à son exemple vous ne fassiez lever Verrès, vous ne lui découvriez la poitrine, vous n'y montriez au peuple romain tant de nobles cicatrices, c'est-à-dire, les marques qu'y a laissées la fureur des femmes, traces honteuses de libertinage et de débauche.

Fassent les dieux que vous osiez parler de guerre et de talens guerriers ! Je ferai connoître, moi, les anciennes campagnes (2) de

_____

(1) Voyez plus haut.

(2) *Les anciennes campagnes....* Cicéron, dans tout cet endroit, se sert d'expressions qui ont rapport au service militaire. Je les ai rendues dans notre langue le mieux qu'il m'a été possible. —— En latin, *perduci* se disoit d'un jeune homme que l'on conduisoit chez des orateurs pour s'instruire ; et *abduci*, d'un jeune libertin qui se laissoit mener dans de

Verrès ; et l'on verra ce qu'il a été, non-seulement depuis qu'il commande en chef, mais
encore lorsqu'il servoit en qualité de subal-
terne. Je rappelerai ses premiers tems de service, tems où il étoit conduit, non chez des
orateurs célèbres, comme il le dit à tout le
monde, mais dans des sociétés perverses. Je
parlerai de ce camp du brelandier de Plaisance, où, malgré son assiduité, il perdit sa
paie et se trouva ruiné. J'exposerai toutes les
pertes qu'il a essuyées dans ce camp, mais
dont il s'est dédommagé en prostituant sa
jeunesse. Le dégoût d'autrui plutôt que le sien
propre l'ayant fait renoncer à un commerce
infâme, comment s'est-il montré dans l'âge
viril ? quelles places les mieux gardées par la
pudeur, son audace n'a-t-elle pas emportées
de force ? Est-il besoin d'en citer des exemples, et d'unir avec ses infamies le déshonneur
de qui que ce soit ? Non, je ne le ferai pas;
mais supprimant tous les faits anciens, je n'en
rapporterai que deux tout récens, qui, sans

mauvaise compagnies. —— *AEre dirui,* se disoit d'un
soldat qui perdoit sa paie parce qu'il s'éloignoit du
camp sans permission.

déshonorer personne, suffiront pour faire juger du reste. Le premier est si notoire et si public, que, sous le consulat de Lucullus et Cotta, aucun homme, quelque retiré qu'il vécût à la campagne, n'est venu ici d'aucune ville municipale pour répondre à un ajournement, sans qu'il ait été bien instruit que le préteur de Rome rendoit la justice au gré et selon les caprices de la Chélidon. Le second fait, c'est que Verrès, après être sorti de la ville avec ses habits de général, après avoir prononcé les vœux solemnels pour la prospérité de son gouvernement et pour le bonheur de toute la république, rappelé par son incontinence auprès d'une femme mariée à un seul et prostituée à tout le monde, se faisoit reporter de nuit dans une litière, et rentroit dans la ville au mépris des auspices, au mépris de toutes les loix divines et humaines (1).

Dieux immortels ! que les hommes diffèrent

____

(1) Lorsqu'un magistrat étoit sorti de Rome avec les cérémonies requises, pour aller prendre possession de son gouvernement, il ne pouvoit y rentrer que lorsque le tems de son gouvernement étoit expiré.

entre eux d'idées et de sentimens ! Daignent
mes concitoyens approuver les dispositions
où je suis, et combler mes espérances pour
l'avenir, comme il est vrai que, dans les magistratures dont le peuple romain m'a honoré
jusqu'à ce jour, je n'ai rien vu que l'engagement solemnel d'en remplir fidèlement tous
les devoirs ! Nommé questeur, j'ai envisagé
cette dignité, non comme un présent, mais
comme un dépôt. Pourvu de la questure en
Sicile, j'ai cru voir tous les yeux fixés sur moi
seul, et me suis regardé comme un homme
en spectacle sur un des théâtres de l'univers.
Je me suis fait une loi non-seulement de réprimer les desirs immodérés des passions, mais
encore de refuser à la nature ses plaisirs et
même ses besoins. Me voici maintenant édile
désigné : je tiens un compte de tout ce que je
dois au peuple dont je tiens cette magistrature.
Il faut, je le sais, que je célèbre avec la plus
grande pompe les jeux sacrés de Cérès, de
Bacchus et de Proserpine ; il faut que je rende
la déesse Flore propice à cet empire par des
jeux non moins magnifiques ; je dois aussi célébrer avec un religieux appareil les plus anciens de tous les jeux, les premiers qui ont été

appelés *jeux romains*, ceux qu'on célèbre en l'honneur de Jupiter, de Junon et de Minerve. C'est à mes soins, je le sais, et à ma vigilance que sont confiées l'administration de tous les temples, la police de toute la ville. Je sais encore que, pour prix de ces peines et de ces embarras, on m'accorde de grands avantages, le privilége d'opiner un des premiers (1) dans le sénat, la robe prétexte, la chaire curule, le droit de transmettre mon nom avec mon image et d'illustrer ma postérité. Tous ces honneurs me sont précieux, sans doute; cependant qu'aucun des dieux ne me soit favorable, si tous ces avantages ne me causent pas plus d'inquiétude que de plaisir! Non, je ne veux point que cette édilité semble m'avoir été donnée comme on la donneroit à nn candidat, et parce qu'il falloit qu'elle tombât sur quelqu'un; tout mon desir est qu'elle paroisse

_____

(1) *Un des premiers*, sans doute après les consuls, les préteurs et les censeurs. ——*Avec mon image.* Pour avoir chez les Romains ce qu'on appeloit *jus imaginis*, il falloit avoir géré une magistrature curule. Au lieu de *prodendam*, des éditions portent *prodendae*.

avoir été placée avec discernement sur un citoyen capable de justifier votre choix.

Pour vous, Verrès, lorsque vous fûtes
nommé préteur de Rome (je ne dirai pas ici
par quels moyens) ; mais enfin lorsque vous
fûtes nommé, la voix du héraut qui annonça
à plusieurs reprises (1) que les centuries des
vieillards et des jeunes gens vous honoroient
de cette magistrature, n'a-t-elle pu vous ré-
veiller, et vous avertir que l'on vous confioit
une portion de la république, que vous deviez
au moins pendant cette année éloigner votre
concubine ? L'administration de la justice vous
étant échue par le sort, vous n'avez jamais
réfléchi sur l'importance de ce ministère, sur
la pesanteur de ce fardeau ; vous n'avez pas
fait attention, supposé que vous pussiez sortir
de votre assoupissement, qu'une fonction difficile à remplir pour la sagesse et l'intégrité
la plus rare, étoit tombée entre les mains de

(3) *A plusieurs reprises.* Le héraut proclamoit
l'avis de chaque centurie l'une après l'autre. On sait
que Servius Tullius, un des rois de Rome, avoit distribué le peuple en six classes, et chaque classe en
centuries, dont les unes étoient des vieillards, et les
autres des jeunes gens.

la folie et de la perversité. Aussi, loin d'avoir voulu, pendant votre préture, éloigner Chélidon (1) de votre maison, avez-vous transporté toute votre préture dans la maison de Chélidon. A suivi le gouvernement d'une province, où il ne vous est jamais venu dans l'esprit que, si l'on vous avoit donné les faisceaux, les haches, une si grande autorité, un tel appareil de puissance, ce n'étoit pas pour vous procurer les moyens de franchir toutes les barrières de la justice, de la pudeur et du devoir, pour vous faire regarder les biens de tout le monde comme votre proie, pour qu'aucune fortune ne fût à l'abri de votre cupidité, aucune maison fermée à votre avarice, pour que la vie et l'honneur d'aucun homme ne pussent être garantis de votre audace et de votre brutalité. Tels sont les excès que vous vous êtes permis dans votre province, que, pressé de toutes parts, vous avez recours à la guerre des esclaves ; et vous voyez que cette guerre, loin de vous offrir aucun moyen de

_____

(1) Il a été fort question, dans le discours *sur les statues*, de Chélidon, courtisane qui en mourant avoit fait Verrès son héritier.

défense, fournit contre vous une foule d'imputations graves. A moins peut-être que vous ne nous citiez les restes de la guerre des esclaves en Italie, et la ville de Temsa (1), où quelques-uns d'entre eux avoient cherché un asyle. La fortune vous avoit amené près de cette ville fort à propos, s'il y avoit eu en vous une étincelle d'ardeur, une ombre de courage; mais vous vous êtes montré tel que vous fûtes toujours.

Les députés de Valence étoient venus au-devant de vous, ayant pour chef de leur ambassade Marius, homme éloquent et distingué par sa naissance ; ils vous invitoient à vous charger de l'entreprise, à vous mettre à leur tête, vous qui aviez le nom et l'autorité de préteur, pour dissiper cette poignée d'ennemis: non-seulement vous vous refusâtes à leurs instances, mais dans le tems même où vous receviez leur députation sur le rivage, cette Tertia que vous traîniez à votre suite, bravoit les regards publics. Dans une affaire de cette

_____

(1) Temsa, ville dans le Bruttium, où, après la défaite de Spartacus, s'étoient retirés quelques restes de ses troupes.

importance, sans faire aucune réponse aux habitans de Valence, aux députés d'une ville célèbre, vous vous montrâtes à leurs yeux en tunique brune et avec le manteau des Grecs. Que n'a-t-il pas fait, croyez-vous, Romains, en partant pour sa province? que n'a-t-il pas fait dans sa province même, lui qui, dans son retour à Rome, où il venoit, non pour recevoir les honneurs du triomphe, mais pour subir la rigueur d'un jugement, n'a pas craint de se montrer avec une indécence qui le couvroit d'opprobre sans lui procurer aucun plaisir? O qu'il fut bien précieux pour moi ce murmure du sénat assemblé dans le temple de Bellone (1)! Vous vous le rappelez, Romains ; sur le soir du jour où l'on venoit d'annoncer la prise de Temsa, on ne trouvoit personne qu'on pût envoyer là avec le titre de commandant ; un des sénateurs s'étant avisé de dire que Verrès n'étoit pas éloigné de cette place, vous vous rappelez quel fut le murmure universel, quelles furent les réclamations manifestes des principaux du sénat. Chargé de

____

(1) Temple de Bellone, bâti hors de la ville, et dans lequel le sénat s'assembloit quelquefois.

tant de griefs, convaincu par tant de témoignages, peut-il compter sur les suffrages de ceux qui publiquement, avant que d'entendre les preuves de ses délits, l'ont condamné d'une voix unanime ?

SECONDE PARTIE.

Guerre des pirates.

Il est donc constant qu'il n'y a eu ni guerre d'esclaves, ni même soupçon de guerre pareille, qui ait pu procurer la moindre gloire à Verrès ; car la Sicile n'a eu à soutenir ni à craindre aucune guerre de cette espèce, et le préteur n'a pris aucunes mesures pour prévenir celle qui pourroit naître. Mais, dit-on, il a fait éclater son zèle et sa vigilance dans la guerre des pirates, il a tenu en mer une flotte bien équipée ; et voilà pourquoi, sous sa préture, la province a été parfaitement bien défendue. Avant de parler en détail de la guerre des pirates et de la flotte de Sicile, je puis assurer, en un mot, que cette seule partie de l'administration de Verrès, renferme les plus grands crimes d'avarice, de lèze-majesté, les traits les plus marqués d'extravagance, de

tyrannie. Je vais les exposer en peu de mots ;
continuez-moi, Romains, l'attention que vous
m'avez accordée jusqu'à présent.

Je dis d'abord que, par la manière dont
il a administré la marine, il a moins cherché
à défendre sa province qu'à s'enrichir sous
prétexte d'équiper une flotte. Quoique vos
prédécesseurs, Verrès, fussent dans l'usage
d'obliger les villes à fournir des vaisseaux avec
un nombre suffisant de matelots et de soldats,
vous n'avez rien exigé absolument de Messine,
cette ville si peuplée et si opulente. On verra
par la suite quelle somme vous ont comptée
en secret les Mamertins pour acheter de vous
cette dispense ; nous en aurons des preuves
dans leurs registres et dans la déposition des
témoins. Je dis cependant que le vaisseau
Cybée (1), semblable à la plus superbe galère, ce vaisseau si magnifique et si bien équipé,
a été construit publiquement, à la connoissance de tous les Siciliens, avec l'argent et aux
frais de Messine ; qu'il vous a été donné en

_____

(1) Le vaisseau Cybée, ou, la Cybée, vaisseau de
charge. Hésychius prétend qu'on appeloit Cybée une
espèce de vaisseau particulière.

propre par le ministère du sénat de cette même
ville et de ses magistrats. Ce vaisseau chargé
des dépouilles de la Sicile, dépouilles dont il
faisoit lui - même partie, est abordé à Vélie
lorsque Verrès quittoit sa province. Il portoit
un grand nombre d'effets que le préteur n'avoit
pas voulu envoyer à Rome avec ses autres
vols, parce que cette portion du butin lui étoit
la plus chère et la plus précieuse. J'ai vu moi-
même dernièrement ce navire à Vélie, beaucoup d'autres l'ont vu comme moi. Il étoit
fort beau, Romains, et très-bien équipé : on
eût dit en le voyant qu'il n'attendoit que
l'exil de son maître, qu'il regardoit de quel côté
seroit la fuite.

Que me répondrez-vous ici, Verrès ? direz-
vous (cette raison n'est pas recevable, mais
enfin c'est la seule que vous puissiez alléguer
dans un jugement de concussion), direz-vous
que c'est à vos dépens qu'a été construit ce
vaisseau ? Osez du moins dire ce qui est nécessaire pour votre apologie. Ne craignez pas,
Hortensius, que je vous demande s'il est permis à un sénateur de construire un vaisseau.
Ce sont de vieilles loix, des loix mortes, suivant votre expression, que les loix qui le

défendent. Telle étoit autrefois la république, telle étoit la sévérité des jugemens, qu'un accusateur comptoit cette prévarication parmi les délits graves. Qu'aviez-vous besoin, Verrès, de vaisseau, vous à qui la province étoit obligée d'en fournir pour vous escorter et vous transporter si vous faisiez quelque course, comme homme public, et qui en votre nom privé n'aviez pas droit, ni de naviger hors de votre gouvernement, ni de rien faire venir par mer, dans une province où vous ne pouvez rien acquérir, ni faire aucun commerce ? Mais encore, pourquoi avez-vous fait des acquisitions contre la défense expresse des loix ? Cette accusation auroit eu lieu dans l'ancienne sévérité, dans l'ancienne dignité de la république : aujourd'hui je ne vous en fais pas un crime, je ne vous en fais pas même un simple reproche. Enfin n'avez-vous jamais appréhendé qu'on ne vous reprochât un jour comme une chose odieuse, criminelle, infâme, un vaisseau de charge construit pour vous sous les yeux du public, dans le lieu même le plus apparent d'une province où vous gouverniez avec autorité ? Quels étoient, croyez-vous, les discours de ceux qui le voyoient construire ?

quels étoient les sentimens de ceux qui en apprenoient la nouvelle ? s'imaginoient-ils que vous le conduiriez vuide en Italie ? que de retour à Rome vous feriez le commerce sur mer ? On ne pouvoit même soupçonner que vous eussiez des terres sur les côtes d'Italie, et qu'en conséquence vous vous procuriez un vaisseau de charge pour transporter vos récoltes. Vouliez-vous donc qu'on dît de vous ouvertement : Il a équipé un vaisseau pour transporter les dépouilles de la Sicile, et venir reprendre les vols qu'il y aura laissés ? Quoi qu'il en soit, je vous fais grace de tout le reste, si vous me prouvez que le vaisseau a été construit à vos frais. Mais, ô le plus insensé des hommes ! ne voyez-vous pas que, dans la première audience, les Mamertins eux-mêmes, vos apologistes, vous ont ôté ce moyen de défense ? Héius, le premier de sa ville, le chef des députés envoyés pour faire votre apologie, a dit lui-même que le vaisseau avoit été construit aux dépens et par les ouvriers de Messine, qu'un sénateur de Messine avoit présidé à la construction au nom de la ville. Et le bois ? comme les Mamertins en manquent, vous l'avez exigé des habitans de Rhège ; ce qu'ils

attestent

attestent eux-mêmes, et ce que vous ne pouvez nier. Si donc la matière du vaisseau et les
onvriers ont été à vos ordres et non à vos
frais, où sont cachées, je vous prie, les dépenses que vous prétendez avoir faites ?

Mais, dira-t-on, les Mamertins n'ont rien
porté sur leurs registres. D'abord, il est possible que le trésor de Messine n'ait rien fourni,
puisque le capitole même, comme il est arrivé
du tems de nos ancêtres, a pu être construit
en entier par corvées, sans qu'il ait rien coûté
au trésor de Rome. Je vois ensuite par leurs
registres, et je le prouverai par leurs dépositions,
qu'ils ont remis à Verrès plusieurs sommes
d'argent pour des ouvrages qui n'ont jamais
été faits. D'ailleurs, faut-il s'étonner que les
Mamertins, à qui vous avez accordé de si importans privilèges, et dont les intérêts vous
ont été plus chers que ceux du peuple romain,
aient pourvu à ce que leurs registres ne pussent
pas vous nuire ? Mais si vous pouvez conclure
que les Mamertins ne vous ont pas remis
d'argent parce qu'ils ne l'ont pas porté sur leurs
registres, je conclurai à mon tour que le vaisseau ne vous a rien coûté, parce que vous ne
pouvez montrer sur les vôtres, ni les bois que

vous avez achetés, ni les ouvriers que vous
avez payés.

Mais, direz-vous, je n'ai pas exigé de vaisseau des Mamertins, parce qu'ils sont *fœdérats*(1).
Grace aux dieux, voilà un homme instruit
par les maîtres même du droit public, un
homme des plus scrupuleux et des plus exacts
à maintenir la foi des traités. Livrons aux Mamertins tous vos prédécesseurs, pour avoir
exigé de Messine un vaisseau contre les conventions du traité. Mais vous, Verrès, ame religieuse et délicate, pourquoi avez-vous exigé
un vaisseau des Taurominitains qui sont aussi
fœdérats ? Prouverez-vous que, ces peuples

---

(1) Les villes alliées étoient distinguées des villes
faedérates. Voici, je crois, la différence qu'on peut
assigner entre ces deux sortes de villes. Les villes
libres alliées étoient celles qui se gouvernoient par
leurs propres loix sans être assujetties à aucun tribut ;
les villes libres *faedérates* se gouvernoient aussi par
leurs propres loix, mais étoient soumises à un tribut
quelconque en vertu d'un traité, *exfaedere ;* delà on
les appeloit *faederatae*. — *Instruit par les maîtres
mêmes du droit public* : mot à mot, *élevé dans les
mains des Féciaux*. Les Féciaux étoient des députés
publics ou ministres de la religion qu'on envoyoit aux
peuples pour conclure les traités et les alliances.

ayant le même droit, ce ne soit point l'argent
qui ait mis de la différence dans leur sort?
Mais si je montre que telles sont les conditions des traités faits avec les deux peuples, que
les Taurominitains sont nommément dispensés
de fournir un vaisseau, que les Mamertins au
contraire y sont obligés formellement, et
qu'ainsi Verrès a violé les traités, soit en exigeant ce tribut des Taurominitains, soit en le
remettant aux Mamertins; pourra-t-on douter
encore que, sous la préture de Verrès, le vaisseau Cybée n'ait plus servi aux Mamertins
que le traité aux Taurominitains? On va lire les
traités.

On lit les traités des Mamertins et des Tauromi-
nitains avec le peuple romain.

Ainsi donc, grace à vos bons offices, comme
vous le publiez vous-même, ou plutôt, comme
la chose même l'annonce, grace à l'argent
qui vous a été compté, vous avez donné atteinte à la majesté de cet empire, vous avez
diminué les secours dûs au peuple romain, affoibli les ressources que nous avoient ménagées
le courage et la sagesse de nos ancêtres, anéanti
les droits de cet empire, la condition des al-

liés , les dispositions du traité conclu avec
Rome. Des peuples qui , en vertu du traité ,
auroient dû nous faire parvenir jusqu'à l'O-
céan, à leurs frais et risques , si nous l'avions
exigé, un vaisseau tout armé et tout équipé ;
ces peuples ont acheté de vous , contre les
droits de notre empire et les conditions du
traité, la dispense de naviguer dans le détroit,
devant leurs maisons , de défendre leurs murs
et leurs ports. Que n'auroient point fait, que
n'auroient point donné les Marmertins , pour
n'être pas obligés par le traité , lors de sa
conclusion, à donner de vaisseau , s'ils avoient
pu l'obtenir de nos ancêtres ? Exiger de leur
ville ce tribut onéreux , c'étoit en quelque
sorte imprimer au traité d'alliance un caractère
de servitude. Ce qu'ils n'ont pu obtenir de nos
ancêtres par le traité , dans le tems où leurs
services étoient tous récens , où ils n'avoient
pas encore fourni de vaisseau , où notre marine étoit dans le meilleur état ; ils l'ont obtenu
de Verrès à prix d'or , n'ayant rendu aucun
nouveau service , après un si grand nombre
d'années , contre un usage qui se pratiquoit
tous les ans et qui s'étoit toujours maintenu par
le droit de notre empire , enfin dans notre plus

grande disette de vaisseaux. Mais la dispense
de fournir un vaisseau est-elle la seule que les
Mamertins aient obtenue de vous ? Quel ma‑
telot , quel soldat , ont-ils fourni pour les
flottes ou pour les garnisons pendant les trois
années de votre préture ?

Ce n'est pas·tout ; quoiqu'en vertu d'un sé‑
natus-consulte , ainsi que des loix Terentia et
Cassia , toutes les villes de la Sicile (1) fussent

(1) Il faut se rappeler ce que nous avons déja dit
dans le discours qui précède , qu'outre une première
dime de blé que la plupart des villes de la Sicile
étoient obligées de donner gratuitement au peuple
romain , et une seconde dîme qu'elles étoient tenues
de lui vendre , il y avoit 800,000 boisseaux qu'on
achetoit tous les ans pour le peuple romain , lesquels
étoient répartis en juste proportion , sur toutes les
villes. Messine (ou les Mamertins en devoit vendre
60,000 pour sa part. Verrès a exigé de ce blé
acheté , de plusieurs villes qui strictement parois‑
soient ou ne rien devoir , ou ne devoir que du blé
donné gratuitement ; et il n'a rien exigé de la ville
de Messine! C'est une contradiction dans sa conduite.
J'ai dit *ne paroissoient ;* car toutes les villes exemptes
et non exemptes , *faedérates* et non *faedérates* ,
étoient obligées de vendre leur quote-part des 800,000
boisseaux. Ainsi , tout le raisonnement de Cicérou
dans cet endroit , est ce qu'on appelle un argument

. E e **3**

obligées de fournir, en juste proportion , du blé
pour de l'argent , vous avez encore dispensé
les Mamertins de ce léger tribut , commun à
toute la province. Vous direz que les Mamertins ne devoient pas fournir de blé. Qu'est-
ce à dire ne pas fournir de blé ? est-ce qu'ils
n'étoient pas même obligés d'en vendre ? Le
blé dont nous parlons n'est pas celui qu'on
doit fournir gratuitement , mais celui qu'on
est obligé de vendre. D'après votre avis et votre
interprétation , les Mamertins n'ont donc pas
dû même porter de blé aux marchés pour la
subsistance du peuple romain. Eh ! quelles seroient donc les villes qui devroient en porter?
Les cultivateurs des terres (1) faisant partie de

ad hominem. De quel droit la ville de Messine auroit-
elle été dispensée de vendre du blé ? Pourquoi cette
dispense n'auroit-elle pas eu lieu pour les villes
exemptes ou franches , ou pour les villes qui donnent
gratuitement du blé ?

(1) Parmi les villes de la Sicile , il y en avoit un
certain nombre qui avoient été conquises , et dont par
conséquent le territoire étoit devenu la propriété du
peuple romain. Le peuple romain auroit pu les dé-
posséder ; il le leur laissa , mais à condition qu'il
seroit affermé par les censeurs , et qu'il seroit payé
tant d'après le bail.

nos domaines , sont assujettis aux redevances portées dans le bail des censeurs ; pourquoi avez-vous exigé d'eux un autre genre de su-jétion ? Ceux qui paient la dîme doivent-ils strictement autre chose que la dîme aux termes de la loi d'Hiéron ? Pourquoi avez-vous aussi fixé ce qu'ils vendroient de blé ? Ceux qui sont francs et exempts , ceux-là , certes , ne doivent rien. Toutefois , non-seulement vous avez exigé d'eux qu'ils vinssent vendre du blé , mais pour leur en faire apporter plus qu'ils ne pouvoient , vous les avez surchargés des soixante mille boisseaux dont vous aviez dispensé les Mamer-tins. Je ne dis pas que vous ayez eu tort de soumettre les autres à cette sujétion ; mais je dis que vous avez eu tort d'en exempter les Mamertins qui étoient assujettis au même tribut , de qui tous vos prédécesseurs l'avoient exigé comme des autres , à qui ils avoient payé des sommes (1) d'argent en vertu de la loi et du sénatus-consulte. Mais afin de consolider cette faveur et de la rendre irrévocable , il examine , dans son conseil , la cause des

_____

(1) *A qui ils avoient payé*.... sans doute pour le prix du blé vendu.

Mamertins , et de l'avis de son conseil, il
prononce qu'il n'exige pas de blé des Mamertins. Ecoutez le décret d'un préteur merce-
naire , tiré de ses registres , et voyez toute la
gravité , toute la dignité , de son style et de
ses décisions. Greffier , lisez le décret.

On lit le décret (1).

Il le fait volontiers , dit - il ; ce sont les
termes du décret. Sans cette addition du mot
volontiers , nous aurions cru apparemment que
vous faisiez un gain malgré vous. *Et de l'avis
de son conseil.* Vous avez entendu les noms de
ceux qui composoient ce conseil vénérable.
Quand on vous faisoit cette lecture , vous
sembloit - il entendre nommer les assesseurs
d'un préteur , ou les associés et les complices
d'un infâme brigand ? Voilà les interprêtes des
traités, voilà les juges et les arbitres de la sainteté des alliances. On n'a jamais acheté de
blé en Sicile au nom de la république , sans
qu'on obligeât les Mamertins à fournir leur
contingent , avant que Verrès eût établi ce
conseil d'élite , ce conseil auguste , pour leur

(1) Il n'y a pas de titre , en latin , dans les éditions
ordinaires : quelques éditeurs ont suppléé d'eux-
mêmes ce titre qui manque certainement : *Decretum
ex commentario.*

vendre des priviléges , et ne pas démentir son caractère. Aussi son décret eut-il le sort que méritoit le décret d'un homme qui avoit vendu une ordonnance à ceux de qui il devoit acheter du blé. A peine Métellus lui eut-il suc-cédé , que , d'après l'usage et les registres de Sacerdos et de Péducéus , il exigea du blé des Mamertins ; et ceux-ci comprirent qu'ils ne pou-voient garder plus long-tems ce qu'ils avoient acheté d'un mauvais vendeur.

Mais vous qui vous donnez pour un inter-prète si scrupuleux des traités , pourquoi avoir exigé du blé des Taurominitains et des Neti-niens (1) , dont les villes sont *fœdérates* ? Les Nétiniens ne s'oublièrent pas dans cette cir-constance. Car dès que vous eûtes prononcé que vous faisiez *volontiers* grace de ce tribut aux Mamertins , ils allèrent vous trouver , et vous représentèrent qu'ils avoient le même droit. La cause étant la même , vous ne pûtes donner une décision différente. Vous pronon-

(1) Dans le discours sur les blés, Cicéron ne nomme que deux villes alliées , Messine et Taurominium ; il ne parle pas de Nétine. — Un peu plus bas , au lieu de *quiddam* , j'ai adopté la leçon *quidem* , pro-posée à la marge d'une édition.

cez donc que les Nétiniens ne doivent pas fournir de blé ; et cependant vous exigez qu'ils en fournissent. Greffier, prenez les registres du même préteur, qui contiennent ses décisions au sujet du blé fourni pour de l'argent et sans argent.

On lit les registres du préteur.

Que pouvons-nous soupçonner, Romains, dans une si manifeste et si honteuse contradiction, sinon ce qui se présente naturellement, ou que les Nétiniens n'ont pas donné à Verrès l'argent qu'il leur demandoit, ou que Verrès a voulu faire comprendre aux Mamertins qu'ils avoient bien placé leur argent et leurs dons, puisque d'autres qui avoient le même droit, n'obtenoient pas la même faveur ?

Et il osera encore parler de l'apologie des Mamertins ? mais qui ne voit de combien de coups elle le frappe ? D'abord, dans tout jugement (1), quand on ne peut fournir dix apo-

____

(1) Latin, *ut in judiciis.* Quelques savans trouvent, avec raison, que la phrase marcheroit mieux sans cet *ut. Dix apologistes*, c'est-à-dire, des apologistes de dix villes, des députés envoyés par dix villes pour rendre un témoignage favorable.

logistes, il vaut mieux n'en pas fournir un seul
que de manquer à remplir ce nombre qui est
comme réglé par l'usage. De tant de villes en
Sicile que vous avez gouvernées pendant trois
ans, la plus grande partie vous accusent, quelques-unes des moins considérables, retenues
par la crainte, gardent le silence, une seule
fait votre apologie. N'est-ce pas là faire entendre combien est avantageuse une apologie
véritable ; mais que vous avez gouverné de
manière à vous voir nécessairement privé de
cet avantage ? De plus, comme je l'ai dit ailleurs, que doit-on penser de l'apologie de
Messine, quand les chefs des députés chargés
de cette fonction, ont déclaré que leur ville
vous avoit fait construire un vaisseau, et qu'eux
en particulier ils avoient été pillés par vous
et entièrement dépouillés ? Enfin, lorsque
seuls des Siciliens, les Mamertins se montrent
vos apologistes, que font-ils par-là, sinon nous
témoigner que vous leur avez donné ce que
vous avez ôté à la république ? Est-il dans
l'Italie une ville municipale ou une colonie
honorée de priviléges si étendus et d'exemp-
tions si entières, qui ait joui dans ces dernières
années d'une dispense aussi favorable et aussi

générale que la ville de Messine pendant les
trois années de votre préture ? Les Mamertins
seuls, sous votre gouvernement, n'ont pas
fourni ce qu'ils nous devoient en vertu du
traité ; seuls ils ont été exempts de toute charge ;
seuls ils ont passé tout le tems sans rien
donner au peuple romain, sans rien refuser au
préteur.

Mais, pour revenir à votre administration
navale dont je me suis écarté, vous avez reçu
des Mamertins un vaisseau, et c'est contre la
disposition des loix ; vous leur avez remis celui
qu'ils devoient à la république, et c'est contre
la foi des traités. Ainsi dans une seule ville
vous vous êtes montré doublement prévarica-
teur, soit en remettant ce que vous ne deviez
pas remettre, soit en recevant ce que vous ne
pouviez pas prendre. Vous deviez exiger un
vaisseau pour aller attaquer les brigands-de la
mer, et non pour le remplir des fruits de
votre brigandage ; pour empêcher qu'on ne
dépouillât la province, et non pour en enlever
les dépouilles. Les Mamertins vous ont fourni
et une ville pour y porter ce que vous enle-
viez de toutes parts, et un vaisseau pour le
transporter. La ville vous a servi de dépôt pour

votre butin , les habitans de témoins et de re-
celeurs pour votre rapine ; ils vous ont procuré
et un lieu pour y déposer vos vols et un bâtiment pour la facilité du transport. Aussi, lors
même que votre avarice et votre lâcheté eurent
ruiné la flotte , vous n'osâtes pas exiger de
vaisseau des Mamertins , dans un tems où la
province avoit essuyé de telles pertes et où
elle se voyoit si dépourvue de navires , que
vous auriez dû en demander même à titre de
grace. Cette magnifique galère , donnée au
préteur et non fournie au peuple romain , la
Cybée vous ôtoit la force et de commander et
de demander. C'étoit à ce prix que vous avez
vendu la dignité de notre empire, les secours
que nous avions lieu d'attendre , nos droits, les
usages, les traités.

Voilà , Romains , comment les secours
d'une ville puissante ont été perdus pour vous
et vendus à prix d'or ; apprenez un nouveau
moyen de rapine que Verrès a imaginé le
premier.

C'étoit un usage constant que, pour sa part
des dépenses de toute la flotte , chaque ville
remît au capitaine de son vaisseau , de l'argent,
du blé, et les autres provisions nécessaires.

Ce capitaine n'eût pas osé s'exposer à être accusé par les matelots; il se voyoit obligé de rendre compte à ses concitoyens, se trouvoit chargé de tous les embarras et de tous les risques. C'étoit un usage constant, comme je viens de le dire, dans la Sicile, ainsi que dans toutes les provinces, lors même que nos alliés et les Latins nous envoyoient des troupes auxiliaires stipendiées à leurs frais. Verrès est le premier, depuis que cet empire subsiste, qui ait exigé des villes qu'elles lui remissent tous ces deniers, en se réservant de choisir celui qui en auroit le maniment. Peut-on douter des motifs qui vous ont fait le premier donner atteinte à une coutume aussi ancienne qu'universelle, et changer une administration si commode, pour en adopter une qui, sans parler des embarras et des soins, vous exposoit à des accusations et à des soupçons? Mais voyez, Romains, comment la seule marine a été pour lui la source de bien d'autres (1) profits : recevoir de l'argent des villes pour les dispenser de fournir des matelots; donner aux ma-

____

(1) *Bien d'autres profits*, que celui de retenir une partie de l'argent des villes.

telots des congés pour un prix convenu ;
gagner la paie de ceux qui obtenoient leur
congé ; retenir cette même paie à ceux qui
faisoient leur service. Ce sont là autant de faits
dont les dépositions des villes attestent la vérité.
Greffier, lisez ces dépositions.

On lit les dépositions des villes.

Quel homme, Romains ! quelle audace !
quelle impudence ! taxer les villes à proportion
du nombre des soldats qu'elles étoient obligées de fournir ! fixer à six cents sesterces (1)
le congé des matelots ! quiconque donnoit cette somme avoit un congé pour toute
la campagne ; et Verrès gagnoit ce qu'il
avoit reçu pour la paie du matelot et pour
sa nourriture. Par-là, le congé d'un seul homme
lui procuroit un double gain. Et ce préteur
insensé, dans un tems où les continuelles in-
cursions des pirates exposoient la province
aux plus grands périls, faisoit si ouvertement cet infâme commerce, que la province

_____

(1) 600 sesterces, 75 livres. *Un double gain,*
c'est-à-dire, le gain du congé, et outre cela le gain
de la paie et de la nourriture.

entière et les pirates eux-mêmes en étoient instruits.

La Sicile, grace à l'extrême avarice de Verrès, n'avoit pour sa défense qu'une flotte de nom, composée de vaisseaux vuides, plus propres à favoriser les brigandages du préteur, qu'à effrayer les brigands maritimes ; cependant Césétius et Tadius (1), parcourant la mer avec leurs dix vaisseaux mal équipés, emmenèrent plutôt qu'ils ne prirent un vaisseau de pirates, chargé de butin, déja pris et presque coulé à fond par son propre poids. Ce vaisseau, rempli d'une brillante jeunesse, d'argent travaillé et monnoyé, et d'étoffes précieuses, est le seul qui fut trouvé plutôt que pris par notre flotte, sur les côtes de Megare (2), non loin de Syracuse. A cette nouvelle, quoique étendu sur le rivage, ivre, au milieu de ses courtisanes, le préteur se réveille, et envoie sur-le-champ grand nombre de gardes à son lieutenant et à son ques-

(2) Césétius, un des lieutenans de Verrès, Tadius, un de ses questeurs.

(1) Il ne faut pas confondre cette Megare, avec celle qui étoit voisine d'Athènes.

teur ;

teur; il faut qu'on lui représente au plutôt le butin en entier. Le navire aborde à Syracuse : tout le monde est dans l'attente ; sans doute les prisonniers vont être conduits au supplice. Verrès, comme si on lui eût apporté du butin et non amené des pirates, regarde comme ennemis ceux qui étoient âgés ou difformes, met à part ceux qui avoient de la jeunesse, de la figure ou des talens ; il en distribue à ses secrétaires, à son fils, et aux officiers de sa suite ; il envoie à Rome six musiciens pour en faire présent à un de ses amis : toute la nuit se passe à décharger le navire. On ne voit point paroître le chef des pirates qu'il auroit fallu mettre à mort ; et tout le monde est encore convaincu (vous devez, Romains, vous en assurer vous-mêmes par conjecture) qu'il a reçu en secret des pirates une somme d'argent considérable pour la rançon de leur chef.

La conjecture est fondée. Un bon juge ne sauroit se refuser à des soupçons raisonnables. Vous connoissez le personnage ; vous savez quel est l'usage général ; combien on se fait un plaisir, quand on a pris un chef de pirates ou d'ennemis, de l'exposer aux regards de la multitude. A Syracuse, où il y a un si grand concours de monde, personne ne m'a .. t avoir vu le chef des pirates, quoiqu'on fût accouru de toutes parts, suivant la coutume, qu'on le cherchât des yeux, qu'on fût impatient de le voir. Pourquoi le cacher avec tant de soin qu'on n'a pu le voir même par hasard? Il y (1) avoit des marins à Syracuse, qui avoient souvent entendu prononcer le nom de ce chef, qui l'avoient souvent redouté, qui auroient voulu assouvir leur ressentiment, et repaître leurs yeux de son supplice : aucun n'a eu la satisfaction de le voir. Servilius (2) a pris lui seul plus de chefs de pirates que tous les autres avant lui : a-t-il jamais privé le peuple du plaisir de voir un pirate fait prisonnier? Au contraire, dans tous les endroits de son passage, il donnoit à tous les hommes le spectacle agréable de leurs ennemis chargés de chaî-

(1) *Homines maritimi...* Ce nominatif n'a point de suite, et c'est une phrase comme il y en a plusieurs dans Cicéron. Peut-être faudroit-il ajouter *erant*, mot ajouté dans un manuscrit où se trouve cette leçon, *erant homines Tamerini Syracusis.*

(2) Publius Servilius, surnommé Isauricus, qui triompha des pirates l'an de Rome 679.

nes. Aussi, la curiosité faisoit-elle accourir du
monde, non seulement des villes par où il les
conduisoit, mais encore des villes voisines. Et
pourquoi son triomphe fut-il pour le peuple
romain le plus flatteur, le plus satisfaisant de
tous les triomphes ? C'est qu'il n'est rien de
plus doux que la victoire, et qu'il n'est pas de
gage plus certain de la victoire, que de voir
chargés de chaînes et conduits au supplice,
des ennemis qui nous ont causé de fréquentes
alarmes. Pourquoi n'en avez-vous pas usé de
même que Servilius ? Pourquoi cacher le chef
des pirates, comme si c'étoit un crime de le
voir ? Pourquoi ne lui avoir pas fait subir le
supplice ? à quel dessein le conserviez-vous ?
avez-vous jamais ouï-dire dans Syracuse, qu'on
ait pris un chef de pirates sans lui faire trancher la tête. Montrez-moi quelqu'un qui l'ait
fait avant vous ; citez-moi un seul exemple.
Vous gardiez vivant un chef de pirates, sans
doute pour le conduire en triomphe devant
votre char. Car après avoir ruiné une des plus
belles flottes du peuple romain, vexé et dé-
chiré votre province, il ne vous restoit plus
qu'à vous décerner les honneurs d'un triomphe
naval.

Vous avez donc mieux aimé, par un usage
nouveau, enfermer le chef des pirates, que de
lui faire trancher la tête à l'exemple de tous
vos prédécesseurs. Mais dans quelle prison l'a-
t-on conduit ? chez quel peuple ? comment
l'a-t-on gardé ? Vous avez tous entendu parler,
Romains, de ces prisons de Syracuse, nommées les Carrières ; plusieurs d'entre vous les
connoissent pour les avoir vues. C'est un des
plus beaux et des plus surprenans ouvrages
des rois et des tyrans de cette île. Creusé dans
le roc, à une profondeur énorme, il y a été
taillé tout entier à force de bras. On ne peut
ni construire ni imaginer de prison plus sûre,
mieux fermée, mieux fortifiée de toutes parts.
C'est dans les Carrières que l'on conduit, de
toutes les villes de Sicile, les criminels d'état
dont l'on veut s'assurer. Verrès y tenoit dans
les fers plusieurs citoyens romains ; c'étoit-là
qu'il avoit mis les autres pirates ; il sentit donc
que, si un chef supposé y étoit conduit par
ses ordres, plusieurs des prisonniers seroient
surpris de n'y pas voir le chef véritable. Ainsi
il n'ose le confier à cette prison, la plus forte
et la plus sûre. Enfin, tout Syracuse lui devient suspect. Il éloigne son captif. Où l'en-

voie-t-il ? à Lilybée peut-être. Je vois ; il ne
redoute pas tout-à-fait encore les villes maritimes. Ce n'est pas-là , Romains , qu'il l'envoie.
C'est donc à Palerme. J'entends. C'étoit toutefois à Syracuse qu'on auroit dû le faire mourir , ou du moins le garder , puisque c'étoit
dans le port de Syracuse qu'il avoit été pris.
Mais ce n'est pas même à Palerme. Où donc
l'envoie-t-il ? imaginez le lieu. Chez les hommes les plus éloignés de craindre des pirates ,
ou même d'y penser , les plus étrangers à la
navigation et aux opérations de la marine ;
chez les Centorbiens , fort avancés dans les
terres , fameux laboureurs, qui n'avoient jamais
appréhendé le nom d'un brigand maritime ,
qui n'avoient redouté , sous votre préture ,
qu'un Apronius (1) , ce fameux pirate de terre.
Et afin de montrer qu'il avoit voulu engager
son chef de pirates supposé, à se donner volontiers pour ce qu'il n'étoit pas , il ordonne aux
habitans de Centorbe, de le traiter le plus dou-
cement qu'il seroit possible , de ne lui épar-

(1) Apronius , un des ministres de la cupidité de
Verrès , dont il est beaucoup parlé dans le discours
sur les blés.

F f 3

gner ni la nourriture , ni aucune des commo-
dités de la vie.

Cependant les Syracusains , hommes in-
telligens et subtils , capables non-seulement
de remarquer les choses , mais de les deviner
par conjectures , tenoient tous les jours un
compte exact de tous les pirates à qui on
faisoit trancher la tête. Ils jugeoit du nombre
des hommes par la grandeur du bâtiment et
la quantité des rames. Verrès ayant mis à part
tous ceux qui avoit de la figure ou des talens , appréhendoit que , s'il faisoit exécuter
tous les autres ensemble , suivant la coutume,
le peuple n'éclatât en plaintes et murmures,
quand il verroit qu'on en avoit soustrait beaucoup plus qu'on en avoit laissé. Pour éviter
ce tumulte , il résolut de les faire exécuter
en divers tems , les uns après les autres. Malgré ces précautions , il ne se trouva personne
dans une si grande foule de spectateurs , qui
ne comptât exactement ceux qu'on faisoit mourir , qui ne s'apperçût qu'il en manquoit plusieurs , qui ne les redemandât à grand cris.
Le plus grand nombre ayant été soustrait ,
que fit ce prêteur pervers ? Il se décida à remplacer ceux des pirates réservés pour lui , par

des citoyens romains qu'il avoit fait jetter en prisons quelque tems auparavant, sous prétexte que les uns étoient des soldats de Sertorius (1), des fugitifs d'Espagne, abordés dans la Sicile, et que les autres pris par les pirates faisant le commerce, ou naviguant pour quelqu'autre sujet, s'étoient associés aux pirates de leurs propre mouvement. Ainsi parmi ces citoyens, les uns, pour qu'ils ne fussent pas reconnus, étoient traînés, la tête voilée, de la prison au supplice et à la mort : les autres quoique reconnus par plusieurs citoyens romains et reclamés par tous n'en périssoient pas moins sous la hache du licteur. Je parlerai de la mort cruelle et des affreux tourmens qu'ils ont soufferts, quand je serai à cette partie de mon discours ; et si dans le tableau que j'en tracerai, si au milieu des plaintes que m'arracheront la cruauté de Verrès et la mort indigne des citoyens romains, les forces et même la vie m'abandonnent, ce sera pour moi le comble du bonheur et de la gloire.

_____

(1) Sertorius, proscrit par Sylla, se refugia en Espagne, où il alluma une guerre violente. Il y fut tué dans un repas par Marcus Perperna. Pompéa ruina ce parti et reprit l'Espagne.

Voilà donc les magnifiques exploits de ce préteur ! voilà ses victoires brillantes ! on lui améne un vaisseau de pirates pris par notre flotte : le chef est mis en liberté , les musiciens sont envoyés à Rome ; ceux qui avoient de la jeunesse , de la figure ou des talens , sont conduits dans sa maison ; pour les remplacer et compléter le nombre , il traite en ennemis et fait périr cruellement des citoyens romains; toutes les étoffes précieuses qu'il trouve dans le vaisseau , il les enléve ; tout l'or et tout l'argent , il le détourne à son profit.

Mais comment s'est-il trahi lui-même dans la première audience ? Après un silence de plusieurs jours , tout-à-coup , sur la déposition de Marcus Annius , personnage distingué , qui l'accusoit d'avoir fait périr sous la hache un citoyen romain à la place du chef des pirates, il se lève brusquement , et troublé par le remords de son crime , par l'égarement que lui causoient ses forfaits , il dit que prévoyant bien qu'on lui reprocheroit d'avoir reçu de l'argent pour épargner le vrai chef des pirates , il ne lui avoit point fait trancher la tête. Il ajouta qu'il gardoit chez lui deux chefs de pirates. Ô clémence du peuple romain ! ou plutôt , ô étrange et incroyable patience ! Annius, chevalier romain , vous reproche d'avoir fait périr sous la hache un citoyen romain : vous vous taisez ; de l'avoir fait périr à la place du chef des pirates : vous en convenez. Cet aveu excite les gémissemens et les cris de l'assemblée. Toutefois, maître de sa douleur, le peuple romain ne vous a pas mis en pièces ; il s'est reposée de ses intérêts et du soin de sa vengeance , sur la sévérité des juges. Mais comment saviez qu'on vous accuseroit ? pourquoi le saviez-vous ? quelle raison de le soupçonner? Vous n'aviez pas d'ennemi ; et quand vous en auriez eu , votre conduite devoit vous mettre au-dessus de la crainte d'un jugement. Est-ce que les remords de la conscience , comme c'est l'ordinaire , vous rendoit craintif et soupçonneux ? Quoi donc ? dans le tems même où vous gouverniez une province , vous appréhendiez un jugement , une accusation; et vous pourriez douter de votre condamnation aujourd'hui que vous êtes chargé part ant de témoins ? Mais si vous craigniez qu'on ne vous accusât d'avoir fait périr un chef de pirates supposé à la place du véritable , qu'avez-vous cru plus sûr pour votre justification , ou de produire

dans un jugement , malgré vous , à ma requête , si long-tems après , devant des hommes
qui ne le connoissoient pas , celui que vous
donneriez pour un chef de pirates ; ou de lui
faire trancher la tête lorsque la chose étoit
toute récente , à Syracuse , à la vue de presque
toute la Sicile ? Voyez la différence de l'une et
l'autre conduite , et laquelle des deux devoit
être suivie. On ne pouvoit blâmer l'une ; vous
ne pouvez justifier l'autre. Aussi a-t-on agi
toujours comme je dis qu'on doit agir ; personne avant vous , personne , excepté vous ,
n'a fait ce que je vous reproche. Vous avez
gardé un pirate vivant. Combien de tems ?
Tout le tems où vous avez continué d'être préteur. Dans quelle vue ? par quel motif ? qui
vous en a donné l'exemple ? pourquoi si long-
tems ? pourquoi , après avoir fait exécuter sur-
le-champ des citoyens romains pris par les
pirates , avez-vous prolongé la vie des pirates
eux-mêmes ? Mais vous avez pu agir à votre
gré le reste du tems qu'a duré votre préture ,
je le veux. Vous simple particulier , vous accusé , vous presque condamné , pouviez-vous
retenir dans votre maison , dans une maison
privée , les chefs de nos ennemis ? Des pirates

sont donc restés en votre puissance depuis qu'ils ont été faits prisonniers, un mois, deux mois, une année presque entière, tant que je vous l'ai permis, c'est-à-dire, tant que vous l'a permis Glabrion (1), qui, à ma requête, a ordonné de les représenter et de les mettre au cachot.

De quel droit agissiez-vous ainsi ? quel usage, quel exemple vous y autorisoit ? Un simple pariteulier, quel qu'il soit, pourra-t-il garder dans l'enceinte de sa demeure privée, l'ennemi le plus mortel et le plus furieux du peuple romain, ou plutôt l'ennemi commun de tous les peuples et de toutes les nations ? Mais si la veille du jour où je vous forçai d'avouer que, tandis que vous aviez fait exécuter des citoyens romains, vous laissiez vivre un chef de pirates, vous le laissiez vivre chez vous ; si, dis-je, la veille il se fût échappé, il eût levé des troupes contre le peuple romain, que pourriez-vous dire ? Diriez-vous ? Il est resté chez moi, il a vécu chez moi ; je lui ai laissé la vie ; je l'ai réservé pour ma cause, afin de pouvoir détruire plus facilement les accusations de mes adversaires. Quoi

(1) Glabrion, préteur, président du tribunal.

donc ? vous jetterez l'état dans le péril pour vous en tirer ! le supplice que méritent des en-ennemis vaincus, vous le différerez pour votre intérêt et non pour celui du peuple romain ! l'ennemi du peuple romain sera gardé dans un domicile privé ! Mais les généraux, à qui on a décerné les honneurs du triomphe, et qui laissent vivre plus long-tems les chefs des ennemis, afin de les traîner à la suite de leur char, et de faire jouir le peuple romain du spectacle le plus agréable et du plus beau fruit de la victoire, ces généraux eux-mêmes, lors-qu'ils passent de la place publique, dans la rue du Capitole, font conduire leurs captifs en prison, de sorte que le même jour voit finir le pouvoir des vainqueurs (1) et la vie des vaincus. Maintenant, sans doute, on croit que vous, Verrès, qui, selon vous-même, vous attendiez à être accusé, oui, l'on croit que vous n'auriez pas mieux aimé faire exécuter un chef de pirates, que de le laisser vivre, comme la chose étoit visible, à vos risques et périls.

(1) Personne ne pouvoit avoir d'autorité militaire dans Rome, excepté les triomphateurs dont l'autorité ne duroit qu'un jour.

En effet, s'il fût mort, vous qui dites avoir craint une accusation, je vous le demande, à qui le persuaderiez-vous ? C'étoit une chose constante que personne à Syracuse n'avoit vu ce chef de pirates, que tout le monde l'avoit demandé. On ne doutoit point que vous n'eussiez reçu de l'or pour sa rançon, on vous accusoit publiquement d'avoir mis à sa place un homme que vous vouliez faire passer pour lui ; de votre propre aveu, vous appréhendiez de loin qu'on ne vous en fît reproche : après cela, si vous l'eussiez dit mort, qui vous eût écouté ? Aujourd'hui que vous produisez vivant un je ne sais quel homme, vous voyez comment vous êtes reçu. Eh ! s'il se fût échappé, s'il eût rompu ses chaînes, comme ce fameux chef de pirates, Nicon, que Servilius reprit une seconde fois aussi heureusement qu'il l'avoit pris d'abord, que diriez - vous ? Mais voici la vérité : si vous eussiez fait trancher la tête au vrai chef des pirates, vous n'en auriez tiré nul profit : si le chef supposé fût mort ou se fût échappé, il n'auroit pas été difficile de lui en substituer un autre.

J'ai parlé plus que je ne voulois de ce chef des pirates, sans employer cependant les plus

fortes preuves : je reserve ce grief tout entier
pour une autre circonstance. Ce sera une cause
à part : il est un tribunal auquel je veux citer
Verrès ; il est une loi en vertu de laquelle je
prétends le faire juger (1).

Enrichi par une si belle prise , se voyant
maître de beaucoup d'esclaves et d'étoffes précieuses , d'une grande quantité d'or et d'argent,
Verrès n'en fut pas plus exact à remonter sa
flotte , à rappeler et à entretenir les soldats ;
quoique ces soins eussent également servi à
défendre sa province et à lui procurer du butin
à lui-même. Au milieu de l'été , tems où les
autres préteurs ont coutume de parcourir et de
visiter leurs provinces , ou même de se mettre
en mer , alarmés par les courses des pirates
qui infestent leurs parages ; Verrès se trouvant
trop à l'étroit , pour ses plaisirs et ses débauches , dans l'ancien palais du roi Hiéron , demeure ordinaire des preteurs , faisoit dresser

----

(1) Cicéron menace ici Verrès de l'accuser devant
le tribunal , et en vertu de la loi touchant les crimes
de lèze-majesté. Le mot *locus* doit se prendre ici ,
comme il se prend souvent , pour *argumentum* , sujet
de discours espèce de cause.

sur le rivage, des tentes de fin lin. C'étoit son usage dans cette saison, comme je l'ai dit ailleurs. Le rivage où il établissoit son séjour, est situé dans la partie de Syracuse appelée l'Isle, près de la fontaine d'Aréthuse, à l'entrée même du port, dans un lieu écarté et délicieux. Là, durant soixante jours d'été, ce préteur du peuple romain, ce gardien vigilant, ce défenseur de la province, célébroit tous les jours des festins, où se rassembloient des troupes de femmes, où il n'y avoit d'hommes que lui et son fils encore jeune : j'aurois pu dire qu'il n'y en avoit point du tout puisqu'il n'y avoit que ceux-là. Il y admettoit aussi quelquefois son affranchi Timarchide. Les femmes qu'il recevoit, si on en accepte la fille du comédien Isidore, qu'il avoit enlevée dans sa passion, à un musicien de Rhodes : étoient toutes des femmes mariées et qualifiées, c'étoit une Pippa, épouse d'Eschiron de Syracuse, dont les galanteries avec Verrès, ont donné matière à tant de chansons répandues dans toute la Sicile : c'étoit une Nicée, dont on vante la beauté, épouse de Cléomène de Syracuse: Cléomène son époux l'aimoit ; mais il ne pouvoit ni n'osoit traverser la passion de Verrès,

qui d'ailleurs le combloit de bienfaits et de présens. Le préteur , malgré toute l'impudence
que vous lui connoissez , n'étoit pas tout-à-fait
tranquille , en gardant avec lui , sur le rivage ,
tant de jours de suite , une femme dont le mari
séjournoit à Syracuse. Il s'avise donc d'un expédient singulier. Il donne à Cléomène la conduite des vaisseaux qu'avoit commandés son
lieutenant : il met Cléomène , un Syracusain,
à la tête de la flotte romaine. Son but étoit de
l'éloigner , en l'envoyant sur mer , et de lui
rendre agréable son éloignement , par le
titre glorieux dont il le décoroit : pour lui
Verrès , il pouvoit , grace à cette absence
et à cette nouvelle mission , garder auprès de
sa personne la belle Nicé , sinon avec plus de
liberté qu'auparavant , (car qui jamais osa
combattre ses desirs ?) du moins avec plus de
tranquillité , ayant écarté Cléomène , sinon
comme époux , du moins comme rival. Un
Syracusain commande donc notre flotte , et
monte sur un navire de nos alliés et de nos
amis.

Par où commencer mes plaintes et mes reproches ? Quoi ! confier à un Sicilien la fonction , le pouvoir et l'autorité d'un lieutenant ,

d'un

d'un questeur, d'un préteur même ? Si des
festins et des femmes vous retenoient, Verrès,
où étoient vos lieutenans ? où étoient vos
questeurs, vos préfets et vos tribuns ? pourquoi ce blé, fourni pour votre subsistance, et
estimé par vous à un si haut prix (1) ? pourquoi ces équipages ? pourquoi ces tentes ? pourquoi enfin cet appareil de puissance accordé
aux magistrats et à leurs lieutenans par le sénat
et le peuple romain ? Si nul de nos citoyens
ne méritoit cet emploi, ne pouvoit-on en charger aucune des villes qui nous étoient restées
constamment fidelles ? où étoient les villes de
Segeste et de Centorbe, qui, par leurs services,
leur affection, l'ancienneté de l'alliance, et
même les liens de la parenté (2); tiennent de

____

(1) Les Siciliens devoient telle quantité de blé au
préteur pour l'entretien de sa maison. On permettoit
au préteur de prendre de l'argent au lieu de blé,
quatre sesterces par boisseau. Verrès prenoit trois
deniers, c'est-à-dire, douze sesterces.

(2) Cicéron lui-même, dans le discours sur les
statues, dit que Segeste avoit été fondée par Enée,
qui fuyoit Troie, lequel Enée étoit regardé comme
le premier auteur des Romains. Apparemment qu'il
pensoit la même chose de Centorbe.

Tome IV.   G g

près au peuple romain , et partagent sa gloire?
Grands dieux ! Verrès a-t-il bien pu charger
un citoyen de Syracuse de commander les guerriers , les vaisseaux et les capitaines de ces villes ? n'a-t-il point agi par-là au mépris de toute
décence ? n'a-t-il point violé toutes les règles de
l'équité et de la gratitude ? quelle guerre en
Sicile , où nous n'ayons pas eu les habitans de
Centorbe pour alliés , et ceux de Syracuse pour
ennemis ? Ce n'est pas pour insulter cette dernière ville que je rappelle ces circonstances ,
mais pour rapprocher de nous d'anciens tems.
Aussi Marcellus , cet illustre personnage , ce
grand général , qui a pris Syracuse par son courage , et l'a conservée par sa clémence , a-t-il
défendu à tout Syracusain d'habiter le quartier
qu'on appelle l'isle , défense qui subsiste encore
aujourd'hui. Ce lieu est situé de manière qu'il
ne faut que peu de monde pour en défendre
l'entrée , et d'ailleurs , on peut de ce côté aborder par mer avec des vaisseaux ; il ne vouloit
donc confier ce poste avantageux , la clef de
Syracuse , qu'à des hommes d'une fidelité reconnue , et non à des hommes qui nous avoient
souvent fermé l'entrée du rivage. Voyez , Verrès , quelle différence entre votre conduite

irrégulière et les démarches réfléchies de nos
ancêtres, entre les emportemens de votre passion et les précautions de leur prudence. Ils
ont interdit aux Syracusains l'entrée du rivage;
vous, vous leur avez accordé le commandement sur mer. Ils ont défendu à tout Syracusain d'habiter un lieu où des vaisseaux pouvoient aborder ; vous, vous avez nommé un
Syracusain pour commander des vaisseaux,
pour commander une flotte entière. Vous avez
gratifié d'une partie de notre empire ceux qu'ils
ont privés d'une partie de leur ville ; et des
alliés qui nous ont soumis les Syracusains,
vous avez voulu les soumettre aux Syracusains
eux-mêmes.

Décoré du commandement, Cléomène met
à la voile sur une superbe galère de Centorbe,
suivi des vaisseaux de Segeste, de Tyndare,
d'Herbite, d'Héraclée, d'Apollonie, d'Halèse :
flotte magnifique en apparence, mais sans
force et sans ressource, dégarnie comme elle
étoit de soldats et de rameurs, à qui on avoit
donné leur congé. Le préteur actif et vigilant
ne vit la flotte sous ses ordres, que le tems
qu'elle mit à passer devant le théâtre de ses
débauches. Quoique invisible depuis plusieurs

jours ; Verrès se laissa voir quelques momens
aux matelots. Il parut donc , le préteur du peuple romain , chaussé (1) à la manière des femmes , vêtu à la grecque d'un manteau de pourpre et d'une robe traînante , appuyé noncha-
lamment sur une courtisane en plein rivage.
Plus d'une fois les Siciliens , et beaucoup de
citoyens romains l'avoient vu dans cet habit
indécent.

Lorsque la flotte eut fait quelque trajet en
mer , et qu'enfin après cinq jours elle eut relâché au port de Pachynum , les matelots, pressés par la faim , arrachoient des racines de
palmiers sauvages qui croissent en grande quantité dans cet endroit , comme dans plusieurs
autres de la Sicile. C'étoit la seule nourriture

(1) *Soleae* , chaussure de femme , semelle qui ne
couvroit que la plante des piés , et qui s'attachoit avec
des cordons ou rubans que l'on nouoit. La tunique
étoit une espèce de petite soutane qui ne descendoit
qu'à mi-jambe , avec des manches courtes qui laissoient une grande partie du bras découvert. Ceux qui
avoient du luxe t de la délicatesse la faisoient descendre jusqu'aux talons et avoient des manches flot-
tantes. On mettoit la toge par-dessus la tunique. La
toga étoit l'habillement romain , et non le *pallium*
qui étoit le manteau grec.

de ces malheureux, privés de toute subsistance.
Cléomène, qui se croyoit un second Verrès
pour le faste, pour la débauche, pour l'autorité même, avoit dressé une tente sur le
rivage, et, à son exemple, y passoit les jours
entiers dans des festins.

Celui-ci étoit ivre et les autres affamés ;
voilà que tout-à-coup on annonce l'arrivée des
pirates au port d'Odyssée (c'est ainsi que ce
lieu s'appelle) : notre flotte étoit à l'ancre,
au port de Pachynum. Près de là dans des forteresses, il y avoit des garnisons, ou plutôt
il n'y en avoit que le nom : avec les soldats
qu'il croyoit en tirer, Cléomène espéroit pouvoir compléter le nombre des matelots et des
rameurs. Mais il vit que le préteur avare en
avoit usé pour les forteresses comme pour les
flottes. Il restoit fort peu de soldats, les autres
avoient obtenu leur congé. Quel parti prend-il
donc ? A la tête de tous les vaisseaux, il fait
dresser son mât, déployer ses voiles, couper
les cables des ancres ; et en même-tems il
donne le signal et l'exemple de la fuite. Le
vaisseau de Centorbe étoit un excellent voilier :
car, sous la préture de Verrès, on avoit oublié ce que pouvoient les rames dans un navire.

Toutefois celui de Centorbe, par considération pour Cléomène, n'étoit pas absolument
dépourvu de rameurs et de soldats. Déja sa
galère, prenant les devans, avoit disparu ; tandis que les autres ne faisoient encore que s'é-
branler et se mettre en mouvement. Ceux qui
les montoient, pleins de courage, quoiqu'en
petit nombre, demandoient le combat à grands
cris : ils vouloient, quoi qu'il pût arriver, qu'on
engageât l'action, et abandonner à l'épée ennemie, le peu que la faim leur avoit laissé de
vigueur et de forces. Si Cléomène ne se fût pas
enfui si précipitamment, il y auroit eu moyen
de faire résistance. Son navire étoit le seul
ponté, et assez vaste pour servir de rempart à
tous les autres. Le combat une fois engagé avec
les pirates, il eut paru comme une ville au
milieu de leurs légers bâtimens. Mais dépourvus de secours, abandonnés du chef et du commandant de la flotte, les capitaines se voyoient
obligés de prendre la même route. A l'exemple
de Cléomène, ils tournoient du côté d'Elore,
moins pour fuir les ennemis que pour suivre
leur général. Alors le dernier qui fuyoit se
trouvoit le premier exposé ; c'étoit le dernier
navire que les pirates attaquoient le premier.

Ils prirent d'abord celui des Halontins , que
commandoit Philarque, citoyen d'Halèse , distingué par sa naissance. Les Locriens, depuis ,
l'ont racheté aux dépens de leur trésor ; et
dans la première audience, ils vous ont instruits,
comme témoins , de tous ces détails. Le vaisseau d'Apollonie est pris ensuite ; Anthropinus ,
qui le commandoit, perd la vie en le défendant.

. Cependant Cléomène touchoit déja au rivage
d'Élore ; déja s'étant jetté à terre , il laissoit
son navire à la merci des flots. Les autres capitaines voyant leur général débarqué , ne pouvant seuls résister à l'ennemi , n'ayant aucun
moyen de se sauver en pleine mer, abordèrent
aussi à Élore , et coururent après Cléomène.
Héracléon , chef des pirates , vainqueur tout-
à-coup et contre son attente , devenu , non
par son courage , mais par l'avarice et la lâcheté
de Verrès , maître de la plus belle flotte du
peuple romain , abandonnée et jettée sur le
rivage , y fait mettre le feu dès le soir même.

O circonstance malheureuse et cruelle pour
la province de Sicile ! ô événement désastreux
et fatal pour tant de têtes innocentes. O lâcheté du préteur , ô infamie sans exemple ! la
même nuit , où il brûloit des feux d'un amour

impur, la flotte du peuple romain étoit en proie aux flammes des pirates. Au milieu de la nuit, on apporte à Syracuse cette déplorable nouvelle. On court au palais du préteur, où des femmes venoient de le ramener d'un grand festin au son des voix et des instrumens. Cléomène, malgré les ténèbres, n'osoit paroître en public : il se cache dans sa maison, où il ne trouve pas même sa femme, qui auroit pu le consoler dans son malheur. Admirez la discipline qui s'observoit chez Verrès, ce grand général : dans une conjoncture si importante, après une nouvelle si fâcheuse, on ne laisse entrer personne ; personne n'ose troubler son sommeil ou interrompre ses plaisirs. La chose devenue enfin publique, une foule de monde couroit dans toute la ville. Car ce n'étoit plus, comme auparavant, des feux allumés sur une tour ou sur une éminence, qui avertissoient de l'arrivée des pirates ; mais la flamme même de l'incendie des vaisseaux, annonçoit à toute la ville le désastre qu'on venoit d'éprouver, et ce qu'on avoit à craindre pour la suite.

On demandoit le préteur : lorsqu'on fut assuré qu'il n'étoit instruit de rien, on court à son palais en tumulte, et avec de grands cris.

Verrès éveillé est informé de tout par Timarchide ; il prend ses habits militaires Le jour
commençoit à luire ; il s'avance tout plein encore de vin , de sommeil , de débauche. Il est
reçu de tout le peuple avec des clameurs qui
lui retraçoient le péril qu'il avoit couru à
Lampsaque (1) ; et même le danger actuel lui
paroissoit d'autant plus pressant , qu'également
animée, la multitude étoit beaucoup plus nombreuse. On lui rappelle toute sa conduite , on
lui parle de ses festins dissolus , on cite par
leur nom les femmes qu'il fréquentoit ; on lui
demande publiquement où il a été , ce qu'il a
fait tant de jours de suite, pendant lesquels il
s'est rendu invisible ; on veut qu'il livre Cléomène , à qui il avoit confié le commandement
de la flotte. Peu s'en fallut que Syracuse ne
renouvellât l'exemple donné par la ville d'Utique , dans la personne d'Adrien (2) , et qu'on

(1) Lampsaque, ville dans l'Hellespont. Verrès y
étant venu , lorsqu'il étoit lieutenant de Dolabella ,
et ayant voulu faire violence à une jeune femme de
distinction , les habitans accoururent à sa maison
pour y mettre le feu.

(2) Adrien, préteur en Afrique, étoit si avare et si
cruel, que ne pouvant plus supporter ses excès , on

ne fît de deux provinces les tombeaux de deux préteurs pervers. Mais la multitude eut égard à la circonstance, à l'alarme présente, à la dignité et à l'honneur même de Syracuse, où se trouve un grand nombre de citoyens romains, lesquels forment une respectable compagnie, digne non-seulement de la province de Sicile, mais même de cette république. Les Syracusains voyant le préteur étonné, à moitié endormi, se rassurent eux-mêmes; ils prennent les armes, ils remplissent tout le forum, et le quartier de l'isle qui forme une grande partie de la ville.

Quant aux pirates, ils ne s'arrêtèrent à Elore que cette seule nuit; ils y laissèrent nos vaisseaux encore fumans, et mirent à la voile pour approcher de Syracuse. Ils avoient souvent ouï dire que rien n'étoit si beau que le port et les murs de cette ville; et ils sentoient bien que, s'ils ne satisfaisoient leur curiosité sous la préture de Verrès, ils ne retrouveroient jamais une pareille occasion. D'abord, ils approchent du *quartier d'été* du préteur, de cet

le brûla vif dans son palais à Utique. J'ai lu *Adriano* quoique les éditions portent *Hadriano*.

endroit même du rivage où il avoit placé le camp de ses débauches. N'ayant trouvé personne dans ce lieu, et voyant que Verrès avoit levé le camp, aussitôt, libres de toute crainte, ils commencent à entrer dans le port. Quand je dis le port, il faut, Romains, s'expliquer plus clairement en faveur de ceux qui ne connoissent pas Syracuse ; je dis que les pirates sont entrés dans la ville, et même dans le centre de la ville. Car Syracuse n'est pas fermée dans le port ; le port lui-même est enfermé dans Syracuse, ensorte que la mer ne baigne pas le pié des murailles, mais avance, par le moyen du port, dans l'intérieur même de la ville. C'est-là que, sous votre préture, un Héracléon, chef des pirates, s'est promené librement avec quatre petits navires. Grands dieux ! lorsque le peuple romain commandoit à Syracuse, qu'il y avoit un préteur et des faisceaux, un bâtiment léger de pirates a-t-il bien pu s'avancer jusqu'au forum de cette ville, en visiter tous les remparts ? a-t-il bien pu pénétrer dans un lieu où les Carthaginois, lors même de leur plus grande puissance maritime, avec leurs flottes triomphantes, malgré toutes leurs attaques et tous leurs efforts, ne

purent jamais approcher; dans un lieu où n'ont
pu pénétrer les forces navales du peuple romain jusqu'alors invincibles , ces forces qui se
sont signalées dans tant de guerres contre les
Siciliens et les Carthaginois ; dans un lieu tellement situé , que les Syracusains verroient
l'ennemi armé et vainqueur sur leurs murs ,
dans leur ville, dans leur forum , avant que
de voir aucun de ses navires dans leur port ?
Sous votre préture, Verrès, de légers vaisseaux
de pirates ont fait tranquillement leurs courses
dans une enceinte où , de mémoire d'homme,
la seule flotte athénienne , composée de trois
cents voiles , est entrée grace à la force et à
la multitude de ses navires ; encore , dans le
même jour, par la nature seule et la situation du
lieu , ont-ils essuyé une défaite entière. C'est-
là qu'on vit enfin la puissance d'Athènes ruinée, abattue, coulée à fond : c'est-là, suivant
l'opinion commune, que l'empire , la splen-
deur et la gloire de cette république (1) ont fait
naufrage.

(1) Thucydide , dans son histoire de la guerre du
Péloponèse , rapporte fort au long l'événement que
Cicéron présente ici en peu de mots.

Un pirate a donc pénétré dans un lieu où
une fois entré il laissoit à ses côtés, et même
derrière lui, une grande partie de la ville. Il
a côtoyé l'isle toute entière, qui, par elle-
même et ses fortifications, fait une partie considérable de Syracuse ; cette isle, que nos
ancêtres, comme je l'ai déja dit, ont défendu
aux Syracusains d'habiter, par la raison, sans
doute, que qui seroient maîtres de cette partie
de la ville, le seroient du port même. Mais comment le pirate l'a-t-il parcourue ? Il jettoit des
racines de palmiers sauvages trouvées dans nos
vaisseaux, il les jettoit afin que tout le monde
pût connoître l'avarice de Verrès et le malheur de la Sicile. Comment ! des fils de laboureurs, dont les pères recueilloient assez de
grains pour en fournir au peuple romain et à
toute l'Italie ; des hommes nés dans l'isle de
Cérès, où fut inventée, dit-on, la culture du
blé, des soldats siciliens ont fait usage d'une
nourriture dont leurs ancêtres, par une utile
invention, ont affranchi les autres hommes ?
Pendant votre préture, Verrès, les soldats
siciliens se nourrissoient de racines de palmier,
et les pirates du pur froment de la Sicile. O
spectacle aussi affreux que triste et affligeant !

Le nom romain, la gloire de Rome, sous les yeux d'une immense multitude, ont donc servi de jouet à de méprisables ennemis ! Porté sur un léger navire, dans le port de Syracuse, un pirate a donc insolemment triomphé de la flotte romaine ; tandis que de vils brigands avec leurs rames faisoient jaillir l'eau jusques sur le visage du lâche et indolent préteur !

TROISIÈME PARTIE.

Cruautés de Verrès envers les capitaines de vaisseaux.

Lorsque les pirates furent sortis du port, non par crainte, mais parce qu'ils avoient satisfait leur curiosité, on se mit à rechercher la cause d'un malheur aussi déplorable. Falloit-il être surpris, disoit-on généralement et publiquement, qu'une partie des rameurs et des soldats ayant obtenu leur congé, les autres manquant de tout, et épuisés par la faim, le préteur consumant tant de jours dans les festins avec des femmes, on eût éprouvé une aussi honteuse et aussi funeste disgrace ? Ces reproches infamans pour Verrès, étoient confirmés par les témoignages de ceux à qui chaque

ville avoit donné la conduite de son vaisseau,
et qui, échappés aux pirates, s'étoient refugiés
à Syracuse après la perte de la flotte. Ils nom-
moient chacun les soldats et les matelots de
leur navire à qui on avoit donné le congé. La
chose étoit manifeste ; l'avarice de Verrès se
trouvoit confondue et par des inductions certaines et par des témoins irréprochables.

Le préteur est informé qu'il n'est question
dans toute la ville et pendant tout le jour que
d'interroger les capitaines, qu'on leur demande comment la flotte a été détruite ; qu'ils
répondent à tout le monde que c'est par le
congé qu'ont obtenu une partie des rameurs,
par la disette qu'ont éprouvée les autres, par
la fuite et la lâcheté de Cléomène. Aussitôt qu'il
l'eût appris, voici l'expédient qu'il imagina. Il
avoit prévu de loin qu'il seroit accusé, il s'y
attendoit, comme vous le lui avez entendu dire
à lui-même dans la première audience ; il voyoit
que chargé par la déposition des capitaines,
il ne pourroit jamais se purger d'un pareil
grief : il prit donc une résolution telle, mais
qui du moins n'avoit rien de cruel. Il mande
Cléomène et les capitaines ; ils se rendent à
ses ordres ; il se plaint des mauvais propos qu'ils

.ont tenus sur son compte , il les prie de n'en plus tenir de semblables , de vouloir bien attester en sa faveur que l'équipage de leurs navires étoit complet, qu'on n'avoit donné le congé à aucun matelot. Les capitaines , sans balancer , promettent de faire tout ce qu'il voudra. Verrès ne perd pas de tems ; il assemble sur-le-champ ses amis ; il demande à chaque capitaine combien il avoit d'hommes sur son navire : tous répondent comme on étoit convenu. Il fait inscrire leur réponse dans les registres, et en homme prévoyant , fait apposer le sceau de ses amis , afin, sans doute , de faire usage de ces dépositions (1) , s'il en étoit besoin , pour se justifier.

Les conseillers de cet extravagant préteur , je me l'imagine, lui firent sentir le ridicule de sa conduite et l'avertirent que ces registres ne lui serviroient de rien , que même trop de précaution seroit plutôt suspect et capable de lui nuire. Ce n'étoit pas la première fois qu'il avoit employé ce misérable expédient, de faire inscrire et effacer ce qu'il vouloit dans les

(1) *Testificatio* , en latin , dépositions écrites et signées par les témoins.

registres

registres des villes et comme en leur nom. Il
sent que toutes ces ressources ne peuvent lui
servir aujourd'hui qu'il est convaincu par des
écrits, par des témoins, par des autorités.

Voyant donc que la déclaration des capitaines, consignée dans les registres (1), ne lui
seroit d'aucun secours, il prend son parti. non
en préteur injuste, ce qui seroit supportable,
mais en homme barbare, en tyran furieux.
Il se persuade que, s'il vouloit affoiblir une
accusation qu'il croyoit impossible de détruire,
il devoit arracher la vie à tous les capitaines
témoins de son crime. Une seule réflexion l'arrêtoit : Que ferai-je de Cléomène ? pourrai-je
sévir contre ceux à qui j'ai ordonné d'obeir, et
laisser impuni celui a qui j'ai déféré le pouvoir
et le commandement ? pourrai-je envoyer au
supplice ceux qui ont suivi Cléomène, et
pardonner à Cléomène, qui leur a ordonné de
fuir avec lui et de le suivre ? pourrai-je être
sévère envers ceux dont les vaisseaux étoient

(1) Quelques savans pensent que ces mots du latin,
illorum confessionem, *testificationem suam*, doivent
être rejetés comme n'appartenant pas au texte. Quoi
qu'il en soit, on les explique ainsi, *confessionem
navarchorum*, *testificationem sibi datam*.

Tome IV.   H h

vuides et sans pont, et indulgent envers celui
qui seul avoit un vaisseau ponté et moins dépourvu ? Que Cléomène périsse avec les autres !
Mais que deviendra la foi que je lui ai jurée ?
que deviendront mes sermens, nos embrasse-
mens, tous ces signes d'une amitié mutuelle,
ces campemens si agréables avec des femmes
sur un rivage voluptueux ? Il étoit impossible
de ne point épargner Cléomène. Il le fait donc
venir, et lui dit qu'il a résolu de sévir contre
tous les capitaines, que ses propres intérêts
le demandoient ainsi. Je n'épargnerai que vous,
lui dit-il ; je prendrai sur moi toute votre faute,
je me chargerai de tout l'odieux de cette par-
tialité, plutôt que d'être cruel envers vous,
ou de laisser vivre un si grand nombre de témoins redoutables. Cléomène le remercie,
approuve son dessein, et trouve qu'il ne peut
faire autrement. Il l'avertit seulement d'une
chose qui lui avoit échappé, qu'on ne pouvoit
punir le capitaine Phalargue de Centorbe, qui
montoit avec lui la même galère. Quoi donc,
dit Verrès, laisserai-je vivre un jeune homme
de cette distinction, citoyen d'une si grande
ville ? laisserai-je subsister un pareil témoin ?
Oui, dit Cléomène, pour le présent, puisqu'il le faut ; nous verrons par la suite,

comment nous pourrons l'empêcher de nous
nuire.

Ces arrangemens pris, il sort brusquement
de son palais, ne respirant que le crime, la
fureur, la cruauté : il se rend au forum, et
mande les capitaines. Ceux-ci qui ne craignoient rien, qui ne soupçonnoient rien, ac-
courent aussitôt. Le préteur fait charger de
chaînes des malheureux qui n'étoient pas coupables. Ils implorent la protection du peuple
romain, et demandent pourquoi on les traite
de la sorte. C'est, dit Verrès, parce que vous
avez livré la flotte aux pirates. Il s'élève dans
l'assemblée un cri d'indignation, tout le monde
s'étonne que Verrès ait l'audace et l'impudence, ou d'imputer à d'autres un malheur
dont son avarice étoit la seule cause, ou d'accuser les autres de trahison, tandis que lui-
même passoit publiquement pour le complice
des pirates, ou enfin de faire naître une accusation quinze jours après la destruction de la
flotte. Cependant on cherchoit des yeux Cléomène. Ce n'est pas, quel que pût être cet
homme, qu'on le crût digne du supplice, à
cause du malheur qu'on venoit d'essuyer. En
effet, que pouvoit faire Cléomène? car je ne

puis accuser personne sans fondement : que
pouvoit, dis-je, faire Cléomène, avec des vaisseaux qui, grace à l'avarice de Verrès, étoient
dépourvus de tout ? On l'apperçoit assis aux
côtés du préteur, lui parlant familièrement à
l'oreille, selon sa coutume. Tout le monde
étoit indigné de voir chargés de chaînes, et
jettés en prison des hommes choisis parmi
leurs concitoyens dans les familles les plus
qualifiées ; tandis que Cléomène continuoit à
être l'intime du préteur, parce qu'il partageoit
l'infamie de ses désordres. Pour la forme un
accusateur est aposté ; c'étoit un certain Nævius
Turpio, qui, sous la préture de Sacerdos,
avoit été condamné pour des violences, homme
fort propre à servir l'audace de Verrès. Celui-
ci en avoit fait son agent et son émissaire dans
la levée des dîmes, dans les accusations capi-
tales, dans ses exactions.

Frappés de la nouvelle d'une disgrace aussi
imprévue, les pères et les proches de ces
jeunes infortunés se rendent à Syracuse : ils
voient leurs enfans courbés sous le poids des
chaînes, portant sur tous les membres de leur
corps la peine de la cupidité de Verrès, ils
défendent leurs fils, ils vous réclament ; l'équité

d'un juge qui ne se trouvoit pas , qui ne se trouva jamais chez vous , ils l'implorent.

Dexion , un des premiers citoyens de Tyndare , père d'un des capitaines , parloit pour son fils ; oui , Verrès , ce Dexion , dans la maison duquel vous aviez logé , qui étoit votre hôte , à qui vous aviez donné ce nom. En voyant un tel homme , plongé dans une telle douleur , vous restâtes insensible : ni ses larmes , ni sa vieillesse , ni le titre et le nom d'hôte , rien ne put vous détourner du crime , et vous rappeler à des sentimens d'humanité. Mais pourquoi réclamer les droits de l'hospitalité dans un monstre aussi horrible ? Attendrons-nous d'un homme qui a dépouillé Sthénius de Thermes son hôte , qui a pillé sa maison où il logeoit , qui l'a fait accuser pendant son absence de crime capital , qui l'a condamné sans l'entendre , attendrons-nous d'un pareil homme qu'il soit fidèle aux devoirs et aux droits de l'hospitalité ? est-ce simplement ici un homme cruel ou une bête féroce que nous accusons ? Les larmes d'un père sur le malheur d'un fils innocent , ne vous touchoient donc pas , Verrès ! Vous aviez laissé votre père à Rome , vous aviez votre fils avec vous ; ni un fils présent

H h 3

' n'a pu vous rappeler le souvenir de l'amour
filial, ni un père absent celui de la tendresse
paternelle. Aristée, votre hôte, fils de Dexion,
étoit chargé de chaînes; pourquoi? Il avoit,
disiez-vous, livré la flotte. — Qu'avoit-il reçu
pour cela? — Il avoit abandonné l'armée. —
Et Cléomène, qu'a-t-il donc fait? — Il avoit
montré de la lâcheté. — Mais son courage lui
avoit valu de votre part une couronne d'or.
— Il avoit congédié ses matelots. — Mais c'est
vous qui aviez reçu de tous les matelots le prix
de leur congé (1).

D'un autre côté, étoit un autre père : Eubulida d'Herbite, connu dans sa ville, et d'une
naissance distinguée. Son fils avoit dit quelques paroles au désavantage de Cléomène ;
pour cela seul on l'a dépouillé de ses vêtemens,
on l'a attaché nu au poteau. Que pouvoient
donc alléguer les capitaines pour leur défense?
Il est défendu de nommer Cléomène. — Mais
l'intérêt de ma cause l'exige. — Tu mourras,
si tu le nommes. Verrès ne menaça jamais légèrement personne. — Mais les rameurs man-

(1) On voit que ce qui précède est un dialogue très
vif entre Cicéron et Verrès.

quoient. — Tu accuses le préteur ! Licteur ; tranche-lui la tête. S'il n'est permis de nommer ni le préteur ni son digne émule, seuls coupables dans cette affaire, que deviendront les malheureux qu'on accuse ?

Du nombre des accusés étoit aussi Héraclius de Segeste, d'une des premières familles de cette ville. Ecoutez, Romains, écoutez avec les sentimens de cette humanité qui vous est propre ; vous allez connoître par ce seul trait, les vexations et les maux qu'ont eu à souffrir vos alliés. Oui, sachez-le, cet Héraclius, accusé comme les autres, n'avoit pu se mettre en mer, à cause d'un grand mal d'yeux ; il étoit resté à Syracuse avec un congé du commandant. Celui-ci dumoins n'a pas livré la flotte, il ne s'est pas enfui par crainte, il n'a pas abandonné l'armée. S'il eût été coupable, on l'eût puni, lorsque la flotte partoit de Syracuse. On le traite cependant ainsi que les autres, on le regarde comme atteint d'un crime manifeste, contre lequel on ne pouvoit même avoir un prétexte d'accusation.

Parmi les capitaines étoit un Furius d'Héraclée ; car plusieurs Siciliens portent les noms de nos familles romaines. Distingué, tant qu'il

vécut, dans sa patrie et dans les-villes voisines (1); il est devenu célèbre, après sa mort,
dans toute la Sicile. Ce malheureux, plein de
courage, non-seulement parloit au préteur
avec une liberté généreuse, ce qu'il pouvoit
faire sans péril, se voyant condamné au supplice; mais même, quoiqu'assuré de mourir,
quoique sa mère éplorée restât nuit et jour
dans la prison, il composa un mémoire justi-
ficatif. Il n'est personne dans la Sicile qui ne
l'ait entre les mains, personne qui ne le lise,
qui n'y retrouve les preuves de votre scélératesse et de votre cruauté. On voit, dans l'écrit
de Furius, combien il avoit reçu de matelots
de sa ville, combien Vérrès en avoit congédié
et pour quelle somme, combien il en avoit
gardé; et ainsi des autres vaisseaux. Lorsqu'il
entroit dans ces détails devant votre tribunal,
on lui frappoit les yeux à coups de verges. La
mort qu'il voyoit de près, lui faisoit supporter
sans peine ce barbare traitement. Combien,

___

(1) *Et dans les villes voisines.* J'ai voulu rendre
non solùm, mais j'aimerois mieux avec un savant que
ces deux mots fussent exclus du texte. Voici comme
je ponctue, *domi suae non solùm, post mortem totá
Siciliá....*

s'écrioit-il, ainsi qu'il l'a laissé par écrit, combien n'étoit-il pas indigne que les pleurs d'une femme impudique eussent eu plus de pouvoir auprès de vous pour sauver Cléomène, que les larmes d'une mère pour la conservation de son fils ? Je vois ensuite que tout près d'expirer, il a fait pour ce tribunal une prédiction qui sera vérifiée par l'évènement, s'il est vrai, Romains, que le peuple ne se soit pas trompé dans le choix qu'il a fait de vous. Il disoit qu'en faisant périr les témoins, Verrès ne pouvoit anéantir ses crimes ; que du séjour des ombres, il seroit contre lui, auprès de juges éclairés, un témoin beaucoup plus redoutable que s'il étoit produit vivant à leur tribunal ; que vivant, il ne déposeroit que contre son avarice ; mais qu'après une mort aussi injuste, il témoigneroit contre son audace, contre sa scélératesse, contre sa cruauté. Il ajouta ces belles paroles : que ce ne seroient pas seulement des troupes de témoins qui paroîtroient pour vous confondre quand on vous accuseroit ; mais que les dieux infernaux eux-mêmes, les dieux vengeurs (1) de l'innocence opprimée,

(1) Latin, *innocentium Paenas, Paenae pro*

les furies attachées à la poursuite du crime, viendroient solliciter votre condamnation. Sa mort lui sembloit d'autant plus supportable, qu'après tant de citoyens romains exécutés par votre ordre, à la face d'une multitude de citoyens romains, il étoit tout accoutumé à voir le tranchant de vos haches, l'air farouche, et le bras impitoyable de votre Sestius. En un mot, Romains, c'est dans les fers, c'est au milieu des horreurs d'un affreux cachot, que cet infortuné usoit de toute la liberté que vous accordez à vos alliés.

Verrès les condamne tous de l'avis de son conseil. Cependant, dans une affaire de cette importance, qui interessoit tant d'hommes et de citoyens, il ne prend l'avis, ni de Vettius son questeur, ni de Cervius son lieutenant, personnage respectable, qu'il a récusé pour juge dans cette accusation, par cela même qu'il étoit lieutenant en Sicile sous sa préture. Il les condamne tous de l'avis des officiers de sa suite, c'est-à-dire, des complices de son brigandage. Cet arrêt glace d'horreur et d'épou-

---

deabus habebantur, quae ulciscerentur necem innocentium.

vante tous les Siciliens , nos anciens et fidèles alliés, comblés de bienfaits par nos ancêtres : ils tremblent pour leurs personnes , pour toute leur existence. Notre gouvernement , ce gouvernement si humain et si doux, est donc devenu barbare et féroce ! tant de malheureux sont donc condamnés , à la fois , sans être atteints d'aucun crime ! un préteur coupable cherche donc à justifier ses rapines par la mort cruelle de tant d'innocens !

Il semble qu'il ne seroit pas possible de rien ajouter à cette fureur , à cette cruauté , à cette barbarie. Non , sans doute ; et si Verrès le disputoit à d'autres en scéleratesse, il les surpasseroit tous de beaucoup : mais c'est avec lui-même qu'il dispute, il cherche toujours à surpasser un ancien crime par un forfait nouveau. J'avois déja dit que Phalargue, de Centorbe , avoit été excepté par Cléomène de la proscription générale, parce qu'il s'étoit trouvé avec lui sur la même galère. Toutefois, comme ce jeune homme n'étoit pas encore sans crainte, en voyant périr tous ces innocens, dont la cause n'étoit pas différente de la sienne , Timarchide vient le trouver, et lui dit qu'il n'a rien à redouter de la hache , mais qu'il pour-

roit bien être battu de verges. En un mot,
vous avez entendu dire au jeune homme lui-
même , que, pour se garantir du supplice des
verges , il avoit compté une somme à Timarchide. Mais (1) qu'est-ce que ce grief pour un
accusé tel que Verrés? Un capitaine d'une ville
distinguée s'est racheté à prix d'or du supplice
des verges; cela arrive tous les jours (2). Un
autre a aussi prodigué l'or pour s'affranchir
d'une injuste condamnation ; je ne vois rien là
que de fort commun. Le peuple romain ne
veut pas pour Verrès des accusations usées ; il
demande des griefs extraordinaires, il en désire
d'inouis. Ce n'est point, à son gré, un préteur
de Sicile qu'on va juger , mais un tyran
barbare.

Condamnés à mourir , les capitaines sont
enfermés dans la prison : on prépare leur supplice ; déja on l'exécute dans la personne de
leurs parens malheureux. On défend à ces pa-

(1) Cicéron se corrige, pour ainsi dire , il trouve
que le fait qu'il vient de rapporter n'est point assez
grave, et ne répond pas à ce qu'il a annoncé d'abord.

(2) Latin ; *humanum est* , c'est-à-dire *hoc vulgo
fit inter homines.*

rens d'approcher de leurs fils ; ils ne porteront à leurs enfans, ni vêtemens ni nourriture. Ces pères que vous voyez, restoient couchés sur le seuil de la prison. Les malheureuses mères y passoient les nuits, privées de la consolation d'embrasser leurs enfans pour la dernière fois, elles qui demandoient pour toute grace de recueillir au moins leurs derniers soupirs. Là veilloit un geolier impitoyable, le ministre des cruautés du préteur, la terreur et le fléau des alliés et des citoyens, le licteur Sestius, qui mettoit à profit tous les gémissemens et la douleur de ces infortunés. Pour entrer, on donnera tant ; tant, pour qu'il soit permis de porter de la nourriture. Personne ne refusoit. Et pour que j'abatte la tête d'un seul coup à votre fils, que donnererez-vous ? pour que je ne le frappe point à plusieurs reprises, pour que je lui ôte la vie sans le faire souffrir. Ou lui comptoit encore de l'argent pour obtenir ce triste avantage. O douleur amère et cruelle ! ô sort affreux et déplorable ! Ce n'étoit point la vie de leurs enfans, c'étoit une mort plus prompte, que des parens étoient contraints d'acheter à prix d'or. Les jeunes gens eux-mêmes traitoient avec Sestius, pour qu'il tranchât leur vie d'un

seul coup ; et des enfans demandoient à leurs
parens, pour dernière marque de tendresse,
qu'ils achetassent du licteur cet adoucissement
à leurs souffrances. La cruauté a multiplié les
moyens pour tourmenter les pères et les proches des malheureux capitaines ; oui, elle les
a multipliés, mais que la mort soit le dernier
de tous. Non, elle ne le sera pas. La cruauté
peut-elle donc aller au-delà de ce terme ? Oui,
sans doute. Lorsqu'on aura tranché la tête aux
fils de ces malheureux pères, lorsqu'ils seront
privés de la vie, on jettera leurs corps aux bêtes
sauvages. Un père est-il désolé de cette rigueur, qu'il achète la permission de donner à
son fils la sépulture.

Vous avez entendu, Romains, la déposition d'Onasus, citoyen de Segeste, distingué
par sa naissance ; il atteste avoir compté une
somme à Timarchide, pour la sépulture du
capitaine Héraclius. Et vous ne pouvez dire
ici, Verrès, que ce sont des pères irrités de la
mort de leurs fils, qui déposent contre vous :
cette déposition est d'un des premiers hommes
de la ville, des plus distingués par sa naissance ; et ce n'est point pour son fils qu'il dépose. Qui, dans Syracuse, n'a pas entendu

dire, on ne sait pas par lui-même, que les capitaines, pendant qu'ils vivoient, ont fait eux-
mêmes des conventions avec Timarchide pour
leur sépulture? ne traitoient-ils pas avec lui
publiquement? ne faisoient-ils pas agir tous
leurs proches? ceux-ci ne payoient-ils pas publiquement les funérailles de leurs jeunes parens qui vivoient encore. Tous ces prélimi-
naires enfin réglés, on tire de la prison les infortunés capitaines, on les attache au poteau.
Y eut-il en ce tems un cœur si dur, si barbare,
si inhumain, excepté le vôtre, qui ne s'atten-
drit sur le sort de ces malheureuses victimes
que leur jeunesse et leur naissance rendoient
plus touchant encore, qui ne versât des larmes,
et qui, en partageant leur infortune, ne vit
tout ce qu'il avoit à craindre pour lui-même?
Ils tombent sous la hache. Toute la ville,
toute la province gémit; vous vous réjouissez,
vous, vous triomphez, vous êtes ravi de voir
disparoître tous ces témoins de votre odieuse
avarice. Vous vous trompiez, Verrès, vous
vous trompiez en vous flattant d'effacer avec le
sang innocent de nos alliés les traces de vos
rapines et des vos infamies. Vous étiez aveuglé
par la fureur, quand vous vous imaginiez gué-

rir les plaies de l'avarice avec les remèdes de la cruauté. Les principaux témoins de votre crime sont morts, mais leurs parens vivent, ils vivent pour vous accuser et les venger. Il reste encore des capitaines qui sont ici présens. La fortune me semble ne les avoir soustraits à la proscription de tant d'innocens, qu'afin qu'ils témoignent contre vous dans cette cause. Voici Philarque d'Halèse, qui, n'ayant pas fui avec Cléomène, s'est vu attaqué et pris par les pirates. Son malheur a été son salut. S'il n'eût pas été pris par les ennemis des nations, il seroit tombé entre les mains de cet ennemi des alliés. Il parlera dans sa déposition du congé donné aux matelots, de la disette des vivres, de la fuite de Cléomène. Voici encore Phà-largue, de Centorbe, dont la naissance est aussi distinguée que la patrie. Sa déposition est la même et ne diffère en rien.

Vous, Romains, qui allez juger Verrès, je vous le demande au nom des immortels, quels sont vos sentimens? dans quelle disposi-tion écoutez-vous ce récit? me laissé-je égarer par la douleur? suis-je plus sensible que je ne dois à toutes les calamités, à toutes les afflic-tions de nos alliés? le supplice cruel qu'ont subi

subi des innocens, fit-il sur vous la même impression que sur moi? Pour moi, certes, quand je dis que le capitaine d'Herbite et celui d'Héraclée ont eu la tête tranchée, je me représente toute l'indignité d'un traitement aussi affreux. Des habitans de la Sicile, les nourrissons de ces champs, qui, fertilisés par leurs travaux et par leurs soins, fournissent tous les ans au peuple de Rome la plus grande partie de sa subsistance, de jeunes gens nobles, élevés par leurs parens dans le doux espoir de jouir de la protection et de la justice de notre empire, n'ont donc échappé à l'ennemi que pour satisfaire la barbarie atroce de Verrès, que pour tomber sous sa funeste hache! Quand je me rappelle le sort d'Aristée de Tyndare et d'Héraclius de Segeste, je considère en même tems les droits de ces villes et les services qu'elles nous ont rendus. Des villes que Scipion l'Africain a cru devoir orner des dépouilles de nos ennemis, Verrès ne s'est pas contenté de les dépouiller de ces ornemens, il les a privées même, par un crime détestable, de leurs citoyens les plus qualifiés. Que les Tyndaritains disent maintenant avec complaisance : Nous

n'étions pas des dix-sept peuples (1)de la Sicile ; dans toutes les guerres des Siciliens et
des Carthaginois, nous sommes restés inviola-
blement attachés au peuple romain ; nous
n'avons pas cessé de lui fournir tous les secours durant la guerre , et toutes les commo-
dités durant la paix. Les droits qu'ils ont ob-
tenus pour récompense , leur ont beaucoup
servi sous la préture de Verrès ! Ce tyran
odieux sembloit leur dire : Scipion conduisit
autrefois vos matelots contre Carthage ; aujourd'hui Cléomène conduit des vaisseaux
presque vuides contre les pirates. Le vainqueur
de Carthage a partagé avec vous les dépouilles
des ennemis et les fruits de sa gloire ; vous aujourd'hui dépouillés par les pirates , graces à
ma lâcheté , privés de votre navire , vous serez
regardés et traités comme des ennemis. Et cette
étroite parenté qui nous unit aux habitans de
Segeste , cette parenté non-seulement consignée dans les histoires et consacrée par la tradition , mais encore prouvée et confirmée par

(1) *Des dix-sept peuples*, qui ont pris le parti
des Carthaginois contre les Romains, et qu'en conséquence les Romains traitoient moins favorablement
que les autres.

une foule de services que nous avons reçus
d'eux, quels avantages leur a-t-elle procurés
sous le gouvernement de Verrès ? Tout ce
qu'elle leur a valu, Romains, c'est qu'un jeune
homme de la première noblesse, un fils innocent, arraché du sein de son père et des em-
brassemens de sa mère, s'est vu livré au bourreau Sestius. Une ville à qui nos ancêtres ont
accordé une grande étendue de campagnes
fertiles, et une entière exemption, n'a pu,
par le droit que lui donnoient son inviolable
fidélité et l'antiquité de son origine qui se
mêle avec la nôtre, elle n'a pu obtenir de
Verrès le salut et la vie d'un de ses citoyens
le plus distingué et le plus innocent.

A qui les alliés auront-ils recours ? qui im-
ploreront-ils ? quelle espérance enfin les at-
tachera à la vie, si vous les abandonnez ?
s'adresseront-ils au sénat, pour qu'il les venge
de Verrès ? ce n'est pas l'usage ; ces sortes
d'affaires ne sont pas du ressort de cette compagnie. Se présenteront-ils au peuple romain ?
Le peuple a son excuse toute prête. Il dira
qu'il a porté une loi pour les alliés, qu'il vous
a constitués les gardiens et les défenseurs de
cette loi. Ce tribunal est donc le seul asyle qui

leur reste ; c'est la citadelle, c'est le port, c'est
l'autel des alliés. Ils y viennent aujourd'hui,
non comme auparavant, pour redemander ce
qu'on leur a pris : ils ne redemandent ni leurs
vases d'or et d'argent, ni leurs esclaves, ni
leurs étoffes précieuses, ni les ornemens enlevés
des villes et des temples. Peu instruits de ce
qui se passe à Rome, ils craignent que le
peuple romain n'empêche plus ces rapines,
qu'il les autorise. Car depuis plusieurs années
toutes les richesses de toutes les nations sont
tombées entre les mains d'un petit nombre
d'hommes ; nous le voyons et nous nous tai-
sons. Et ce qui peut faire croire que nous
sommes indifférens à leurs vols, que nous
nous y prétons en quelque sorte, c'est qu'aucun d'eux ne se cache, aucun ne travaille à
déguiser les excès de sa cupidité. Dans notre
ville, si belle et si bien décorée, il n'est pas un
tableau, il n'est pas un ornement en relief,
qui n'ait été enlevé aux ennemis, et apporté
chez nous, comme le prix d'une conquête :
mais les maisons de campagne de ces dépréda-
teurs, ne sont-elles pas ornées et remplies des
plus magnifiques dépouilles de nos alliés les
plus fidèles ? Où croyez-vous que soient passés

les tréssors des nations étrangères , qui toutes maintenant sont épuisées, quand vous voyez Athènes, Pergame, Cyzique, Milet, Chio, Samos, toute l'Asie , l'Achaïe, la Grèce et la Sicile, englouties dans un petit nombre de nos maisons de plaisance? Mais tous ces objets, je le répète, vos alliés les abandonnent, ils les regrettent peu. Qu'ils ne soient pas dépouillés par le peuple romain , au nom de ce peuple, c'est dequoi leur répondent leur fidélité et leurs services. S'ils ne pouvoient d'abord s'opposer à la cupidité d'un petit nombre d'hommes, du moins pouvoient-ils y suffire : maintenant on leur a ôté non-seulement le moyen de s'y op-poser, mais même la faculté d'y satisfaire. Ce n'est donc pas de leurs richesses qu'ils s'occu-pent, ils les abandonnent à Verrès, ils ne les lui redemandent pas, ils n'exigent pas qu'on le juge pour crime de concussion : ils se pré-sentent à vous dans le triste appareil que vous voyez.

Daignez, Romains , daignez jetter les yeux sur vos alliés : considérez leurs habits de deuil et tout leur extérieur misérable. Sthénius de Thermes , que nous voyons avec cette cheve-lure et ces vêtèmens si négligés ; oui , Verrès , ce Sthénius dont vous avez pillé la maison , ne dit pas un mot des biens que vous lui avez ravis, c'est sa propre existence qu'il vous redemande, et rien de plus. Tout ce qu'il désire , c'est d'être rendu à cette patrie où il jouissoit de la plus haute considération par ses vertus et par ses services , et dont votre tyrannie et vos crimes l'ont indignement chassé. Dexion que voici , ne parle pas de ce que vous avez pris à la ville de Tyndare, de ce que vous lui avez pris à lui-même ; cet infortuné père vous redemande un fils unique , un fils vertueux et innocent. Ce qu'il veut remporter dans sa maison , ce n'est pas une somme d'argent que vous serez condamné à lui payer , mais votre condamnation même pour consoler , s'il est possible , les cendres et les mânes de son fils. Si Eubulida , ce respectable vieillard , a entrepris , dans un âge avancé , un pénible voyage , ce n'est point pour recouvrer une partie de sa fortune , mais pour que ces mêmes yeux qui ont vu la tête sanglante de son fils vous voient du moins subir la rigueur d'une sentence. Si Métellus (1)

____

(1) Metellus qui avoit succédé à Verrès dans le gouvernement de la Sicile, et qui lui étoit favorable.

l'eût permis, on eût vu à Rome les mères, les épouses, les sœurs des infortunés capitaines. J'étois près d'entrer de nuit dans Héraclée, lorsqu'une d'entr'elles vint au-devant de moi à la lueur des flambeaux, accompagnée de toutes les dames de la ville ; et me nommant son sauveur, vous son bourreau, répétant sans cesse le nom de son fils, elle resta tristement étendue à mes pieds, comme si j'eusse pu le rappeller d'entre les morts. Les autres villes m'offroient le même spectacle : par-tout les mères âgées et les jeunes enfans des malheureux suppliciés se présentoient à moi ; la jeunesse des uns et la vieillesse des autres sollicitoient mon activité et mon zèle, imploroient la protection et la compassion des juges.

Aussi est-ce là, Romains, la principale injure dont la Sicile m'a déféré la poursuite. Ce sont les larmes de la Sicile, et non l'amour de la gloire, qui m'ont fait entreprendre cette accusation : je voudrois empêcher que les condamnations injustes, les prisons, les chaînes, les verges, les haches, les tortures de nos alliés, le sang des innocens, leurs corps mêmes privés de vie, enfin la douleur des pères et des proches, ne soient désormais pour nos magistrats l'objet d'un cruel trafic. Si avec votre secours, Romains, par la condamnation de Verrès et la sévérité de vos jugemens, je puis faire cesser les alarmes de la Sicile, je croirai avoir satisfait à mon devoir, avoir répondu aux désirs de ceux qui ont réclamé mon zèle.

Ainsi, Verrès, si par hasard vous trouvez un défenseur qui veuille vous purger du grief dont je vous charge, qu'en vous défendant il laisse là tous ces lieux communs étrangers à la cause ; que j'impute les torts de la fortune ; que je fais un crime d'un malheur ; que je reproche la destruction d'une flotte, tandis que plusieurs grands hommes, vu le sort journalier des armes et l'incertitude des événemens, ont souvent échoué sur terre et sur mer. Non, Verrès, je ne veux pas vous reprocher les rigueurs du sort : ne citez pas les mauvais succès d'autrui, n'étalez pas les débris de tant de fameux naufrages Je dis que les vaisseaux étoient vuides, qu'on avoit donné leur congé à une partie des rameurs et des matelots, que le reste a été réduit à vivre de racines et de palmiers sauvages ; que la flotte romaine étoit commandée par un Sicilien, que nos alliés les plus constamment fidèles recevoient les ordres d'un

Syracusain ; que dans ce tems-là même, et dans tous les jours qui ont précédé , vous vous livriez à la débauche avec des femmes sur le rivage : voilà ce que je dis et ce que je prouve par une foule de témoins et d'autorités. Est-ce là vous insulter dans vos malheurs? est-ce là vous ôter tout recours aux injustices de la fortune ? est-ce là vous rendre responsable des événemens de la guerre ? Mais enfin , quand nous ne voulons pas qu'on nous reproche les coups de la fortune , il faut nous être trouvés dans les périls , nous être exposés à ses caprices. Quant à votre disgrace , la fortune n'y a aucune part. C'est dans les combats et non dans les festins que l'on tente les hasards , que l'on court les dangers de la guerre. Dans le désastre de notre flotte , c'étoit Vénus et non point Mars qui régloit les événemens. Mais si l'on ne doit pas vous reprocher les coups du sort , d'où vient que vous-même vous n'avez eu nul égard et nulle indulgence pour le sort malheureux des innocens capitaines ?

N'alléguez pas non plus , pour votre défense, que je vous accuse et que je cherche à vous rendre odieux , pour avoir fait punir des guerriers suivant les anciens usages de notre ville ,

pour leur avoir avoir fait trancher la tête. Mon
accusation ne roule nullement sur le genre du
supplice ; je ne prétends pas qu'on ne doive
faire trancher la tête à personne , ni qu'on
doive abolir la sévérité de la discipline et du
commandement militaire , les peines établies
contre les lâches : j'avoue qu'on a souvent
puni avec la dernière rigueur nos alliés , nos
citoyens même et nos soldats. Ainsi , vous
pouvez encore omettre ces raisons. Je démontre
que c'est vous qui étiez coupable et non les capitaines. Je vous accuse d'avoir , pour de l'argent , donné le congé aux soldats et aux rameurs. Ce fait est attesté par les capitaines qui
ont échappé au supplice , il est attesté par les
députés de Tyndare , et par ceux de Nétines ,
ville qui nous est unie par un traité , il l'est
encore par des citoyens d'Herbite , d'Ames-
trate , d'Enna , d'Agyrone ; il l'est enfin par
Cléomène lui-même , votre témoin , votre général , votre hôte : il dit avoir débarqué pour
tirer de Pachynum et placer sur ces vaisseaux
les soldats de garnison ; ce qu'il n'eût pas fait
assurément si les équipages eussent été com-
plets. Quand des vaisseaux sont bien fournis
de rameurs et de soldats , on ne peut y en in-

troduire un seul , loin de pouvoir y en ad-
mettre plusieurs. Je dis outre cela que le peu
qu'il y avoit étoient affoiblis , épuisés par la
faim et par une disette extrême. Je dis , ou
que tous étoient innocens , ou que si un seul
étoit coupable , c'étoit sur-tout celui qui avoit
le meilleur navire , le plus grand nombre de
matelots , qui commandoit la flotte ; ou enfin
que , si la faute étoit commune , Cléomene qui
la partageoit ne devoit pas être rendu specta-
teur de la mort et du supplice de tous les autres. Je dis encore que , leur supplice eût-il été
injuste , c'étoit une atrocité de trafiquer de
leurs larmes , du coup qui devoit leur ôter la
vie , de leurs funérailles et de leur sépulture.
Voulez-vous donc , Verrès , me répondre ?
faites voir que la flotte étoit suffisamment
garnie de soldats et de rameurs , qu'il n'en
manquoit aucun , qu'on leur a fourni des
vivres ; que les capitaines , que tant de villes
illustres, que la Sicile entière , déposent contre
la vérité ; que Cléomene vous a trahi en disant
qu'il avoit relâché à Pachynum pour en tirer la
garnison, que ce ne sont pas les secours , mais
le courage qui a manqué aux capitaines, qu'ils
ont abandonné Cléomene qui combattoit vail-

lamment ; qu'on n'a donné d'argent à personne pour leur sépulture. Si vous entreprenez
de répondre à tous ces articles, vous vous trouverez pris sans pouvoir échapper ; si vous vous
rejettez sur d'autres, vous ne détruirez pas mes
griefs.

Et après cela vous oserez dire : *Ce juge est
mon ami intime ; cet autre étoit ami de mon père*.
Mais ne doit-on pas d'autant plus rougir de
vous voir subir une telle accusation, qu'on a
avec vous quelque rapport ? *Ce juge étoit l'ami
de votre père !* Mais qnand votre père lui-même
seroit juge, au nom des dieux, que pourriez-
vous lui répondre, s'il vous adressoit ce discours ? Quoi ? mon fils ; tu étois préteur dans
une province du peuple romain, chargé de la
conduite d'une guerre navale ; et tu as fait remise pendant trois ans aux Mamertins du vaisseau qu'ils nous devoient en vertu des traités !
Les Mamertins t'ont fait construire, au nom de
leur ville, pour ton propre usage, un superbe navire. Tu as exigé de l'argent des villes,
sous prétexte d'équiper nne flotte ; tu as, pour
de l'argent, donné le congé aux rameurs et
aux soldats. Ton questeur et ton lieutenant
avoient pris au vaisseau de pirates ; tu as fait

disparoître leur chef : des hommes qui se disoient citoyens romains , qui étoient reconnus
pour tels , tu as osé les faire périr sous la hache :
tu as eu la hardiesse de faire conduire dans ta
maison des pirates , de tirer leur chef de ta
maison pour le représenter en justice. Dans
une province illustre , chez nos alliés les plus
fidèles , à la vue de citoyens romains distingués ,
au milieu des alarmes et des périls de ta province , tu as consumé des mois entiers sur le
rivage en festins et en débauches. Durant ces
jours , personne n'a pu t'aborder dans ton palais , personne n'a pu te voir dans le forum :
tu as appellé à tes repas dissolus les mères de
famille de nos alliés et de nos amis : au milieu
de ces femmes tu as placé ton fils , mon petit-
fils , sans respect pour son enfance , afin que ,
dans un âge bien foible et fragile , la conduite
d'un père lui offrît des exemples d'immondicité.
Tu t'es montré avec une robe traînante et un
manteau de pourpre dans la province même
où tu étois préteur. Emporté par les désirs d'une
honteuse passion , tu as ôté le commandement
des vaisseaux au lieutenant du peuple romain ,
pour le donner à un citoyen de Siracuse : tes
soldats ont manqué de vivres et de blés dans
la province même de Sicile : graces à tes dis-

solutions et à ton avarice , une flotte du peuple
romain a été prise et brûlée par les pirates : un
port où depuis la fondation de Syracuse , aucun
ennemi n'étoit entré , a vu pour la première
fois , sous ta préture , des pirates y naviguer
impunément. Et au lieu de chercher à couvrir tous ces opprobres de ton administration,
au lieu de les cacher dans le silence , de les
effacer , s'il étoit possible , de la mémoire des
hommes , tu leur as donné de l'éclat en arra-
chant de malheureux et innocens capitaines des
bras de leurs parens , tes hôtes , pour les faire
expirer dans les tourmens , sans être attendri
par le souvenir de ton père , qu'auroient dû te
rappeller les larmes et le deuil des infortunés
auteurs de leurs jours : le sang innocent a été
une jouissance pour ton cœur , pour ta cupidité , un trafic. Si votre père , Verrès , vous
faisoit de pareils reproches , pourriez-vous demander qu'il vous fît grace ? pourriez - vous
exiger qu'il vous pardonnât ?

QUATRIÈME PARTIE.

Cruauté de Verrès envers les citoyens romains.

Jusqu'à présent j'ai satisfait à ce que demandoit de moi toute la Sicile , j'ai satisfait aux
devoirs de l'amitié , à mes promesses et à mes

engagemens. Je viens maintenant à la dernière
partie de mon accusation , que personne n'a
remise entre mes mains , n'a confiée à mon
zèle, mais dont le principe se trouve au-dedans
de moi-même , est gravé dans mon cœur en
traits ineffaçables : cette partie de ma cause
intéresse le salut , non des alliés , mais des
citoyens romains ; c'est-à-dire, le sang et la
vie de tous tant que nous sommes. Ici qu'on
n'attende pas de moi des raisonnemens et des
inductions , comme si les faits étoient douteux.
Tout ce que je dirai du supplice des citoyens
romains, sera si clair et si manifeste, que, pour
le prouver, je puis prendre à témoin la Sicile
toute entière. Car une certaine fureur, com-
pagne du crime et de l'audace , aveugloit tellement l'ame effrenée de Verrès , emportoit tellement son naturel féroce, qu'il n'hésita jamais
en pleine assemblée, en présence de tout le
peuple, d'exercer sur des citoyens romains, les
supplices réservés aux esclaves malfaiteurs, convaincus de leurs délits. Qu'est-il besoin de rapporter combien il en a fait battre de verges ? Je
dis seulement en deux mots que, sous sa préture, il n'y a eu à cet égard aucune distinction.
Aussi par habitude, sans même attendre un

signe de ce tyran, le bras du licteur se por=
toit de lui-même sur les corps des citoyens
romains.

Pouvez-vous nier, Verrès, que, dans la place
publique de Lilybée, en présence d'une grande
foule de peuple, Servilius, citoyen romain,
ancien négociant de Palerme, indignement
battu de verges, est tombé sous les coups devant
votre tribunal et à vos piés? Osez le nier, si
vous pouvez. Il n'est personne à Lilybée qui
ne l'ait vu, personne dans toute la Sicile qui ne
l'ait su. Je dis qu'un citoyen romain, accablé de
coups par vos licteurs, est venu tomber sous vos
yeux. Et pour quelle raison, juste ciel? Mais
je fais injure à la cause commune et aux droits
de citoyen, en demandant pourquoi on a frappé
de verges Servilius; comme s'il y avoit quelque
raison qui pût autoriser de pareils traitemens
envers un citoyen romain. Qu'on me le par-
donne seulement pour celui-ci, je ne m'arrêterai point pour les autres à chercher les
raisons de semblables excès. Servilius s'étoit
expliqué un peu librement sur les exactions et
sur les dissolutions de Verrès. Celui-ci n'en
fut pas plutôt informé, qu'il le fait ajourner (1)

(1) Latin, *Vadimonium promittere*, c'est adire,

par

par un de ses satellites, pour comparoître à Lilybée. Servilius répond. à l'ajournement, et se rend à Lilybée. Personne ne l'actionnoit, personne ne l'accusoit ; le préteur cependant veut l'obliger à déposer deux mille sesterces et à soutenir contre un de ses licteurs, qui déposeroit la même somme, que lui Verrès s'étoit enrichi par des vols dans sa province. En même tems il déclare qu'il lui donnera des commissaires pris parmi les officiers de sa suite. Servilius rejette cette proposition, et refuse de se défendre pour crime capital devant des juges iniques, lui qui n'avoit pas même d'accusateur. Comme il insistoit sur son refus, il se voit entouré de six licteurs robustes, trop bien exercés dans leur métier barbare ; on l'accable de coups de verges. Enfin, le premier licteur (1), le Sestius dont j'ai parlé déja, lui frappe les yeux de ses baguettes avec une cruauté

---

alicui in jus vocanti affuturum se respondere. Par un de ses satellites, mot-à-mot, *par un esclave de Vénus* ; Nous avons déja parlé de ces esclaves qui étoient au service du préteur. — 2000 sesterces, 250 livres.

(1) *Le premier licteur.* Latin, *proximus lictor,* c'est-à-dire, *is qui practori proximè incedebat.*

sans exemple. Le visage et les yeux baignés de sang, Servilius tombe ; et cependant on continuoit de le frapper avec la même violence pour le contraindre d'acquiescer enfin à la proposition qui lui étoit faite. Meurtri de coups, on l'emporte de la place pour mort ; et il mourut quelques jours après. Verrès, homme plein de charmes et de graces, pontife de Vénus, consacra des biens de ce malheureux un Cupidon d'argent qu'il plaça dans le temple de cette déesse. C'est ainsi qu'avec le bien d'autrui il acquittoit les vœux de ses infâmes passions.

Détaillerai-je les supplices des romains en particulier, au lieu de les réunir dans un tableau général ? Cette prison construite à Syracuse par Denys, un des plus cruels tyrans, cette prison, qu'on appelle les Carrières, étoit devenue, sous le gouvernement de Verrès, comme le domicile de nos concitoyens. Quelqu'un avoit-il contredit ses volontés, ou même blessé ses regards, il étoit jetté dans les Carrières. Je vois, Romains, que cet abus d'autorité vous révolte ; et je m'en suis apperçu dès la première audience, lorsque les témoins confirmoient ces faits par leurs dépositions. Vous voulez qu'on respecte les droits de la liberté,

non-seulement dans Rome, où sont les tribuns
et les autres magistrats; où est un forum rempli
de tribunaux; où s'assemblent, et le sénat,
cette compagnie auguste, et le peuple dont le
nom est redouté en tous lieux : mais dans
quelque contrée du monde et chez quelque nation qu'on ait violé le droit de cité romaine,
vous regardez cette action comme un attentat
à l'honneur et à la liberté de tous. Avez-vous
donc osé, Verrès, enfermer un si grand nombre de citoyens romains dans une prison destinée à des étrangers, à des malfaiteurs, à
des scélérats, à des ennemis et à des pirates?
n'avez-vous jamais pensé aux jugemens, aux
assemblées, à la majesté du peuple, à cette
foule de citoyens, qui jettent sur vous des
regards d'indignation? l'appareil imposant
d'une multitude immense ne s'est-il jamais
présenté à vos yeux et à votre esprit? ne vous
êtes-vous jamais imaginé que vous reviendriez
dans le forum de cette capitale du monde,
que vous paroîtriez devant ces juges, que vous
vous verriez enfin sous la main des loix et de
la justice?

Mais quel étoit le but de sa cruauté? quel
motif avoit-il pour se livrer à de tels excès?

Pas d'autre , sans doute , que d'exercer des rapines par un moyen nouveau et extraordinaire. Semblable à ces brigands qui , au rapport des poëtes, occupoient des golfes maritimes , des promontoires ou des rochers escarpés, afin d'immoler quiconque abordoit sur leurs côtes , Verrès , de toutes les parties de la Sicile , dominoit sur toutes les mers et les infestoit. Tout navire qui arrivoit d'Asie , de Syrie , de Tyr , d'Alexandrie , étoit aussitôt dénoncé et arrêté par des espions sûrs et vigilans. L'équipage étoit jeté dans les Carrières, et les effets , avec toute la cargaison , portés au palais du préteur. On voyoit, dans la Sicile , bien après ces tems antiques , je ne dis pas un de ces hommes cruels qu'enfanta jadis cette isle trop féconde en tyrans , un Denys ou un Phalaris , mais un monstre d'une nouvelle espèce , non moins prodigieux que ces monstres horribles que la fable plaça jadis dans ces mêmes parages. Non , sans doute , ni Charybde ni Scilla ne furent jamais aussi redoutables pour leurs navigateurs, que Verrès dans ce même détroit ; Verrès , dis-je , dont la barbarie se faisoit d'autant plus redouter, que les chiens avides qui l'entouroient étoient et plus multipliés et plus terribles. C'étoit un second Cyclope, beaucoup plus dangereux que le premier, puisqu'il désoloit toute la Sicile, tandis que l'autre n'a occupé que le mont Etna et ses environs.

Mais de quel prétexte coloroit-il son odieuse barbarie? De celui-là même qu'il alléguera tout-à-l'heure pour sa défense. Tous ceux qui abordoient dans la Sicile avec quelques richesses, c'étoient, disoit-il, des soldats de Sertorius (1), enfuis de Dianium. Pour se tirer du péril, ils montroient, les uns de la pourpre de Tyr, les autres de l'encens, des parfums, des étoffes de lin, d'autres des pierreries et des perles, quelques-uns des vins grecs et des esclaves achetés en Asie, afin de justifier par les objets de leur commerce les contrées d'où ils étoient partis. Les malheureux! ils ne pensoient pas que les objets même qu'ils produisoient comme un moyen de salut, seroient la cause de leur perte. A entendre Verrès, c'étoient des dépouilles qu'avoient par-

(1) Nous avons parlé plus haut de Sertorius. Voyez page 391, note 1. Dianium étoit une ville d'Espagne, dont il s'étoit emparé.

K k 3

tagées avec eux les pirates, leurs associés. Il les envoyoit donc aux Carrières, ayant grand soin de se faire réserver les vaisseaux et leurs cargaisons.

D'après un tel systême, la prison se trouva bientôt remplie de commerçans : alors Verrès se permit ces excès qui vous ont été attestés par le respectable Suétius, de l'ordre équestre, et qui le seront encore par d'autres. On tranchoit indignement la tête dans la prison à des citoyens romains ; et ces paroles : JE SUIS CITOYEN ROMAIN, cette réclamation d'un droit auguste, qui, aux extrémités de la terre, fut souvent pour plusieurs d'entre nous d'un si grand secours, et notre sauve-garde parmi les barbares, ne faisoit qu'aggraver leurs tourmens et hâter leur supplice. Eh bien, Verrès, que pouvez-vous répondre à ces imputations ? direz-vous que j'en impose, que j'invente, que j'exagère ? osez-vous le dire même à vos défenseurs ? Greffier, prenez les registres des Syracusains, ces registres pour lui si précieux, qu'il pense avoir été rédigés à son gré : prenez aussi le journal de la prison, ce journal si exact, dans lequel est marqué le jour où chacun a été enfermé, où chacun est mort, où chacun a été exécuté.

On lit les registres des Syracusains.

Vous voyez, Romains, vos concitoyens, jettés par troupes dans les Carrières, misérablement entassés dans ces affreuses demeures. Vous voyez comment ils y sont entrés ; cherchez les traces de leur sortie : vous n'en trouverez point. Sont-ils donc tous morts ? quand Verrès pourroit employer cette défense, on ne l'en croiroit pas sur sa parole. Mais il est un mot grec (1) dans ces mêmes registres, auquel cet homme plongé dans une stupide ignorance, n'a fait aucune attention ; ce mot, suivant le langage des Siciliens, veut dire : *ils ont été exécutés.*

Si un monarque, si un peuple libre, si une nation étrangère, s'étoient portés à de tels excès envers un citoyen romain, ne croirions-nous pas devoir en tirer une vengeance

(1) Ce mot grec étoit *edikaiothèsan*, qui, dans le langage ordinaire, pouvoit signifier *ils ont été absous,* mais qui chez les Siciliens signifioit *ils ont été exécutés*, comme nous dirions en françois, *ils ont été justiciés.*

K k 4

publique ? ne ferions-nous pas une guerre ouverte aux auteurs de l'injure ? pourrions-nous
laisser impuni cet outrage fait au nom romain ?
Que de guerres importantes n'ont pas entreprises nos ancêtres pour des citoyens insultés,
pour des armateurs arrêtés, pour des commerçans dépouillés ! Moi, je ne me plains pas aujourd'hui de la détention de quelques commerçans ; je trouverois supportable, si on ne
les avoit que dépouillés ; mais ce qui excite
mes justes plaintes, c'est qu'après s'être vu
enlever leurs vaisseaux, leurs esclaves, leurs
effets, des citoyens romains aient été jetés en
prison, et que là on les ait cruellement mis à
mort. Si c'étoit à des Scythes, et non pas dans
le forum de cette place ; au milieu d'une multitude de citoyens, en présence des principaux
membres du sénat ; si, dis-je, c'étoit à des Scythes que j'adressasse le récit de tous les supplices cruels, infligés à des citoyens romains,
ces cœurs barbares seroient attendris par mes
discours. Car telle est la majesté de cet empire, telle est la dignité du nom romain chez
toutes les nations, que pareille cruauté envers
nos citoyens seroit jugée par-tout un horrible
attentat. Puis-je penser, Verrès, qu'il vous

reste quelque ressource , quelque refuge , lors-que je vous vois environné de juges sévères, enve-loppé, pour ainsi dire, de l'indignation de tout un peuple ? Si par hasard (ce que je ne crois pas pos-sible) vous pouviez trouver quelque voie extraor-naire pour échapper des filets où je vous tiens aujourd'hui ; je vous le déclare , ce ne sera que pour tomber dans ces toiles inévitables , où attaqué par moi d'un lieu élevé , il vous faudra nécessairement périr accablé et percé de mes traits (1).

Mais quand je lui accorderois le moyen par lequel il se défend , cette défense elle-même ne lui porteroit-elle pas un coup plus funeste que mon accusation ? Quel est donc son moyen de défense ? Il a , dit-il , fait arrêter et exécu-ter des soldats de Sertorius enfuis d'Espagne. Qui vous l'a permis ? quel droit en aviez-vous ? qui vous en a donné l'exemple ou le pouvoir ?

(1) J'ai tâché de rendre , dans tout cet endroit, la métaphore continuée de Cicéron. *Les filets où je vous tiens aujourd'hui*, sans doute , le jugement actuel ; *ces toiles inévitables* , le jugement pour crime de perduellion , de lèze-majesté au premier chef ; *d'un lieu élevé*, de la tribune aux harangues , d'où je vous accuserai devant le peuple.

Nous voyons des soldats de Sertorius se pro-
mener en foule dans les places (1) de Rome,
sous les portiques; nous le voyons et nous n'en
sommes pas choqués. Car dans les dissentions
civiles (dirai-je dissentions, ou égarement
d'esprit, ou fatalité du sort, ou malheur des
circonstances ?) on ne traite pas aussi rigou-
reusement les vaincus; on peut laisser la vie
à ceux que le fer a épargnés. Verrès, cet
homme anciennement diffamé pour avoir
trahi (2) son consul, détourné les deniers du
trésor, transporté ailleurs la caisse militaire,
s'est arrogé dans la république le droit de sévir
contre des malheureux échappés aux fureurs
de la guerre civile. Oui, des hommes à qui le
sénat, le peuple et tous les magistrats, permettent de se montrer dans la ville, dans le

_____

(1) *Dans les places de Rome, sous les portiques* :
mot à mot, *dans le forum et dans les basiliques.*
Les basiliques étoient de grands et superbes édifices,
ornés de portiques, où se rassembloient les juges de
toute espèce, les jurisconsultes, les banquiers, commerçans et autres.

(2) Verrès, questeur du consul Carbon, avoit
passé avec la caisse militaire dans le parti de Sylla.

forum , de donner leurs suffrages , de prendre
part au gouvernement , Verrès a eu le front
de les menacer des rigueurs d'une mort cruelle ,
si la fortune les amenoit dans quelque partie
de la Sicile. Après la mort de Perpenna (1),
un grand nombre de soldats de Sertorius se
sont jettés entre les bras de Pompée, cét illustre et brave général. Quel est le particulier
dont il n'ait pas été jaloux d'épargner les jours?
quel est le citoyen suppliant à qui ce bras invincible n'ait pas offert sa protection et l'espoir
du salut? Comment? des malheureux qui trou-
vèrent un refuge auprès de celui contre lequel
ils avoient porté les armes, ont trouvé les
tourmens et la mort auprès d'un homme qui
ne s'est signalé dans la république par aucun
exploit! Voyez quelle ingénieuse défense vous
avez imaginée.

J'aime mieux, assurément, oui j'aime mieux
que nos juges et le peuple romain croient vos
défenses que mon accusation : j'aime mieux
qu'on vous regarde comme ennemi déclaré des

(1) Perpenna , un des chefs de la guerre de Sertorius , qui tua en trahison ce général. Pompée fut
envoyé par le sénat en Espagne , et termina cette
guerre.

anciens partisans de Sertorius, que des commerçans et des armateurs. Mon accusation
montre en vous une extrême avarice : vos défenses annoncent une espèce de fureur barbare,
une cruauté inouïe, je dirai presque une proscription nouvelle. Mais je ne puis profiter d'un si
grand avantage, non je ne le puis. Pouzzole
est ici toute entière. Les commerçans de cette
ville, hommes riches et pleins d'honneur, sont
venus en foule à ce jugement. Ils attesteront,
les uns que leurs associés, les autres que leurs
affranchis, ont été dépouillés par Verrès et
jetés en prison ; qu'ils y ont péri de mort violente, ou par le tranchant de vos haches. Et
voyez combien je vous traite favorablement.
Lorsque je produirai pour témoin Granius, qui
attestera que vous avez fait trancher la tête à ses
affranchis, qui vous redemandera son vaisseau
et ses effets, réfutez-le, si vous pouvez ; j'a-
bandonnerai mon témoin, je vous favoriserai,
je vous seconderai même. Faites voir que ses
affranchis avoient suivi le parti de Sertorius,
qu'enfuis de Dianium, ils ont été jetés sur les
côtes de la Sicile. Faites-le croire à vos juges,
c'est tout ce que je souhaite : on ne peut trouver ni citer de crime qui soit digne d'un plus

grand supplice. Je ferai reparoître, si vous le voulez, Flavius, chevalier romain, puisque, dans la première audience, par un trait nouveau de sagesse, comme le disent vos défenseurs, mais comme tout le monde voit, par les remords de votre conscience et la force des dépositions, vous n'avez interrogé aucun témoin. Interrogez Flavius, si vous voulez ; demandez-lui quel étoit cet Hérennius qu'il dit avoir tenu la banque à Leptum. Parmi tous les citoyens romains établis à Syracuse, il y en avoit un grand nombre, qui, non-seulement le connoissoient, mais qui le réclamoient, qui vous supplioient pour lui les larmes aux yeux ; vous lui fîtes cependant trancher la tête en présence de toute la ville. Je désire que vous réfutiez encore ce témoin, que vous prouviez qu'Hérennius avoit suivi le parti de Sertorius.

Que dirai-je de cette multitude de citoyens qui, confondus avec les pirates et les prisonniers de guerre, étoient conduits au supplice la tête voilée (1) ? D'où vient cette nouvelle

_____

(1) C'étoit l'usage de voiler la tête de ceux que l'on faisoit périr de mort. Cicéron ne reproche donc pas à Verrès d'avoir introduit un nouvel usage, mais de ne l'avoir pas suivi d'abord et de le suivre ensuite.

précaution ? pourquoi recourir à une forme
que vous n'aviez pas employée jusqu'alors ?
est-ce que les réclamations de Flavius et des
autres en faveur d'Hérennius vous effrayoient ?
est-ce que l'autorité imposante d'Annius , personnage si distingué et si respectable , vous
avoit rendu un peu plus attentif , un peu plus
timide ? Annius disoit dernièrement , dans sa
déposition , que vous aviez fait trancher la
tête, non pas à un étranger ni à un aventu-
turier , mais à un citoyen romain , né à Syracuse et connu de toute la ville. Les réclamations de ces deux hommes , les discours et les
plaintes du public , engagèrent Verrès , non
pas à relâcher de sa cruauté dans les supplices,
mais à user de plus de précaution. Il prit donc
le parti de faire voiler la tête des citoyens romains conduits à la mort par son ordre. On
les faisoit mourir publiquement, parce que certaines personnes , comme je l'ai dit plus haut,
tenoient un compte trop exact des pirates exécutés. Étoit-ce donc là le sort qui attendoit
les citoyens romains sous votre préture ? étoit-
ce là le fruit qu'ils se promettoient de leur né-
goce et de leur commerce ? étoit-ce vous qui
deviez les faire trembler pour leurs jours ? nos

commerçans n'ont-ils pas à craindre de la fortune assez de périls inévitables? faut-il que
nos magistrats dans nos provinces leur offrent
encore de nouveaux sujets de terreur? est-
ce dans la Sicile, cette province fidelle, pleine
d'excellens alliés et de Romains les plus honnêtes, qui se fit toujours un plaisir d'ouvrir
ses villes à tous nos citoyens, et de les y accueillir honorablement? est-ce dans une province voisine de Rome, et presque à ses portes, est-ce là qu'après avoir pénétré aux extrémités de la Syrie et de l'Egypte, après avoir
été reçu avec distinction chez les Barbares,
par respect pour la toge (1) romaine, après
avoir échappé aux embûches des pirates et
aux fureurs des tempêtes; est-ce là, dis-je,
qu'il faudra venir expirer sous la hache, au
moment où l'on se croyoit enfin arrivé dans sa
patrie?

Que dirai-je de Gavius, citoyen de Cosa (2)?
de quel effort de voix, de quelle énergie d'expression, de quelle profondeur de sentiment

_____

(1) On sait que la toge étoit l'habillement propre
aux Romains en tems de paix.

(2) Cosa, ville municipale dans l'Etrurie.

n'ai-je pas ici besoin ? Mais ce n'est pas le sentiment qui me manque, je ne suis en peine
que de trouver des paroles dignes d'un tel sujet, capables d'exprimer tout ce que je sens.
Le délit est tel que, quand on me l'a présenté,
je n'ai pas cru que j'en ferois usage ; tout
persuadé que j'étois de la vérité de l'imputation, je ne pensois pas qu'elle pût paroître
vraisemblable. Forcé par les larmes de tous nos
Romains qui commercent en Sicile, engagé
par les dépositions des premiers personnages
de Valence, de tous les citoyens de Rhège,
et d'un grand nombre de chevaliers romains,
qui, par hasard, se trouvoient alors à Messine, j'ai produit assez de témoins dans la première audience pour que personne ne pût douter de la réalité du délit. Que ferai-je maintenant ? comment, après avoir employé tant
d'heures à vous entretenir d'un seul chef d'accusation, de l'horrible cruauté de Verrès,
après avoir presque épuisé dans le reste les
expressions les plus fortes, les plus propres à
peindre son atroce barbarie, sans songer assez
peut-être à fixer votre attention par la diversité des griefs, comment parlerai-je de l'action
la plus révoltante ? Je n'ai qu'un moyen, ce
me

me semble ; j'exposerai simplement le fait : il suffira seul pour exciter votre indignation ; sans qu'il soit besoin du secours de ma foible éloquence , ni de celle de tout autre orateur.

Le Gavius, citoyen de Cosa, dont je parle, jeté dans les Carrières avec d'autres citoyens romains , s'en échappa , je ne sais comment, et vint à Messine. Ce malheureux qui , au sortir d'un sombre cachot où il n'attendoit que la mort , appercevant enfin les murs de Rhege (1) , découvrant presque l'Italie , commençoit à revivre , respiroit un air de liberté , et voyoit luire un rayon des loix ; ce malheureux , dis-je , se mit à parler dans Messine , à se plaindre de ce qu'on l'avoit jeté dans les Carrières , quoique citoyen romain. Il alloit droit à Rome , et Verrès devoit l'y trouver à son arrivée. Hélas ! il ne pensoit point que parler dans cette ville , c'étoit parler dans le palais même du préteur : celui-ci , comme je l'ai dit déja , s'étoit attaché Messine ; il l'avoit choisie pour être la protectrice de ses crimes ,

(1) Les habitans de Rhege étoient citoyens romains : c'étoit la ville d'Italie la plus proche de la Sicile placée en face de Messine.

Tome IV. L l

la receleuse de ses rapines, l'associée de ses infamies. Gavius est donc arrêté et conduit aussitôt chez le juge. Verrès par hasard arrive ce jour-là même. On lui dénonce le coupable. C'étoit, disoit-on, un citoyen romain qui se plaignoit d'avoir été jeté dans les prisons de Syracuse; il s'embarquoit déja s'emportant contre le préteur en menaces insolentes, on l'avoit saisi, on le faisoit étroitement garder pour qu'il le punît lui-même comme il le jugeroit à propos. Verrès remercie les magistrats de Messine, loue leur zèle, leur attention : et aussitôt, transporté de fureur, ne respirant que la vengeance, il se rend dans la place publique : ses yeux étinceloient, la cruauté se peignoit dans chaque trait de son visage. Tout le monde étoit impatient de voir le parti qu'il alloit prendre, les excès où il alloit se porter, lorsque tout-à-coup il ordonne qu'on amène Gavius, qu'on le dépouille au milieu de la place, qu'on l'attache au poteau, qu'on le batte de verges. Ce malheureux crioit qu'il étoit citoyen romain, de la ville municipale de Cosa, qu'il avoit servi avec Prétius, chevalier romain de la première distinction, qui commerçoit à Palerme, et de qui le préteur pouvoit appren-

dre la vérité. Je sais, dit Verrès, que tu as été
envoyé en Sicile comme espion par les chefs
des esclaves fugitifs. Après cette imputation
d'un fait dont il n'y avoit ni témoin, ni preuve,
ni soupçon, il commande à ses licteurs de saisir Gavius, et de frapper tous ensemble à coups
redoublés. On voyoit donc dans la place publique de Messine, on voyoit battre de verges
un citoyen romain, qui au milieu de ses dou-
leurs et du retentissement des fouets, d'un ton
plaintif et lamentable, ne faisoit entendre que
ce cri : JE SUIS CITOYEN ROMAIN. Il pensoit
que la réclamation de ce titre révéré éloigne-
roit de son corps les tourmens, repousseroit
les coups dont on l'accabloit sans relâche ;
mais, loin de s'affranchir par-là d'un supplice
ignominieux, lors même qu'il répétoit sans
cesse et faisoit retentir tristement ces paroles :
JE SUIS CITOYEN ROMAIN, on dressoit, oui on
dressoit une croix infâme pour cet infortuné,
qui jamais n'avoit vu un pareil abus de
pouvoir.

O doux nom de liberté ! ô privilèges augus-
tes attachés au titre de citoyen ! ô loix Porcia
et Sempronia (1) ! ô puissance tribunitienne,

_____

(1) Les tribuns Marcus Porcius Lœca et Caïus

si ardemment désirée , et enfin rendue aux
vœux du peuple : tout ce que vous avez produit , c'est donc qu'un citoyen romain , dans
une province romaine , dans une ville alliée,
par les ordres de celui qui tenoit du peuple les
haches et les faisceaux , attaché à un poteau,
dans une place publique, fût indignement battu
de verges ! Si lorsqu'on appliquoit sur ses membres , des feux, des lames ardentes, toutes les
horreurs de la torture ; si, dis-je , alors la triste
réclamation de ce malheureux , si ses cris pi-
toyables ne pouvoient vous fléchir, Verrès, étiez-
vous même insensible aux pleurs et aux gémissemens des citoyens romains présens à ce spectacle ? Avez-vous bien osé faire mettre en croix
un homme qui se disoit citoyen romain ? Je
n'ai pas voulu , dans la première audience,
me livrer à toute la véhémence de mon senti-

Sempronius Gracchus , avoient porté des loix pour
qu'il ne fût pas permis de faire battre de verges,
ni de faire mourir un citoyen romain. — Sylla avoit
extrêmement affoibli et presque anéanti la puissance
tribunitienne ; Pompée venoit de la rétablir cette année même dans tous ses droits. — *Si lorsqu'on appli-*
quoit... on faisoit quelquefois subir la torture du feu
à ceux qui étoient battus de verges et mis en croix.

ment, non je ne l'ai pas voulu. Nos juges éux-mêmes ont pu voir comment un mouvement d'indignation et de haine, comment la crainte d'un péril commun soulevoit tous les esprits contre Verrès. Je modérai alors la chaleur de mon discours, je modérai la vivacité de Numitorius, chevalier romain du premier mérite, qui déposoit pour nous, et j'applaudis à la sagesse de Glabrion (1), qui fit retirer tout-à-coup le témoin au milieu de la séance. Il appréhendoit, sans doute, que le peuple ne se vengeât lui-même de ses propres mains, dans la crainte que le crédit et l'intrigue ne dérobassent le coupable à la rigueur des loix et à la sévérité de vos décisions.

Aujourd'hui, Verrès, que tout le monde est instruit de l'état de la cause et du sort qui vous attend, voici comme j'en userai envers vous. Ce Gavius, qu'il vous a plu d'ériger subitement en espion, je montrerai que vous l'avez fait jeter dans les Carrières de Syracuse, et je le montrerai, non-seulement par les registres des Syracusains (vous pourriez dire

_____

(1) Nous avons déja vu que Glabrion étoit préteur et présidoit le tribunal.

que ces registres, portant le nom d'un Gavius,
je choisis ce nom pour l'appliquer à l'homme
dont je parle); mais je produirai à votre
choix des témoins qui attesteront que c'est ce
même homme que vous avez fait jeter dans
les Carrières. Je produirai encore les habitans
de Cosa, ses concitoyens et ses amis : ils cer-
tifieront trop tard pour son malheur, mais non
pas trop tard pour votre condamnation, que
ce Gavius condamné par vous à être mis en
croix, étoit citoyen romain, habitant de Cosa,
et non un espion des esclaves fugitifs.

Quand j'aurai démontré tous ces points de
manière à convaincre vos plus zélés défenseurs,
je m'en tiendrai à ce que vous m'accordez
vous-même, je m'en contenterai. Que disiez-
vous dans la première audience, lorsque troublé par les mouvemens extraordinaires du
peuple et par ses cris, vous vous levâtes brusquement, que disiez-vous? Gavius ne croit
qu'il étoit citoyen romain, que parce qu'il vouloit retarder son supplice, mais ce n'étoit
qu'un espion. Mes témoins sont donc véridi-
ques. Qu'atteste autre chose Numitorius? qu'attestent Publius et Marcus Cottius, personnages distingués par leur naissance, établis sur

le territoire de Taurominium ? qu'atteste Luc-
céius, qui tient à Rhege une banque considérable ? qu'attestent tous les autres ? Les témoins que j'ai produits jusqu'à présent déposent tous, non pas qu'ils connoissoient Gavius,
mais qu'ils ont vu mettre en croix un homme
qui crioit qu'il étoit citoyen romain. Vous dites
la même chose, Verrès : vous avouez que Gavius crioit qu'il étoit citoyen romain , et que la
réclamation de ce titre n'a pu vous arrêter,
vous faire retarder d'un moment le plus cruel
et le plus affreux de tous les supplices. Je m'en
tiens à cet aveu , je m'y attache, je m'en contente : je laisse et j'abandonne tout le reste.
Il faut que Verrès soit accablé , soit égorgé
par son propre témoignage. Comment ? vous
ignoriez qui étoit Gavius , vous le soupçonniez
d'être un espion ? je ne vous demande pas sur
quoi portoient vos soupçons , je vous prends
par vos propres paroles : il se disoit citoyen
romain. Si vous-même, Verrès , vous trouvant
prisonnier chez les Perses , ou aux extrémités
de l'Inde , vous étiez conduit au supplice,
quel autre cri feriez-vous retentir ? ne crieriez-
vous pas que vous êtes citoyen romain? et s'il est
vrai que la réclamation de ce titre auguste ,

révéré chez tous les peuples, vous eût sauvé
la vie à vous inconnu, chez des inconnus,
parmi les barbares, parmi des hommes placés
aux extrémités du monde; un particulier, quel
qu'il fût, que vous faisiez mettre en croix,
que vous ne connoissiez pas, qui se disoit citoyen romain, n'a-t-il pu obtenir de vous,
préteur, en réclamant ce titre avec confiance,
sinon l'exemption d'un tel supplice, du moins
quelque délai pour l'exécution?

Des hommes du peuple, d'une condition
obscure, font des voyages sur mer; ils abor-
dent dans des pays qu'ils n'ont jamais vus, inconnus aux naturels des lieux, ne trouvant
pas toujours des personnes qui les fassent connoître. Ils pensent toutefois que ce seul titre
de citoyen sera leur sauve-garde, non-seulement
auprès de nos magistrats qui sont contenus par
la crainte des loix et du blâme public, non-
seulement auprès des citoyens romains, tous
unis par la conformité du langage et des priviléges, et par mille autres liens; mais encore
ils espèrent que ce sera (1) leur sûreté dans

___

(1) Toutes les éditions portent *futurum* et non *futu-
ram*. Anciennement les participes en *rus* ne se décli-

quelque contrée du monde qu'ils se transportent. Otez aux citoyens romains cet espoir et cette confiance, établissez que ces paroles, JE SUIS CITOYEN ROMAIN, n'auront plus aucune force, qu'un préteur ou tout autre pourra faire subir le supplice qu'il voudra à celui qui se dira citoyen romain, parce qu'il ne le connoîtra pas (1); vous nous fermerez dès-lors toutes les provinces, tous les royaumes, toutes les républiques, enfin toute la terre qui nous fut toujours ouverte. Mais puisque Gavius se réclamoit de Prétius, chevalier romain, qui commerçoit alors à Palerme, étoit-il donc si difficile d'écrire dans cette ville, de garder le coupable, de le tenir enfermé dans les prisons de vos Mamertins, jusqu'à l'arrivée de Prétius? S'il l'eût reconnu, vous lui auriez épargné le dernier supplice; si non vous aurez établi cette nouvelle jurisprudence, que quiconque vous seroit inconnu et n'auroit personne digne de foi pour se faire connoître, seroit mis en croix, quoique citoyen romain.

noient pas: ainsi *futurum* est une ancienne locution.

(1) Latin, *quòd quis ignoret*: ce *quis* répond ici à notre *ou* françois, et doit être ainsi interprété ; parce que lui ou d'autres ne le connoîtront pas.

Mais pourquoi m'occuper si long-tems de Gavius ? comme si vous eussiez été l'ennemi personnel de cet homme, et non pas en général l'ennemi du nom et des priviléges de tous les citoyens. Non, sans doute, ce n'est pas contre la personne de Gavius, mais contre la liberté commune, que vous étiez déchaîné. Car enfin, Verrès, les Mamertins ayant dressé la croix, suivant leur usage, à l'autre extrémité de la ville (1), sur la voie Pompéia, pourquoi ordonner qu'on la dressât du côté qui regarde le détroit, et ajouter même (vous ne pouvez le nier l'ayant dit en présence de tout le peuple) que vous choisissiez cette place pour que Gavius, qui se disoit citoyen romain, pût appercevoir l'Italie du haut de sa croix, et découvrir de loin sa patrie ? C'est là la seule croix, depuis la fondation de Messine, qu'on ait dressée en ce lieu. Si donc Verrès a choisi de préférence l'aspect de l'Italie, c'étoit afin que le malheureux Gavius, expirant dans la douleur et les tourmens, reconnût qu'un bras de

(1) Mot à mot, *dans la partie postérieure de la ville* : postérieure pour les Romains ; la partie intérieure, celle où Verrès fit dresser la croix de Gavius, regardoit le détroit.

mer, fort étroit, étoit le seul espace qui sé-
paroit pour lui la liberté et la servitude ; c'étoit
afin que l'Italie vît un de ses enfans attaché à
une croix, subir le dernier et le plus cruel des
supplices destinés aux esclaves. Faire enchaîner
un citoyen romain, est un attentat ; le faire
battre de verges, est une atrocité ; le faire
mourir, est presque un parricide ; que dirai-
je de le faire attacher à une croix ? est-il une
expression assez forte pour un crime aussi horrible ? Verrès n'est pas encore content : Qu'il
regarde, dit-il, sa patrie, qu'il meure à la vue
des loix et de la liberté. Ce n'est pas Gavius,
ce n'est pas un seul homme, ce n'est pas un
seul citoyen romain que vous avez fait attacher à une croix et périr dans les tourmens :
ce sont les priviléges de la liberté commune,
ce sont les droits de cité romaine, que vous
avez immolés, autant qu'il étoit en vous, sur
cet instrument du plus infâme supplice. Et remarquez l'audace de cet homme. Pensez-vous
qu'il n'ait pas regretté de ne pouvoir dresser
cette croix pour les citoyens romains, dans le
forum de votre ville, dans la place des Comices, à la tribune aux harangues ? L'endroit
de sa province le plus voisin de Rome, le plus

semblable à nos places publiques, par l'affluence
des navigateurs, ce tyran l'a choisi ; il a voulu
que le monument de sa scélératesse et de son
audace fût placé à la vue de l'Italie, à l'entrée
de la Sicile, dans le passage même des commerçans maritimes de toutes les nations.

Si c'étoit, non à des concitoyens, non à
des amis de notre république, non à des peuples de qui le nom romain fût connu ; si c'étoit
non à des hommes, mais à des brutes ; et pour
dire plus encore, si c'étoit au milieu de la plus
profonde solitude, aux pierres et aux rochers,
que je fisse entendre mes justes et déplorables plaintes, ces êtres muets et insensibles seroient touchés eux-mêmes par le récit d'un
traitement aussi atroce. Mais aujourd'hui que
je parle à des sénateurs du peuple romain, à
ces interprètes des loix, organes de la justice,
à ces chefs des tribunaux, puis-je appréhender
que la croix, jugée un supplice trop révoltant
pour tous les autres citoyens romains, ne soit
pas regardée comme une punition faite pour
le seul Verrès ? Tout-à-l'heure nous ne pou-
vions retenir nos larmes au triste récit de la
mort cruelle des capitaines ; et c'étoit un tribut
bien légitime que notre douleur payoit aux

calamités affreuses d'alliés innocens. Mais quand
il s'agit de notre propre sang , je vous le demande , que devons-nous faire ? car l'intérêt
commun et l'équité veulent que nous regardions
tous les Romains comme unis entre eux par
les liens de la consanguinité. Dans cette cause ,
les citoyens romains , présens et absens , ici et
en quelque lieu du monde qu'ils se trouvent
répandus , sollicitent votre sévérité ; implorent
votre protection , réclament votre secours ,
persuadés que tous leurs droits , leurs intérêts ,
leurs ressources , et leur liberté même toute
entière , dépendent aujourd'hui de vos décisions.

J'ai déja assez fait pour eux ; cependant si
l'événement trompoit mes désirs , je ferois
peut-être plus qu'ils ne demandent. Si le crédit
et la puissance arrachent le coupable à votre
sévérité , ce que je ne crains pas , ce que je ne
juge pas possible ; mais enfin si je me suis
trompé dans mon attente , les Siciliens se plain-
dront et s'affligeront avec moi en voyant leur
cause perdue sans ressource ; mais le peuple
romain , puisqu'il m'a conféré le pouvoir de
parler devant lui , le peuple romain , sur les
plaintes que je lui porterai , se fera justice à

lui-même par ses propres suffrages , et cela avant les calendes de Février. Veut-on que je m'occupe de ma gloire et de ma réputation ? peut être ne m'est-il pas indifférent qu'échappé à ce tribunal , Verrès soit réservé pour un tribunal supérieur. La cause est belle , elle est aussi peu difficile et aussi peu embarrassante pour moi qu'agréable et satisfaisante pour le peuple. Enfin si l'on pensoit , ce qui est bien loin de mon intention , que j'aie voulu m'élever aux dépens du seul Verrès ; je pourrai ; s'il vient à être absous , ce qui ne peut se faire sans qu'il y ait un grand nombre de coupables , je pourrai m'élever aux dépens de beaucoup d'autres. Mais , certes , autant pour votre intérêt que pour celui de la république , je ne voudrois pas qu'un tribunal aussi respectable commît une injustice aussi criante : je ne voudrois pas que des juges approuvés et choisis par moi-même , se deshonorassent , en absolvant un tel coupable , au point de ne pouvoir se montrer dans la ville que couverts d'opprobre et d'ignominie (1).

(1) Mot à mot , *je ne voudrois pas que des juges... marchassent dans la ville tellement notés , qu'ils paroissent souillés non de cire , mais de boue.* Quel-

Ainsi , Hortensius, s'il m'est permis de vous
avertir , je vous avertis vous-même , sur-tout
en ce jour , d'être attentif et circonspect dans
vos démarches. Considérez , je vous prie ,
jusqu'où vous vous avancerez , quel est l'homme
que vous défendez , et par quels moyens.
Epuisez , je ne vous en empêche pas , épuisez
contre moi pour le défendre toutes les ressources
de votre génie et de votre talent : mais si vous
croyez que des menées sourdes , étrangères à
la cause , vous feront triompher ; si vous es-
pérez réussir par l'artifice , par le crédit , par
la puissance , par toutes les manœuvres et
tout l'or de l'accusé , détrompez-vous , cessez

ques-uns croient que Cicéron fait ici allusion aux
registres des censeurs enduits de cire , dont les noms
des sénateurs étoient effacés quand ils avoient commis
quelque bassesse. D'autres pensent qu'il veut rappeler un fait particulier. Les juges donnoient leurs avis
sur des tablettes enduites de cire. Hortensius , dans
une certaine cause , ayant corrompu les juges , et
voulant s'assurer s'ils ne le tromperoient pas , avoit
fait remettre des tablettes de diverses couleurs. Ces
deux explications me paroissent un peu forcées , et je
n'en trouve pas de meilleure. *Approuvés et choisis
par moi-même* , par moi , dis-je , qui ne les ai pas
recusés lorsqu'ils m'ont été données par le sort.

de recourir à de telles ressources. Quant à ces moyens que Verrès a déja essayé de mettre en œuvre , et que j'ai su découvrir , je vous con-seille de les faire cesser , et d'empêcher qu'on n'aille plus avant. Les prévarications que l'on pourra commettre dans ce jugement , seront de conséquence pour vous , et plus que vous ne pensez. Vous vous imaginez peut-être n'a-voir plus rien à craindre pour votre réputation , parce que vous avez parcouru la carrière des honneurs , et que vous voilà désigné consul. Ces distinctions, croyez-moi, fruit de la faveur du peuple , il n'en coûte pas moins pour les soutenir avec dignité que pour les acquérir. Rome a souffert tant qu'elle a pu , tant qu'elle y a été contrainte , l'empire tyrannique qu'exer-çoient les nobles dans les tribunaux et dans le gouvernement ; oui ; elle l'a souffert , mais du jour où les tribuns ont été rendus au peuple, toute cette domination , s'il est besoin de vous l'apprendre , vous a été enlevée sans retour. Tous les citoyens ont maintenant les yeux arrêtés sur chacun de nous , pour voir quel sera le zèle de l'accusateur, l'intégrité des juges, la conduite du défenseur lui-même. Celui d'entre nous qui s'écartera tant soit peu du

sentier

sentier de la droiture, n'en sera pas quitte pour subir les arrêts privés et secrets de l'opinion que vous saviez braver vous et tant d'autres ; il doit craindre le jugement sévère et libre du peuple romain. Vous ne tenez, Hortensius, à Verrès ni par les liens du sang ni par ceux de l'amitié. Ces excuses, dont vous vous efforciez, il y a quelque tems, de couvrir votre zèle excessif à défendre une certaine cause, ne peuvent avoir lieu dans celle-ci. Verrès se permettoit ouvertement de dire dans sa province, qu'il n'agissoit avec tant de licence, que parce qu'il comptoit sur vous ; vous ne pouvez être trop attentif à empêcher qu'on n'écoute de semblables discours.

Quant à moi, je me flatte d'avoir rempli tous mes devoirs d'accusateur, au jugement même de mes plus grands ennemis. Dès la première audience, il m'a suffi de quelques heures pour faire condamner Verrès dans l'opinion du public. Maintenant ce même public va prononcer, non sur la pureté de mon zèle qui est connue, ni sur les excès de Verrès qui sont déja condamnés, mais sur les juges, et, je le puis dire, sur vous même, Hortensius. Et dans quelle conjoncture prononcera-t-il ?

Tome IV. Mm

(c'est une remarque essentielle : car dans toutes
les affaires , et sur-tout dans les affaires publiques , rien de si important que la marche et
le moment précis des circonstances) dans une
conjoncture où le peuple romain demande
qu'on choisisse de nouveaux juges , et que
les tribunaux soient composés d'un autre
ordre de citoyens (1). On a déja proposé une
loi à ce sujet, et c'est moins celui dont elle
porte le nom qui en est l'auteur, que l'accusé
lui-même. Oui , par ses folles espérances , et
par l'indigne opinion qu'il a conçue de vous,
Verrès a fait rédiger et proposer cette loi. Aussi
quand je commençai à plaider la cause , la loi
n'étoit pas encore proposée. Lorsqu'effrayé par
votre sévérité, l'accusé donna plusieurs marques de crainte , et fit croire qu'il n'oseroit pas
répondre , on ne parloit pas de loi : mais lorsqu'on le vit se rassurer et reprendre courage ,
la loi fut proposée aussi-tôt ; et autant elle
trouve d'opposition dans votre dignité qu'elle
attaque , autant les espérances fausses de Verrès

(1) Sylla avoit composé de sénateurs seulement les
tribunaux qui auparavant étoient remplis et de sénateurs et de chevaliers romains. On parloit de rendre
à ceux-ci le droit de juger , parce qu'on avoit beaucoup à se plaindre des sénateurs.

et son impudence extrême semblent la demander et la solliciter. Si quelqu'un de vous
s'écarte du devoir de sa place, ou le peuple
romain jugera un homme (1) dont il vouloit
se faire justice sur-le-champ, ne le croyant pas
digne d'être cité devant un tribunal ; ou cet
homme sera jugé par les nouveaux juges, les
juges établis en vertu d'une loi qu'aura fait
porter contre les anciens l'iniquité de leurs décisions.

Pour revenir à ce qui me regarde, qui ne
voit pas, sans qu'il soit besoin que je le dise,
jusqu'où m'entraînera malgré moi mon zèle ?
Pourrai-je me taire, Hortensius, pourrai-je
dissimuler, quand je verrai un aussi terrible
coup porté à la république ; quand je verrai
que, malgré mes poursuites, on aura impunément ruiné les provinces, vexé les alliés,
dépouillé les dieux immortels, fait périr des
citoyens romains dans d'infâmes et cruels supplices ? pourrai-je dans cette cause, ou déposer un si important fardeau, ou le soutenir
plus long-tems sans éclater ? serai-je libre de
re pas poursuivre les prévarications, de ne pas

_____

(1) *Le peuple romain jugera un homme*, qui sera
accusé devant lui par moi-même.

les mettre en évidence, de ne pas implorer la
protection du peuple romain, de ne pas traduire en jugement ceux qui auront été assez
criminels pour se laisser corrompre, ou pour
corrompre les autres ?

On me dira peut-être: Vous allez donc vous
susciter à vous-même une foule de peines,
vous exposer à mille inimitiés violentes? Ce
sera, certes, malgré moi et contre mon inclination. Mais je n'ai point les mêmes priviléges que les nobles, qui voyent tous les bienfaits du peuple romain venir les chercher au
sein du repos. C'est par d'autres lois que je
dois me conduire dans une république comme
la nôtre et avec une origine comme la mienne. Je
me représente ce Caton, (1) si plein de sagesse
et de vigilance, qui, n'ayant auprès du peuple
romain d'autre recommandation que celle du
mérite personnel, jaloux de commencer lui-
même sa noblesse et de se faire un nom dans
la postérité, brava les inimitiés des hommes

---

(1) Caton l'ancien, ou Caton le censeur, étoit né
à Tusculum, d'une famille obscure. Quintus Pompéius parvint au consulat, quoiqu'il fût fils, dit-on,
d'un joueur de flutte. Fimbria, Marius et Cœlius
parvinrent aux premiers honneurs, quoiqu'ils n'eussent aucune illustration par leurs ancêtres.

puissans, et parvint, et milieu des contradic-
tions, à une vieillesse extrême, comblé d'années et de gloire. N'est-ce pas encore en se
faisant une foule d'ennemis, au milieu des
peines et des périls, que Quintus Pompéius,
malgré la bassesse et l'obscurité de son extraction, obtint les premiers honneurs? Nous
avons vu dernièrement Fimbria, Marius, Cœlius, ne s'élever qu'à travers d'éclatantes inimitiés et par de pénibles travaux, à ces mêmes
honneurs auxquels vous autres arrivez sans
effort et comme en vous jouant.

Nous suivons le même système que ces illustres personnages, nous tenons la même
route; nous marchons sur leurs pas. Nous
voyons combien le mérite et l'activité des
hommes nouveaux leur suscite la haine et la
jalousie de certains nobles. Nous sentons que,
pour peu que nous détournions la vue, on
nous dresse des embûches; que, pour peu que
nous donnions prise aux soupçons et aux reproches, on nous porte aussi-tôt quelque coup;
que nous devons être toujours sur nos gardes,
toujours en action. Nous nous ferons des ennemis; il faudra les souffrir : de rudes travaux
nous attendent; il faudra les subir. Les ini-

mitiés ouvertes et déclarées sont moins à
craindre que les haines sourdes et cachées.
Parmi les nobles, il n'en est presque aucun
qui applaudisse à notre ardeur; ni soins ni
bons offices ne peuvent nous les rendre favorables : comme s'ils étoient des êtres d'une
autre nature, ils sont séparés de nous de cœur
et d'inclination. Que nous importe donc la
haine de ces hommes toujours envieux de nous,
et intérieurement nos ennemis avant que nous
ayons encouru leur inimitié ? Ainsi, Romains,
je desire sincérement de n'avoir plus d'autre
citoyen à accuser après Verrès, quand je me
serai acquitté de ce que je dois à la république,
et que j'aurai rempli mes engagemens envers
les Siciliens mes amis. Mais la résolution en
est prise ; oui, si votre arrêt trompe l'opinion
que j'ai conçue de vous, je poursuivrai ceux
qni seront coupables ou même simplement
complices de la corruption des juges. Si donc
il en est qui, pour sauver Verrès en corrom-
pant le tribunal, veulent employer le crédit,
l'audace ou l'intrigue, qu'ils se préparent à
être attaqués par moi-même devant le peuple;
et s'ils ont pu remarquer en moi du zèle, de
l'ardeur et de la persévérance contre un accusé
dont je ne me suis déclaré l'ennemi qu'à la

sollicitation des Siciliens, qu'ils s'attendent à me trouver encore bien plus de chaleur et d'activité contre des hommes dont j'aurai encouru l'inimitié pour les intérêts de notre république.

PÉRORAISON.

C'est vous maintenant que j'implore, grand et puissant Jupiter, vous que Verrès a frustré d'une riche offrande, digne de votre temple magnifique, digne du capitole, cette citadelle de toutes les nations, digne des monarques qui vous la présentoient; cette offrande, qui vous étoit promise, qui vous étoit consacrée, et que, par un crime horrible, cet audacieux a arrachée des mains d'un prince qui vouloit en décorer votre habitation terrestre; vous dont il a enlevé à Syracuse la statue aussi belle que vénérable : je vous implore aussi, puissante Junon, vous dont le même préteur, par un crime pareil, a dépouillé de toutes leurs offrandes et de tous leurs ornemens, deux temples antiques et singulièrement révérés, placés dans deux isles de nos alliés, Malte et Samos: vous, Minerve, dont il a aussi dépouillé deux temples fameux, également respectés, celui d'Athènes (1), dont il s'est approprié le

riche trésor, et celui de Syracuse, où il n'a
laissé que le toît et les murs : vous, Latone,
Apollon, Diane, dont ce brigand a forcé et
pillé pendant la nuit à Delos, non le temple,
mais d'après l'opinion religieuse des peuples,
la demeure antique et le divin domicile ; vous
encore, Apollon, dont il a enlevé la statue à
Chio ; vous encore, Diane, qu'il a dépouillée
à Ferga, et dont il a fait emporter à Segeste la
statue qui y étoit particulièrement honorée,
cette statue, consacrée deux fois chez les Segestains, d'abord par la vénération qu'ils avoient
pour elle, ensuite par la victoire de Scipion :
vous, Mercure, que le même Scipion avoit
placé dans une ville de nos alliés, dans le
gymnase de Tyndare, pour veiller et présider aux exercices publics de la jeunesse de
cette ville, et que Verrès a relégué dans une
salle de ses maisons de plaisance : vous,
Hercule, que, dans Agrigente, à la faveur de
la nuit, avec une troupe d'esclaves armés, il a
voulu arracher et emporter de votre demeure
sainte : vous, mère des dieux, honorée sur le
mont Ida, dont il a tellement dépouillé, chez

(1) Cicéron parle ici d'un vol sacrilége que commit
Verrès lorsqu'il étoit lieutenant de Dolabella. Voyez
premier livre contre Verrès.

les Enguiniens, le temple le plus saint et le plus auguste, qu'on a vu disparoître les ornemens de ce temple, les monumens de la victoire d'un grand homme, et qu'il ne reste plus que le nom de Scipion, que les traces du sacrilége de Verrès : vous témoins vénérables (1) de toutes les affaires publiques, des plus importantes résolutions, des loix et des tribunaux, placés dans la partie la plus fréquentée du forum, Castor et Pollux, vous dont le temple a été pour Verrès l'occasion d'un gain aussi énorme qu'infâme ; je vous implore, vous et tous les dieux dont les statues portées sur des chars ouvrent l'entrée de nos jeux solemnels, de ces jeux dont Verrès a fait servir la pompe, non à honorer la religion, mais à assouvir sa propre cupidité ; vous, Cérès et Proserpine, dont les mystères sont regardés par tous les mortels comme les plus secrets et les plus inviolables, vous qui avez appris aux hommes la meilleure

(1) *Témoins vénérables....* Le temple de Castor et de Pollux étoit dans le forum, où se trouvoient tous les tribunaux, la tribune aux harangues, la place des comices, où se traitoient les affaires les plus importantes. Cicéron rappelle ici les prévarications de Verrès dans sa préture de Rome. *Celeberrimo in loco praetorii.* Quelques-uns veulent qu'on retranche ce mot *practorii*, d'autres qu'on mette à laplac *fori romani.*

N

manière de se conduire et de se nourrir, qui avez adouci et policé les villes en leur donnant des loix et des mœurs, vous dont le culte apporté de la Grèce, et adopté par les Romains, fut toujours regardé chez eux, en particulier comme en public, avec une vénération qui semble annoncer, non un culte reçu des étrangers, mais un culte national qui de Rome s'est répandu chez les autres peuples ; culte que Verrès a osé violer le premier, qu'il a souillé et profané, soit lorsque dans Catane il a fait arracher et emporter de son sanctuaire une statue de Cérès que nul homme ne pouvoit toucher, ni même regarder, soit lorsque dans Enna, il a enlevé de son temple une autre statue d'une perfection si divine, qu'en la voyant on croyoit voir Cérès elle-même, ou du moins une image de Cérès, envoyée du ciel, et non faite de la main des hommes ; c'est vous sur-tout que j'implore, respectables déesses, qui habitez les lacs et les bois d'Enna, qui présidez à toute la Sicile, dont la défense est confiée à mon zèle, vous qui, par l'invention d'un aliment précieux répandu sur toute la terre, recevez le culte de tous les peuples et de toutes les nations ; je vous implore enfin vous tous, dieux et déesses, à qui cet impie, égaré par une coupable fureur, animé par une criminelle audace, n'a cessé de faire pendant sa préture une guerre sacrilége, dont il a attaqué les temples et tous les objets de leur culte : je vous prie, s'il est vrai que, dans cette accusation, toutes mes démarches n'ont eu pour but que la dignité de Rome, le salut des alliés, la fidélité à remplir mes engagemens, s'il est vrai que je n'ai cherché par tous mes soins, tous mes travaux et toutes mes veilles, que la justice et la vérité, je vous prie d'inspirer aux juges qui vont prononcer dans cette cause, la même droiture et la même ardeur pour la juger, qu'on a vues en moi pour m'en charger et pour la défendre : enfin, Romains, si la scélératesse, l'audace, la perfidie, la passion, l'avarice, la cruauté, si tous les vices dans Verrès sont atroces et inouïs, je demande aux dieux que votre arrêt lui fasse trouver un sort digne de sa vie et de ses actions ; je leur demande pour moi que le bien public et mon devoir puissent se contenter de cette accusation unique, et qu'à l'avenir je sois libre de défendre de bons citoyens, plutôt que forcé d'accuser les méchans.

Fin du quatrième volume.

TABLE

Du quatrième Volume

DE LA CONSTITUTION

DES ROMAINS.

1964

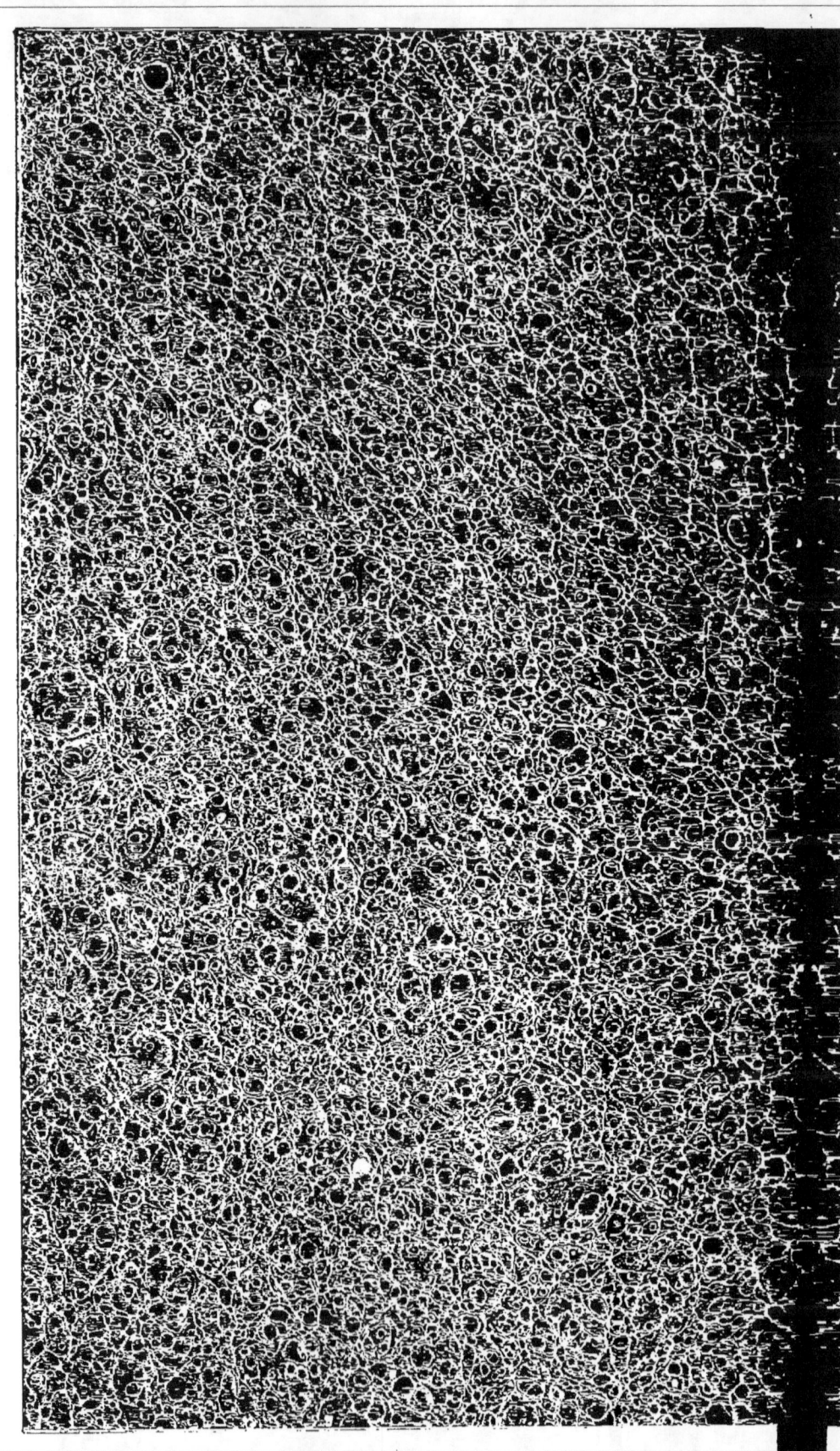

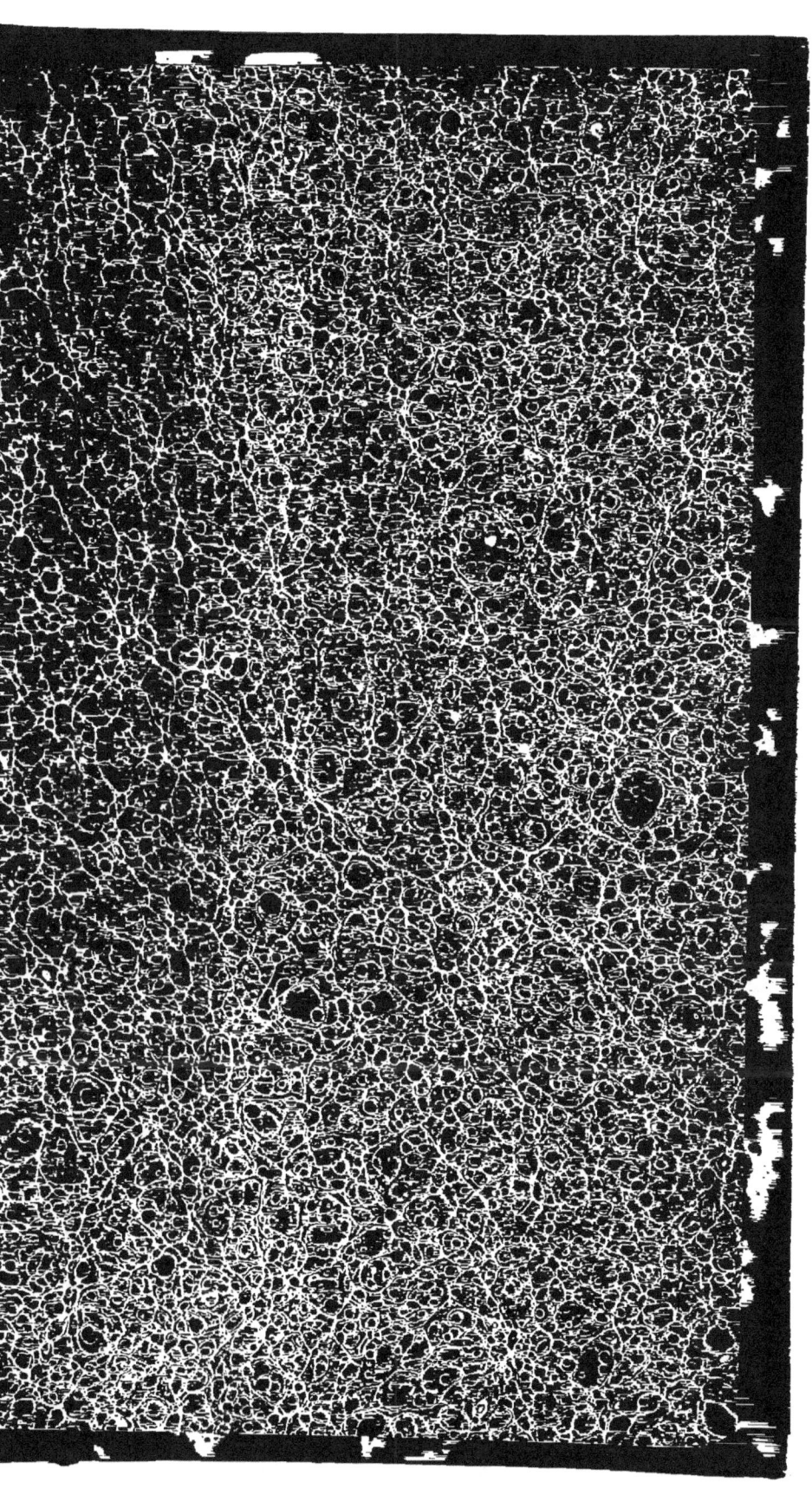

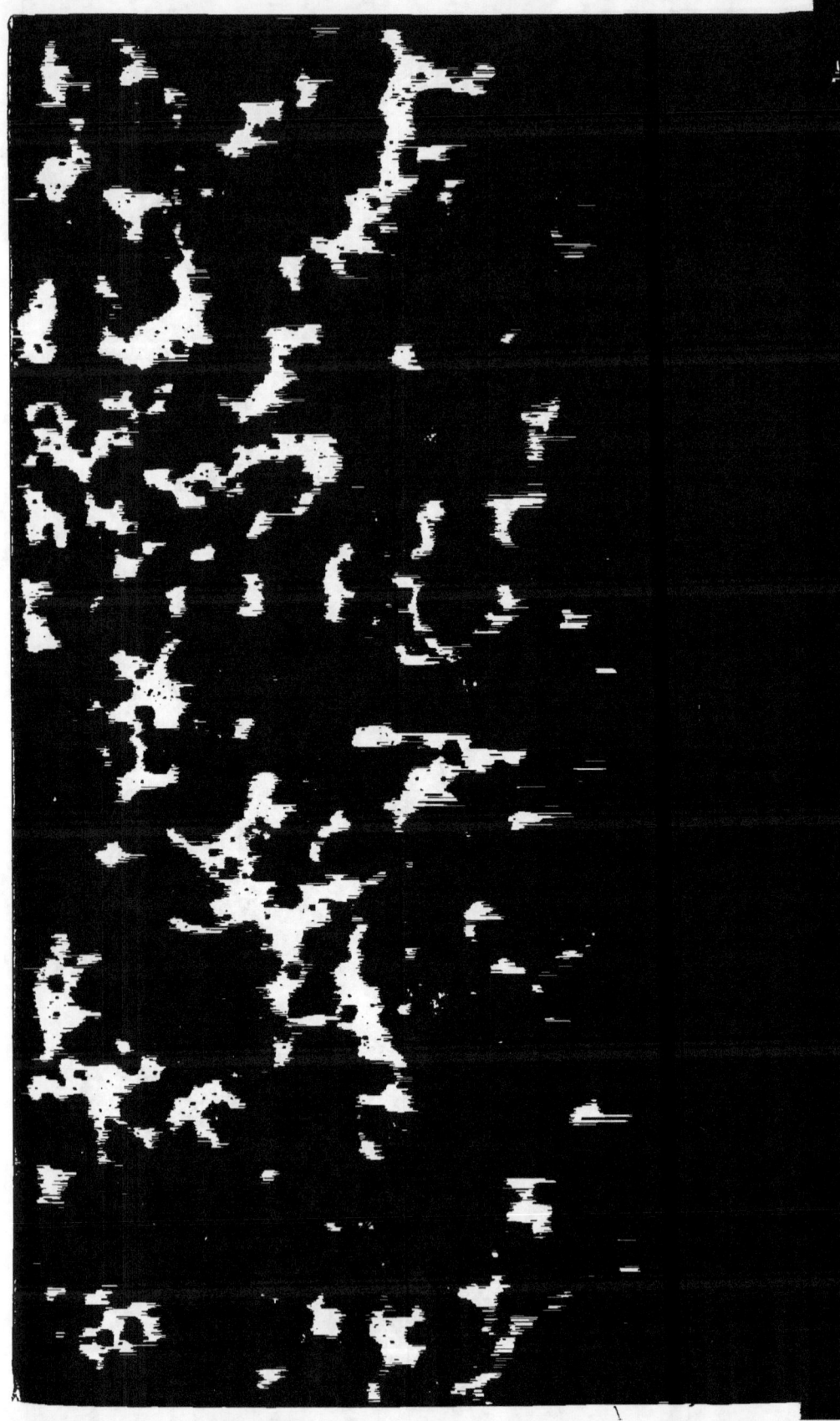

www.ingramcontent.com/pod-product-compliance
Lightning Source LLC
Chambersburg PA
CBHW070348030726
47504CB00001B/109